D1097005

el lado oscuro
OCEANO

EL DESTINO Y LA ESPADA

el lado oscuro
OCEANO

el lado oscuro
OCEANO

El destino y la espada

Diseño de portada: Roxana Deneb y Diego Álvarez

D. R. © 2016, Editorial Océano de México, S.A. de C.V.
Eugenio Sue 55, Col. Chapultepec Polanco
Del. Miguel Hidalgo, C.P. 11560, México, D.F.
Tel. (55) 9178 5100 • info@oceano.com.mx
www.oceano.mx • www.oceanotravesia.com

Primera edición: 2016

ISBN: 978-607-735-794-0

Impreso en México / *Printed in Mexico*

Para mi familia

Para mis amigos

Para mis editores

Para mis lectores

Primera parte

Otoño, 1589

A través del lóbrego bosque, una figura embozada avanza a los trancos. Tiene en mente una sola cosa: llegar cuanto antes al pueblo en el que nació, en el que creció, en el que se hizo hombre y asumió su destino. Entre sus ropajes no carga sino un poco de queso, pan, la bota de agua y una bolsa con dinero, que es más una previsión contra los ladrones que una necesidad real.

Le vienen imágenes un tanto dolorosas. Un niño entre sus brazos. Una madre cariñosa. Una época feliz.

"Horrible cosa es el orgullo", se dice mientras avanza a toda la velocidad que se lo permiten sus cansadas piernas.

Y piensa en la fatalidad, esa marca indeleble en aquellos que no pueden rehuir una misión. Se siente tentado a culpar a esa suerte de condena escrita en los astros por el retraso de un día que ahora está pagando. A menos de dos leguas de alcanzar su destino, su caballo sufrió un accidente terrible: se trozó por completo una pata al caer en una hendidura del terreno, herida que obligó a su amo a sacrificarlo. Era 31 de octubre, víspera de Todos los Santos, día de malos presagios. Comprendió que tendría que descansar, continuar hasta el otro día, elevar una plegaria por que el proceso se retrasara.

Pasó mala noche, temiendo por su propia vida, seguro de que no lo dejarían dormir las voces de aquellos que no encontraron descanso ni siquiera en la tumba. Menos en una noche tan aciaga y siniestra como ésa.

Y así fue.

Una mala noche. La peor de todas.

Se levantó al alba.

Pero no cree en los milagros. Nunca lo ha hecho. Y por eso ahora, sin montura y con la prisa de llegar a tiempo, corre a ratos, descansa a ratos, eleva una plegaria cargada de dolor.

¿Cuándo fue la última vez que conversó con él? ¿Cuatro años atrás? Un diálogo cubierto de reproches y de insultos. Recordó los años en que eran los mejores amigos, aquellos en que araban y cosechaban la tierra juntos, los años en que toda la felicidad parecía depender de las cosas más simples: el pan en la mesa y la hoguera encendida. Ni siquiera se había interpuesto entre ellos el sino de formar parte de una dinastía maldita. A los doce años, a las 144 lunas, ocurrió en Peeter lo que tenía que ocurrir. Y el muchacho asumió con valentía su lugar en el mundo.

Pero eso fue en el pasado. "Y el pasado no existe", fue el pensamiento que lo obligó a abandonar su casa y reventar el caballo.

Se detiene. Levanta la mirada y se retira el embozo, pues ha dejado de enfriar; el sol ocupa el lugar más conspicuo en la bóveda celeste. A la distancia se distingue el campanario de la iglesia, los lindes de la comarca, el dibujo nebuloso del sitio al que entregara los mejores años de su vida.

Continúa su camino a pesar de casi no tener aliento. No ha comido nada desde que despertó pues lo considera una pérdida de tiempo. Sigue sin dejar de rezar por una última oportunidad, una posible reconciliación. Y en su pecho nace, para morir de inmediato, una ráfaga de esperanza.

Se dice que no le importaría llegar a la mitad del proceso, detener el juicio, suplicar al juez, comprar al comisario inquisidor, levantar la voz y hasta ofrecerse a sí mismo en prenda… cualquier cosa con tal de que perdonasen la vida a su muchacho. Pero no cree en los milagros. Durante la víspera de Todos los Santos tuvo malos presentimientos. Y algunas voces, durante la noche, lo torturaron con cosas que no quería oír.

Desciende por una ladera con el corazón en la garganta, cerrando los ojos.

"¿Por qué nos peleamos?" intenta recordar. Y sólo viene a su mente el momento en que él dijo que, si no podían vivir bajo el mismo techo, se marchaba. Peeter tenía veintidós años y era guapo como un Apolo. Su madre había muerto un par de años antes de que empezaran las disputas; la convivencia se había vuelto imposible entre los dos varones. Por eso una tarde dijo, sin más, que abandonaría Bedburg, que trataría de levantar otra granja en algún lugar cercano, que le deseaba a su hijo una buena vida, que no lo buscara porque él tampoco lo buscaría.

Mala cosa el orgullo.

Sobre todo si no se recuerda el motivo original de la desavenencia. Una completa estupidez. Pero así es el corazón del hombre.

Y en él caben tanto el rencor como el arrepentimiento.

"Mi muchacho", repite ahora en voz alta Wilhelm Stubbe. El padre. El que intenta regatear, con todas sus fuerzas, unas cuantas horas al destino. El que ahora corre cuesta abajo y tropieza para rodar por la pendiente, se levanta sin reparar en sus heridas, y vuelve a la carrera.

Cuatro años de silencio.

¿Por qué tardamos tanto? Es imperdonable. Pero nunca es verdaderamente tarde mientras no sea la muerte quien se anticipe a los eventos.

Todo eso se dice, y por momentos siente un efímero alivio.

¿Por qué no alquilé un transporte? ¿Por qué no fui más cuidadoso con el caballo? ¿Por qué no rompí el silencio el año pasado, durante la Navidad o su cumpleaños? ¿Por qué?

El cansancio al fin lo hace detenerse. Está muy cerca la primera casa del pueblo, la de Gustav Lander, hombre bueno y gran conversador. Piensa que es una extraña suerte conocer a todos en Bedburg. Porque es posible que no tenga que correr a la plaza, acaso pueda echar mano de un caballo prestado. Y en su corazón vuelve a asomarse esa ráfaga de esperanza. Recupera el aliento y vuelve a correr. No se detiene en la casa de Lander, tampoco en la de la viuda Gretchen. Tiene en mente la casa de Ole, amigo de la infancia, hermano de leche, pues los alimentó la misma nodriza. Se detiene en la puerta y golpea con fuerza. Por la altura del sol calcula que aún no se habrá marchado a sus labores del campo. Vuelve a llamar.

Aparece Ole en el dintel. Lo mira con sorpresa. Luego, con disgusto. Detrás de él, su mujer y sus hijas comen pan y leche. Los animales están dentro, procurándoles calor; las dos vacas y el becerro.

—¿Qué quieres? —pregunta con malestar.

Stubbe no sabe qué responder.

—¿Es cierto que has estado todo este tiempo en Frechen? —pregunta Ole de nueva cuenta.

Stubbe asiente, pero no le gusta el rostro duro de su amigo de antaño.

—Tal vez los crímenes de Peeter no te incumban —gruñe molesto el hombre de rubicundas mejillas—. Pero tú ni siquiera vivías aquí.

Una pausa. Y luego, la frase que lo parte como una cuchilla.

—La verdad no me pesa. Era tu hijo. Pero también una aberración del infierno. Ojalá su alma nunca encuentre descanso.

Stubbe no quiere oír más. Con el más grande dolor en el pecho decide correr hasta la iglesia, hasta la plaza, hasta el punto en el que lo detendría una imagen que lo haría reconocerse humano y capaz de sentir un dolor inimaginable. Nadie hay en la plaza central. Los acontecimientos del día anterior han espantado por completo a los habitantes de Bedburg. La iglesia tiene las puertas cerradas con la sentencia de muerte de Peeter Stubbe fija con un clavo a la madera. El viento frío y el cielo azul y el canto de los pájaros matutinos son el absurdo telón de fondo. Como si fuese un día como cualquier otro.

El padre, no obstante, lo imagina todo. Y se rinde sobre sus rodillas.

La rueda de tortura aún está ahí, sujeta en el mástil construido para el efecto y que ha sido levantado en el justo lugar de las cenizas, macabro recordatorio de lo que ha acontecido la noche anterior.

Y supone entonces Wilhelm que lo habrán desmembrado con esa misma rueda. Que luego lo habrán quemado, con la excepción de la cabeza. Y que, finalmente, habrán levantado ese horrible monumento para escarmiento de otras "aberraciones del infierno" que pudiesen contemplarlo.

En la punta del asta, la cabeza de Peeter, empalada para el beneplácito de sus verdugos, ahora ausentes como la bondad del mundo. De ojos cerrados y labios enjutos, aquel que era hermoso como un Apolo, corona ahora ese emblema del horror. Cuatro años sin verlo y terminar viéndolo así.

Wilhelm recuerda un niño entre sus brazos. Una época feliz. Su grito encuentra eco en las lejanas montañas y sacude las tempranas nieves.

Capítulo uno

Se trataba de un templo, indudablemente. Un espacio dedicado a la veneración de alguna deidad suprema. De altas paredes abovedadas, el recinto tallado en la roca era inmenso, una catedral como jamás se ha visto a la luz del día. La única iluminación provenía de los calderos en torno al tabernáculo y algunas antorchas empotradas en las paredes.

El altar, al igual que todo lo demás, estaba tallado en la roca y sobresalía unos veinte metros del área destinada a la congregación, conformada por hombres y mujeres de mirada torva, envueltos en túnicas negras. Se contaban por decenas. De sus gargantas surgía un gruñido, un constante tono grave que parecía hacer resonancia con el templo, como si quisieran hacerlo retumbar hasta venirse abajo.

Una escalinata lateral conducía al altar, donde Er Oodak aguardaba con ambos brazos al frente, las manos entrelazadas y escondidas al interior de las mangas de su hábito negro con casulla escarlata. Sobre la plataforma, una sola pieza también de piedra, una mesa de sacrificios con evidentes marcas de la sangre derramada anteriormente.

Tras una puerta cubierta por una cortina negra, apareció una figura, un hombre alto y robusto, igualmente investido con túnica negra. Llevaba en brazos a un muchacho inconsciente, semidesnudo, apenas cubierto con un pedazo de tela anudado a la cintura. Un muchacho a quien faltaba la pierna derecha.

El sordo rumor de los feligreses aumentó. Oodak, hasta ese punto frente al ara de piedra veteada, caminó para colocarse detrás y presidir el rito. Acomodó sobre la superficie los instrumentos que habría de utilizar.

Lentamente, Farkas, aquel que surgiera por la puerta, comenzó a ascender por las escaleras que desembocaban justo a los pies del altar. Sin perder el paso. En sus fuertes brazos, el cuerpo del muchacho dormido.

Oodak miró por encima de su hombro hacia una enorme caverna detrás del altar. Regresó la mirada al frente. La congregación enmudeció. Un horrible monstruo surgía de la boca de la grieta. Farkas miró hacia arriba y se detuvo por unos instantes; en seguida recuperó el paso. A la luz de las llamas, se mostró en su pavorosa estampa un macho cabrío descomunal, erguido en sus patas traseras. Debajo de su exuberante cornamenta se apreciaban aglutinados varios ojos, cada uno con una mirada independiente. En el morro, apresadas entre sus dientes, decenas de almas perdidas que sollozaban y suplicaban misericordia, hombres y mujeres cuyos gritos, de ser escuchados, harían detenerse a cualquier corazón humano. Levantaba el demonio sus seis brazos de garras afiladas para mostrarse magnífico, por delante de un par de alas de murciélago que ya había desplegado también, majestuosas. En una de sus garras, un cetro. Y en el cetro, el nombre blasfemo de aquél a quien ha servido desde el principio de los tiempos.

El silencio fue total. Se escuchaba sólo el crepitar de las llamas y los pasos del licántropo ascendiendo hacia el altar con su preciada carga.

Cuando al fin consiguió llegar al punto cumbre, depositó al muchacho sobre la fría piedra, ante la mirada de Oodak y su señor.

Un grito comenzó a surgir desde el fondo de la tierra. Un aullido espantoso.

—Es nuestro deseo… —dijo el Señor de los demonios, quien ahora tenía los ojos completamente negros.

El grito comenzó a ascender más y más. Trataba de sobreponerse a todo.

—… que esté alerta…

Farkas asintió.

El grito subía y subía pero no conseguía hacerse oír.

—... que esté consciente...

Farkas daba a oler a Sergio de un recipiente de cristal que aproximaba a su nariz. Sergio se sacudía.

—... para que muera como debe morir...

Sergio abrió los ojos. Trataba de incorporarse pero los brazos de Farkas se lo impedían. En su rostro se reflejó el miedo, su viejo conocido. El demonio al lado de Oodak vomitó una lluvia de serpientes. Cuatro de ellas fueron hacia la piedra en la que reposaba Sergio y se enrollaron en sus cuatro extremidades, incluyendo el muñón de la pierna derecha, impidiendo su movilidad como si fuesen ellas mismas de piedra. Una quinta lo obligó a echar hacia atrás el cuello.

—... presa del terror —dijo finalmente Oodak.

El grito al fin consiguió reventar. Un estallido del tamaño de la realidad entera.

El templo se vino abajo con todo su inventario de horrores.

Brianda despertó y, presa de la crudeza de lo que acababa de presenciar, se levantó de un salto, alcanzando al instante la puerta de su habitación, a la que golpeó como si fuese el único obstáculo para impedir lo que recién había atestiguado.

Gritó y gritó hasta que acudieron sus padres.

Hasta que su madre la abrazó y se convenció a sí misma de que estaba en su cuarto, en su casa, en su mundo.

No volvió a conciliar el sueño hasta que no se oyó a sí misma repetir: no es justo... no es justo...

No es justo.

* * *

Zenzele se echó la cabra sobre los hombros y caminó a lo largo de la vereda. No quiso mirar hacia atrás para evitar que lo traicionara el sentimiento. Sabía que su mujer y sus dos hijos lo contemplaban marcharse desde los lindes del poblado. Era esa hora crepuscular en la que las sombras son tan largas que rasguñan el horizonte.

Algo le gritó su pequeño hijo de cinco años; prefirió hacer oídos sordos.

La cabra balaba, ignorante de su suerte. Zenzele la llevaba sujeta de las patas y caminaba en dirección al punto de la ofrenda mientras repetía en voz baja las fórmulas que cada ciclo lunar le ayudaban a conjurar el miedo.

Éste era el octavo ciclo. Cuatro más y descansaría un año.

"No debo tener miedo" se decía en su lengua, echando mano de todo el valor que llevaba guardado en algún rincón de su corazón. Había enfrentado al león varias veces. A la hiena. Al babuino. Y había sentido miedo. Pero nunca nada como lo que sentía cada luna completa, cuando era su turno de llevar la ofrenda. Cuando era uno entre los veintiocho varones seleccionados para mantener al pueblo a salvo y en paz.

Sus pies descalzos hacían crujir la hierba seca. El sol se ponía ya sobre su costado derecho, detrás de la línea infinita de la redondez de la tierra. El calzón de piel de jabalí le causaba comezón, pero no aminoró el paso.

Volvió a la repetición de fórmulas, de plegarias, de tácitas llamadas de auxilio a sus ancestros. Los dientes que colgaban de su cuello hacían el único ruido posible, pues incluso las aves callaban en esa zona desierta, carente de vida.

A los dos kilómetros de haber abandonado la aldea, el sol desapareció por completo.

"No debo tener miedo."

Bajó por una pendiente. Cruzó el cadáver de un árbol. Llegó al lecho muerto de un río. Se enfrentó a la cueva.

Aún podía distinguir la herida de la caverna en las faldas de la pendiente. Ya no había sombras pero sí el contorno preciso de los objetos. Los huesos a la entrada. Los restos de las contadas ocasiones en que Henrik prendía un fuego. La sangre seca de su última comida. La total ausencia de vida. Ni siquiera los moscardones se acercaban.

Depositó a la cabra en uno de los dibujos del riachuelo, muerto desde la llegada de Henrik, hacía cuatro años. El animal volvió a emitir un tierno balido, al ser puesto de costado sobre la tierra. Zenzele sabía que con eso bastaba. Sabía que la noche lo sorprendería al regreso, pero tendría veintisiete días para reponerse hasta su nueva encomienda. Se permitió sonreír al erguirse de nueva cuenta.

No obstante, ésta, su octava vez, no iba a ser como las otras.

Lo había presentido desde el momento en que había abandonado la aldea. Y comprendió que esa lágrima a la que se había resistido al oír la voz de su hijo, volvería en cuanto menos lo esperara.

Dirigió sus negrísimos ojos a la entrada de la cueva porque advirtió que algo se movía. Sintió miedo, mucho, pues suponía que la visión sería horrible. Algún monstruo espeluznante. El más feroz de los demonios. El terror más absoluto. Cuatro hombres en los últimos ocho meses habían sido devorados por Henrik. Todos sin razón aparente pues habían llevado sin falta la ofrenda, patas de cebú, de ñu, crías de cebra, cabras...

La luz aún no abandonaba al mundo, a pesar de que ya había abandonado el corazón de Zenzele.

Notó que su apreciación no había sido incorrecta. Pero no estaba preparado en lo absoluto para lo que vio.

Un niño. Un niño blanco. Hermoso. De cabellos rubios y ojos azules. Con ropas maltrechas pero de corte urbano, citadino. Descalzo. Su cabello largo se revolvía con el viento. Zenzele sólo había visto hombres blancos un par de veces... pero nunca un niño. Se detuvo para contemplarlo, ya que éste también lo miraba.

"Henrik", se dijo. Y pensó que sería muy afortunado si podía volver a su casa y contar a todos lo que había visto, pues era maravilloso. Sobrecogedor y maravilloso.

Se atrevió a sonreír. Una sonrisa de extrañeza, de necesidad de paz y de entendimiento.

Los colores se perdieron. Los luceros resplandecieron. La noche al fin alcanzó la estepa africana. Los alcanzó. Tanto a uno como a otro. Mirándose a los ojos a unos metros de distancia. Uno en la orilla de la pendiente. El otro, en el dintel de la cueva. Dos extraños que acaso podrían aproximarse y buscar algún tipo de comunicación humana.

Y cuando Zenzele creyó que comenzaba a sentirse conmovido, notó que era demasiado tarde. Sus vísceras se volcaban hacia afuera. Todas sus entrañas, de un segundo a otro, alimentaban la tierra. El rojo de su sangre, fundido en ese gris absoluto en el que se habían transformado los colores, le produjo un mínimo estallido mental, una última señal de alarma, un "algo no está bien aquí".

Pero era demasiado tarde.

Se derrumbó sobre sus rodillas.

Y se permitió esa última lágrima antes de caer definitivamente sobre el polvo.

Henrik suspiró sin mudar la expresión en su rostro. Le divirtió un poco que el oscuro hombre sobre la tierra no hubiese tenido tiempo de cerrar los ojos, aunque no lo suficiente como para arrancarle una sonrisa o algo parecido. Se acuclilló al lado del cadáver y hundió una mano en el interior, aprovechando el tajo limpio con el que había cercenado el vientre. Por lo pronto sólo se regocijó en la materia pegajosa, tibia y palpitante. Extrajo la mano y la contempló, brillosa, a la luz de la luna llena.

Ni siquiera tenía hambre. Solamente estaba aburrido.

La cabra murió decapitada. De un instante a otro también. La cabeza todavía emitió algunos sonidos, por brevísimos segundos, a pesar de haber sido separada del cuerpo.

Tampoco esto le hizo mutar el gesto a Henrik.

Se incorporó. Aburrido. Aburrido. Aburrido.

Con los ojos puestos en la luna se acarició una mejilla, pintándola de sangre. Volvió a suspirar. Pensó en volver a la cueva. Esperar a la mañana para dar cuenta de la ofrenda. De las ofrendas. Comenzó el camino de regreso, a paso cansino.

—*Mein kind*...

Se detuvo. ¿Había sido su imaginación? ¿Alguna voz de su mente, de esas que los últimos años lo habían acompañado a todas partes, como una clara demostración de la locura a la que se había entregado?

—Mi niño… —repitió la voz en alemán.

Se volvió.

El cadáver del aborigen hablaba. Exánime, hablaba. Los ojos del muerto seguían fijos en la nada, pero su boca había recuperado su natural movilidad.

Se acuclilló Henrik frente al prodigio.

—Mi pequeño… cuántos años de no vernos. ¿Eres feliz en tu exilio? —dijo la voz.

—Mmhh… —se encogió de hombros el muchacho.

La noche envolvió la estepa. Como si la luna hubiera decidido apagarse.

—Comprendo que hayas decidido apartarte de todo, mi pequeño… pero necesito de tu ayuda.

—Habla, mi Señor.

—Tendrías que volver al mundo.

Henrik apenas asintió.

—Y tendrás que desafiar a Oodak.

La confirmación empezó. El zumbido de las moscas comenzó a crecer como una alarma contra incendios. Repentinamente, una nube de insectos se apropió de la cuenca vacía del río, creando una oscuridad palpable, viva. Henrik abrió la boca para deglutir algunos de los asquerosos secuaces del que se hacía presente.

—Está bien —volvió a encogerse de hombros el muchacho.

Un rugido surgió de la seca garganta de la tierra, de la más profunda negrura de la cueva. Todas las aldeas circunvecinas padecieron un temblor de tierra. El estremecimiento acompañaría a la gente por varios días, el espanto enfermaría del estómago a los niños, los viejos culparían a alguna añeja maldición. Un estruendo que sacudiría las hojas de los árboles y haría huir a las fieras. Un desplante un tanto vulgar, incluso para el Principe del averno, el Señor de las moscas, pero en cierto modo necesario.

—En principio, mi niño, grábate un nombre.

Henrik decidió que era buen momento para disfrutar del banquete. Extrajo a la cabra uno de los globos oculares. Lo sostuvo en su mano sanguinolienta. Las moscas se posaron al instante en el gelatinoso bocado. Aguardó unos segundos. Esperaba a que su señor hablara.

—Sergio Mendhoza —fue lo que surgió de la boca del cadáver.

Y Henrik, al momento de posar la golosina en su ávida lengua, sonrió por vez primera.

Capítulo dos

La luz de la luna bañaba el cobertor de la cama más próxima a la ventana. Dibujaba un tenue cuadro de contraste con la oscuridad reinante al interior de la pequeña habitación. En los pliegues de dicho cobertor, un libro abierto. Y, entre las páginas del libro, un sobre. Serían las tres de la mañana. Pero ninguno de los dos había podido dormir bien. Jop estaba sentado, recargado en la cabecera de la cama, mirando el cuadro de luz, mirando el libro.

Se había dormido hojeándolo con curiosidad, pues nunca le había dedicado su total atención. Y ahora el libro descansaba a sus pies, durmiendo su propio sueño de siglos enteros.

Procurando no hacer ruido para no despertar a Sergio, se animó a tomarlo de nueva cuenta. Lo puso sobre sus rodillas y posó sus ojos sobre los incomprensibles párrafos. En el grabado de la derecha se veía a un hombre confrontando a un monstruo negro muy parecido a un león: un mafedet. Suspiró. El sobre se escapó de entre las hojas y lo tomó. Acarició los vestigios del sello que Sergio rompiera tiempo atrás y puso el libro a un lado. Extrajo entonces el papel apresado al interior del sobre y lo desdobló. En el dibujo plasmado se encontró con el gesto adusto de Sergio. ¿Cuánto habría cambiado su amigo desde aquel momento en que se vio a sí mismo por primera vez en ese papel?

Por lo pronto, llevaba el cabello largo al fin. Como siempre había deseado. Era un cambio significativo. O al menos así se lo parecía a Jop.

—¿Por qué Sergio? —dijo una voz del otro lado del cuarto—. ¿Por qué Sergio Mendhoza?

Jop no se sobresaltó. Sospechaba que Sergio tampoco dormía. Pero no creyó que se sintiera con deseos de conversar. De cualquier modo, no dijo nada, a la espera de que Sergio explicara esa pregunta que había dejado suspendida en la oscuridad. Y siguió mirando a su amigo replicado en la hoja con una sonrisa nostálgica.

Hacía calor. Era una habitación barata, sin baño. Pero no necesitaban más. De hecho, como siempre, partirían al amanecer.

—¿No es eso lo que te estabas preguntando, Jop? ¿Por qué Sergio? ¿Por qué nosotros?

Sergio se levantó y fue, brincando sobre su pierna izquierda, a la mesita en la que se encontraba una tele grande y gorda. A un lado del aparato había una botella de agua, a la que dio un largo trago. Era el décimo cuarto día de viaje. Y tal vez el primero en el que se despertaran simultáneamente en la noche, acaso aguijoneados por las mismas inquietudes, las mismas preguntas sin respuesta.

Los días anteriores había sido un avanzar por avanzar. Jop se había propuesto no cuestionar a Sergio; sólo acompañarlo. Y había cumplido. Desde el primer autobús que abordaron, fue como si se arrojaran a la corriente de un río, como si ellos sólo tuvieran que flotar y confiar en la buena suerte. Al cuarto día, a la orilla de la carretera Querétaro-Irapuato, Sergio admitió que, por lo pronto, lo único que quería era alejarse. ¿De qué? De su mundo anterior, tal vez. Ni siquiera él lo sabía pero, por lo pronto, sólo quería caminar sin rumbo, dejarse arrastrar. La búsqueda aún no comenzaba, confesó a su amigo. Y Jop asintió con una tristeza hasta entonces desconocida. Ese día pernoctaron donde los sorprendió la noche, repentinamente desprovistos de una dirección precisa. Se metieron a un mesón donde tuvieron que compartir habitación con tres peregrinos en dirección a la Ciudad de México. Y, al amanecer, al salir del mesoncito, Sergio miró en una y otra dirección de la calle sin disimular su extravío. De pronto se decidió por una de ambas posibilidades y caminó, silente, en ese sentido. Jop detrás de él. La pesada melancolía con ambos.

En realidad fue hasta el octavo día, una semana después de su partida, que Sergio mostró en la mirada una posible manifestación de lucidez. Fue en una plaza comercial en Pachuca. Comían un par de hamburguesas sin decirse nada cuando levantó la vista para dirigirla a un punto. Jop notó el cambio y se despabiló para mirar en la misma dirección en la que veía su amigo. Una chispa había nacido en los ojos del mediador. Y Jop la distinguió perfectamente, sin atreverse a perturbarlo.

—Esa señora —dijo al fin Sergio—, la de la blusa roja.

Jop miró en esa dirección. Apenas posó la vista en una señora que, a pocas mesas de distancia, comía despreocupadamente de una bandeja con tacos. Nada en especial. Una señora como cualquier otra. Sergio ni siquiera la miraba cuando Jop regresó también a su hamburguesa.

—Tiene consigo el halo de fortaleza.

Jop volvió a mirarla. Con nuevo interés. Nada en especial. Pero esa percepción que causaba en Sergio era significativa y digna de atención. Finalmente, era eso lo que lo convertía en un mediador. Y eso lo que le permitiría identificar a Edeth cuando lo tuviera enfrente. Pero, por alguna razón, Jop no imaginaba ésa como la estampa del Señor de los héroes. Una mujer de unos cincuenta años, con algunas canas, anteojos, un poco de sobrepeso, una bolsa de mandado en la silla de al lado y unos tacos a medio terminar.

—¿Quieres que...?

"¿Que qué?", se preguntó Jop antes de continuar. "¿Que la sigamos? ¿Que indaguemos?"

—Estoy seguro de que, cuando esté enfrente de Edeth... —resolvió Sergio, rescatando a Jop de sus propias interrogantes— lo sabré. No lo puedo explicar, pero estoy seguro de que lo sabré.

Y Jop, como era costumbre en esos días, sólo asintió. Pero también comprendió que era una búsqueda tremenda. ¿Caminar por todo el mundo, identificando el halo de fortaleza en todos los hombres hasta dar con uno cuya fuerza, cuya contundencia, fuese en verdad implacable? Más de seis mil millones de habitantes... un solo héroe.

Por eso los días aciagos. Por eso la incertidumbre.

Daba lo mismo cualquier dirección, cualquier hotel, cualquier autobús. Y, naturalmente, lo que parecía más lógico era comenzar y seguir por un tiempo en México. Pero... lo que en principio se les antojaba difícil, a menos de un mes de haber abandonado sus casas, ya les parecía imposible. ¿Habría que tener contacto directo por lo menos una vez, en esos seis años que le había dado Oodak de plazo, con toda la gente del planeta para poder asegurar quién era y quién no era Edeth? Por eso, esa noche particularmente ominosa era significativa, porque Sergio había estado dándole vueltas al problema. Y creía haber dado con una solución.

Mientras tomaba de la botella de agua, consideraba si estaría dispuesto a intentarlo.

—Porque así debe ser —dijo en respuesta a sus anteriores preguntas pero, seguramente, también como una forma de acicatearse a sí mismo por la ocurrencia que había tenido durante el sueño.

Se sentó en la única silla de la habitación. Suspiró.

A Jop le parecía últimamente como si Sergio hubiera crecido varios años en apenas pocos días.

—Pocas cosas sé como si estuvieran escritas en algún lado. En ese libro o en otro —sentenció Sergio—. Y una de ellas es que, si nosotros no damos con Edeth... nadie más lo hará.

Torció la boca, como si le diera pena admitir algo como eso. Pero Jop no tenía ninguna intención de ponerlo en duda. Al contrario. Habían pasado por tantas cosas juntos que, si de algo estaba seguro, era que nunca dejaría de creer en la palabra de Sergio. O en cualquier aseveración suya, por descabellada que pareciera. Y que estaría a su lado hasta que eso se resolviera, para bien o para mal.

Fue Sergio hacia él y cerró el Libro de los Héroes. Introdujo su propia imagen en el sobre y éste de vuelta al cobijo del volumen. Lo echó al interior de su mochila y regresó a la silla. La luz de la primera luna llena desde aquella que, al interior del penal, le había hecho descubrir su verdadera naturaleza, no le producía ningún tipo de reacción. Ni siquiera una cosquillita. Nada. Por eso se atrevió a ser sincero con Jop al respecto.

—Esa bolsita que te di…

Jop asintió. La llevaba al cuello desde aquel primer día. Un resguardo de vida o muerte. Sergio continuó.

—… nos podría facilitar las cosas.

—¿En serio?

—Más o menos. Con sólo tenerla entre mis manos podría entablar comunicación con los muertos. Y ellos tal vez me podrían guiar en la dirección correcta.

Jop fue sacudido por un escalofrío. Sintió deseos de despojarse de la bolsa.

—No te preocupes. Sólo tiene ese efecto en mí. De hecho… de todos modos tengo cierta propensión a escuchar las voces de los muertos. Pero es como si me hablaran a través de un túnel. Con esa bolsa en mi poder podría escucharlos en mi cabeza como cuando tú o cualquier persona me hablan. Es casi casi como un "superpoder" —entrecomilló la frase.

Jop sonrió involuntariamente. Sabía que todo eso llevaba a alguna parte, pero prefirió no apresurar las cosas.

—No he querido hacer uso de esa ayuda porque, como Wolfdietrich, no podría identificar a Edeth al mirarlo a los ojos. Perdería otro tipo de percepción que me parece más valiosa. Una cosa por otra. Y yo elegí la que me hace sentir mejor conmigo mismo.

Jop miró involuntariamente su reloj. Casi las tres y media. Y nada de sueño. En las calles de ese pueblo en el que pernoctaban, apenas se escuchaba, esporádicamente, el ruido que causaban los autos sobre la grava al pasar frente al hotel.

—Pero… creo que, después de darle muchas vueltas en la cabeza, he encontrado otra forma de dar con Edeth. Una más efectiva que caminar a la deriva.

—¡Qué bien! —se achispó Jop. Le dieron ganas de levantarse e iniciar de inmediato. Sergio lo notó y lo refrenó con un movimiento de la mano.

—El asunto es...

Jop sintió cómo todo su entusiasmo se desplomaba por completo. Conocía esa mirada, ese tono de voz en Sergio. Se mordió los labios.

—El asunto es... que creo que puede ser muy, muy peligroso.

"Muy peligroso", repitió Jop en su cabeza. ¿Lo había valorado al momento en que salió del Distrito Federal con Sergio? ¿En verdad había considerado que, en alguna parte del viaje podrían enfrentar algo muy, muy peligroso? Tragó saliva. Fin de las vacaciones.

—Y no sé —dijo Sergio a manera de conclusión, con la vista en esa luna benévola y luminosa— si quiero hacerte pasar por algo así.

Otoño, 1589

Se volvió un fantasma en Bedburg, uno con quien nadie se metía. Se le veía musitando el nombre de Peeter por los callejones, los establos, los sembradíos, las calzadas, las plazuelas...

Usualmente de mentón lampiño, Wilhelm Stubbe dejó que le creciera la barba por un mes completo de divagar por el pueblo, viviendo de la mendicidad, llorando como no había hecho nunca antes, ni siquiera con la muerte de su esposa. Ebrio de arrepentimiento y de dolor, parecía que se volvería el loco del pueblo. Hasta la tarde en la que uno de sus antiguos camaradas lo invitó a pasar a su casa. Uno con quien, en su momento, hizo buena amistad, cuando era un hombre más entre los parroquianos del pueblo.

Stubbe se encontraba recargado contra el corral de una casa de las afueras, tiritando de frío, cuando Oskar Linz se aproximó a él, decidido a abordarlo.

—Will, tienes que detener esto.

Stubbe sólo lo miró como en los últimos días miraba todo, como traspasándolo, con la mirada de un loco. No dijo nada. Sonrió amargamente y devolvió la vista al camino de tierra que lo había llevado hasta ahí.

En tiempos más felices habían cultivado cebada juntos, habían filosofado y reído y peleado, como hacen los amigos. Oskar nunca se había casado y la fortuna que había hecho le permitía tener una de las mejores casas de Bedburg, una de dos pisos, hecha de piedra, adobe, madera y argamasa, buena para los veranos y también para los inviernos.

—Ven. Te invito un trago de vino.

Le ofreció su brazo y lo condujo por la calle como habría llevado a un anciano o a un ciego. Al llegar a su hogar, pidió a su criado que despojara a Stubbe de sus ruinosas botas y le pusiera agua caliente en un balde, como si se tratase de un viajero de tierras lejanas que necesita alivio urgente en los pies. Tal vez lo fuera. Incapaz de decir una palabra, Stubbe se dejaba atender con la mirada perdida. Fue cuando Oskar le puso en la mesa un plato de caldo caliente, varias hogazas de pan y un vaso de vino, que a Stubbe lo traicionó el sentimiento. Después de llorar por varios minutos, al fin se dispuso a comer. Al terminar, dijo en un murmullo:

—Gracias.

—Tienes que detener esto —insistió entonces Oskar.

—No puedo. El dolor es terrible.

—Como el de la gente que padeció el cambio de Peeter.

Siguió entonces una charla sin reproches en donde Oskar pudo al fin poner al día a Stubbe. Le contó cómo el hombre lobo había dado muerte a diecisiete habitantes de la región, gente con la que había comido y bebido, gente que lo estimaba y que cantaba a su lado en misa antes de volverse un engendro. Stubbe supo entonces que, si no se sinceraba con alguien, probablemente terminaría entregándose por completo a los brazos de la demencia. Inició con una pregunta que le pareció clave.

—Oskar... ¿tú... me estimas?

—Sí, pero lo que hizo tu hijo...

—No fue ésa mi pregunta. ¿Me estimas? ¿Puedo confiar plenamente en ti?

Lo había llevado a su casa. Le estaba preparando ropas más dignas, para que abandonara ésas de pordiosero que ahora portaba, le había dado de comer y le prestaba su atención, pero era necesario que Oskar lo confirmara de propia voz para poder sincerarse por completo.

Oskar Linz entonces recordó una mañana en la que Wilhelm Stubbe lo rescató de morir en manos de unos bandidos, hacía muchos años, cuando ambos fueron asaltados en un camino. Stubbe pudo huir, pero volvió por él, enfrentó a los ladrones, le salvó la vida. Esa ventura de la memoria fue la que hizo que respondiera, con toda franqueza:

—Sí.

—Gracias —resolvió Stubbe, más dueño de sí mismo—. Porque quiero contarte algo que puede hacer que me desprecies para siempre. Algo que deberá quedar entre tú y yo.

Dio un largo trago al vino y sirvió de la botella a su amigo para que lo acompañara en ese trance. Lamentó por unos instantes haber dejado Bedburg y a la buena gente de Bedburg para irse a Frechen, un sitio como cualquier otro. Pero el orgullo puede eso y más.

—Primero debes saber que el dolor y el arrepentimiento no me dejan porque yo pude haberlo impedido. Todo lo que hizo Peeter pude haberlo impedido o, al menos, detenido antes de que se volviera incontrolable. Pero me enteré tarde y, lo más importante... lo dejé solo. Por un pleito absurdo me largué del pueblo y lo dejé solo.

Oskar bebió de su propio vaso y negó.

—Nadie hubiera podido impedir lo que hizo Peeter. Nadie puede enfrentar a un hombre lobo, Will, créeme. Yo mismo presencié una de sus horribles carnicerías. Y sólo Dios misericordioso pudo sacarme de ahí sin morir.

—Yo sí pude hacer algo.

—Te equivocas.

—Sé que no.

—¿Por qué insistes?

—Porque llevo encima la misma maldición que mi hijo.

Entonces, con la única luz de una vela de sebo, Wilhelm Stubbe contó al que alguna vez fuera su mejor amigo todo respecto al sino que cargaba sobre sus espaldas. Le contó cómo, a sus doce años, aproximadamente, sufrió su primera transformación, y cómo su propio padre lo instruyó en ese conocimiento. Y cómo él mismo lo hizo con su hijo primogénito, Peeter Stubbe, en el momento adecuado.

—Es algo con lo que cargamos, pero no tenemos que consentirlo ni echar mano de ello. Yo, por ejemplo, no he hecho uso de ese absurdo privilegio más que tres veces en mi vida. Y me arrepiento de cada una.

—No te creo —sentenció Oskar con el ceño fruncido—. Peeter pactó con el diablo y por eso se volvió uno de sus engendros.

—No es así. Pero prefiero que no me creas a tener que hacerte una demostración.

Oskar Linz sucumbió a un escalofrío. Los ojos de Stubbe, ocultos tras su oscura melena, tras su poblada barba, podían ser los de un lobo, efectivamente.

—Pediré a Johan que te disponga lo necesario para que te bañes y te afeites. Luego, te marchas.

Dicho esto, se disculpó y fue a su habitación. Su criado, en efecto, le preparó un baño a Stubbe y se ofreció a afeitarlo, pero éste lo sorprendió con una nueva resolución.

—Corta sólo los excesos. A partir de ahora, usaré la barba crecida.

Y así hizo Johan, el muchachito de quince años a quien también hacían temblar los profundos y negros ojos del visitante.

Una vez que se puso las ropas que Oskar le obsequiara, Stubbe se negó a recibir la bolsa con monedas que el criado le ofreciera. Le pidió en cambio que agradeciera a su amo y le dijera que lamentaba todo lo ocurrido, y que siempre encontraría en él a un amigo. Lamentablemente se marchó antes de que Oskar Linz se decidiera a participarle un secreto que pocos en el pueblo sabían respecto a Peeter y que era lo que lo había llevado a retirarse a su recámara antes de que anocheciera, repentinamente necesitado de reflexión.

Stubbe decidió no deambular más por las calles del que fuese su pueblo natal. Se sentía un poco mejor, aunque el dolor fuese el mismo.

Entró a la taberna de Greta, una hostelera que en su juventud había sido su novia, mucho antes de heredar el negocio de sus padres. Al entrar, la rubia y fornida mujer no pudo evitar la sorpresa. Se aproximó a la mesa del rincón que ocupara Stubbe y, encendiendo la vela con otra vela, lo increpó.

—Para haber actuado todo este tiempo como un maldito ebrio, me sorprende que apenas hoy entres a mi taberna a calentarte.

—Un vaso de cerveza y me largo, Greta —dijo Stubbe sin siquiera mirarla. En efecto, había pensado volver a Frechen ese mismo día y tal vez colgarse de la rama de un árbol antes de que el sol volviera a surgir por el oriente.

—A mí me da lo mismo, Will. Me alegra verte. Peeter era un monstruo, pero también era tu hijo. No puedo imaginar lo que estés sintiendo.

—Cerveza —exclamó, regalándole una fugaz mirada—. Por favor.

—Como quieras. Por cierto. Ese hombre de allá ha estado viniendo desde hace un par de semanas. Todos los días pregunta por ti, como si supiera que terminarías viniendo en algún momento. Estoy harta de él pero consume como si fuera pariente del rey, así que lo atiendo sin chistar, a pesar de que me ahuyenta a la clientela.

Stubbe miró a un hombre de ojos encendidos, túnica oscura de franciscano, piel enjuta y complexión delgada, que lo miraba desde otra mesa. Un vaso, una botella de vino a medio terminar y un estofado de carne le hacían compañía.

Sólo esas dos mesas estaban ocupadas. En el aire se cernía una tensión intangible, como la que precede a las grandes catástrofes.

—Cerveza, entonces —dijo Greta, y volvió a la cocina. El otro parroquiano levantó su copa y brindó a la distancia con Stubbe, quien no se movió.

Al poco rato, el hombre de piel blanca y ojos como relámpagos se aproximó, llevando con él su plato y su vaso. Vestía el capuchón del hábito sobre la cabeza, lo que le daba un aire siniestro. Coincidió el sentarse con el regreso de Greta. Ella depositó el vaso en la mesa y, como queriendo desentenderse de todo, o tal vez percibiendo el fuerte aroma de la tragedia, fue a la puerta principal, echó la trabe y se perdió en la cocina.

—Primero quiero que sepas... —dijo Oodak al primer sorbo de vino, con un cargado acento extranjero—, que yo no tuve nada que ver en esto.

—Cerdo de porquería. Y esperas que te crea.

Una sola conversación habían sostenido, hacía ya muchos años, pero ojos como ésos no se olvidan nunca. El incidente había ocurrido cuando Peeter aún no venía siquiera al mundo. Oodak se había presentado a media jornada, en pleno campo; Stubbe pastoreaba un hato de ovejas de su propiedad cuando el hombre surgió de la nada; se había presentado como el Señor de los demonios y había ofrecido una pequeña demostración. Stubbe se puso en guardia al tener ante sí al monstruo en su representación más espantosa; ésa había sido una de las tres transformaciones a las que se refirió estando con su amigo Oskar. Las ovejas huyeron en estampida y perdió una buena cantidad esa tarde. Ojos y circunstancias así no se olvidan nunca.

—No tienes alternativa —sentenció Oodak—. En todo caso, lo cierto es que él ya no está aquí.

En sus ojos había más de una declaración. Will Stubbe sintió que se le encogía el corazón.

—Por eso no has podido tener ningún tipo de comunicación con él, a pesar de haber rescatado sus huesos y haberlos enterrado clandestinamente en tierra santa con tus propias manos. Porque su espíritu ya no vaga por la tierra. Y tú y yo sabemos la razón precisa.

Stubbe sintió un estremecimiento. Sucumbió a una lágrima que resbaló por su mejilla.

—Está con nosotros —dijo Oodak, complaciente—. Finalmente, sus actos le han granjeado esa recompensa.

Stubbe no pudo sino consentir un pensamiento. "Mi muchacho", se dijo. Fue presa de temblores y sacudidas. "Mi muchacho en el fuego eterno." Era demasiado. Quiso morir pues era la única razón por la que había permanecido tanto tiempo en Bedburg vagando como un muerto en vida: la esperanza de que el alma de Peeter estuviese errando por las inmediaciones del pueblo, poder hablar con él y confortarlo por última vez. Suplicarle su perdón. Propiciar un arrepentimiento. Granjearle otra suerte.

Pero en todo ese tiempo sólo habían alcanzado sus oídos las voces de otros muertos, nunca el timbre tan conocido y tan anhelado de su muchacho. De ahí la decisión de ahorcarse cuanto antes, volverse él mismo de otra sustancia, alcanzar el mismo sitio en el que acaso se encontraba Peeter y conseguir ese último deseo de mirarse en él y concederle un último abrazo aunque fuese en el lugar más espantoso de la trama de los tiempos.

Y ahora recibía esa misma confirmación de la única persona que podía ofrecerle esa verdad, el único ser cuya visión alcanzaba el mundo y el inframundo por igual.

De pronto acarició una posibilidad: la de echar mano de su privilegio como Wolfdietrich, atacar con toda su furia, enfrentar a ese demonio a dentelladas, acaso morir de la mejor manera posible. Detuvo sus ojos llenos de angustia y de rabia en los de Oodak.

—No te culpo —habló nuevamente el Señor de los demonios, sin mutar su gesto apacible—, pero no creo que fuese buena idea. No lograrías nada.

Recordó Stubbe la imagen terrible, reptiliana y majestuosa que se había hecho presente aquella vez que lo abordara en un paraje solitario. ¿Qué podría hacer un licántropo en contra de un monstruo de tal naturaleza? Tal vez no importaba. Tal vez, en efecto, sería la mejor manera de morir, de reunirse con su hijo.

—En verdad, Stubbe... no sería muy inteligente. Después de todo, ¿a qué crees que he venido? ¿A hacer escarnio de tu pena? Por favor.

La ira disminuyó. ¿Acaso...?

—Así me gusta —dijo Oodak con un nuevo trago a su vaso de vino.

—¿Qué es lo que quieres?

—¿No piensas tomar tu cerveza?

—¿A qué has venido?

Terminó su vino Oodak y se levantó a recuperar la botella, que había quedado olvidada en la mesa que estaba ocupando al momento en que llegó Stubbe. Volvió a su lugar frente al barbado hombre de los ojos colmados de tristeza.

—A hacerte una oferta.

Capítulo tres

—Éste es buen lugar para el experimento, Jop —dijo Sergio.

Era un pueblo como cualquier otro. Pasaban de las cinco de la tarde y la actividad era apacible. La iglesia llamaba a misa con las últimas tres campanadas, la gente se paseaba en el sopor vespertino sosteniendo una nieve, caminando de la mano, charlando de cualquier cosa. Los niños jugaban en el parquecito aledaño al atrio de la iglesia envueltos en una gritería musical. La plaza de jardines entrecruzados, verdes y floridos, ayudaba a aumentar la estampa de postal turística que conformaba todo a la vista de los recién llegados. Era un pueblecito en algún lugar del estado de Sinaloa y Sergio lo había elegido por su evidente tranquilidad, su casi inverosímil apariencia del lugar más pacífico del mundo.

Sergio escogió una de las bancas del parque y se sentó. Jop compró dos algodones de azúcar y, después de darle uno a Sergio, ocupó el sitio al lado de su amigo.

El experimento. Así lo había llamado Sergio porque no estaba seguro de que funcionara. Pero sí estaba seguro de que, de echar mano de ello, tendría que iniciar en algún lugar apartado, sin mucho que poner en juego.

—Explícame de nuevo, por favor, por qué tiene que ser de noche —dijo Jop una vez que agotó su algodón azul.

Dos mochilas era todo lo que cargaban; en la de Jop el objeto más pesado y voluminoso era la laptop, en la de Sergio, el Libro de los Héroes. Los tenis de ambos ya mostraban claras señales de desgaste por los kilómetros andados, así mismo las ropas, sucias y polvorientas. Los rostros, demacrados, carentes de entusiasmo, también eran fiel reflejo del tiempo que llevaban sin descanso y sin haber conseguido nada. Pero este día al menos era diferente y en los ojos de Jop intentaba nacer su antigua chispa. Porque tal vez podrían, a partir de ese día, encender una luz si el experimento funcionaba, si no los ponía en tan grave peligro como suponía Sergio, si al menos les indicaba una dirección precisa.

El sol se mostraba luminoso por encima de las montañas, así que tenían una hora o tal vez un poco más para prepararse antes de la llegada de la oscuridad.

—De noche hay menos ruido ambiental.

—¿Ruido "ruido"... o estás hablando en sentido figurado?

—Sentido figurado.

—Ya.

Sergio se sentía optimista. Tenía que funcionar. En realidad lo único que le preocupaba era tener que seguir por su cuenta y dejar a Jop atrás.

—¿Extrañas la escuela? —dijo Jop.

—Algo.

—Yo igual.

Desde esa banca podían ver el edificio de un colegio.

A Jop se le ocurrió, de pronto, que su infancia quedaba muy lejos. Más allá de ese parque, esa plaza, ese inmueble, el horizonte...

—Naah. La verdad no extraño la escuela —mintió.

Fue a comprar dos botellitas de agua a un puesto cercano. Y luego, ubicó también, a la distancia, un banco y un cajero automático, pues era posible que necesitara sacar dinero próximamente. Al volver a la banca, Sergio tenía otro semblante, uno que indicaba que lo ineludible estaba por ocurrir.

—Me he acostumbrado a vivir con el miedo encadenado a mi interior.

Su voz parecía la de una persona mayor. Jop no supo qué decir. Tomó su agua y le dio la otra botella a su amigo.

—En cierto modo será una forma de liberación, Jop. Soltar las amarras del miedo... pero no podemos saber si los demonios o sus sirvientes están avisados por Oodak de mi misión. Y, la verdad, aunque tengan órdenes explícitas de no hacernos daño, no creo que se sientan muy dispuestos a obedecerlas.

—De acuerdo.

El sol se ocultó lentamente, comenzó a difuminar sus colores en una paleta más elemental y más hermosa, sobre todo en las partes más bajas de la bóveda celeste. La gente salió de misa. Las farolas se encendieron. La gente no dejó de pasear, incluso se incrementó la actividad. Los niños convocaron a otros niños. Los juegos se volvieron más bulliciosos.

Se trataba de un experimento bastante simple. Sergio había conseguido tal control sobre su miedo que creía poder ahora no sólo liberarlo, sino potenciarlo. A partir del momento cuando enfrentó a Morné y aprendió a disimular en presencia de Oodak, consiguió hacerse fuerte y, día tras día, hora tras hora, minuto tras minuto, controlar al monstruo abrazándolo, haciéndose uno con él. Doloroso, demandante, agotador... pero efectivo. Así que ahora, en esa plaza de cualquier pueblo de cualquier lugar del mundo, volvería a sentir miedo; liberaría sus temores y no sólo les soltaría las cadenas sino que les permitiría volar, expandirse, vibrar en resonancia con cada persona, cada objeto, cada molécula del aire circundante. Todo el miedo posible, porque comprendió que sólo así podría abrir sus sentidos de mediador y percibir al héroe por muy lejos que éste se encontrara. ¿Peligroso? Mucho, pues los demonios son atraídos por el miedo del mismo modo que las abejas a una fuente de miel. ¿Funcionaría? Sí. Claro. No era ésa la duda que abrigaba Sergio, sino qué tanto estaría llamando a los demonios y cuál sería la respuesta de éstos. ¿Estaba listo? Jamás lo sabría hasta no intentarlo.

Por eso ese lugar. Ese pueblo que, al menos en apariencia, era incapaz de albergar algún demonio de importancia. Tal vez sólo hubiera gente buena. Y acaso, entre ellos, algún héroe real.

Así, la espera se extendió, algo muy habitual para los dos chicos en esos días. La gente comenzó a abandonar la plaza. El silencio empezó a apoderarse poco a poco de las calles. Era una noche sin luna, sin viento, sin malos presagios.

Pasaban de las doce de la noche cuando Sergio hizo una venia a Jop y éste, suspirando, se acomodó a su lado en la banca. Tenían una habitación alquilada en un hotelito de esa misma plaza; habían sacado dinero del cajero automático; habían cenado. Ya no tenían excusas.

Sergio aguardó a que no hubiera personas al alcance de su mirada para sacar la brújula de su mochila y depositarla en la banca. Jop, a su lado, sabía que no habría signos tangibles de lo que estaba por venir... en el mejor de los casos. Pero igual tenía miedo. La súbita soledad de la que un par de horas antes fuera una plaza concurrida le parecía ahora un inevitable preámbulo, como si se tratase del ojo del huracán. La luz artificial de las farolas se había vuelto mortecina, fantasmal, al igual que los ruidos, cada vez más tenues o distantes. Jop extrañó los días en que se veía a sí mismo dirigiendo cine de horror; ése hubiera sido un gran escenario para rodar una escena.

Sergio sólo tuvo que hacer lo que hacía todos los días al momento en que se desprendía de los brazos de la vigilia para caer en la inconsciencia a la hora de dormir. Como aflojar algún músculo que constantemente se mantiene apretado, con la diferencia de que ahora no entraría al seguro terreno de las pesadillas.

Liberó sus miedos con todos los sentidos alertas.

Fue como volver a ser él mismo. Aquel muchacho que, desde aquel primer contacto con Farkas, tuvo miedo, mucho miedo. Aquel muchacho que durante toda su niñez se sintió receloso y apesadumbrado por casi cualquier cosa. Fue como estar de nuevo frente a la computadora, chateando con Jop, entrando a aquella página de Led Zeppelin, recibiendo el primer mensaje del licántropo que habría de definir su suerte para el resto de sus días.

Él mismo se sintió sorprendido. Llevaba tanto tiempo ejercitando ese músculo que le fue extremadamente fácil usarlo a conveniencia. Y repentinamente ya era un miedo sobrecogedor el que se apoderaba de él, como tal vez no sentía desde que era un niño pequeño y escuchaba ruidos del otro lado de la puerta. Luego, el miedo se incrementó poco a poco, hasta volverse muy cercano al terror.

Sus pupilas se dilataron. Su respiración se agitó. El sudor acudió a su frente, a las palmas de sus manos. No pudo evitar el escalofrío, el temblor, la asfixia, el sentimiento de desamparo. Comprendió que acaso estuviera perdiendo el control pero, al menos en esa ocasión se dejó llevar, pues era necesario saber qué tan efectivo sería el experimento.

Entonces ocurrió.

Como si se extendiera un fino entramado entre él y cada persona a su alrededor sin importar la distancia, comenzó a sentir la vibración del miedo y la confianza contraponiéndose, como si cientos de miles de pulsaciones se encontraran en el aire y él sólo tuviera que elegir las más placenteras o las más desagradables, unas procedentes del halo de fortaleza de las personas, otras de la ausencia de alma de los demonios. Jop lo notó, porque en el rostro de Sergio se revelaban por igual el asombro y el conocimiento.

—¿Estás bien? —dijo Jop.

Sergio no respondió en seguida. Cerró sus ojos. Lo podía decir casi como si se cincelara en su mente un mapa: la ruta exacta hacia el monstruo o hacia el héroe. A no muchas calles de ahí, un demonio; a un par de kilómetros, un héroe. Imposible decir si el demonio dormía o si el héroe se llevaba un pedazo de pan a la boca. No podía discernir otra cosa que lo que producían en su interior ambos; pero sí podía afirmar algo con toda seguridad: su existencia y proximidad.

—¿Estás bien? —insistió Jop.

—Sí —respondió, parcamente.

Mas no bastaba. Si en realidad quería hacer uso de esa facultad suya, tenía que potenciarla. Proyectarse más allá de ese pueblo. Más allá de esa gente. Tal vez el estado. El país. El continente.

Se estremeció al instante. De pronto fue como si, por decisión propia, todo en el mundo fuese horrible, como si Jop fuese capaz de estrangularlo ahí mismo, o el parque pudiese estallar en llamas espontáneamente.

—Sergio… —dijo Jop. Algo había cambiado en su voz.

Pero Sergio prefirió no atenderlo. Por el contrario, siguió con la vista encerrada tras sus párpados, la oscuridad total y ese dejarse acariciar por las largas y finas extremidades de fantasmales medusas que flotaban a su alrededor. Cada delgadísima hebra, una persona con sus vicios y sus virtudes. Cada tacto con esos hilos de plata una nueva convicción, un nuevo miedo o un nuevo acercamiento a ese sentimiento tan parecido al amor pero, a la vez, tan distinto.

—Sergio... —insistió su rubio amigo, ahora palpándolo en el antebrazo, procurando llamar su atención, que abriera los ojos, que volviera a esa banca en ese parque.

Sergio, en cambio, viajaba, se dejaba guiar por esa sensación de horrores y alegrías. Veintidós demonios, la mala noticia. Tres héroes, la buena. Uno de ellos con tal potencia en el halo de fortaleza que valía la pena hacer el apunte mental. Abrió los ojos para mirar la brújula y hacer la conexión entre su certeza y la dirección exacta de la vibración. Pero lo que contempló lo hizo olvidarse por completo del asunto.

Frente a él y Jop, a pocos metros, cinco perros los miraban con fascinación. Los cinco parecían ser callejeros, mestizos de todos tamaños, de esos que han pasado hambre toda su vida. Los cinco presa de un nerviosismo palpable. Gruñían, bajaban y subían las orejas, se miraban entre sí, luego a Jop y a Sergio, una mezcla de temor y excitación y voracidad incomprensible. Ladraban y callaban. Se mostraban sumisos un segundo, y al siguiente, arrebatados de furia.

—Lo que sea que estés haciendo, vas a tener que dejarlo para después —dijo Jop, quien había subido ambos pies a la banca, como si fuese un bote a punto de irse a pique.

En menos de un minuto se les unió un sexto perro. Y, detrás de él, un séptimo.

Sergio entonces miró por encima de los animales una sombra que daba vuelta a una de las callejuelas del pueblo. Lo supo como si lo leyera en un aviso de grandes letras: se trataba del demonio que había detectado minutos antes y que ahora, en contraparte, lo había detectado a él. Y, tal y como había previsto, no había sido indiferente al llamado.

Hasta ese momento volvió a encerrar el miedo. Con grandes esfuerzos, pues era como luchar contra un torrente para poder cerrar una esclusa. Del mismo modo que había aprendido a hacer en el castillo de Oodak hacía no mucho tiempo, consiguió atenazar al ente vivo de sus miedos. Poco a poco y no sin cierta vacilación, el enorme parásito fue inmovilizado y encapsulado.

Pero los animales habían entrado en una vorágine de la que parecían no poder escapar. La diferencia fue que, súbitamente, ya no tuvieron interés en Jop y en Sergio. Uno de ellos, un perro negro y viejo, tiró la primera mordida contra otro de mayor tamaño. Al instante dio inicio una salvaje pelea que puso los cabellos de punta a los dos muchachos. El perro negro, a pesar de tener a otro prensado de sus patas, no dejaba de morder a su primera víctima en el cuello. La sangre comenzó a brotar a chorros. Los ladridos y los chillidos se mezclaban entre sí. Toda una guerra sin cuartel, una total carnicería.

—Vámonos —fue todo lo que dijo Sergio, brincando el respaldo de la banca.

Jop lo imitó y comenzaron a caminar hacia el hotel en el que habían hecho reservación, único refugio posible. A la distancia, un taxista había descendido de su auto para contemplar la extraordinaria pelea entre bestias. Y aún más atrás, una sombra se aproximaba sin apresurar el paso, las manos al interior de su chamarra.

—Me lleva... —dijo Jop al mirar por encima de su hombro y notar que uno de los perros, un mediano almendrado, se desprendía de la confusión de la pelea y optaba por ir tras ellos.

Aunque no aflojaron el paso, Sergio no podía ir muy de prisa. Se trataba sólo de llegar a las orillas del parque, cruzar la calle y trasponer una puerta, pero a decir por la rabia con la que los perros se habían atacado entre sí, ninguno de los dos lo contaría si era alcanzado por el que ahora iba tras ellos con paso decidido y las orejas erguidas.

Sergio siguió andando por el camino de grava de la plaza, pero pronto comprendió que sería imposible; a su paso era cuestión de segundos que el animal lo prensara entre sus fauces. Giró en torno y confrontó al perro, que venía directo hacia él. Jop iba varios pasos delante, pero se detuvo.

—¿Qué haces?

Sergio no supo qué responder. Se descolgó la mochila de la espalda para intentar usarla como escudo, pues el perro estaba a poca distancia y supuso que brincaría para derribarlo. El miedo, en toda su expresión, se había desencadenado nuevamente: era un monstruoso invertebrado traspasándolo con cien aguijones.

Jop volvió a su lado.

—¡Shuuu! —gritó para espantar al animal.

Totalmente contraproducente. Los otros animales se sintieron aludidos. Un par se desprendió de la bronca y fue hacia ellos. A los pocos segundos iban dos más en esa dirección. Detrás de ellos dejaban un amasijo de carne y huesos tendido en el adoquín, los perros que habían sucumbido al ataque, huella indeleble del terror de esa noche.

—Dios mío… —dijo Jop.

Una situación completamente desesperada.

Como un relámpago pasó por la mente de ambos chicos la certeza de que morirían, que nada podría sacarlos de eso si un milagro no acudía en favor de ellos. Sergio divisó a la sombra, aún bastante lejos, la silueta de un hombre obeso con los brazos al interior de la chamarra y sombrero de palma regocijándose con la escena. El taxista que se había detenido se llevaba ambas manos al rostro, completamente horrorizado por lo que tal vez estaba a punto de acontecer.

Cinco perros rodeaban a los muchachos, listos para saltar sobre ellos.

Sergio lamentó haber sido tan irreflexivo pero jamás hubiera imaginado una reacción tan extraña de la naturaleza ante lo que había intentado. Y ahora estaba completamente fuera de control…

estaba aterrorizado como pocas veces, el miedo se resarcía en su dolor, en su indefensión, en su agonía.

Las cinco bestias, de ojos desorbitados, fauces sangrantes y respiración agitada los miraban como mirarían a la última presa posible de sus vidas. Un par se tiró dentelladas entre sí, pero la lucha no prosperó. Uno de ellos cojeaba de una pata trasera, pelada hasta el hueso, pero no cejaba en su necesidad de ir en pos de ese par de muchachos que caminaban lentamente de espaldas.

El instante era tan parecido a sus pesadillas de antaño, que Sergio creyó que toda su vida había sido preparado para él, y que era éste, y no otro, el fin de su existencia.

Los lobos persiguiéndolo. La conclusión ineludible. El cansancio, la derrota, la muerte.

El perro negro gruñó como lo haría una fiera indómita. Un monstruo.

Fue entonces que, como una descarga eléctrica, a Sergio lo acometió la luz. Y jugó todas sus cartas a esa sola idea.

* * *

En los ojos de los peatones se revela el horror.

Ya corre el rumor de que en las cámaras del pequeño supermercado en la calle de Espoz y Mina no se registró nada.

Pero aun si se hubiera registrado algo, sería imposible recuperarlo, pues en el pequeño lugar no sólo ocurrieron los crímenes que alimentan el morbo de la gente sino también un arrebato de destrucción. Quienes hayan sido los asesinos, se organizaron perfectamente y actuaron en completa sincronía: al interior del minisúper toda la mercancía está tirada, los anaqueles volcados, las cámaras deshechas, los cables quemados.

La policía intenta mantener a la gente a raya, pero no le resulta nada fácil. Veinte minutos antes todo estaba en calma. Y, repentinamente, un reguero espantoso de sangre, cuerpos destrozados, el horror absoluto.

Se habla de varios asesinos porque algo de esa magnitud… en tan poco tiempo…

La noche de verano se había instalado por completo en todo Madrid, pero parecía más oscura en esa zona, a pesar de estar tan cerca de la plaza de la Puerta del Sol. Pasan de las dos de la mañana y el sol hace rato que se olvidó del mundo. Pero aun si hubiera habido luz de día, nadie habría visto nada.

Una sola persona consiguió ver algo, muy poco, y habla de un repentino estallido de sangre.

Pero nadie, para fines prácticos, vio nada.

"Monstruo", es la palabra que la única testigo de tan espantosos eventos busca, sin realmente encontrarla. O realmente querer pronunciarla.

Llora. Se sacude. Se santigua. Se recarga en el muro en el que dos uniformados de la guardia civil la protegen de la turba, la conglomeración de turistas y ciudadanos que trata de dar una explicación lógica a los vidrios, los techos, los estantes salpicados de rojo encendido.

—Dios santísimo —dice una muchacha que se ha acercado.

Un hombre de traje que también venía caminando por la estrecha calle, deja salir una suerte de plegaria, a pesar de tener años de no asistir a misa o atender sus obligaciones religiosas.

Fue el único que lo notó. Y el único que se dejó llevar por el estremecimiento.

Fue la única persona que advirtió al niño de cabellos tan rubios, tan blancos, recargado en un poste, mirándolo todo con las manos en los bolsillos.

Con una mirada triste, lánguida. Vacía.

Otoño, 1589

La noche había caído sobre el pueblo. Hacía mucho que Greta había abandonado, no sólo la taberna, sino también la casa, temerosa del ominoso ambiente que ahí se respiraba. Dos hombres compartían mesa, a la luz de una sola bujía de sebo. Y acaso fueran los responsables de que en todo Bedburg se hubiera desatado una lluvia vertical, pertinaz, un llanto del cielo que obligó a muchos a cerrar ventanas, correr postigos y persignarse, pues era de una violencia inusitada, a pesar de no haber viento y haber tenido una tarde más bien calurosa y tranquila.

—En resumen —dijo Oodak—. Tu señor a cambio de tu hijo.

Stubbe se echó hacia atrás en la silla. ¿Era cierto lo que escuchaba?

—No entiendo.

—Más claro, imposible.

—¿Puedes hacer eso? ¿Puedes liberar el alma de Peeter?

—Yo no. Pero puedo pactarlo en nombre de mi amo.

—¿Cómo?

Al interior del recinto apenas llegaba el estruendo de la tormenta sobrenatural. Las sombras que proyectaban Oodak y Stubbe sobre las paredes, no obstante, sí obedecían a la mecánica del clima, pues temblaban a la luz de la vela, que se cimbraba a causa del golpeteo del agua en la tierra. Algunas gotas se filtraban a través del tejado, lejos de los ahí reunidos, recordatorio de que el cielo entero lamentaba ese encuentro.

—Si Peeter Stubbe puede abrigar un solo sentimiento de amor a sus semejantes, uno solo, puede salir del fuego eterno.

—¿Es cierto eso?

—No es algo que yo podría asegurar. Finalmente asesinó y devoró a diecisiete personas. Niños y ancianos entre ellos.

—No entiendo lo que me ofreces.

—Lo que te ofrezco es una última reunión con Peeter. Un último diálogo con él para lograr, ya no digamos su arrepentimiento, pues no hace falta ser un santo para arrepentirse de toda una vida de crímenes cuando se está padeciendo el tormento merecido… no, lo que te ofrezco es un último diálogo con Peeter para lograr que, en una disyuntiva de elección entre el bien y el mal, prefiera el primero por encima del segundo sin importar las circunstancias.

—Acepto.

Oodak sonrió, divertido.

—¿No quieres pensarlo un poquito?

—No. No es necesario.

Oodak se puso de pie, alejándose de la mesa. Se retiró la capucha de la cabeza, dejando ver su cráneo pelado. Tronó en una carcajada. Se llevó ambas manos a las sienes, como si reír de esa manera le produjera algún tipo de jaqueca.

—No sé si lo estás comprendiendo, Wolfdietrich. Te estoy pidiendo que me entregues al Señor de los héroes.

—Ya me lo habías pedido, ¿recuerdas? Una vez que me hiciste perder casi la mitad de un buen rebaño de ovejas. ¿Quieres que sea completamente sincero? Me da lo mismo. ¿Quieres a Orich Edeth? Por mí tómalo y que te aproveche. El malnacido jamás ha hecho nada por mí, ¿por qué yo habría de hacer algo por él? Mi padre me transmitió el conocimiento y la responsabilidad. Y así hice yo con Peeter pero, para ser honestos, me da lo mismo. Tal vez si el cretino diera la cara lo pensaría, pero… ¿acaso algún día, en verdad, dejará su escondite el maldito cobarde? No lo sé. Ni me importa. ¿Quieres al Señor de los héroes? Tómalo. Y que te aproveche. Me parece en verdad muy bajo el precio por recuperar el alma de mi hijo.

Oodak volvió a sonreír. Le pareció inusitado. Pensó en la posibilidad de ganar a Wilhelm Stubbe para sus propias huestes. Al final, un Wolfdietrich ya tiene algo de demoníaco y terrible.

Volvió a la mesa. Separó la silla y se sentó a algunos palmos de la orilla de la tabla de madera en la cual aún descansaban los restos de su comida y bebida. Tal vez deseaba que Stubbe lo viera de cuerpo entero.

—Bien, entonces es un trato. Pero debes comprender un par de cosas antes de que sellemos con sangre la promesa. La primera... sólo un hombre muerto puede visitar el reino de mi señor. Para que ocurra esa entrevista, deberás estar muerto.

—No importa.

Oodak se dijo que, en verdad, de todos los Wolfdietrich a los que había contactado desde el día en que Edeth lo atravesó con su espada, éste era de los más asombrosos. La mayoría eran unos pusilánimes o unos apáticos; en cambio este burdo granjero parecía estar hecho de otra sustancia.

—La segunda... —exclamó Oodak cruzado de brazos, en extremo complacido—, que yo no tengo la menor idea de dónde está tu señor. Así que ésa será tu tarea.

—¿Cómo? Creí que...

—¿Que sólo te estaba pidiendo permiso para acabar con él? En lo absoluto. En realidad lo que quiero saber es dónde tiene metida la cabeza el muy cobarde.

—Pero...

Oodak inició una metamorfosis que parecía, en cierto modo, el final más lógico. Sus ojos se tornaron rojos, sus pupilas se alargaron, la piel comenzó a tornarse escamosa, verde, dorada, magnífica...

—Tu señor a cambio de una última oportunidad para Peeter.

La vela se apagó. Las alas del monstruo se expandieron. Sus garras lo hicieron reptar por encima de la mesa, antes de aumentar sus dimensiones. Stubbe se hizo hacia atrás y tomó, de la apagada chimenea, un atizador de hierro. Lo blandió en contra del hocico del demonio, que no se arredraba ante tal amenaza.

—No es justo... yo... no tengo la menor idea de...

—Oh, qué pena... —dijo Oodak con voz sibilante, un reptil alado en toda forma, cuya cabeza rozaba las vigas del cielo raso—. Entonces tal vez Peeter pierda la poca bondad de su corazón y se quede con nosotros para siempre.

A esto siguió un grito terrible. Un grito que Wilhelm Stubbe no tuvo ningún problema en reconocer. Supo al instante que era el mismo alarido que había proferido su hijo al morir. Supo que era el mismo grito que estaría saliendo de su garganta ahí donde se encontraba ahora, donde la esperanza no tenía cabida y los buenos sentimientos son desterrados para siempre. Lanzó entonces una estocada contra Oodak y acertó en el pecho, de donde brotó en seguida la sangre. Sin embargo, el dragón no se resistió a la herida ni dio muestras de dolor; por el contrario, tomó el atizador entre sus garras y, sacándolo de su propia incisión, lo dirigió al antebrazo derecho de Stubbe, donde lo encajó para liberarlo de inmediato. Stubbe cayó al suelo y comenzó a rendirse a su propio instinto de supervivencia, sus manos comenzaban también a cambiar, lo mismo que su cara, su pecho, sus piernas...

Oodak fue rápido. Tomó sangre de la herida de su agresor, la unió con la suya en el pecho; repitió la operación en sentido inverso, uniendo ambas sangres ahora en el brazo de Stubbe.

—Es un trato —dijo el demonio—. Cuando tengas a Edeth, abre la herida en donde se han unido nuestras sangres y yo vendré a buscarte.

Y, extendiendo sus alas, se lanzó con todas sus fuerzas contra el techo, rompiendo la madera, el adobe, la piedra y la paja como si fueran de papel. La lluvia entró al instante en la taberna, cayendo sobre el rostro de Wilhelm Stubbe, de espaldas contra el suelo. Su rostro recibió el agua con alivio. El demonio se alejó en medio de la noche y el aguacero, y Wilhelm Stubbe comprendió que jamás dejaría de oír los gritos de su hijo hasta que no cumpliera con su parte del trato.

Bedburg, al fin libre de demonios, comenzaba el largo camino hacia el amanecer.

Capítulo cuatro

A través de la ventana, la figura del hombre obeso continuaba mirando en esa dirección. Las manos al interior de su chaqueta y el sombrero bien calado en la cabeza, de pie como si esperara el autobús, a pocos metros del hotel, a media calle.

—Maldito demonio... ¿por qué no se larga?

Pasaban de las dos de la mañana y ninguno había podido dormir. Pero era Jop el que insistía en asomarse a la calle, a través de las cortinas, mientras la computadora terminaba un proceso en el que había estado trabajando hasta hacía unos minutos.

—Ahí va a seguir hasta que nos vayamos —sentenció Sergio mientras mordía una galleta y miraba, sin entusiasmo, la televisión.

—¿Aunque sea de día y haya gente?

—Algo se despertó en su interior. Y no va a regresar a su casa hasta que no tenga algún tipo de contacto con nosotros. El que sea.

Jop cerró las cortinas y volvió a su lugar frente a la computadora. No había puesto una barra de avance al proceso para conocer su progreso, así que no podía saber si estaba a punto de terminar o apenas llevaba una pequeña parte. Un error de programación trivial, pero ahora no se sentía con ánimos de detener la ejecución.

Mientras se aseguraba de que al menos no se hubiera pasmado el equipo, hizo la recapitulación mental de los eventos de la noche: el momento en que se empezaron a congregar los animales; el *crescendo* de su nerviosismo; el primer intento de escapatoria y, finalmente, el ataque. Jamás se había sentido tan cerca de la muerte. Y, sin embargo, habían salido ilesos. El perro negro había decidido atacarlo a él en vez de a Sergio y se lanzó en su contra. Jop lo recordaba todo como envuelto por una bruma pues, como un mecanismo de defensa, había cerrado los ojos antes de caer al suelo. Al instante, Sergio se había arrojado encima de él para protegerlo...

...y las fieras se calmaron inmediatamente.

De hecho, sería más preciso decir que huyeron despavoridas, pensó Jop.

Y lo único que había hecho Sergio, al arrojarse sobre él, fue apretar con su mano derecha la bolsa de cuero que pendía de su cuello.

Él también lo sintió. Fue como una sorda detonación que abandonó el cuerpo de Sergio, quien también había cerrado los ojos instintivamente. Y, si hubiera tenido que ponerlo en palabras, habría dicho que fue como si algo saliera del cuerpo de su amigo, un olor determinante, una señal de advertencia, un rugido, una barrera insustancial.

Luego, los aullidos de los perros, en franca retirada.

Y la soledad de la noche.

Ambos se pusieron de pie en cuanto escucharon a los animales alejarse y corrieron al hotel, sin preguntarse nada más. Y aunque Jop sabía que la acción concreta de Sergio les había salvado la vida, tampoco quiso hacerle más preguntas. Algo había en la bolsa que operaba sobre Sergio prodigiosamente... algo que se resistía a llevar consigo y utilizar. Excepto en casos de extrema urgencia, por lo visto.

Al llegar a la habitación, él mismo se hizo una promesa: hacer algo más por la misión que solo fungir como mera compañía. Y creía tener una primera idea. Llevaba en su computadora la copia exacta del disco duro de los archivos de Farkas. Los cientos y cientos de carpetas que en ésta se encontraban no tenían un orden específico, por eso no había querido pensar en los datos como algo útil a menos que hubiera que identificar un demonio milenario o algo así, tal y como había hecho Sergio con Elsa Bay.

Pero ahora que lo pensaba mejor se daba cuenta de que no eran datos de juguete. Era información real. Y supo, por primera vez desde que iniciaron su cruzada, que tal vez eran la mejor arma para no morir en la búsqueda del Señor de los héroes. Finalmente, Farkas mismo se la había cedido. A él, y no a Sergio, por razones que ahora reverberaban en su interior.

Así que lo primero que se propuso hacer fue un repaso exhaustivo de todas las referencias geográficas que encontrara en el disco duro, de tal suerte que pudiera relacionar una ciudad, un estado, un país con cada demonio registrado en el inventario. Cierto que no era un trabajo fácil, pues todo lo que se hallaba en la carpeta Farkas_HD_Download había sido alimentado sin ton ni son. Había archivos de texto, hojas de cálculo, imágenes, videos, audios, la mayoría agrupados por carpetas y subcarpetas que no siempre tenían relación entre sí o mostraban alguna idea concreta de la posible clasificación. Había una carpeta que se llamaba Bérne dentro de otra que mostraba una fecha de 1978, y ésta dentro de otra que sólo contenía código ASCII indescifrable. El revoltijo parecía obra de una mente retorcida cuyo único propósito hubiera sido confundir a cualquiera que entrara a los archivos sin consentimiento.

Recordó, mientras estaba programando la búsqueda de las referencias poblacionales, que Sergio había dado en ese mismo revoltijo con el escudo de la condesa Báthory y, gracias a ese hallazgo, hacer la relación con Elsa Bay y su lugar en el mundo. Pero, a fin de cuentas, Sergio era un mediador... y podía echar un vistazo a una pantalla y recabar en un segundo lo que verdaderamente podía serle útil. Alguien como Jop necesitaba un método, depuración y limpieza de datos. Recordó el momento en que Farkas le explicó el porqué esa información estaba mejor en sus manos y no en las de Sergio: "Entre menos sepa, por paradójico que parezca, más probabilidades tendrá de conseguir con éxito su misión".

Por ello, en las decenas de tardes quietas que había compartido con Sergio, no había querido hacer un escrutinio de esta información a su lado, aunque fuese para aplacar el constante y pertinaz golpe del aburrimiento, porque no quería que supiera más allá de lo estrictamente necesario.

Y por ello la espera con la pantalla vuelta hacia la pared y la escueta explicación de lo que había estado programando por una hora entera.

Con todo, el cansancio los rindió a ambos. Jop fue vencido por el sueño en la misma silla en la que esperaba que el proceso devolviera el resultado de su ejecución.

Cuando despertó era de día. La tele estaba apagada. La computadora con la pantalla en suspensión.

Y él, completamente solo en la habitación.

Se despabiló de inmediato. Al final, era una posibilidad: que Sergio se hubiera decidido a seguir por su cuenta. Se lo había advertido, que no quería ponerlo en peligro. Y eso justamente había ocurrido: habían estado a punto de morir ambos.

—¿Serch? —dijo en voz alta, con la esperanza de que se encontrara en el baño. Pero de antemano sabía que no. La puerta entornada mostraba que no había nadie al interior.

Con enorme congoja, Jop se puso de pie, entumecido por la mala postura del sueño e hizo lo primero que le vino a la mente: asomarse por la ventana.

El demonio no se veía por ningún lado.

Y tampoco Sergio.

Sintió un arrebato de tristeza como no había sentido en mucho tiempo. ¿Sería capaz su amigo de dejarlo atrás sólo por no exponerlo a algún peligro de muerte como había hecho con Brianda? La conmoción de esta posibilidad lo inmovilizó por algunos minutos. ¿Hacia dónde ir? Habían estado vagando por ciudades, pueblos, carreteras, sin rumbo fijo... no podría dar con Sergio ni poniendo todo el empeño. Un horrible sentimiento de desolación amenazó con abatirlo ahí mismo, a media habitación.

No obstante...

Advirtió que aún llevaba al cuello la bolsa de cuero llena de polvo fino que Sergio le confiara al inicio y que les salvara la vida a ambos.

Además, bajo las sábanas de una de las camas se encontraba el Libro de los Héroes.

Entonces era posible que...

—Hola.

Sergio entraba en ese momento al cuarto. Y el devastador golpe que Jop padeciera segundos antes desapareció del mismo modo que si hubiese despertado de una pesadilla.

—Hola —trató de disimular su desconcierto—. ¿Dónde andabas?

—Arreglando unos asuntos.

—¿Fuiste a confrontar al demonio?

Sergio se sentó en la cama y se desajustó la prótesis para volverla a ajustar en seguida, como hacía cuando ésta no había quedado bien asegurada. Jop lo contempló con admiración, como si un acto tan natural y tan despreocupado fuera todo un milagro en circunstancias como ésa.

—Me identificó como mediador al instante. Es curioso cómo el miedo les atrae tanto. Me reconocen tan fácil porque sólo pueden sentir el miedo con esa fuerza a través de alguien como yo.

Se rascó la rodilla sin quitar la vista de la alfombra del cuarto; Jop percibió este rutinario acto como si la distancia que los separaba se incrementara más y más, como si Sergio estuviera creciendo irremediablemente y él, aún un muchacho de catorce años, no pudiera hacer nada al respecto.

—De todos modos, aproveché para sondear si había recibido algún tipo de advertencia de Oodak y me dijo que no; que me sacaría los intestinos en cuanto tuviera oportunidad.

—Qué lindo.

—Entonces se me ocurrió mostrarle el video que tengo en el celular. Ése donde Oodak me da el plazo de búsqueda. Le impresionó ver a su señor en tan clara alusión a mi persona. Eso terminó por amedrentarlo. La mala noticia es que el infeliz de Oodak no quiso allanarme el camino para nada. En eso tuvo razón Farkas siempre. Los demonios podrán detectarme y venir tras de mí si yo les doy la oportunidad, como ocurrió ayer.

—¿Los perros eran...?

—No. Eran simples perros afectados por lo que desaté ayer. Que ni yo mismo sé exactamente qué fue. Pero, por lo visto, hay que tener eso en cuenta.

Jop fue a su computadora y movió el *mouse* para sacarla del letargo. Confirmó que el proceso había terminado. Había generado el archivo que estaba esperando. Se sentó y se puso a teclear para conseguir el dato que deseaba. Mientras, avivó la charla con Sergio. No quería quedarse con nada guardado en el corazón.

—Tal vez no sea muy importante pero creo que tengo algo que podrá ayudarnos en el futuro.

—¿Es en lo que estuviste trabajando ayer?

—Sí.

Jop ingresó los resultados a una tabla. Quiso hacerlo en una hoja de cálculo pero algo no cuadraba. En breve se dio cuenta de la razón: memoria insuficiente. Su corazón se aceleró. Tuvo que hacer la inserción en un manejador de bases de datos. Ahí sí fue posible hacer la diferenciación de los resultados recabados en el disco duro. Con entusiasmo hizo la primera búsqueda: el nombre del pueblo en el que se encontraban en ese momento.

—Primero debes saber que lo que tengo aquí no es un censo completo porque está hecho por Farkas y sus secuaces a espaldas de Er Oodak.

—Un censo...

—De demonios del mundo.

Sergio asintió mientras abría otro paquete de galletas y lo ofrecía a su amigo. Jop tomó una y la depositó al lado de la computadora.

—Hay que darle su mérito al lobo. Finalmente lleva trabajando en esto desde hace muchos años... pruebas de la existencia de cada servidor de Lucifer en la tierra. Videos. Recortes de periódicos. Fotos espeluznantes... y, casi se podría decir que tiene un registro de cada demonio... y su lugar de residencia, o al menos, de los sitios en los que ha habitado.

—Como con Elsa Bay.

—Como con Elsa Bay —confirmó Jop—. Así que, si puedo integrar una verdadera base de datos, tal vez podamos explotarla de una forma más inteligente. Por ejemplo...

Tecleó con avidez y miró a la pantalla con ese brillo tan peculiar de sus ojos.

—Luis Juvencio Martínez.

—¿Ése quién es?

—Es el demonio con el que acabas de entrevistarte. Vive en este mismo pueblo. A algunas calles de aquí.

El rostro de Sergio se animó repentinamente. Como accionado por un resorte, se puso de pie y fue al lado de Jop pero éste, obedeciendo a un acto reflejo, giró la pantalla para que Sergio no pudiera atisbar. Los ojos de ambos se encontraron.

—Perdóname. Es que...

—No te preocupes, lo entiendo. Sígueme diciendo.

—Por lo pronto es todo lo que he logrado. Ubicar a cada demonio del planeta en el sitio en el que se encuentra.

—Jop, si en verdad podemos saber eso... entonces sí que tenemos algo de ventaja. Eres un genio.

Jop no pudo evitar ruborizarse un poco.

—Voy a trabajar en alimentar mejor la base de datos. Aún no comprendo todo lo que contiene. Estaría bien poder indicar características de cada demonio y cosas así, los años que llevan en el mundo, por ejemplo. Pero al menos ahorita podemos ubicarlos en el planeta.

—¿Y es posible saber...? —nació la pregunta en Sergio, pero, por alguna razón, no se atrevió a terminarla.

Quizás esa simbiosis a la que ya habían llegado por los largos periodos que habían pasado juntos, esa compenetración tan profunda, es lo que permitió a Jop adivinar la pregunta sin haberla oído siquiera.

¿Es posible saber cuántos demonios hay en el mundo?

Fue al último registro de la base de datos para saber el número de renglones que había importado el programa del archivo de resultados. Le pareció que había un error.

Tal vez el programa había duplicado o triplicado o hasta quintuplicado la información.

El desamparo que se dibujó en su rostro fue como una carta abierta para Sergio. No bien había dicho Jop que probablemente el censo ni siquiera estuviera completo... y así ya le parecía descomunal.

Cada registro un demonio. Cada demonio un fiel servidor del Maligno, un ente capaz de las peores infamias, los peores crímenes. Cada uno un ser capaz de causar dolor, miedo, desesperación, muerte.

Y Sergio comprendió al instante. Dirigió su mirada a la ventana, dando un mordisco a la galleta. De pronto recordó aquella vez que fue confrontado por Belcebú en casa de la familia Ferreira, cuando en boca de Daniela, en estado de posesión demoníaca, le había hablado el príncipe de la oscuridad. Recordó la contundente frase del ente maligno: "El mundo es de mi Señor". Y ahora en los ojos de Jop era cuando en realidad le parecía más tangible y segura esa aseveración, ahora que la confirmaba en los ojos cargados de tristeza de su mejor amigo.

"El mundo es de mi Señor."

Capítulo cinco

La tristeza es un ave de rapiña que sabe esperar. A diferencia de otros carroñeros, puede consumir a su presa mucho antes de que ésta sucumba. La va devorando lentamente hasta que la postra en cama y, ya ahí, se regocija parsimoniosamente en su víctima, mermándola por completo hasta que acaba con ella. Puede ser desgano. Puede ser simple abandono. Puede ser indiferencia por todo. Cualquier cosa, siempre y cuando el afectado se desdibuje tanto que deje de parecerse a sí mismo por completo.

Brianda llevaba un mes permitiendo que la tristeza la devorase. Se había cumplido un mes entero desde aquella tarde infausta en que Sergio la condenó a un solo color y un solo sentimiento. Un mes de pesadillas inconexas y vigilias totalmente apáticas. Asistía a la escuela, pero hablaba poco o nada. La gente lo relacionaba con el tiempo en que estuvo en coma; comprendían que nadie puede pasar por algo así sin volver transformado. Naturalmente, respetaban su silencio. Sólo sus padres sabían la verdadera razón.

La carta de Sergio, despedazada en principio, había sido reconstruida y pegada con cinta adhesiva a los pocos días. Brianda la había conservado sobre su escritorio, en un lugar privilegiado, por todo ese tiempo. Hasta ese día.

Su madre entró a hacer la habitación y advirtió que la carta ya no se encontraba en el lugar de honor. Había sido archivada o, probablemente, desechada para siempre. Un mes había transcurrido. En el fondo quería que su hija despertara del letargo, aunque hubiera que quemar la carta. O el pasado entero.

Le marcó al celular, un poco temerosa, pero colgó a los pocos minutos. Era la primera vez que Brianda salía por la tarde sin motivo aparente. Ella le recomendó que se cuidara. Le pidió que volviera antes del anochecer. Le recordó que la amaba.

Un mes y sólo una comunicación de Sergio. Además, de manera anónima. Un mensaje enviado desde una cuenta de correo de reciente creación que, además, nunca respondió a las interrogantes de ella. ¿Dónde estás? ¿Estás bien?

¿Por qué no me dejas acompañarte?

Fue a los quince días de su partida. El torrente de lágrimas se intensificó, pues en realidad el mensaje no era tal. Era un video en el que aparecía una cajita de música con una bailarina, abierta para tocar el tema "Meditación" de la ópera Thaïs. Recargado en la cajita, el anillo de oro blanco con sus iniciales, apenas distinguibles: BEG, prueba irrefutable de que se trataba de él y no de otro. Y aunque es cierto que ese mensaje la había hecho sentir bien por un momento, al siguiente le concedió nuevos bríos al embate de la tristeza. ¿Así va a ser de aquí en adelante? ¿Recibir un mensajito de vez en cuando? ¿Hasta cuándo? ¿Y si dejan de llegar tendré que asumir que murió o se olvidó de mí?¿Y si envejezco y nunca dejan de llegar pero tampoco lo vuelvo a ver?

¿Por qué no me dejas acompañarte?

Durante varios días miró el video con tremenda congoja. Apenas duraba treinta y dos segundos. Y eran los treinta y dos segundos más terribles, poco más de medio minuto en que la tristeza le hincaba los colmillos con más saña.

Quince días más estuvo esperando un video nuevo. Una señal que le inyectara o le quitara vida, un algo que le propiciara un cambio, porque la monotonía la estaba matando.

Pero se cumplió el mes exacto y no hubo video, mensaje ni nada.

Temerosa de que el ave de rapiña que no había dejado de asediarla por tantos días terminara por prensarla de los hombros y arrojarla por la ventana de su cuarto hacia la calle, o bien llevarla hacia la ducha con una navaja en la mano o con un frasco lleno de pastillas, tomó un suéter, se limpió las lágrimas, se acicaló un poco y salió de su casa. La sola vista de la plaza en ese ambiente vespertino la golpeó con todo su bagaje de recuerdos. Pensó en Sergio. Pensó en Jop. Pensó en las risas y los miedos, toda la complicidad que se había gestado ahí mismo, frente a la estatua del filósofo. Pensó ir a reclamarle al monumento, como hacía antes de conocer a Sergio, hablarle como le hablaba cuando se sentía mal, o recelosa, o amedrentada. Pensó en ese tiempo en el que la inocencia todavía era posible.

Terminó corriendo por la calle, apenada por su llanto, huyendo de las miradas de los curiosos hasta llegar a la Avenida de los Insurgentes.

Cuando sonó su teléfono celular, pudo disimular bastante bien el golpe de la tristeza. Su madre sólo le recomendó que se cuidara, le pidió que volviera antes del anochecer, le recordó que la amaba. Fue a sentarse a una banca del mobiliario urbano que antes servía de parada a los peseros, antes de la llegada del metrobús, a solamente contemplar el paso de los coches por la avenida.

Increíblemente, le hizo bien.

De pronto le pareció una buena metáfora de su vida. Cada auto un minuto. Cada cambio de luz en el semáforo, una hora. Cada hora un día. Cada día un año. Y así una década. O dos. O tres. Al final el tiempo tenía que seguir su marcha. Como había ocurrido con ese mes sin Sergio. Y si tenía que acostumbrarse a vivir sin él lo haría lo antes posible, porque de todos modos él no había tenido ninguna consideración con ella. Se había largado sin preguntarle siquiera lo que pensaba. Aunque le había dicho que la amaba y la amaría por siempre, y aunque ella había decidido que correspondería por completo a esa declaración de sentimientos porque de cualquier manera ella lo había amado antes, y aunque en principio parecía que podría funcionar a pesar del tiempo y la distancia, Brianda decidió que era completamente injusto. Que no podía vivir su vida así. Quería volver a reír y a disfrutar de las cosas como todos esos señores, señoras, niños, niñas, que pasaban frente a ella a bordo de los automóviles sobre la avenida, muchos de ellos sonrientes, felices, despreocupados.

Se prometió no volver a llorar. Al menos no por Sergio.

Y se prometió no volver a su casa hasta que no se sintiera capaz de una verdadera renovación.

Anocheció. Los autos siguieron y siguieron y siguieron pasando. Tuvo que responder un par de llamadas de su madre. "Estoy bien, de veras. Ya voy en un ratito."

Se había puesto su falda de bailarina sobre los jeans, como le gustaba hacer cuando Sergio formaba parte de su vida. Pero decidió en ese momento que no lo haría más.

Y se sorprendió respirando a otro ritmo.

El flujo de autos comenzaba a aminorar. Se veían menos niños al interior de los coches. La metáfora en su punto.

Del otro lado de la avenida, una figura alta, de gabardina negra, anteojos oscuros y sombrero fedora negro, la observaba. Se percató después de treinta minutos. Era un hombre que ocupaba también un sitio en un parabús, sólo que de pie. Y no le quitaba la vista de encima.

Pero no sintió miedo.

Con un poco de nostalgia admitió que los demonios habían quedado atrás en su vida. De pronto le pareció que esto no era necesariamente bueno. Pero no tenía opción.

Ella misma le sostuvo la mirada al sujeto. Sin miedo.

Al poco rato el individuo detuvo un taxi y se subió, para perderse en las calles de la ciudad. Otra posible metáfora. Sin tristeza y sin miedo. Y las cosas, poco a poco, irían tomando su propio rumbo.

Se levantó al fin y volvió a su casa. Pasaban de las diez de la noche. Al traspasar la puerta, después de un mes entero de cenar mal y de malas, por primera vez aceptó que su madre le preparara un sándwich en forma. Lo comió con apetito. Y se durmió, por primera vez en días, sin sobresaltos ni pesadillas.

La carta, archivada para siempre en el más profundo rincón del último de sus cajones, iniciaba su propio recorrido hacia el incierto futuro.

Invierno, 1589

Era tarde, pero aun así llamó a la campanilla, animado por la luz que se distinguía al interior de la casa del librero, gracias a que los postigos no estaban asegurados. Ni siquiera había buscado alojamiento, a pesar de llevar una semana de camino con las primeras nieves del invierno. Lo primero es lo primero, se dijo, y buscó la casa del amanuense, copista y tenedor de libros judío, en cuanto traspasó los lindes de la ciudad.

Volvió a tirar de la campanilla, dispuesto a no marcharse hasta ser atendido.

Una figura se aproximó para apartar una cortina y asomarse por la ventana. Se trataba de un hombre viejo de calva pronunciada y barba al pecho. Hizo una seña a Stubbe a través del vidrio, incitándolo a marcharse. El viajero no se arredró. Volvió a la campanilla.

El anciano fue a la puerta y corrió la pequeña ventana de madera a la altura de sus ojos.

—Vuelva mañana.

—¿Josef Kasim?

—Sí, soy yo, pero vuelva mañana.

—Es importante, por favor. Le pagaré bien.

—Es tarde y hace frío. Mis rodillas no me lo perdonarán.

—Por favor. Usted es mi última esperanza. Me dijeron que con usted podría encontrar un libro prácticamente inconseguible.

Las calles de Colonia estaban completamente oscuras, solitarias y húmedas por las incipientes nevadas. Stubbe se presentó como un fantasma. El anciano Kasim se preguntaba por qué siquiera se había dignado a entablar ese diálogo si lo más probable era que se tratara de un bandido. Ya cerraba la ventanita cuando algo que escuchó lo hizo detenerse.

—Repita lo que dijo.

—El Libro de los Héroes. Así se llama el volumen que me ocupa.

Una chispa se avivó en los ojos del librero. Sus espesas cejas blancas se levantaron.

—Una historia como cualquier otra —rezongó el anciano—. La historia de Odoaker y Theoderich. No veo por qué...

—Ése no. El otro —dijo Stubbe apretando los pliegues de su abrigo, sobreponiendo su voz a la ventisca.

—¿Otro? No hay otro.

—Lo hay. Y me dijeron que, si existe, usted lo tiene. Es una guía para aniquilar demonios.

El viejo ya no tuvo dudas. Miró a los lados y, muy a su pesar, corrió la tranca, insertó la llave y abrió la puerta. Stubbe se coló al interior de la librería.

—Muchas gracias, señor Kasim.

Dentro, en una pequeña estancia, convivían los estantes de libros, el taller y la imprenta. El aroma de la pulpa de papel, el terebinto y la pez concedían al sitio un ambiente litúrgico, de templo de las ideas. En una mesa se encontraban las cajas con los tipos, los pigmentos para ser molidos con un mortero y fabricar la tinta, los papeles listos para ser impresos y, luego, cosidos. Ahí mismo, frente a sus ojos, Stubbe identificó volúmenes de Ptolomeo, Aristóteles, Hermes Trismegisto, Plotino y Alberto Magno. La lámpara se encontraba sobre la mesa, la llama amenazó con apagarse hasta que no cerraron de nuevo la puerta.

—¿Cómo sabe usted de dicho ejemplar? —preguntó a rajatabla el librero.

—Mi padre me habló de él. Yo nunca lo he visto pero...

—¿Quién era su padre?

—Karl Stubbe. Somos gente de Bedburg, un pueblito que...

—Sé dónde está Bedburg. ¿Era un hombre de letras su padre?

—No.

—No entiendo. ¿Cómo sabía su padre del Libro de los Héroes?

Stubbe pidió permiso para sentarse en un taburete. Había caminado por seis horas sin descanso para llegar a Colonia, había tenido problemas para pasar la puerta de la ciudad, lo mismo para dar con la casa del librero. Trató de reponerse del cansancio. El anciano tomó una escudilla y la sumergió en un pocillo con agua. Le ofreció a Stubbe y éste bebió.

—Mi padre era un granjero pero sabía de la existencia del libro. ¿Lo tiene? Le pagaré lo que me pida.

El viejo lo miró con reticencia.

—¿Un viajero como usted?

—Vendí mis propiedades antes de partir. No traigo todo mi dinero conmigo pero puedo volver por la cantidad que sea si me lo vende. ¿Lo tiene?

—No me convence.

—¿Pero lo tiene?

—Aunque lo tuviera, no podría vendérselo. Es un libro maldito con voluntad propia. De inmediato huiría de sus manos.

Stubbe se sintió decepcionado. Suspiró.

—¿Sabe usted quién me puede vender un ejemplar?

—-Nadie. Es un libro que no se puede adquirir. Pero dígame... ¿por qué el interés? ¿Sólo por una leyenda que su padre conocía? ¿Es usted una especie de coleccionista?

Stubbe pensó que el diálogo era ocioso. No tenía caso seguir con esa conversación si el viejo no podía ayudarlo. Su mente trataba de encontrar alguna salida. Le habían dicho que Kasim era el más entendido en libros antiguos de todo el imperio germánico. ¿Adónde ir, entonces? ¿A Francia? ¿A Castilla? ¿Al otro lado de la mar océana?

—Nunca podría comprar un ejemplar —dijo el viejo, entrelazando las manos al frente, aún de pie—, pero tal vez podría asomarse al interior de uno, si es que el dueño se lo permite. ¿Sabe usted leer?

—Sí. ¿Conoce a alguien que tenga un ejemplar?

—Tal vez. Pero antes hábleme con la verdad. ¿Cómo supo de la existencia del libro?

—Ya le dije, por mi padre —el viejo entornó los ojos, incrédulo aún—. Lo que no le he dicho es qué era mi padre. Y qué soy yo.

El viejo no apartó los redondos ojos de su visitante. Estaba enfundado en una camisa para dormir, que sobresalía de los pantalones que iba a quitarse justo antes de que alguien tiró de la campana. Aún se preguntaba si había hecho bien al permitir entrar al sujeto ese tan extravagante.

—Mi padre era un Wolfdietrich. Y yo, por herencia, también.

El viejo no reaccionó, pero a Stubbe le pareció que el término no le era desconocido.

Josef Kasim se sentó en su propio taburete.

—Un Wolfdietrich es...

—Pruébelo.

Stubbe confirmó que no hablaba con un desentendido. Titubeó.

—No creo que...

—¿Quiere el dato? Pruébelo. Estoy medianamente familiarizado con lo que se cuenta en el Libro y en torno a él.

Stubbe se sintió impelido a largarse. Pero por otro lado, ¿qué posibilidades tenía de continuar la búsqueda si no le ayudaba el librero? Suspiró.

—No es agradable.

—Peores cosas habré visto.

Stubbe miró en derredor. Fue a las ventanas y se aseguró de que las cortinas cubrieran perfectamente la visión hacia afuera, a pesar de que las calles estaban vacías. Un solo pasillo conducía al interior de la casa, pero confió en su instinto de que el viejo vivía solo y no tenía criados.

Sin advertencia alguna, inició la demostración. No era un procedimiento difícil o doloroso; no desde aquella primera vez en que su padre lo acompañó al bosque. Y, según le había explicado él mismo, obedecía a la magia de los objetos y no a la de las cosas vivas, por ello no era sólo su piel la que cambiaba, sino todo lo que llevaba encima y que, al igual que su cuerpo, volvía a su forma en cuanto renunciaba al deseo de ser otro.

Era en verdad una estampa atemorizante, cubierto de hirsuto pelo negro, con los ojos fulminantes y amarillos, el hocico alargado y de puntiagudos colmillos. El hombre de la blanca barba se hizo hacia atrás, como un acto reflejo. Lo contempló con fascinación.

—Rodolfo II de Habsburgo tiene consigo a un chambelán que es mediador y posee el libro. Es un sujeto peculiar, que ha ayudado a vencer a algunos monstruos. De hecho, el monarca lo ha acogido bajo su protección pues él mismo ha tenido algunos encuentros con demonios terribles.

Stubbe volvió a su humana figura. Se recargó en una de las paredes.

—¿El monarca es un héroe?

El viejo sonrió y apenas se permitió un descanso. Tomó del depósito de agua.

—No me haga reír. Es un pobre muchacho pusilánime. Pero no lo culpo. Dicen que fue mordido por un vampiro. En todo caso, usted y yo sabemos que eso no significa nada. Que no es así como se consigue entrar a las huestes del Maligno.

—¿Tiene usted el nombre de dicho chambelán?

—Sí, pero… —el viejo se acarició la barba, pensativo—, no se lo diré.

—¿Por qué?

—Porque no le conviene. Le ahorraré el viaje y las penurias. Sé de alguien más que podría ayudarlo. Tal vez esté usted de suerte.

El viejo fue a una pared del taller, en la que descansaban varios libros formados en un estante asegurado al muro con cadenas; algunos de pie, otros apilados, unos más deshojados de tanta lectura, los volúmenes aguardaban como mascotas a una caricia de su amo. Tomó el anciano uno de lomo marrón y le pasó una mano por encima para limpiar el polvo y mostrar a su visitante. En la portada se leía *Ars memoriae*.

—Giordano Bruno —indicó el viejo—. Es a él, al autor, a quien tiene usted que buscar, mi amigo. Y le tengo buenas noticias. Sólo tiene que viajar a Fráncfort para dar con él.

Capítulo seis

—Por aquí —dijo Jop al empujar la puerta marcada como "Salida de Emergencia".

—¿Esto es legal? —preguntó Sergio.

—Claro que no —dijo Jop, al traspasar el umbral. Sergio fue detrás de él, no sin cierto recelo.

En cuanto estuvieron dentro, Jop empujó la puerta para clausurarla de nueva cuenta, encendió la luz de su celular y localizó sobre la pared una larga serie de interruptores. Accionó cada uno de ellos, con lo que consiguió que la luz se hiciera en todo el recinto. Al instante aparecieron frente a los ojos de Sergio un par de pasillos de cajas de víveres apiladas: detergentes, mayonesas, galletas…

—Ahora sígueme —caminó a través de un pasillo de la bodega cuyo techo de lámina estaba muy por encima de sus cabezas—. Hay que localizar al velador.

—¿El velador? —replicó Sergio.

—No te apures. Está avisado.

Los dos muchachos avanzaron por la bodega hasta la entrada de ésta, donde un hombre con uniforme de guardia de seguridad contemplaba una televisión pequeña sobre un escritorio de metal puesto contra una pared. Sobre su cabeza, varios monitores mostraban oscuros pasillos llenos de mercancía. En cuanto estuvieron frente a él miró su reloj. Faltaban diez minutos para la una de la mañana.

—Llegan antes.

—¿Ah, sí? —dijo Jop rascándose la nuca—. No me fijé. Disculpe.

—No importa —dijo el guardia, mirando a Sergio con curiosidad. En breve volvió a su programa—. Prendan las luces de la tienda, están ahí detrás —señaló un muro—. Y yo voy a apagar las de la bodega que ni falta les hacen.

—Vamos a estar ahí en la tienda las dos horas.

—Ni un minuto más —gruñó el hombre sin obsequiarles una nueva mirada—. Y no se salgan del área de música o de mi cuenta corre que se acuerden de este día hasta que tengan mi edad.

Jop fue en seguida al sitio que el velador le había indicado y volvió a encender varios interruptores. Regresó al lado de Sergio y ambos traspasaron unas cortinas, súbitamente iluminadas.

—¿Me vas a decir ya de qué se trata? —preguntó Sergio en cuanto ambos estuvieron del otro lado, a un costado del área de Salchichonería. Era un supermercado en toda forma, sólo que sin gente. Por todos lados se veían los adornos que celebraban la época: Santocloses, muñecos de nieve, renos, campanitas...

—¿Y arruinar la sorpresa? —respondió Jop cuando ya caminaban en dirección a una zona en la que se veían, a la distancia, un par de sofás y una televisión.

Habían sido días aciagos, días de pocas o nulas satisfacciones. No habían querido abandonar el territorio mexicano porque Sergio seguía pensando que daba lo mismo buscar ahí que buscar en cualquier otro lado. La única razón por la que habría abandonado el país hubiera sido la completa convicción de que Edeth no se encontraba en suelo mexicano. Pero aún no podía asegurarlo.

Ambos tenían catorce años y pocas razones por las cuales sonreír. La búsqueda se antojaba imposible. La única vez que Sergio se animó a volver a intentar la detección del héroe a través de la potenciación de su miedo fue en un lugar apartado del desierto chihuahuense, y el resultado no fue muy distinto del obtenido en la plaza de aquel pintoresco pueblito. Alquilaron una cuatrimoto para internarse en el desierto; compraron víveres para estar lejos de todo contacto humano y no llamar a ningún demonio de los miles que poblaban el país; prepararon con todo cuidado la repetición de aquel experimento... y a los quince minutos o tal vez menos las serpientes se empezaron a congregar alrededor de ellos como obedeciendo el llamado de una voz suprema. Decenas de serpientes de cascabel dibujaron sobre la tierra agreste sus cuerpos sinuosos. Sergio tuvo que encapsular, con gran esfuerzo, a la indómita bestia del miedo para detener el avance de los reptiles. Tuvieron que pasar más de once horas para que se fueran todas las víboras. Tuvieron que dormir sobre la cuatrimoto, haciendo turnos para impedir ser presas de un asalto nocturno.

En esa única ocasión Sergio creyó detectar dos fuerzas contrapuestas de la misma magnitud: demonio y héroe de idénticas proporciones. Y pensó que si pudiese asegurar que era Oodak aquel a quien había detectado, entonces, por fuerza, tendría que ser Edeth la contraparte. Pero no pudo siquiera definir la dirección exacta del origen del halo de fortaleza porque, al momento en que la sintió, la primera de las serpientes tiró una mordida al estribo derecho de la cuatrimoto.

Días terribles en los que estuvo a punto de cambiar su decisión. Llegó a pasar horas enteras, por la noche, viendo a Jop dormir, sintiendo la necesidad de quitarle la bolsa del cuello y echar mano de cualquier ayuda que pudiesen concederle los muertos con sus voces y su irrenunciable ubicuidad.

Pero siempre se arrepentía.

Días de pocas sonrisas. Por eso Jop había decidido tomar cartas en el asunto, hacer un alto en el camino y realizar algunos pagos en efectivo a ciertas personas clave para que le permitieran esa travesura decembrina.

Llegaron al último de los anaqueles y dieron vuelta en el área de muebles y electrodomésticos. Jop hizo que Sergio lo siguiera a través de un pequeño laberinto de refrigeradores y lavadoras.

Y así, a la una de la mañana y tres minutos del veinticinco de diciembre, Jop pudo hacer el regalo que había planeado por un par de días al menos. Frente a los ojos de Sergio, sobre una tarima, los instrumentos de un grupo musical, listos para ser puestos a prueba por la clientela. Una batería con todos sus platillos y tambores, un piano eléctrico, un micrófono en su pedestal, una guitarra de pie sobre su soporte... todo conectado a un amplificador con salida a un par de bocinas de metro y medio de altura.

Y al ver Jop el rostro de Sergio en ese momento supo, como si se cumpliese la amenaza del velador, que se acordarían de ese día por el resto de sus vidas.

—Feliz Navidad, Serch.

Sergio suspiró. Sonrió como no lo había hecho en muchos, muchos días.

—Gracias, Jop. De veras, gracias.

—Anda, que tienes sólo dos horas. No, espera —corrigió viendo su reloj—. Una hora con cincuenta y cinco minutos.

—Gracias.

Iba a sentarse a la batería cuando recordó que, por culpa de la misteriosa sorpresa de Jop, no había cumplido con un pendiente del que no podía, en lo absoluto, desentenderse.

—Antes ayúdame con esto —de su mochila sacó una cajita de música y se la mostró a Jop.

Sin perder tiempo, Sergio fue a un estante cercano del que colgaba un letrero de cartón con letras multicolores que decía: "Feliz Navidad" y depositó en éste la cajita de música, no sin antes darle cuerda. Se sacó el anillo de oro blanco y, como siempre, lo acomodó a un lado de la cajita. En cuanto la abrió y empezó a sonar "Meditación", con la bailarina girando sobre sí misma, grabó un video de exactos 28 segundos con su celular. Hecho esto, le pasó el teléfono a su amigo.

—Yo me encargo —dijo Jop.

Encender la laptop, guardar el video y enviarlo desde una cuenta de reciente creación a través de una red privada virtual muy lejana a Brianda Elizalde, en la Ciudad de México, fue cosa de unos pocos minutos para Jop, tiempo en el que los ritmos en la batería habían empezado a sonar frenéticamente, colmando el supermercado de una peculiar atmósfera.

Los ecos del heavy metal hicieron sentir a Jop de vuelta a aquellos días en que todo era posible. Ir al cine. Reprobar una materia. Robar un chocolate del rincón secreto de su madre.

—Espera —dijo en cierto momento que Sergio tomó un respiro—. Hay una sorpresa extra.

Acercó la laptop al amplificador e ingresó al programa para tocar música. Seleccionó algunos archivos que recientemente había bajado a su colección particular. Antes de presionar el botón de "Play" en el reproductor, conectó la salida de los audífonos a una de las entradas del amplificador ayudándose de un convertidor plug. Todo lo tenía planeado.

—No fue fácil dar con estos archivos, pero creo que son buen regalo de Navidad.

—Yo ni siquiera pensé en eso. No tengo nada para darte —dijo Sergio acongojado, sosteniendo las baquetas en una sola mano.

—Bah. Ya me compensarás algún día.

Presionó el botón y comenzó a sonar una canción de Led Zeppelin, "Black Dog", sólo que sin la parte de Bonham, el baterista. Jop había logrado bajar de una escuela de música en Londres las canciones de Zeppelin sin ese *track*, audios ideales para practicar la batería como si se tocara con la banda. Fue justo lo que hizo Sergio en cuanto salió de su asombro. Musitó un mudo "gracias" y se dispuso a meterse en los zapatos del oso Bonham.

—Pero sí me merezco un regalo. Aunque sea chiquito —dijo Jop después de contemplar por un rato a su amigo.

Caminó por los pasillos hasta llegar a las cajas de cobro. Pensó que sería una travesura inofensiva. Además, era Navidad.

Buscó con la mirada algún paquete de chocolates que valiera la pena terminar de una sentada. Se decidió por unos que incluso llevaban moño y una mini tarjeta con el clásico "De... Para...". La abrió ahí mismo y sacó el primer chocolate. "De Jop para Jop", pensó.

Sergio estaba a la mitad de "Whole Lotta Love" cuando ocurrió.

Repentinamente, una oscuridad completa. O así se lo pareció a Jop, quien de pronto no pudo ver siquiera sus manos. La feliz estampa de la caja de chocolates abierta había desaparecido.

Por unos segundos continuaron los tamborazos de Sergio, pero terminaron por detenerse, a falta de la música, que había sido silenciada también.

—¿Sergio? —gritó Jop.

No obtuvo respuesta.

—¿Sergio?

Nada. Esperó a que sus ojos se acostumbraran a la inesperada noche. Algo de la luz callejera alcanzaba el interior por algunos tragaluces del techo, así que Jop se sintió con mejor ánimo para volver al lado de su amigo. Pero... ¿por qué no le respondía?

—¡Sergio!

Enfocando la mirada, pudo atravesar el primer pasillo, pasando por entre la ropa de invierno para dama. Recordaba perfectamente cómo regresar, pero no quería correr. Tal vez por el miedo a golpearse con algo... o tal vez porque un mal presentimiento se había apoderado de él. ¿Por qué Sergio no respondía? ¿Y si, al volver, ya no lo encontraba? ¿Y si algo le había ocurrido?

Mientras más avanzaba, le parecía que el frío aumentaba, como si estuviera entrando a un refrigerador.

No podía aplacar su preocupación. Sentía que el alma se le salía por la boca, que al fin se materializarían todos los temores que había abrigado al viajar al lado de Sergio, que en un abrir y cerrar de ojos todo hubiera terminado de la peor manera y él se encontrara solo en medio de la nada. Con las manos y el corazón vacío.

Pero, al arribar de nueva cuenta al departamento de Instrumentos Musicales, vio con gran alivio que Sergio seguía ahí. Justo en el mismo lugar. Tras los tambores, sosteniendo las baquetas, aunque mirando en una dirección específica. En completo silencio. Y con un gesto en el rostro que denotaba muchas cosas: sorpresa, admiración, miedo... cariño. La pantalla de la laptop arrojaba un poco de luz sobre la escena, pues seguía tocando la música que había dejado programada Jop, sólo que enmudecida por la falta de corriente en el amplificador.

—Sergio... —volvió a musitar Jop, sin acercarse.

El frío lo paralizó. Al igual que lo que distinguió en el lugar al que se dirigían los ojos de Sergio, a pocos metros de ahí, bajo la tarima, detrás de donde se encontraba la guitarra.

Una sombra con una forma y un rostro específicos.

Un espectral hombre gordo con el cabello largo, playera, tenis y pantalones de mezclilla devolvía la mirada al muchacho baterista. Tenía algo en los ojos que replicaba lo mismo que Jop veía en el gesto de Sergio.

Se quedó de una pieza. Creyó saber de quién se trataba. Quizás por el modo como veía a Sergio. O quizás por la circunstancia y el lugar. Nunca lo había conocido en persona... pero Sergio le había hablado de él.

—Te falta práctica, carnal —dijo el fantasma con melancolía—. Pero sigues siendo bueno.

Sergio no dijo nada, pero Jop detectó que los ojos se le humedecían.

—Es un privilegio, si se le puede llamar así, que se nos concede en el aniversario de nuestra muerte —añadió la visión con una pesada carga de tristeza en las palabras—. Por eso estoy aquí. Para culminar mi labor en la tierra. Luego, que venga lo que tenga que venir.

Sergio continuaba azorado. En ese momento detectó la presencia de Jop y pudo constatar que también veía lo mismo.

—Te he seguido la pista, carnal —dijo Pancho, con esa templanza en la voz que Sergio no estaba seguro de conocerle en vida—. Y es increíble lo bien que lo has hecho. ¿Te soy sincero? No me esperaba nada de esto. Pero es cierto que es posible... que des con Orich Edeth... que pongas fin a los tiempos oscuros que nos amenazan. Quién lo dijera. Un chamaco como tú...

—Me da gusto verte —musitó Sergio.

—¿Te digo una cosa? Creo que siempre lo supe. ¿Cuál es la probabilidad de que haya dos mediadores en el mismo país, en la misma ciudad, si sólo hay veintidós ejemplares del libro en todo el mundo? Yo también sentía el halo de fortaleza cuando estaba contigo. Aunque ¿qué te iba a decir? Finalmente ya estaban los dados girando en el aire.

—Y me da gusto verte bien.

—Un año entero, carnal. Un año entero esperé para esto. Pero valió la pena. ¿Sabes que intentaba hablarte? Y sé que me escuchabas, pero no es tan fácil si no tienes el wifi de los Wolfdietrich prendido, ¿cierto?

Sergio se sintió reconfortado. Pensar que, desde el momento en que empezó a oír las voces de los muertos, una de ellas pertenecía a ese amigo suyo...

—En fin, no tengo mucho tiempo. Este tipo de conciencia es difícil de sostener cuando estás lejos del sitio donde están tus restos —sacudió la cabeza como si necesitara echar fuera algún malestar—. Tengo que pasarte un mensaje. Y luego, aceptar mi destino.

—No te culpo, Pancho —exclamó Sergio.

—¿No me culpas?

—No. No te culpo. Muchas veces yo también he creído que sería mejor acabar con todo este asunto como tú lo hiciste.

Pancho sonrió. Luego, con toda parsimonia, miró a su amigo como lo haría alguien mucho más viejo y más sabio.

—Eres un buen tipo, Sergio. Y me da gusto que estés hecho de mejor madera que yo. Aprendiste a enfrentar a Oodak, cosa que yo nunca pude. Por eso creo que es importante que sepas que existe un atajo para cumplir tu misión.

—¿Cómo dices?

—Escucha con atención. Ha llegado íntegro hasta nuestros días algo que perteneció al Señor de los héroes: su propia espada. En la empuñadura está cifrado el día en que ha de resurgir y con qué nombre ha de hacerlo.

—¿Cómo sabes esto?

—Sólo digamos que lo sé.

—¿Y tienes idea de...?

—Debes dar con un héroe en particular. Se llama Salomón. Y se encuentra en donde se rinde culto a la Moreneta, justo bajo las nubes, en el final de los campos. Disculpa que te dé esta información en forma de acertijo, pero tú, mejor que nadie, sabes que algunos de los espíritus que escuchan a los vivos no siempre juegan para los buenos.

Sergio se rindió a una espontánea sonrisa. Al fin una ayuda. Una real.

—Supongo que te refieres a aquel héroe al que hiciste mención en tu último mensaje. Aquel mensaje que me dejaste en internet. El héroe que me mandó el Clipeus.

—En realidad ése fue uno al que llamamos "el Jefe". Pero Salomón está al pendiente de ti desde hace algún tiempo —dijo Pancho con la satisfacción de saber que Sergio iba un paso adelante—. Y ahora puede ayudarte a llegar a Edeth. Al menos es lo que a mí me dijo. No lo sé. Supongo que ya no lo sabré. Aquí termina mi cansado peregrinaje, carnal. Fue un gusto haberte oído tocar por última vez. Pero me dio más gusto poder hablar contigo y confirmar que, en cierta forma... —hizo una pausa cargada de nostalgia— yo también pude abonar un poco en la eterna lucha contra los demonios.

—Nos volveremos a ver, Pancho, estoy seguro.

—No. No puedes estarlo. Pero se agradece el deseo.

—Vas a un mejor lugar, ¿cierto?

—Lo que sea, estará bien. Es lo que me he ganado. Gracias, carnal. Te lo dije una vez y te lo repito ahora: sé buen mediador, buen baterista ya eres.

Dicho esto, la sombra regaló una última mirada a Sergio, otra a Jop, acompañada de un ligero movimiento de cabeza. Y se esfumó como si se la llevara el viento.

Al mismo instante regresó la corriente eléctrica. Y la música de Led Zeppelin, que seguía tocando en la laptop, apareció en las bocinas y los sorprendió a ambos con un sentimiento de alivio en los corazones. Algo como lo que deben sentir dos muchachos de catorce años cuando reciben la Navidad, sin otra preocupación encima que la de abrir sus regalos o la de poder desvelarse con juegos, o con música, o viendo hasta el hartazgo todos los programas cursis que pasan en la televisión.

* * *

El repartidor salía del edificio cuando se encontró con esos ojos claros como pocos había visto en la vida. Se sorprendió sonriendo.

Acababa de dejarle unas medicinas al señor Reyes, el anciano del segundo piso. Y pretendía salir del inmueble cuando, repentinamente, se encontró con ese niño tan singular estorbando la entrada.

—Hola... ¿vas a pasar?

El muchacho detuvo la puerta para que el mecanismo no la cerrara por completo. El repartidor de la farmacia asumió la tácita respuesta, dejándolo entrar y siguió su camino, de vuelta a sus ocupaciones.

Henrik subió con lentitud las escaleras.

Cuando llegó al tercer piso, advirtió que la puerta al departamento se encontraba malamente reparada de un par de enormes agujeros por algún indolente carpintero, como si el que ahí viviese sólo deseara que no pasara el aire al interior, pero sin importarle el aspecto que diera la madera casi podrida de la entrada. Su instinto lo hizo sospechar que poco o nada obtendría de esa visita. No obstante, no se arredró.

Llamó a la puerta. Tres golpes casi con timidez.

Nada.

Volvió a llamar.

Nada.

Sin trabajo alguno traspasó la puerta, rompió la cerradura haciéndola caer al suelo del otro lado y consiguió abrir.

La madera crujió. La puerta se balanceó sobre sus goznes. Henrik suspiró con resignación. Puesto que nadie había acudido a ver qué ocurría, confirmó que, en efecto, la casa estaba sola. Empujó la puerta. Ingresó.

La imagen de destrucción y abandono le arrancó una mueca. Los muebles, las alfombras, los adornos, los cuadros... todo disperso y en pedazos a lo largo de la estancia. Nada en pie, nada en una sola pieza. Leyó la inscripción con letras rojas en la pared; al parecer su presa tenía bastantes enemigos: "Tullido de mierda: ¡te vas a morir!". Al avanzar, una paloma huyó por la ventana de la sala, carente de cristales.

Sospechó que nada ahí lo llevaría por el camino correcto. Se echó sobre un cojín desgarrado y se sentó en escuadra. Extrajo, de la bolsa de su pantalón de lona nuevo, el recorte de periódico donde se narraba su primer crimen desde que abandonó el tibio cubil que ocupaba en una llanura de Mozambique.

Espantosa obra del terrorismo

Posó sus ojos en la noticia sin comprenderla, pues estaba en español, pero imaginó la descripción de la carnicería, la narración medrosa de aquella turista argentina. De cualquier modo, lo mejor era el mensaje en el techo, escrito con sangre: *Du gehörst mir, Wolfdietrich*. Se regocijó en las fotos, bastante explícitas.

Luego, sacó otro recorte, del interior de su pasaporte alemán nuevecito, el mismo que le entregara un viejo demonio en Lilongüe, el mismo que luego lo acompañaría en su viaje a Madrid. En el recorte se narraba su segundo crimen, en plena provincia española. Siete hombres en total. Los siete cercenados a la mitad. El mensaje, idéntico al anterior: *Du gehörst mir, Wolfdietrich*. Lo llamaban ya "el Exterminador germano". Y se preguntaban quién sería ese Wolfdietrich del que hablaba en sus mensajes.

Henrik suspiró largamente mientras miraba el departamento hecho trizas en el que habían vivido Sergio Mendhoza y su hermana.

Para él sería un placer dejar ahí mismo el tercer mensaje con sangre de sus próximas víctimas. Y hacerle ver a la policía española que el asunto ya no le competía sólo a ella, sino al mundo entero.

—*Frohe Weihnachten* —se dijo a sí mismo. Feliz Navidad.

Capítulo siete

Recordaba que en algún pasado remoto había sido feliz. Al igual que lo era ahora.

Recordaba vagamente tiempos más hermosos. Bellos e inútiles. Sobre todo inútiles. Porque lo que ahora le importaba era el presente. El aquí. El ahora.

Recordaba también, entre brumas, que su nombre era Alicia. Y que en otro tiempo hubo gente que la amó. Creía poder traer a su mente unos ojos. Unas manos. Un lugar. Del sitio más lejano de su mente la alcanzaba el aullido de un lobo. La visitaba por unos instantes la congoja. Luego, la tierna voz de su nana la tranquilizaba. Volvía al letargo feliz. Se entregaba por completo a la cálida sensación de bienestar.

—¿Cómo se encuentra?

La voz parecía surgir del último rincón de la tierra. Le pareció simpático y sonrió. Luego, se permitió una risa. Luego, mirar a las flores. Al jardín. Al cielo cargado de nubes.

La bruja se levantó de su estera, amodorrada. No era común que Oodak fuera hasta su pocilga. Se acercó a Alicia y propinó un leve puntapié a su cuerpo, echado en el suelo de tierra de la oscura cabaña.

—Ya lo ve, mi señor... convertida en una idiota.

Oodak se mostró complacido. Alicia lo miraba y no lo miraba. En ese momento se encontraba corriendo en un hermoso paraje cubierto de margaritas, poblado por aves multicolores, surcado por abundantes riachuelos. Aún llevaba puesta la ropa con la que Oodak le tomó aquel video donde hizo parecer que trabajaba para él cuando en realidad la tenía narcotizada desde el primer día que cayó en sus manos. Él mismo la movió con la suela de su zapato y Alicia no se inmutó en lo absoluto.

—Mátala —dijo la bruja—. No tienes por qué cumplir con tu palabra.

Oodak obsequió a la calva mujer tuerta con una mirada de desprecio.

—Te hago responsable, arpía —gruñó—. Si ella pierde una uña, tú pierdes un dedo; si pierde un dedo, tú una mano. Si ella pierde una mano, tú te despides de tus dos brazos. ¿Comprendes lo que quiero decir?

La bruja tembló. Desvió su hueca mirada. Asintió.

Oodak tomó un manojo de hierbas de una cubeta en el suelo y las arrojó a la hoguera de la cabaña. Un grito se escapó por la chimenea. Un grito que hizo que la bruja se tapara los oídos, horrorizada.

Antes de volver a Sötét vár, Oodak pasó al bosque. Pidió a Farkas que compartiera una de sus presas con él. El gusto de la sangre tibia aún le tranquilizaba. Como a cualquier demonio.

* * *

Libro de los Muertos

Capítulo 181, Henry Malke

Día veinticuatro.

La médel ha dispuesto del cuerpo del héroe justo al salir de su celda. Se arrojó sobre él y lo partió en dos con sus mandíbulas.

Ahora no queda más que el silencio.

El impenetrable silencio.

En cierto modo, es una lástima.

Segunda parte

Capítulo ocho

Soñaba, como antaño, que los lobos lo perseguían en medio de la noche. O al menos eso creyó en principio. En cuanto adquirió conciencia dentro del sueño, confirmó que no eran lobos sino demonios. Monstruos alados que conseguían derribarlo y hundir en la piel sus afilados colmillos. No era la primera vez que soñaba algo así, pero sí la primera vez que se sentía desfallecer. La primera vez que, al interior del sueño, sentía que lo mejor sería rendirse a la muerte; que lamentaba la pérdida de Alicia, de Brianda, de Jop, pero que no tenía remedio. Una densa oscuridad. La ausencia de sensaciones.

Abrió los ojos. No despertaba sobresaltado; antes al contrario, flotando al interior de una extraña placidez, como la del vientre materno.

"Voy a morir", se sorprendió admitiendo.

Viajaban en un autobús a la Ciudad de México. Él ocupaba la ventanilla. Pasaban de las tres de la madrugada. Se sintió como la víctima que sabe que, estando en las fauces de su depredador, forcejear sólo hará más larga la agonía. ¿Miedo? Sí. Lamentablemente. Mucho. Como cuando era un niño pequeño.

"Pero está bien."

Un dolor punzante lo acometió en una mano, misma que retiró al instante.

Encendió la luz de su celular y confirmó que lo acababa de morder una araña grande. Una de las cuatro arañas que habían ido a posarse en derredor suyo. Dos en la ventana, una en el antebrazo, otra en el respaldo frente a sus ojos.

Miedo.

Tomó una servilleta de su mochila, a los pies del asiento, y aplastó a los cuatro bichos uno tras otro. Miró la hinchazón en la palma izquierda de su mano. Se quitó el reloj y vio cómo comenzaba a engordar y a irritársele la piel, justo por encima del tatuaje que le hicieran en la Krypteia, el rombo que lo marcaba como uno de los contendientes, el símbolo que había llegado a detestar con todas sus fuerzas y que, sin embargo, se obligaba a llevar consigo para el resto de sus días, tácito recordatorio del peor trance de su vida.

Levantó la vista. Colgados de la penumbra del autobús detectó un par de ojos.

Una mujer lo observaba con interés y detenimiento. Una escuálida vieja en cuyo rostro se reflejaba el odio que naciera en su interior minutos antes, aquella repulsa que la hiciera levantarse de su asiento y acudir en pos de lo que la estaba llamando.

—¿Quién eres? —dijo la anciana con voz impositiva.

—Lárgate o le digo al chofer que te baje —respondió con insolencia Sergio.

—Creí que eran un mito. Ya veo que no —dijo ella con avidez, casi con deleite—. ¿Dónde está el héroe que se supone que te acompaña?

Jop despertó de su propio sueño, pero se mantuvo estático ante la sorpresiva presencia de esa mujer de cabellos tan blancos y desaliñados y piel morena pegada a los huesos.

—No sé de qué me hablas. Lárgate —replicó Sergio nuevamente.

—Me encantaría romperle el cuello.

—¡Ssshhh! —reclamó un pasajero que intentaba conciliar el sueño y a quien había molestado la voz de la señora.

—Te estaré vigilando, mediador —gruñó la vieja.

—Y yo a ti. También los demonios duermen —acusó Sergio con una sonrisa cínica.

Consiguió que la vieja volviera a su asiento sin tanto aplomo, pero eso no impidió que, en cuanto volvió a estar vacío el pasillo, se sintiera desvalido.

—¿Qué fue eso, Serch? —le preguntó Jop.

Sergio respondió mostrándole el papel con las arañas trituradas. Su mano recién mordida. Su gesto atribulado.

—Estoy perdiendo el control. Se está desatando el miedo sin que me dé cuenta. Y está causando este tipo de efectos.

—¿Mientras duermes?

—No exactamente, porque mientras duermo no debería importar. Pero hoy atraje a estos bichos y el demonio ese que viaja con nosotros no resistió la tentación de venir a saludar. Esto no está bien.

El consuelo vino gracias a que la aurora se anunció pronto, mientras el autobús seguía su camino y sin aminorar la velocidad. La vieja no volvió a perturbarlos, pero ellos tampoco volvieron a pegar el ojo durante el resto del viaje.

Había un sentimiento de esperanza en el ánimo de ambos. Volver a la Ciudad de México después de varios meses de ausencia los hacía presumir que tal vez en el futuro habría un retorno similar, uno definitivo, de vuelta a casa, uno en el que pudieran retomar sus vidas, volver a la escuela, imaginar un porvenir.

Al arribar a la estación de autobuses del norte, esperaron a que el camión estuviera vacío para levantarse de sus asientos. La vieja ya no estaba a la vista, lo cual hizo suponer a Sergio que pudo más en ella el temor de enfrentar un héroe real y terminar de la peor manera. Bajaron del autobús y el seco frío citadino los recibió como una bofetada. Se sumaron en seguida al tumulto que intentaba alcanzar la salida de la estación. La figura de un hombre los esperaba en medio del pasillo, una que hubieran reconocido en cualquier lugar del mundo, con su uniforme y sonrisa bonachona de siempre.

—¿Tú le dijiste que nos recogiera? —preguntó Sergio a Jop.

—No. Pero sí le dije cuándo llegábamos y en qué línea de autobuses.

Se aproximaron sin poder disimular el gusto que les daba verlo.

—Niño Alfredo —dijo Pereda, con un hilo de voz—. Ha crecido.

—No es cierto. No ha pasado tanto tiempo. ¿O sí?

—Y ya le está cambiando la voz.

Pereda no pudo resistirse y lo abrazó. Luego, también abrazó a Sergio. Les sacudió el cabello a ambos.

—Me da gusto ver que al fin pudo dejarse crecer el cabello —dijo a Sergio.

Éste agradeció en silencio. Habían pasado casi ocho meses. Se notaban en la mirada de Pereda.

—Gracias por venir por nosotros.

Caminaron hacia la salida; luego, hacia el estacionamiento, donde Pereda abrió las puertas posteriores de ambos lados del automóvil para que los dos subieran. Ahí, hallarse al interior de un auto lujoso, con todas las comodidades, asientos confortables, calefacción y música suave en las bocinas, hizo que mudara el rostro de Jop. Sergio comprendió que había sentido con fuerza el golpe de la añoranza; el corazón se le encogió. Pero Jop se anticipó a cualquier pensamiento.

—Sí. Se extraña. Pero ni modo.

Sergio asintió. Pereda aún no entraba al auto. Echaba en la cajuela las mochilas de ambos. Cuando al fin estuvo tras el volante, miró a ambos por el retrovisor.

—Supongo que me permitirán invitarlos a desayunar.

Ninguno respondió. Jop hubiera deseado decir que sí, pero se había acostumbrado a someterse a las decisiones de Sergio. Y aguardó.

—¿O no? —añadió Pereda, ante el súbito silencio.

—¿Los tienes, Pereda? —fue lo que dijo Sergio, con una voz que al chofer le pareció mucho más adulta. Con una voz que, inconscientemente, comparó con la de aquel muchacho que llevó, junto con Jop, a la casa en la que creían que se ocultaba el responsable del caso de los esqueletos decapitados. Inconscientemente la comparó también con la de aquel muchacho al que habían ido Jop y él a encontrar en Budapest. Tuvo que reconocer que el tiempo y las vicisitudes lo estaban transformando.

Como respuesta llevó su mano al interior de la chaqueta. Le extendió a Sergio un sobre cerrado color naranja.

—No fue fácil ni barato. Pero el señor Otis estuvo de acuerdo.

Sergio extrajo dos pasaportes mexicanos en regla. Dos pasaportes en los que se apreciaban las fotos que habían enviado por mensajería a Pereda varios días antes. Dos pasaportes en donde quedaban plasmadas las dos nuevas identidades de ambos.

—Ten el tuyo, "Martín" —extendió a Jop el que le correspondía.

Jop miró su foto, su nuevo nombre, su nueva fecha de nacimiento.

—¿Y tú...? —preguntó a Sergio.

—"Felipe", para servirte —dijo éste, con una sonrisa melancólica—. ¿Cómo le hiciste, Pereda?

—Ni pregunten. Sólo digamos que esos dos muchachos no van a volver a viajar nunca más. Hay gente que lo sabe... y lo usa para tramitar esas falsas renovaciones.

Sergio supuso lo que acaso era demasiado obvio: que Felipe y Martín estaban muertos. Y que ellos, como una macabra broma, utilizarían sus identidades para salir del país.

—¿Entonces...? —insistió Pereda—. ¿Me aceptan una hamburguesa, siquiera?

Sergio miró a con melancolía a través de la ventana.

—Es que... —dijo con evidente pesar— para serles sincero a ambos, me he propuesto no descansar hasta no conseguir mi cometido. Oodak tiene secuestrada a Alicia. Y si yo pudiera dar con Edeth hoy mismo, en este mismo momento, tal vez...

Jop supo por qué Sergio se quedó sin voz, pues ya lo habían conversado antes. Y sintió pena, pues en verdad era importante. Sobre Sergio pesaba una condena ineludible. La voz de Oodak en el video pidiendo la identificación precisa de Orich Edeth la podía reproducir en su propia cabeza porque la había escuchado miles de veces. "Cuando esto ocurra, tu hermana vivirá pero tú te mueres. Es el mejor trato que puedo ofrecerte." Y la única posibilidad de Sergio de poder rehuir esa sentencia de muerte era dar con Edeth lo antes posible para así poder convencerlo de acabar con Oodak, pues sólo el Señor de los héroes podría acabar con el Señor de los demonios.

"Ese mismo día, sello para siempre mi destino, Jop", le había compartido Sergio en más de una de esas sobremesas que, involuntariamente, adquirían tintes trágicos. "Ese mismo día cumplo mi promesa y me entrego a Farkas. Y que ocurra lo que tenga que ocurrir."

Tintes trágicos, como casi todo lo que había pintado sus vidas en los últimos meses. Jop no pudo evitar recordar, también, la sentencia de Farkas en aquella grabación que lo hizo reconciliarse con Sergio, cuando su mejor amigo consiguió intercambiar su vida por una promesa irrenunciable: "Cuando llegue el momento, te entregarás a mí". La voz del licántropo lo había acompañado en más de una pesadilla.

—Pero en algún lugar han de almorzar, si es que no lo han hecho aún —refunfuñó Pereda.

"En eso tiene razón", se dijo Jop a sí mismo, sin atreverse a decirlo en voz alta. Afuera, hacía frío. Bastante. El clima del coche les ofrecía una pausa reparadora.

—Ni siquiera saben aún para dónde van —gruñó de nuevo Pereda.

Nuevo silencio. Nuevo confrontamiento de miradas.

—¿O sí? —insistió.

—Colombia —exclamó Sergio, aún con la vista perdida.

—¿Qué? —soltó Jop, sorprendido.

—Tenemos que volar a Bogotá, Colombia.

—¿Cuándo resolviste el acertijo?

—En el mismo momento en que me lo dijo Pancho —miró a Jop, a su lado—. Pero no te lo quise decir en ese momento por las otras presencias que había en el supermercado.

—¿Otras presencias?

—Él mismo lo dijo. No todos los muertos que vagan por la tierra son buenos.

Jop sintió un estremecimiento. ¿Sergio percibía a los muertos aún? ¿Escuchaba sus voces? ¿Las padecía? Miró con tristeza a Pereda, quien ya encendía el auto.

—Al aeropuerto entonces —dijo el chofer, cambiando la palanca de velocidades para poder sacar el auto del estacionamiento.

—Gracias, Pereda —consintió Sergio.

Y luego de un par de minutos, cuando el auto ya avanzaba por la calle, él mismo agregó:

—Pero es cierto que, en lo que sale nuestro vuelo, en algún lado tenemos que almorzar. La verdad es que agradeceríamos compartir mesa con cualquier otra persona que no seamos nosotros mismos.

Las miradas de Jop y Pereda brillaron al encontrarse, una a la otra, en el retrovisor.

* * *

Se sentó en el centro de la estancia a contemplar su obra, su horrible carnicería.

Después de unos segundos de regocijo, se levantó a culminar la tarea.

Primero, el mensaje, en enormes letras negras que ocupaban todas las paredes, rodeando el lugar: *Du gehörst mir, Wolfdietrich.*

Luego, la disposición de cada uno de los cadáveres. Crímenes silenciosos, de mendigos o pordioseros, todos gente que no causaba revuelo en las noticias... gente que pocos o nadie extrañaría. Cinco cuerpos en total.

Tenía Henrik perfectamente diseñado en su mente el resultado final. Y se deleitaba imaginándolo. La prensa se regocijaría en la imagen que contemplaba del mismo modo que un caníbal lo haría ante el festín de un congénere.

"Será maravilloso", pensaba Henrik.

Y se deleitaba mirando a los ojos sin vida de sus cinco víctimas.

Pero entonces... en el centro mismo de su ancestral ser...

... indefectiblemente...

¿Sería posible?

Se puso de pie al instante.

Miró en derredor. Hacía mucho que no sentía algo como eso. ¿Era acaso...?

¡Por Belcebú! ¿Sería posible?

Era casi como estar vivo. En verdad vivo. Como nunca haber entregado su alma inmortal a la oscuridad definitiva.

Como cuando vivía en Múnich a principios de los años cuarenta del siglo pasado y se recreaba aniquilando palomas con sus propias manos. Como cuando causaba dolor y podía sentir, también, dolor.

Corrió a la ventana y miró hacia la calle con un júbilo que no había experimentado en mucho tiempo. Como cuando era en verdad un niño, uno humano.

El sol, como pidiendo una tregua, se ocultó tras las espesas nubes.

Capítulo nueve

—Sabes que tengo buena memoria —dijo Sergio, al dar un bocado a los huevos rancheros que había ordenado.

Jop asintió.

—Si quieres llamarlo así.

—El acertijo me remitió, desde que lo oí, a un lugar específico en el planeta que había retenido en mi memoria durante una búsqueda por internet.

La mañana se mostraba salpicada de nubes, aunque de una claridad que acaso sólo pueda lograrse en invierno, temporada en que el sol está más cerca del hemisferio. La decisión de desayunar ahí, en ese restaurante al aire libre en Chapultepec, había sido casi por imposición de Pereda, pues, a fin de cuentas, el vuelo directo a Bogotá estaba programado hasta bien entrada la noche, así que tenían todo el día por delante.

En cuanto tuvieron los boletos en la mano, Pereda los condujo de vuelta al auto y, de ahí, a ese lugar en el que la mañana tocaba a su fin, de mucho mejor ánimo.

—No me acostumbro a esa cualidad tuya —dijo Jop sin despegarle la vista.

—¿Qué cualidad? —indagó Pereda.

Jop sonrió. Se encontraban sentados Jop y Pereda del mismo lado de la mesa, confrontando a Sergio. Así que a Jop le pareció divertido hacerle una demostración al chofer.

—Serch, dile a Pereda cuántas personas hay en la mesa tras de ti y cómo vienen vestidas.

Sergio respondió sin afectación, dando primero un sorbo a su café con leche.

—Tres señoras y un señor. Ellas deben tener más de sesenta. Bueno, al menos las dos que están de mi lado derecho, izquierdo de ustedes. La otra parece menor, aunque no por mucho, tal vez tenga unos cincuenta. Las tres se pintan el pelo; castaño una, negro las otras dos. Van vestidas así: blusa roja, blusa azul, suéter gris con grecas, falda las dos más grandes, pantalón negro la menor. El señor debe ser esposo de la señora de la blusa azul, pues se tomaban de la mano cuando llegamos, lleva anteojos, debe tener también unos sesenta y algo, aunque él sí tiene canas, lleva traje gris oxford y una boina que depositó en la silla.

Todo lo dijo sin hacer evidente ningún tipo de concentración, como si relatara algo que tuviera justo frente a sus ojos.

—¿Cómo lo haces? —dijo Pereda, mirando a sus espaldas, a sabiendas de que no había ahí ningún espejo, sino un par de árboles.

Sergio se encogió de hombros.

—No es tan bueno como parece. Se pueden acumular millones de datos, pero no sirven de nada si no se les interpreta bien —dijo Sergio—. Yo mismo me sorprendo cuando lo hago como debe ser. A veces, al contrario, me caigo mal por idiota. Por ejemplo, cuando salí de la Krypteia, Giordano Bruno me pasó una información crucial del Libro de los Héroes. Una página y un párrafo. Y aunque yo ya tenía en la cabeza la información, nunca me fijé en las páginas, a lo mejor porque están en números romanos. Me llevó mucho tiempo dar con el dato exacto en mi cabeza.

—En cambio ahora... dar con el sitio en el que debemos buscar a Salomón no te llevó ni dos minutos —dijo Jop—. ¿Estás seguro?

—Bastante.

—¿Dónde es exactamente?

—"En donde se rinde culto a la Moreneta, justo bajo las nubes, en el final de los campos", fue lo que dijo Pancho. La Moreneta es como llaman a la virgen de Montserrat, patrona de Cataluña, España.

—Pero...

—Exacto. La clave está en las dos siguientes frases. "El final de los campos". Es la traducción de la palabra chibcha "Bacatá". O Bogotá. El santuario de Monserrate, en el centro de Bogotá, está en un cerro a tres mil metros de altura, "justo bajo las nubes". Cuando no puedo dormir, prendo tu computadora y me pongo a recorrer el mundo.

—¿Prendes mi computadora...?

—No te preocupes. No he hurgado en la base de datos de los demonios. Ni en lo que hackeaste de la computadora de Farkas. Yo también tengo que creer en la importancia de la ignorancia.

—Oye, y ¿no te da miedo decir a dónde vamos en voz alta aquí? —preguntó Jop.

—No —respondió, contundente, Sergio—. Aquí y ahora, no.

Jop no tuvo duda de que Sergio estaba desarrollando esa capacidad, tan poco envidiable, de saber cuándo los muertos rondaban o cuándo se podía confiar en ellos.

El almuerzo llegó a su fin, al igual que la mañana. Pereda se atrevió a hablar con sinceridad.

—Niño Alfredo... Sus padres me prestaron el auto todo el día porque sabían que iba a verlo y entregarle los documentos. Pero le tengo que decir que se quedaron, como quien dice, con el Jesús en la boca. Me parece que no estaría nada mal que usted pasara a verlos un ratito.

Sergio y Jop se miraron en tácita complicidad. Era increíble el grado al que los papás de Jop habían llegado al respetar su decisión de acompañar a su amigo y no mostrar la cara hasta que no cumplieran con la misión. Jop así lo había planteado desde el principio y ambos padres habían accedido. "Puede pasar mucho tiempo antes de que nos volvamos a ver, años tal vez", les dijo aquella noche en que los congregó alrededor de la mesa del comedor. Y ambos habían accedido.

—Creo que es justo —sugirió Sergio—. Después de todo, es tu papá el que está financiando la búsqueda. Debe estar muy preocupado. Creo que se lo debes.

A Jop no le costó demasiado trabajo aceptar. También deseaba verlos.

En menos de una hora, ya estaba Pereda a punto de accionar el control de la puerta automática de la cochera de la casa de los Otis, en la colonia Del Valle, para ingresar el auto. Pero Sergio se lo impidió con un movimiento repentino.

—¿Pasa algo? —dijo el chofer con las llantas delanteras del auto sobre la banqueta, la puerta aún cerrada.

—Creo que, si no les importa, yo preferiría no entrar —confesó Sergio.

—¿Por qué? —indagó Jop.

—Yo también debo hacer una visita.

Por respuesta, Jop sólo dijo:

—De acuerdo. Es lo justo.

Mas fue Pereda ahora quien intervino.

—Entonces yo lo llevo, joven Sergio.

—No es necesario, Pereda.

—Sí, sí lo es —dijo el chofer con una seguridad que sorprendió a Sergio. Pereda se bajó del auto y, ya en la calle, abrió la portezuela del lado de Jop para que éste bajara.

No era la primera vez que se separaban desde que abandonaron la ciudad sin rumbo fijo; lo hacían a menudo cuando tenían que repartirse las actividades, pero a Sergio lo acometió una extraña tristeza. Quizás porque ya otras veces lo había visto entrar en esa misma casa con un ánimo similar en los tiempos en que podían decirse: "Nos vemos mañana en la escuela".

Pereda, perspicaz, lo dejó mirar a Jop hasta que éste se perdió tras la puerta y se escucharon gritos de alegría, primero de la muchacha de servicio que había atendido la llamada y, luego, más distantes, de la señora Otis.

Cuando Sergio apartó los ojos del portón fue que habló.

—La colonia Juárez, supongo.

Sergio asintió levemente.

Ambos siguieron el tácito acuerdo de no dirigirse la palabra en todo el camino. El tráfico estaba ligeramente cargado, pero Sergio lo prefirió así. Necesitaba poner en orden sus pensamientos antes del encuentro.

A pocas cuadras de llegar a su destino, Sergio se decidió a romper el silencio. Habían transcurrido cuarenta minutos de múltiples reflexiones.

—Oye, Pereda… ¿por qué dijiste que era necesario que tú me trajeras?

Pereda tardó en responder. Por ello Sergio se anticipó.

—¿Tú también lo notaste, que dos personas me miraron en el restaurante con mucho interés?

—Su cara estuvo por varios días en los periódicos cuando lo llevaron a aquel reclusorio, joven Sergio… y muchos no la han olvidado.

Sergio suspiró. Quizás nunca podría volver a la Ciudad de México, que lo repudiaba de tal manera. Los encabezados de los diarios de aquellos días lo señalaban como psicópata y asesino. Y mucha gente se lo creyó. ¿Cómo culparlos? Para la policía, él seguía siendo un prófugo de la justicia. Era lamentable, pero tenía que aceptarlo: sus días en la ciudad estaban contados.

Pereda arribó a la calle de Roma y se estacionó frente a la plaza Giordano Bruno con las luces intermitentes encendidas. Sergio no pudo evitar el golpe de la memoria. Creyó que el sentimiento lo abrumaría pero pudo resistirse.

"Hola", dijo al interior de su mente, posando los ojos en el monumento del filósofo italiano; en su plácida mirada; en sus manos sosteniendo el libro.

No hubo respuesta. Acaso Bruno no estuviera ahí. Acaso hubiera decidido que su labor con Sergio estaba terminada. Volvió a sentir una terrible tristeza. En la plaza los niños jugaban, los adultos transitaban con indiferencia, las palomas surcaban el cielo o bien se posaban en la pétrea cabeza de Bruno… todo era como siempre había sido. El que se había tranformado era él.

Pereda no lo urgió a bajarse. Eran casi las dos de la tarde y había tenido que cambiar la calefacción por el aire acondicionado, pero no tenía ninguna prisa por llegar a ningún lado. Por el contrario, se sentía extrañamente privilegiado de estar ahí.

Sergio se pasó a la ventanilla del otro lado y levantó los ojos para mirar su casa, el departamento en el que había vivido con Alicia por un par de años. Aunque no había modo de asegurarlo, supuso que todo seguía como lo había dejado antes de partir, la casa hecha una ruina, todos los recuerdos despedazados, la vida, como la había conocido, hecha añicos. Volvió a sentir el embate de la tristeza pues por un momento sintió el impulso de bajarse, despedirse de Pereda, abrir la puerta de entrada del edificio con su propia llave y subir corriendo hasta su casa, encontrar a Alicia haciendo la comida y, después de un beso fugaz, que le reclamara no haber lavado los trastos de la mañana.

Pereda miraba a Sergio y creyó que sería él quien se derrumbaría. Ni siquiera había apagado el motor, incapaz de saber si el muchacho se apearía o preferiría quedarse ahí, rendido a esa extraña melancolía y luego pedir que lo llevara a otro lado.

Entonces, involuntariamente, sus ojos, a través del parabrisas frontal, cayeron en una pareja que caminaba por la calle, en dirección a la plaza. Como un relámpago, sintió el deseo de mover la palanca de velocidades para salir de ahí a toda prisa.

Pero al parecer Sergio tenía ojos en todos lados.

Y también los contempló.

Una chica y un chico, tomados de la mano, caminando por la calle. Una escena tan común como cualquier otra. Pero que para los dos que ocupaban un sitio al interior del auto, era como el anuncio de un temblor de tierra. La confirmación de que el tiempo y la vida no se detienen por nadie.

Los vidrios polarizados impidieron que la pareja mirara al interior del auto cuando pasó cerca. Reían de algo. Y no se soltaban de la mano.

A Sergio le dio gusto confirmar que ella estaba bien.

Había cambiado su forma de vestir, ahora más adolescente, más femenina.

Y estaba contenta. De algún modo había conseguido el milagro de la felicidad.

—Lo siento mucho, Sergio… —dijo Pereda. Él mismo los había transportado el día que al fin pudieron mirarse a los ojos sin sobresaltos. Él mismo había contemplado el estallido de cariño que surgiera entre los dos, aquel día en que murió Elsa Bay y las cosas encontraron otro cauce.

Tuvo que limpiarse una traicionera lágrima.

—No lo sientas—dijo Sergio, forzando una sonrisa—. Creo que en el fondo es lo mejor. Ella está bien. Libre de amenazas. Sin monstruos ni demonios en su vida.

Inconscientemente acarició el anillo que llevaba en el dedo, aquel con las iniciales de la muchacha morena, de anteojos, de sonrisa irrepetible, que ahora caminaba a casa de la mano de su novio.

Se dejó arrastrar por el miedo sin querer. Pero no le importó. Lo que sentía en ese momento, ese desamparo, ese desconsuelo más grande que todo, se parecía en gran medida al miedo. Y no le importó porque creyó que era necesario sentirlo para marcar el suceso en su espíritu del mismo modo que haría un hierro candente en su piel.

—Nos vemos, chiflada… —dijo casi de forma imperceptible. Y luego, a Pereda—: Vámonos de aquí. Por favor.

—Claro —respondió el chofer, desplazando la palanca de "N" a "D".

Y luego Sergio dedicó una última mirada a la estatua de Giordano Bruno para musitar, implacable: "Cuídala. Cuídala bien… o te las verás conmigo".

Y el auto avanzó por la calle de Roma.

Habían dado la vuelta a la esquina cuando, de uno de los cuartos de la casa que habían ocupado Sergio y Alicia por varios meses, se asomó un niño. Uno de cabellos rubios como el sol y la mirada carente de todo sentimiento.

Pasaban de las dos de la tarde y la actividad en la plaza Giordano Bruno siguió como si nada. Los niños jugando, los adultos indiferentes a todo. Una pareja de novios adolescentes continuando con su camino.

El sol, como pidiendo una tregua, ocultándose tras las espesas nubes.

Capítulo diez

—¿Todo bien? —le preguntó Alberto.

—Eh... sí —contestó Brianda.

Porque, de improviso, había sentido una necesidad urgente de mirar hacia atrás, de atender algo que parecía importante.

Miró por encima de su hombro hacia la calle, a través de la plaza. Y no dio con nada que le pareciera significativo. Pero en su interior se encendió una vieja inquietud, un ansia que ya conocía.

Apenas llevaban dos semanas de ser novios, pero todo parecía marchar bien. Ella estaba más que contenta. Alumno de reciente ingreso, Alberto causó cierto revuelo entre las chicas de la escuela, por el aura de misterio que rodea siempre al nuevo. Además, era guapo e iba dos grados más adelantado. Por eso Brianda no quiso esperar a que él la buscara y tomó las primeras iniciativas; después de un mes de divertido acoso, sólo hubo una conclusión posible.

Con todo, los sueños no se fueron. Por el contrario, parecían haberse incrementado. Pesadillas en donde aparecía Sergio en la misma situación de peligro que la obligaba a despertar sobresaltada. Y, a decir verdad, estaba harta. Sergio ya no pertenecía a su vida. Así que empezó a ejercitar el olvido. Por eso se obsesionó con Alberto. Y por eso se empeñaba todos los días en ser feliz. Parecía estar funcionando.

Pero entonces...

¿Por qué ese repentino temor de estar dejando pasar algo importante?

—¿De veras? —insistió Alberto, pues Brianda se había girado por completo. Miraba hacia la estatua, hacia la calle, hacia la casa de Sergio sin hallar qué era lo que la había sacudido de tal manera.

Recordó el repetitivo sueño, donde no dejaba de verlo protagonizando una escena horripilante. Sergio inconsciente en los brazos de Farkas, al interior de una inmensa y oscura gruta, siendo llevado a través de una escalinata a su inmolación . Sergio en presencia de Oodak y un demonio gigantesco, un macho cabrío monstruoso y terrible. Sergio a punto de morir… y ella sintiendo lo mismo, tanto al interior del sueño como fuera de éste. Agonía a cuentagotas. "Yo no me merezco esto", se repetía cada vez que despertaba llorando de rabia y de impotencia.

Algo similar había sentido ahora, sin proponérselo, en un día tan ordinario que no pudo sino tratar de darle explicación. Pensó que tal vez se debería a aquel hombre que había sorprendido vigilándola a la distancia varias veces. Lo había descubierto afuera de la escuela o ahí mismo en la plaza Giordano Bruno, el mismo hombre de ropas negras, anteojos y sombrero oscuros, que en cuanto se sabía descubierto, se marchaba a toda prisa. Una presencia que a Brianda, curiosamente, no le producía ansiedad alguna, pues la experiencia vivida con Barba Azul, primero, y con Elsa Bay, después, la habían acrisolado, le habían hecho, al igual que a Sergio, aprender, en cierto modo, a dominar su miedo.

Acabó por concluir que eran figuraciones suyas. Un día de entre semana como cualquier otro.

—De veras —respondió a Alberto. Y volvió a tomar su mano para conducirlo a su casa, en donde comerían, harían sus respectivas tareas y luego, quizás, verían la televisión.

El sol se ocultó tras las espesas nubes.

Invierno, 1589

Algo en su disposición, quizás en sus pensamientos, en la inesperada empresa que había acometido, tenía a los muertos puestos en su contra. El viaje era doblemente difícil con las voces susurrando maldiciones en sus oídos. No todos, desde luego. Pero sí aquellos cargados de odio o de resentimiento. Algunos se dejaban ver. A la vera del camino, cuando las tinieblas eran más espesas, una sombra de ojos hundidos y piel carcomida por la lepra lo aguardaba entre dos robles. Al pasar por ahí lo increpaba, le vomitaba indecencias, lo conminaba a morir. Stubbe simplemente seguía, contra la nieve y contra la noche y contra la voluntad de esos espectros.

En Fráncfort, los carmelitas le dijeron que, en efecto, el dominico había estado con ellos pero que había sido mandado llamar por un amigo suyo a Zúrich, así que tuvo que reemprender el camino. Los mismos monjes le habían suplicado que esperara a que pasara el invierno, pero Stubbe no quería perder un segundo. Sabía que en el infierno cada segundo es una hora o un día.

Al llegar a Zúrich buscó posada sólo para preguntar por un monje llamado Giordano Bruno, que se encontraba de visita en la ciudad. Le informaron que en realidad no era un monje sino un hombre como todos, pues había sido expulsado de la congregación de los predicadores e incluso pesaban sobre él varias excomuniones, tanto de la Iglesia católica como de la luterana. Al fin, después de indagar en varios sitios, se enteró que podría encontrarlo en el castillo de Elgg, hospedado ahí gracias a los favores del señor Hainzel, el dueño del castillo. Pasó su primera noche en una cama después de semanas de peregrinaje, y ésta le pareció, de pronto, un invento innecesario.

Cuando llamó a las puertas de entrada de los criados, en el castillo de Elgg, la mañana aún no despuntaba, pero al menos no estaba nevando. Aprovechó que un vendedor de pan surtía el castillo en ese momento para hablar con el portero y pedir referencias del monje renegado. El portero llamó al jefe de cocina, refiriéndolo como un mendigo.

—Aquí está hospedado, en efecto —dijo el cocinero. Tenía la dentadura desecha y la nariz bulbosa y brillante.

—¿Usted cree que el señor Bruno quiera hablar conmigo?

El cocinero, debido al frío y la agonizante noche, le permitió entrar a la bodega mientras contaba y despachaba al proveedor de pan.

—Me parece que el señor Bruno debe ser una persona especial —resolvió el cocinero—, pues parece tan mendigo como usted y, sin embargo, se sienta a la mesa de nuestro señor y bebe de su vino.

Stubbe aguardó en la cocina, donde le dieron leche y sobras, hasta que lo quiso recibir el mayordomo principal. Habían pasado más de dos horas desde su llegada cuando el mayordomo fue a las habitaciones de Bruno y, sin más, le dijo, a través de la puerta:

—Un hombre que dice haber viajado mucho para verlo, se encuentra en la cocina. Me pidió que le dijera que está interesado en hablar con usted sobre algo que nombró como... "Libro de los Héroes".

—¿Dijo su nombre?

—Dijo apellidarse Wolfdietrich.

Stubbe fue llevado a un salón interior del castillo, una habitación austera con una mesa y cuatro sillas, una especie de despacho del propio mayordomo. Al poco rato, Stubbe vio abrirse la puerta y confrontó a un hombre que, al igual que él, llevaba barba y harapos, un hombre de nariz y mentón pronunciados, manos curtidas por el trabajo, piel oscurecida por el sol, mirada esclarecida por los años.

Le tendió la mano en seguida.

—Giordano Bruno.

—Wilhelm Stubbe, de Bedburg. Muchas gracias por recibirme.

—¿Por qué se identificó como Wolfdietrich?

El recién llegado advirtió que el alemán no era la lengua natural del monje, pero la hablaba con bastante soltura.

—Antes dígame ¿lo tiene? ¿El libro?

—En mi habitación.

Algo se dibujó en la mirada de Stubbe, un alivio, una esperanza.

—¿Entonces...? —inquirió Bruno de nuevo.

—Mi padre me dijo que se habla de nosotros en él, en el libro.

—¿Ustedes?

—Los Wolfdietrich.

Giordano Bruno lo miró con verdadero interés. Como si pudiese, con el simple escrutinio, extraer la veracidad de sus palabras. Lo barría de arriba abajo con los ojos, sin perder esa sonrisa que quedaba a medio camino entre la satisfacción y la burla.

—Es una monserga —dijo de pronto—. Nadie te pregunta si quieres ser mediador. Te asignan el libro. Te ordenan que detectes un héroe y le pidas que te ayude a matar demonios. Una maldita monserga. Pero tiene sus ventajas. Por ejemplo, poder decir si el hombre que atiende en la taberna es un servidor de Lucifer o solamente un hombre que atiende una taberna.

—¿Podría verlo?

—Claro, pero de nada serviría.

—¿Por qué?

—Porque es ininteligible para todos los ojos, excepto para aquellos a los que está asignado. Es una magia que no he podido descifrar pero no creo demasiado en ella, para serle sincero. He dedicado mi vida a privilegiar la razón

Stubbe se sintió apesadumbrado. Pero no había caminado tantos días padeciendo frío y hambre para irse con las manos vacías. Suspiró.

—¿Su verdadero nombre es Filippo? ¿Vivió alguna vez en Nápoles?

—Sí. ¿Cómo lo supo?

—Hay cosas que me transmiten los muertos. No es una magia agradable... pero es magia, al fin. Dígame una cosa, ¿qué se dice de Orich Edeth en el libro?

—¿El Señor de los héroes? Pues... cuentos de hadas. Que traicionó al Señor de los demonios. Que algún día ha de volver para terminar para siempre con los ejércitos de Oodak. Cosas así.

—¿Qué se dice de nosotros, los Wolfdietrich?

Bruno volvió a sonreír. Se puso de pie.

—Compartamos algo de alimento. Estoy sumergido en la escritura de un tratado filosófico que me tiene agotado. No he comido nada desde ayer a esta hora. Y aunque estoy todo el tiempo abusando de la hospitalidad de mi amigo Hainzel, no creo que quiera verme morir de hambre sólo por ver terminados mis escritos lo antes posible.

Stubbe se puso de pie también, con evidente ansiedad en el rostro. No se separaría de Bruno hasta no obtener una pista, la que fuera, que lo ayudara a dar con Edeth.

—¿Dice algo de nosotros el libro?

—Habla de un Wolfdietrich. Uno solo. El que sirvió a Edeth en el siglo VI. No sabía que se tratara de una estirpe.

Stubbe siguió a Bruno de vuelta a la cocina, donde se sentó a una mesa y fue atendido de inmediato, al igual que su anfitrión. Les sirvieron pan, queso de cabra, guisado de faisán, vino. Stubbe hizo la pregunta primordial hasta que notó que Bruno había satisfecho su apetito.

—¿Habla el libro de alguna forma posible para identificar a Edeth cuando resurja?

Bruno mojaba un pan en el caldo de su escudilla cuando se animó a responder.

—No.

—¿Dice algo del tiempo en que habrá de resurgir?

—Nada. Podría ser mañana mismo. Podría ser dentro de doscientos años. O dentro de dos mil. ¿Por qué el interés?

Cada segundo era una eternidad para Peeter, según la contabilidad de Wilhelm Stubbe. Y el peso de los años le pareció insoportable. Aun así, supuso que averiguar el nombre o el año de la llegada de Edeth serviría para que Oodak le permitiera descender al infierno y obtener esa minúscula muestra de amor necesaria para sacarlo del fuego que no se consume. Pero si el libro no decía nada al respecto, entonces… ¿cómo?

Lo traicionó una lágrima. La firme mano de Bruno se posó en su antebrazo.

Tal vez fuese que nunca antes había hablado con nadie que supiera de ese libro que lo acompañaba a donde fuese, quisiera o no cargar con él. O quizás lo que había sentido cuando entró a aquel despacho en donde lo esperaba ese hombre de ojos negros y tez cetrina. El caso es que Bruno pensó que era una distracción necesaria en su vida, un respiro de tanto deambular, tanta huida, tanto pelear su filosofía.

—Cuénteme —lo instó—. Algo podremos hacer.

Capítulo once

Entraron al restaurante sólo para hacer tiempo. Aún faltaban varias horas para que saliera el vuelo de los chicos a Colombia. Era un restaurante sencillo, cercano a la casa de los Otis, donde Pereda había comido muchas veces y donde lo conocían de nombre. Les asignaron una mesa apartada para que pudieran charlar y tomar alguna bebida, mientras se acortaba el día y llegaba el momento en que tuvieran que recoger a Jop en su casa.

Entonces, comenzó el dolor.

Henrik supo, en cuanto estuvo seguro del sentimiento que lo había acometido, que no podía desaprovechar esa oportunidad. Finalmente, a eso había sido llamado. Y aunque era posible que se tratara de un mediador cualquiera... también era bastante improbable. Así que se dispuso, durante toda la tarde, a trabajar en su brujería. Después de todo, contaba con la ayuda del principal interesado en la empresa: el príncipe de la mentira. En el cuarto de Sergio encontró todo lo que necesitaba de su víctima; ropa, cabello, incluso unos cuantos dientes de los años en que el muchacho había mudado los de leche. Salir a la calle y conseguir un animal para sacrificarlo no fue ningún problema, le cortó el cuello al felino sin ningún miramiento cuando estuvo de vuelta, esparció la sangre en el piso de la habitación e invocó el nombre prohibido. El hechizo estaba en forma. Cuando atravesó el fetiche con la primera punzada, presintió que no se había equivocado.

—¿Te sientes bien? —preguntó Pereda a Sergio a través de la mesa. El chofer le contaba sobre sus propias decepciones amorosas cuando Sergio se tocó el vientre.

—Eh... no mucho. Me dio un dolor aquí.

—¿Fuerte?

—Algo.

Sergio sintió otra punzada. Ahora en el hombro. No pudo evitar mudar el rostro.

Henrik insertó una nueva púa. Tenía tres que había preparado y afilado con dedicación. Se reservaría la siguiente para el cuello o para el pecho, sitios en los que el afectado desea morir antes que padecer tan terrible dolor.

—¿Estás bien?

—No —admitió Sergio.

—¿Te llevo a un hospital?

Sergio se contuvo. ¿Un hospital? Eso significaría poner su vida en manos de otros, dejar su anonimato, permitirles identificarlo y poner fin a su misión.

—No.

Henrik se regocijó ahora asiéndose de una de las largas espinas, girándola en grandes círculos sin sacar la punta del interior del muñeco.

Los ojos de Sergio se incrementaron, se humedecieron. Se esforzaba por no hacer demasiado evidente el sufrimiento. Puso a trabajar su mente. ¿Sería algo que comió? ¿Algún demonio lo habría envenenado?

—Puede ser apendicitis, Sergio. O algo así. Vamos a tener que ir al hospital.

—El hombro... ahora es el hombro.

—Sergio...

—Vamos al auto, Pereda. Por favor.

Henrik se reservaba la última espina. La víctima, por lo general, cree que ha llegado al nivel máximo de dolor cuando esa última estocada lo sorprende, de tan espantosa forma, que desea morir con todas sus fuerzas. Así que esperó. Se asomó por la ventana. Era una noche quieta. Si Mendhoza estuviera en los alrededores, tendrían que escucharse sus aullidos. Pero nada.

El chofer lo ayudó a levantarse y caminar hacia la puerta. El mesero preguntó a ambos si todo estaba bien y fue Sergio quien menospreció la dolencia, "un calambre", dijo, "ya se me pasa". Y salieron del restaurante. Y caminaron media cuadra hacia el sitio en el que Pereda había dejado el automóvil, donde, una vez dentro, Sergio se permitió a sí mismo un llanto desesperado.

—Te llevo al hospital.

—No, por favor...

—No te estoy preguntando —encendió el carro.

"¿Y si no muere?", se preguntó Henrik.

Sergio recordó el dolor que sintió aquella vez que tuvo el primer contacto con la bolsa de cuero que contenía sus cenizas. Recordó que creyó morir... pero después fue beneficiado por una especie de renacimiento. Estaba enfermo de muerte, tenía varios huesos rotos, dolencias en varios órganos internos y, sin embargo, al despertar de esa primera vez, estaba completamente sano, listo para seguir con su vida. Quizás este dolor fuera bastante más llevadero y le permitiera también una especie de restablecimiento prodigioso. Pese a todo, en el fondo se sentía agradecido con Pereda por ir a toda velocidad hacia el hospital.

"Tiene que morir", pensó Henrik. Porque sería perder una valiosísima oportunidad. Y no estaba como para perder el tiempo de esa manera. Tomó el último aguijón y lo encajó en el pecho del muñeco.

Sergio se retorció de dolor. "Dios mío", pensó Pereda, preocupado. Sin embargo, a pesar de tan fulminante golpe, Sergio tuvo un arrebato de lucidez. No es normal... pensó. No tiene ninguna explicación natural. Encontró fuerzas para decirle a Pereda:

—Detén el auto. Es una brujería.

Estaba en el Libro. La memoria acudió en su ayuda. Y supuso que ese tipo de dolor, tan agudo y tan focalizado, no podía tener otra explicación, pues en el Libro se describían ritos de esa naturaleza. Pereda titubeó. Orilló el automóvil pero al ver que Sergio no cambiaba su expresión, volvió al flujo vehicular.

—Será lo que sea, pero necesitas atención médica.

El muchacho quiso decirle que sólo era el dolor, que los doctores no encontrarían nada, que le suministrarían analgésicos muy poderosos pero no hallarían nada. Él, en cambio, se sumiría en un sueño muy peligroso y del que tal vez no despertaría. No pudo empujar la voz hacia afuera. La punzada en el pecho lo tenía paralizado.

Henrik se recreaba en la manipulación de las tres púas, haciéndolas girar, entrar, salir, abocardar al muñeco de tela, el relleno de girones de ropa, dientes, cabello.

El auto avanzaba lo más rápido que podía. Pereda maniobraba para hallar el camino más libre, pero era hora pico y se volvía casi imposible avanzar con velocidad. Sergio se dijo a sí mismo que aquella vez, cuando estuvo en manos de varios verdugos, al interior del reclusorio, había dolido más. Mucho más. Pero también estaba en un estado de semiinconsciencia que le había ayudado a sobrellevar el sufrimiento. Ahora, en cambio, sentía todos sus sentidos alertas y el dolor se había posesionado de todo su cuerpo.

—Dios mío —se lamentó involuntariamente.

Henrik se ensañó con el fetiche. Repentinamente había sentido el miedo de su víctima, y aunque esto le complació, también le confirmó su sospecha: no había muerto.

—Auxilio…

Todo parecía alcanzar el nivel más insoportable…

Y súbitamente…

La calma. Una repentina e inexplicable ausencia de sensaciones. Como si hubiese estado encima del fuego ardiente y, de pronto, hubiese sido arrojado al agua fresca.

—¡Suéltame! —gritó Henrik, al sentirse súbitamente contra el suelo. Intentó iniciar su transformación pero ya era demasiado tarde. Un espectro había entrado en su cuerpo, lo manipulaba, lo controlaba.

Sergio dijo, con una voz muy distinta:

—Detén el auto, Pereda. Por favor.

Y Pereda supo que esta vez no bromeaba.

Henrik no pudo completar su transformación. Repentinamente sólo era un niño padeciendo convulsiones en el piso de un departamento cualquiera. Algún espíritu se daba gusto maltratándolo. Y aunque Henrik sabía que ese tipo de batallas suelen concluir mal para el espectro atacante, pues puede ser arrebatado por la luz o la sombra, también sabía que el demonio puede no levantarse de una lucha como ésa.

Vomitó obscenidades. Gritó. Forcejeó.

Sergio se incorporó y tomó de la botellita de agua que le ofreció Pereda. Suspiró. ¿Por qué habría terminado el hechizo tan repentinamente? ¿Algo habría salido mal? Lo consideró un verdadero milagro... y ya se había acostumbrado a no cuestionar los milagros.

Henrik creyó que todo estaba perdido cuando, justo al momento en que ambos habrían podido ser arrastrados al otro lado del umbral de la muerte, él y el espíritu, todo terminó. Se golpeó la cabeza contra el mosaico. Se sorprendió jadeando, el cabello empapado en sudor, los músculos entumidos, tan cansado como si hubiera sido arrastrado por un huracán durante varias horas.

Dándose un largo respiro, limpiándose las lágrimas de las mejillas, palpándose el hombro, el vientre, el pecho, Sergio exclamó:

—Vamos por Jop, Pereda. Tenemos un vuelo que tomar.

Henrik agradeció estar vivo. Se arrastró hacia la estancia. Buscó el cobijo de los cinco cadáveres que había llevado con tanta dedicación hasta ahí. Pasó saliva con muchos trabajos. Se rindió al sueño de alguna próxima venganza con la cabeza puesta en una dura, esquelética y fría mano, separada por completo de su cuerpo anfitrión.

Capítulo doce

Se hospedaron en un mesón discreto y barato en el barrio de la Candelaria, en pleno centro de Bogotá. Cuando entraron a la habitación, el Libro de los Héroes se encontraba sobre el buró, entre las dos camas sencillas del cuarto.

—Tenías razón —dijo Jop, maravillado.

Sergio asintió. En realidad había sido un experimento, pues nunca se había desprendido del libro a voluntad salvo aquella ocasión en la que quiso deshacerse de él arrojándolo a un baldío, a pocos días de haberlo recibido. Y ahora ocurría exactamente lo mismo: el antiquísimo grimorio iba trás él.

Jop lo tomó para confirmar que se trataba del mismo ejemplar, aquel al que le faltaba el Prefacium. Sergio, por el contrario, no le dio mucha importancia. Sabía que no podría desprenderse del libro hasta que todo hubiese terminado. Minutos antes de subirse al avión, después del abrazo de despedida y de feliz año nuevo, le había confiado el ejemplar a Pereda, con la intención de no tener que responder preguntas incómodas al pasar los filtros de los aeropuertos, del mismo modo que habían tenido que mentir al subir al avión, declarando que un tío los esperaba en Bogotá. Todo tenía que ser planeado con la finalidad de pasar desapercibidos y llegar a sus destinos sin llamar la atención. Por esa razón habían documentado las mochilas también; para que la bolsa de cuero que Jop llevaba al cuello atravesara las fronteras sin necesidad de correr riesgos.

—¿Por qué cuando viajamos a Budapest no te siguió el libro?

Sergio se sentó en la cama. Había sido un viaje agotador, de no poder pegar el ojo durante todo el trayecto. Se sacó la prótesis y el zapato del pie izquierdo. Se arrojó de espaldas sobre la cama.

—Hay muchas cosas del libro que no sé, Jop. Pero sé que hay fuerzas que lo cuidan y se encargan de que cumpla su misión. Aquella vez que Brianda y yo descubrimos el cadáver de Pancho me acordé de su ejemplar y quise rescatarlo. Fue imposible. Un espectro se me adelantó y se lo llevó consigo. Era como una especie de soldado de la edad media o algo así.

Jop sacó de entre las páginas del libro el sobre con el sello roto. Se asomó al interior para confirmar que se encontraba ahí la hoja con el dibujo a carbón. Recordó que aquella vez que arrojaron el libro al baldío, en el mismo sitio donde Sergio lo había recibido de manos de una bruja, lo lanzaron también con el sobre dentro. Ese mismo sobre que había hecho ahora, prodigiosamente, el viaje desde la Ciudad de México hasta Bogotá.

—Oye... entonces dónde... —iba a preguntar pero se calló al instante.

Sergio se había rendido al cansancio y roncaba sonoramente.

Un par de horas después, lo zarandeaba su amigo con gentileza.

—Serch... tienes que ver esto.

Incapaz de dormir, Jop había salido a dar una vuelta por las inmediaciones. El titular de un periódico amarillista fue lo que lo hizo volver al hotel y despertar a Sergio en seguida.

Nuevo crimen del Exterminador germano, ahora en México D. F.

Se relaciona el caso con Sergio Mendhoza Aura,un chico mexicano.
La policía española y mexicana suman esfuerzos.
Sospechan de una banda internacional.

Las fotografías eran espantosas. Y Sergio reconoció al instante el lugar; se trataba de su propia casa.

—¿Pero...? —se preguntó.

—Es el tercero. Lo que pasa es que nosotros ni enterados, pero es el tercer crimen similar. Los dos anteriores ocurrieron en España. Y aquí viene lo peor...

—El mensaje.

—Exacto.

Sergio no había dejado de leer la nota y no tardó en llegar a la parte en la que hacían mención del mensaje escrito con sangre las tres veces que los descuartizadores habían atacado.

—"Me perteneces, Wolfdietrich" —leyó Sergio.

Se hizo el silencio entre ambos amigos. El sol de la tarde iluminaba bondadosamente el interior del cuarto, pero una nube pasajera consiguió un efecto temporal de oscuridad que a los dos les pareció ordenado por el diablo en persona.

—Por eso fue posible la brujería de ayer —exclamó Sergio—, porque en mi casa estaba un demonio. Uno que no supe detectar por...

Iba a confesar que porque había visto a Brianda y, gracias a ello, había sufrido un golpe en el ánimo, tan poderoso, que había sobrepasado al miedo. Prefirió contenerse, guardar el secreto. De pronto le pareció imperativo mandar un nuevo video de la cajita de música. Uno de veinte segundos.

—La pregunta es... —dijo Jop, con ánimo pesimista—. Si ese demonio, capaz de cometer asesinatos tan horribles como ésos, tiene modo de seguirnos la pista.

—Creo que eso está descartado. Se las va a ingeniar. Más bien la pregunta es... ¿cuándo nos dará alcance?

Jop volvió a poner la mirada en las fotografías. Espantosas. Parecía increíble que la casa donde Sergio y Alicia habían sido tan felices hubiera terminado en escenario de crímenes tan abominables. Luego, en las páginas interiores, había una foto de Sergio, de archivo, con un pie de foto que lo relacionaba con el caso de los esqueletos decapitados más una breve descripción del expediente para los lectores colombianos, ajenos a la noticia.

—Creo que vas a tener que empezar a usar anteojos oscuros... —dijo Jop, torciendo la boca con un dejo de tristeza.

Sergio se despabiló disponiendo la transmisión del video. La cajita, el anillo, una sencilla vista de la ventana, el edificio frente al hotel. Los veinte segundos que había decidido mandar evitando con todas sus fuerzas la conmiseración de sí mismo.

Salieron a comer a un sitio cercano. Al terminar, Sergio no quiso volver al hotel, sino apresurar el encuentro con aquel a quien habían ido a buscar ahí, a Bogotá. Detuvieron un taxi y pidieron al chofer que los llevara al cerro de Monserrate; el conductor se mostró suspicaz pero no fue difícil tranquilizarlo una vez que le dijeron que eran turistas y que iban a encontrarse con sus padres en el restaurante del cerro.

En breve pudieron llegar al punto del que partía el teleférico y sumarse a la fila de aquellos que esperaban emplear un boleto para ascender al restaurante de la cima.

—Entonces... ¿subimos? —preguntó Jop. La tarde había empezado a enfriar y se soltó una ventisca que les pareció ominosa.

—No.

—¿De veras?

—De veras. No está aquí.

Jop comprendió. Sergio no había podido detectarlo. Si había un héroe en las inmediaciones, tenía que haberlo presentido.

—En cambio, hay un par de demonios en la parte alta —concluyó con tristeza.

Se quedaron unos minutos en la estación del teleférico sin saber qué hacer. Luego, como obedeciendo a su maquinal destino, caminaron de vuelta a la calle. Faltaba sólo un día para el fin de año y era imposible sustraerse al ánimo festivo de las personas, las insistentes y ubicuas tonadas navideñas, los adornos por doquier. Ellos, ajenos al júbilo, caminaban con lentitud, con las manos al interior de sus chaquetas.

—Pero es aquí, ¿verdad? No te equivocaste de sitio... ¿o sí?

—Es aquí, Jop —resolvió, lacónicamente.

Y anduvieron de vuelta al hotel, que estaba relativamente cerca, sólo para sumirse en ese estado de incertidumbre al que ya estaban habituados.

Llegó el año nuevo y ellos lo recibieron encerrados en el cuarto de hotel, celebrando con un austero abrazo y chocando el metal de dos refrescos de lata que habían comprado en una tienda, la televisión encendida y el entusiasmo apagado.

El primero de enero iniciaron una rutina en la que, día tras día, visitaban las inmediaciones de Monserrate. A veces tomaban el teleférico o el funicular al santuario. Sergio desataba el miedo en su interior y aprestaba los sentidos para detectar cualquier proximidad del supuesto héroe que le había convocado. Y se llenaba de preguntas al no sentir nada. ¿Habría muerto y por eso no se había presentado a la cita? ¿Pancho le habría mentido? ¿Tendría que renunciar a esa posibilidad y retomar la búsqueda aleatoriamente, sólo que ahora desde sudamérica?

A veces perdían la mirada en el espeso bosque del cerro. A veces la perdían del otro lado, con la vista majestuosa de la ciudad.

¿Valdría la pena todo eso?

Pasaron los días. Las semanas. Los meses.

Marzo los sorprendió en Bogotá realizando la misma rutina en la que, por lo menos una vez al día, se presentaban en Monserrate. Había jornadas enteras en las que, si se hablaban, era sólo para lo más esencial.

¿Y si dejaba de lado sus estúpidos escrúpulos, se echaba al cuello la bolsa con sus cenizas e intentaba apoyarse en sus facultades heredadas?

Tomar la espada, dejar de ser un mediador, abandonarse a otro tipo de suerte…

¿Qué podía haber salido mal?

Llegó mayo y, con él, el cumpleaños número quince de Jop. Lo celebraron yendo a un ciclo de cine de terror. Fue una de las poquísimas tardes en las que no fueron fieles a la rutina. Para entonces sólo habían faltado otras dos veces: una, en cierta ocasión que Sergio enfermó del estómago; otra, cuando hubo una lluvia torrencial y prefirieron no arriesgarse. Llegó mayo y, con él, nuevas preguntas. Sergio había mandado un par de videos más a Brianda, aunque sólo les había restado un segundo a cada uno. Llegó mayo y tomó una determinación, una que, en su opinión, marcaría la diferencia entre seguir esperando indefinidamente o mejor retomar la búsqueda de la misma forma en que la habían practicado en México.

Se encontraban en un cafecito de la carrera Séptima. Jop trabajaba en la base de datos, de la que ya tenía identificados a prácticamente todos los demonios de Bogotá, cuando Sergio se puso de pie y, con sutileza, cerró la laptop de su amigo.

—Jop... ¿recuerdas por lo que pasamos en aquel pueblo sinaloense?

—Cómo olvidarlo. Todavía me ladra algún perro y brinco como gallina.

Sergio sonrió involuntariamente.

—Algo no está bien, Jop. No podemos estar aquí perdiendo lo único que no puedo perder: tiempo. Va a pasar un año desde que salimos y... bueno, el caso es que pensé en algo.

Jop dio el último mordisco al pastel de arequipe que había ordenado.

—Pero creo que puede ser malo. Muy malo. Y, al igual que aquella vez, no quiero ponerte en riesgo.

—¿Exactamente qué tienes pensado hacer?

Sergio volvió a sonreír sin proponérselo. Le causaba gran simpatía que Jop, después de tantas vicisitudes, siguiera siendo el mismo de siempre, aquel muchacho que en el fondo desea tener un gran dominio sobre el terror y que, por el contrario, no puede evitar reaccionar siempre como un miedoso. Advirtió que a su amigo le empezaba una típica temblorina en la pierna izquierda.

—Lo mismo que en aquel pueblito... pero nadie puede asegurarnos si en una ciudad tan grande como ésta no estaremos desatando fuerzas en verdad incontrolables.

Jop recordó la cifra de demonios bogotanos que Farkas había capturado en su censo. El temblor de su pierna se incrementó.

—¿Según tú, el héroe está en Bogotá pero no en Monserrate?

—Puede ser. Y si está en la ciudad, tengo que ser capaz de dar con él sin verme obligado a tocar puerta por puerta.

—Claro. Y... este... ¿cuándo quieres llevar a cabo esta... ocurrencia?

—Hoy mismo.

—Dime que no tiene que ser en la noche, por favor.

—No tienes que acompañarme.

Jop miró a todos lados. Suspiró. Se mordió los labios. Abrió su laptop y la apagó en frío, dejando el dedo índice sobre el botón de encendido. Volvió a cerrarla.

—Ajá. ¿Y perderme toda la diversión?

* * *

Algunos cambios habían operado en Henrik, principalmente en su atuendo. Ahora cualquiera que se hubiese fijado con atención en él, habría pensado que se trataba de un muchacho adinerado cuyos padres debían estar en alguna parte.

Pero sus padres habían muerto muchos años atrás. Él mismo los había traicionado en 1940, en su natal Múnich, cuando supo que tenían planes de dar asilo a algunos judíos de la ciudad. La delación fue cosa de nada. Y no lloró una sola lágrima cuando la SS se los llevó a ambos gritando de impotencia. Por el contrario, se sintió orgulloso y deseoso de que el Führer se enterara de su proeza, lo cual ocurrió. Recibió una carta de su puño y letra felicitándolo y acogiéndolo para siempre bajo el ala del Reich. No pasaría mucho tiempo para que fuera admitido también en otra legión más poderosa y más intemporal.

Pensaba en estas cosas mientras daba cuenta de un helado ocupando una mesa exterior de una cafetería del centro de la Ciudad de México. Gracias a su apariencia de extranjero ni siquiera tenía que esmerarse en hablar español; bastaba con señalar, pagar y agradecer con su angelical sonrisa. De cualquier modo, en esos cinco meses no había perdido el tiempo. Ya hablaba castellano con cierta fluidez.

Al verlo sentado a solas, degustando un helado de chocolate, enfundado en el impecable traje que había comprado con el dinero de sus anfitriones muertos, cualquiera habría pensado: un pequeño turista, tal vez holandés, tal vez canadiense, sus padres deben andar en alguna parte. Y ése que llega no puede ser otro que su abuelo. Aunque... ya observándolo detenidamente, resultaría imposible definir la edad exacta del sujeto. Más de cuarenta seguro, pero tal vez no muchos más. ¿O sí?

El delgado individuo de negro abrigo, cabeza pelada y ojos sanguíneos se sentó a la mesa sin ser invitado.

Y, sin mirar a los ojos al muchacho, levantó una mano, esperó a que acudiera la mesera, pidió una nieve de limón en perfecto español y luego, cambió al alemán:

—Si no supiera que estás en una misión que no apruebo hasta me sentiría orgulloso.

Henrik siguió con su nieve. Tampoco le obsequió una sola mirada.

Las personas que caminaban por la plaza no podrían más que pensar: dos turistas conversando, un abuelo y su nieto, seguro haciendo planes para ir a algún museo.

—Siempre fuiste uno de mis favoritos —dijo Oodak, recargándose en el respaldo de la silla y extendiendo sus largas piernas hacia adelante—. Es verdad. Por supuesto que sabes que eres el más joven de mis adeptos. Siempre demostraste una vocación impresionante para la maldad.

Henrik, ahora, no le apartaba la vista. Como si quisiera intimidarlo con la fuerza de sus hermosos ojos azules.

—En verdad, mala semilla. Impresionante.

Oodak se regocijaba en la nieve. Le parecía exquisita. Acorde con la magnífica tarde en la Ciudad de México: templada, con un poco de ventisca, totalmente libre de amenazas de tormenta.

—Dime... ¿por qué andas en pos de Sergio Mendhoza?

—Me lo encargó mi señor —dijo Henrik como si todo eso le aburriera terriblemente.

—Sí… algo supe —replicó Oodak sin perder la sonrisa—. No es usual que me haga a un lado. Así que vale la pena poner atención…

Henrik se puso de pie, dispuesto a marcharse.

Oodak lo impidió, tomándolo del antebrazo.

—Lo que quiero decir… —insistió el Señor de los demonios—, es que pienso ayudarte.

Henrik se sorprendió en serio.

—Siéntate, mi niño —exclamó Oodak, recurriendo a la fuerza.

Henrik no tuvo más remedio.

—Verás… tú no lo sabes. Has estado siendo venerado en África. Pero han ocurrido cosas… —se presionó el puente de la nariz, como si en verdad tuviera unos sesenta o setenta años—. Envié a Sergio Mendhoza en una misión porque en verdad creo que es posible que la concrete. No obstante…

Hizo una pausa; un abuelo tratando de dar con las palabras precisas, evocar la memoria.

—No obstante… creo que, si en verdad debe tener éxito, ha de ser no gracias a nosotros, sino *a pesar* de nosotros.

Henrik miró hacia el otro lado de la calle. Bostezó forzadamente.

—Henrik… Henrik… Has vivido, pero no las centurias que yo. Y estás haciendo las cosas mal. Llevas meses atorado aquí en la Ciudad de México cuando es muy posible que Mendhoza ya esté en Siberia.

Henrik aflojó el rostro. Lamentaba mostrar debilidad pero…

—¿Qué tengo que hacer?

—Si tienes efectos personales de Mendhoza, ya deberías haber averiguado su paradero. Yo te puedo ayudar a perfeccionar tu brujería y a mejorar tu español. Además, hay algo que debes aprender si de veras quieres derrotarlo.

Oodak curvó sus labios en una siniestra sonrisa. El encuentro rendía frutos. Terminó su nieve.

—No es un rival cualquiera, ese Mendhoza. Y debes saber varias cosas antes de tenerlo frente a ti.

—¿Me ayudarás, entonces?

—¿No te di yo mismo la prerrogativa hace tantos años? Eras un niño apenas. Y te admití entre nosotros. Tus propios padres... tus propios padres...

Le sacudió el cabello como haría un abuelo con su nieto. Las personas que pasaban por ahí incluso podrían sentirse enternecidas.

—Señorita... —dijo Henrik en español, levantando la mano—. *Otros* dos nieves, por favor...

Invierno, 1589

—Se lo agradezco —fue lo primero que dijo Stubbe cuando, después de cuatro horas de andar sobre los caminos húmedos, oscuros y fríos que los llevarían a Francia, se detuvieron a compartir el agua de una bota.

Hubiera sido mejor esperar a que el frío quedara atrás, a que las noches se acortaran, a que los compromisos de Giordano Bruno con la gente de Zúrich estuvieran saldados y pudiera volver a Fráncfort con los carmelitas, pero esa insistencia de Stubbe de partir cuanto antes lo contagió de un sentimiento de trascendencia que acabó por hermanarlo con el viajero. El Libro de los Héroes nunca había sido otra cosa que una pesada y fastidiosa carga, y ahora tenía la oportunidad de corroborar que significaba algo. No podía quedarse cruzado de brazos. Acababa de ser trasladado a Roma cuando lo recibió de manos de aquella bruja, a sus veintisiete años. Pero, aparte de notar que su percepción hacia las personas cambiaba y que el libro se las ingeniaba para seguirlo a donde fuera, nunca dio mayor importancia al grimorio. Hasta ese momento, a sus cuarenta y dos años, en que un hombre se presentaba con una petición que nada tenía que ver con demonios o con héroes, sino con la increíble necesidad de rescatar un hijo.

Tal vez fuera más bien una curiosidad tremenda, como la misma que le había hecho poner los ojos en las estrellas y apuntalar sus pensamientos en los postulados de Copérnico. Tal vez fuera simplemente el deseo de develar una nueva verdad. El caso es que, frío, miedo y cansancio aparte, se sentía entusiasmado por esa nueva empresa. Sin contar con que el singular personaje con el que viajaba le simpatizaba en serio.

—Nada que agradecer —dijo. Y volvió a ponerse la capucha sobre la cabeza.

Capítulo trece

Tuvieron que retrasarlo un día más, pues Jop ideó un plan que les permitía un mejor margen de maniobra.

Al dar las nueve de la noche, subieron al restaurante por tierra, en el funicular, y ordenaron de cenar. Extendieron lo más que pudieron sus alimentos, los cuales fueron acompañados, curiosamente, por dos tandas de boleros mexicanos que un hombre tocó al piano del bullicioso y atestado restaurante. Cuando anunciaron que estaban a punto de cerrar, Jop pagó la cuenta y ambos, después de ir al baño, en vez de subir al último viaje del teleférico, caminaron en sentido contrario y se internaron en las inmediaciones del bosque del cerro. Era una noche fría, oscura y nebulosa.

—¿Estás seguro de que el operador va a venir por nosotros?

—A menos que no quiera la otra mitad de lo prometido —respondió Jop palpando el efectivo que llevaba al interior de su chamarra.

Se encontraban recargados contra una pared de piedra, cerca de una de las estaciones del vía crucis. La cruz del cristo esculpido en metal se recortaba contra el dibujo del bosque, las copas de los árboles que se mecían con el viento, la noche que avanzaba con lentitud pastosa.

—Pon algo de música, pero bajito —le dijo Jop a Sergio.

—Buena idea.

Al poco rato comenzó a sonar "Holy Diver" de Dio, no precisamente lo que cualquier persona hubiera elegido para ahuyentar los pensamientos ominosos. Pero ambos se sintieron mejor en cuanto pudieron añadirle al ululante sonido del viento los acordes de algo más familiar, aunque fuera rock pesado.

Tres canciones más sonaron en el celular de Sergio cuando escucharon, a lo lejos, el sonido del teleférico. Y, pocos minutos después, pasos.

—¡Joven! —dijo una voz—. Joven...

Era la hora pactada. Pasaban de las tres de la mañana y el viento comenzaba a arreciar.

Abandonaron su puesto pegados a la barda y saludaron al operador del teleférico, un hombre joven, delgado, de pómulos salientes y gran chamarra aborregada, a quien apenas alumbraban los faroles que custodiaban las inmediaciones del santuario.

—¿Tiene el dinero?

—Aquí. Tenga. Trescientos mil pesos.

El hombre tomó los billetes y los guardó al interior de su chamarra.

—Entonces... si le entendí bien... quieren que los suspenda a mitad del cable por quince minutos. Y eso es todo.

—Sí —respondió Jop.

—¿Saben sus papás que están aquí?

—Quince minutos nada más. Se lo prometo.

El hombre los observó a ambos por unos instantes. Luego, se encogió de hombros y caminó de regreso a la estación del teleférico.

—Ustedes pagan —gruñó mientras andaba.

Sergio y Jop lo siguieron. Caminaron de vuelta en silencio por los jardines y los corredores del centro turístico hasta llegar a la anaranjada cabina del teleférico, que los aguardaba con la puerta abierta. El hombre sacó de su chamarra un radio comunicador y lo encendió. Presionó un botón para decir, con el aparato pegado al oído: "Ya estamos aquí, yo te digo cuando lo bajes". Acto seguido, hizo un ademán para que ambos muchachos entraran.

—Los acompañaría pero... —dijo el operador—, supongo que querrán estar solos.

A ninguno agradó lo que probablemente había insinuado el sujeto, pero no era momento para ponerse a hacer precisiones sobre lo que pensaban hacer allá arriba. Ambos consideraban un golpe de suerte la oportunidad de abrir la percepción de Sergio en un lugar tan apartado del mundo como podía ser esa cabina de paredes metálicas y gruesos cristales, suspendida entre el cerro y la ciudad, prácticamente inalcanzable.

Subieron y el hombre aseguró la puerta. Volvió a dirigirse a la radio y les mostró un pulgar hacia arriba. La cabina comenzó a moverse, suspendida del cable que conectaba con la estación de las faldas del cerro, varios metros abajo.

—A lo mejor las aves... —se atrevió a decir Jop mientras se agarraba con ambas manos del barandal y abría las piernas para sentirse más afianzado al suelo. Sergio pensó en otro tipo de fauna colombiana más interesante, pero prefirió no decirle nada a Jop. En todo caso, ambos sabían que estaban libres de cualquier intromisión demoníaca ahí, en el aire. Y eso ya era bastante bueno.

El teleférico continuó bajando hasta que, repentinamente, se frenó a la mitad. Se balanceó por unos segundos, mismos que aprovechó Jop para decir:

—Qué tonto. Le hubiera pagado sólo la mitad de la mitad... ¿ahora quién nos asegura que no nos va a dejar acá arriba toda la noche?

Sergio, por respuesta, torció la boca. Miró su reloj. Se paró en la orilla frontal de la cabina, frente a la ciudad.

Y comenzó el proceso.

Poco a poco comenzó a renunciar a la custodia del miedo. Primero una atadura, luego otra, luego otra... abrir la puerta del encierro, dejarle volver a posesionarse de su mente, de sus emociones, de su cuerpo, de su espíritu.

La noche se volvió la peor de las amenazas. De improviso supo que estaba a merced de la oscuridad, de las leyes de un país que no era el suyo, de un posible accidente, de un irrefutable encuentro con docenas de demonios que lo olerían, de...

Jop lo advirtió. El rostro de su amigo estaba demudado. Aterrorizado, para ser exactos. Se veía que no quería correr riesgos y por ello había potenciado todo lo posible su capacidad de padecer, de percibir, de discernir...

Estaba funcionando. Con la ciudad frente a sus ojos, como si se encendieran las pequeñas luces de un nacimiento navideño, comenzó a distinguir. Poco a poco. Demonios y héroes. Uno por uno, hilo tras hilo, el miedo y la confianza, el terror y ese sentimiento innominado…

Entonces, el primer golpe a los vidrios del teleférico.

—¡Eah! —dijo Jop, apartándose en un acto reflejo.

Sergio, no obstante, no apartaba la vista de la ciudad. Podía decir la distancia, el punto específico, el trazo exacto en el mapa urbano…

Un golpe más. Y otro. Y otro.

—No puede ser… —dijo Jop, de pie al centro de la cabina, mirando en derredor, alumbrando hacia afuera con la luz de su teléfono celular.

Murciélagos. Grupos de murciélagos habían acudido al llamado del miedo de Sergio y se estrellaban, uno tras otro, contra el teleférico. No habían pasado ni cuatro minutos y las hordas enfurecidas de mamíferos alados se golpeaban contra el vehículo.

A través de la nube de murciélagos, Sergio trataba de enfocar la vista, pues estaba seguro de haber detectado el punto exacto del que surgía con mayor fuerza el sentimiento, esa sensación de luminosidad, de alivio, que acompaña a la identificación de un héroe. Y, en su opinión, era este héroe en particular aquel que los había citado ahí.

—Sergio… —dijo Jop, sin atreverse a interrumpirlo, pero igualmente sin poder ocultar el miedo que se había apoderado de él.

Las ventanas estaban sucias de sangre, producto del descalabro que los murciélagos se causaban al estrellarse. Los chillidos eran un verdadero suplicio.

Llegó el momento en que fue imposible mirar hacia alguna parte. Todo era oscuridad afuera. El teleférico había sido rodeado por los murciélagos, que se aferraban con garras, alas y dientes, a los bordes de las ventanas, a la puerta, al cable mismo. Repentinamente la cabina comenzó a avanzar. Aún no transcurrían ni seis minutos pero Jop comprendió que a los operadores les habría sorprendido lo que estaba pasando allá arriba e intentaban hacer algo para impedirlo.

Con el movimiento, algunos murciélagos se separaron del vehículo. Pero en seguida volvieron a arremeter.

—Sergio, apúrate, por favor.

Una ventana se estrelló y algunos pedazos volaron hacia el interior.

—Oh, oh... —exclamó Jop.

Afortunadamente se trataba de una de las ventanillas superiores, una de mínimas dimensiones, pero bien podía entrar por ahí un murciélago, así que Jop se encaramó en el barandal y trató de interponer su chamarra contra el cristal vencido.

—Sergio...

El teleférico seguía bajando. El rostro de Sergio era presa del terror. Era ese momento en el que había confrontado a Guntra en el edificio donde vivía la quinta víctima de Nicte, cuando el demonio le mostró su horrenda faz y tuvo que soportar su nauseabundo aliento... sí... pero también era el momento en que, justo después de eso, el teniente Guillén apareció en las escaleras del edificio. Era ese mismo alivio, esa posibilidad de que la luz prevaleciera, de que el bien... el bien...

Lo tenía. Sabía exactamente hacia dónde caminar. A qué puerta de qué edificio tenía que llamar.

Se derrumbó sobre el suelo.

—¡Sergio!

Un murciélago se había prendado de la chamarra de Jop mientras éste seguía forcejeando por impedir que entrara al teleférico. Sergio, como si despertara de un trance hipnótico, tardó en reaccionar.

El teleférico arribó a la estación. Lo supieron por el golpe seco, por la fuerte sacudida al frenar, por la luz que se apreciaba levemente a través de la enardecida nube de murciélagos, pero Sergio aún no revertía el proceso y la cosa no parecía mejorar en tierra.

—¡Serch!

Se esmeró entonces Sergio como nunca antes, pero no le resultaba fácil. El miedo, cuando se convierte en pánico, es como un potro salvaje al que hay que echar el lazo una y otra vez hasta que se le domina por completo. El esfuerzo había valido la pena pero el riesgo fue tremendo. Y, al igual que aquella vez con la jauría salvaje, el resultado había sido casi una sentencia de muerte.

—¡Sergio! —gritó Jop. Ya había sido mordido por el murciélago en un dedo a través de la abertura. Comenzaba, él mismo, a experimentar el terror.

Sergio miró a Jop, a todo lo que acontecía fuera de la cabina...

"Dios", pensó.

Y entonces trajo a su mente la primera vez que lo logró. Había sido gracias a Giordano Bruno. Así que se esmeró por recordar su voz y replicarla. Finalmente, lo había hecho al estar en presencia de Oodak. Y en esa ocasión, el miedo no había sido menor que ésta, sino por el contrario...

"El miedo dentro de mí", se dijo.

"El miedo dentro de mí."

"Yo y el miedo... uno solo."

Fue casi doloroso, pero lo consiguió nuevamente. De pronto fue como si el asunto entero fuese una broma. Dejó de sentirse atemorizado pues había conseguido atajar al sentimiento. Lo supo porque no tuvo problema en subir al barandal apoyando su pierna buena y ayudar a Jop a ahuyentar a los murciélagos.

Había terminado.

Jop pudo retirar su chamarra porque los bichos dejaron de intentar entrar. Y, poco a poco, empezaron a volar en otras direcciones.

Los chillidos cesaron. La nube se dispersó.

A través de las ventanas embarradas de sangre de murciélago, se distinguía la luz de la estación del teleférico.

Jop resopló. Una súbita calma que parecía artificial. Como si salieran de una ruidosa fiesta y cerraran la puerta tras ellos, el silencio se tornó abrumador. La completa ausencia de chillidos los tomó por sorpresa y, por unos segundos, no supieron qué hacer o qué decir. De pie al centro de la cabina, sin tocar ninguna de las paredes, sonrieron nerviosamente. Jop se chupó el dedo lastimado.

—Espero no convertirme en vampiro.

—No lo creo —dijo Sergio, cerciorándose por las ventanas de que, en efecto, la pesadilla había pasado.

—Tú ya sabías que nos podían atacar murciélagos, mugre Sergio.

—Puede ser.

Sergio abrió al fin la puerta para contemplar la estación abandonada, el puesto de control vacío, la puerta de acceso abierta de par en par. El operador, por lo visto, había huido ante el espectáculo aterrador de un grupo de murciélagos que no dejaba de atacar el teleférico, aun estando en tierra. O tal vez también hubiera tenido que correr para ahuyentar algunas garras y dientes con alas. El silencio se mantenía allá afuera, aunque sutilmente matizado por el viento y el rumor de los autos que circulaban por Circunvalar y la carrera Primera. Los chillidos que aún escuchaban Sergio y Jop en sus cabezas eran sólo una reminiscencia auditiva de la aventura.

—Vámonos de aquí —dijo Sergio, contundente.

Jop asintió.

Y echaron a correr en dirección a la calle.

Invierno, 1590

La pequeña iglesia franciscana en Salon, Francia, contaba con un cementerio. El acceso no fue ningún problema; arguyeron que estaban buscando la tumba de un antiguo pariente para que los frailes les permitieran pasar. Bruno hablaba con soltura el francés y no llevaban ni dos horas en la comunidad cuando ya estaban apostados frente a la lápida que mostraba, en relieve, el hombre al que habían ido a buscar:

MICHAELIS NOSTRADAMI
1503-1566

Era una tarde sombría, como todas las que los habían acompañado a partir del día en que abandonaron el castillo de Elgg. Los cuervos se disputaban la atención de los visitantes, ya posados en las cruces, ya en las huesudas ramas de los árboles. No hacía viento y tampoco parecía que fuese a nevar, pero el aire estaba cargado de malos presagios. Giordano leyó en los ojos de su acompañante que no había nada digno de ser mencionado.

—Vale la pena esperar a que oscurezca —dijo Stubbe con voz grave—. Los fantasmas tienen predilección por esa hora.

Fingieron rezar para que los monjes no los incordiaran. La noche los alcanzó y el viento arreció.

Tal vez fuera por la proximidad de un Wolfdietrich que algunos de los muertos se mostraron en su impúdica ruina. El frío se incrementó notablemente. Un etéreo niño con la boca negra de vómito sanguinoliento fue al lado de los dos y se sentó en la tierra a contemplarlos.

—Estamos buscando a Michel de Nostredame, el único hombre que podía mirar el futuro. ¿Sabes si ronda aún este cementerio? —preguntó Stubbe.

El niño lo miró con perplejidad y melancolía. Giordano Bruno hizo la misma pregunta en francés, sin obtener resultados.

—¿Padeces esto con frecuencia, Wilhelm? —preguntó el filósofo, denotando afectación. Era la primera vez que veía un fantasma.

—No suelen mostrarse siempre. Sus voces son las que me acompañan a donde vaya, no sus imágenes.

Giordano no apartaba la vista del niño. Éste tampoco de él.

—Pobre muchacho... debe haber sido la peste.

Un espectro hizo el camino de su morada hacia donde estaban, sobre la tumba de Nostradamus. Era un esquelético sujeto que se mostraba con las ropas de fraile que llevó en vida. Stubbe pidió a Bruno que le hablara en francés y le preguntara por el único hombre que podía atisbar en el futuro; el Nolano obedeció. El espectro los miró con curiosidad, con algo parecido a la lástima. No dijo nada, tampoco.

—Sólo hay una forma de asegurarnos de que el profeta no se ha ido para siempre del mundo —aseveró Stubbe—. Necesito tocar sus reliquias, como habíamos previsto.

Era una noche con luna. Los platinados rayos alcanzaban el cementerio atravesando a los cuatro espectros que se habían congregado en torno a la tumba de Nostradamus. Los dos mortales que tomaban tan difícil decisión decidieron que valía la pena el riesgo. Salieron del camposanto pasando por encima de una pequeña barda para hacerse del par de palas que habían adquirido al llegar a Salon y que dejaron aparte para que los frailes no sospecharan. En breve volvieron a la tumba, ahora libre de fantasmas.

Iniciaron la infausta tarea de llegar al cuerpo del profeta, muerto hacía casi treinta años. El golpe de las palas afortunadamente hacía muy poco ruido. La noche era gentil con ellos, como si anhelara que dicha exhumación se lograra sin contratiempos.

Al fin consiguieron golpear la tapa del catafalco, pero abrirlo sería imposible sin retirar por completo el peso de la tierra. A ambos les pareció deshonroso no realizar la labor lo más dignamente posible, ya que estaban cometiendo una execrable profanación, así que se empeñaron en limpiar lo mejor posible la cubierta antes de retirarla. Al cabo de un tiempo, Stubbe, sudoroso, se coló al interior del foso y, clavando las botas en la tierra, introdujo el filo de la pala en la orilla del ataúd para abrirlo. Al levantar la mirada para preguntar a Bruno si estaba preparado para la visión, advirtió que los espíritus se habían congregado nuevamente. Ahora eran decenas... y no parecían amigables. Afortunadamente, Bruno no parecía percatarse de su presencia. Con una venia, autorizó a su amigo a dejar al descubierto los restos mortales del profeta.

Pasó trabajos aún para levantar la tapa. Al interior de la caja había tierra, señal inequívoca de una profanación previa. Los restos no se encontraban por ninguna parte.

Volvió el frío. Las voces de los muertos lo empezaron a torturar. Entre ellas, un par lo amenazó de muerte. Prefirió hacer caso omiso; de sobra sabía que los espectros no tocan a los vivos más que con su imagen o su voz. Levantó los ojos para encontrarse con los de Bruno, ignorante de la horda de iracundos fantasmas que lo rodeaban.

—No está aquí —dijo, con pesar—. Alguien se nos adelantó.

—¿Con qué razón? —preguntó Bruno.

—Brujería. No se me ocurre otra cosa.

No lograba acallar la vorágine de lamentos en sus oídos, a pesar de que en otras circunstancias le resultaba fácil. Tal vez se debiera al evidente interés de los muertos por no pasar desapercibidos.

—Lamento que haya sido inútil —dijo mientras devolvía la tapa a su sitio y pedía la mano de Bruno para subir a la superficie. Sus ojos se detuvieron en otros, los de una dama robusta con ropas de campesina, la única que no lo miraba con odio, como procurando un entendimiento. Entre las decenas de hombres furiosos, era como una luz en la oscuridad, una práctica de discernimiento a la que estaba muy acostumbrado. Así era como conseguía escuchar una sola voz y un solo mensaje en la babel de los sonidos de ultratumba.

Bruno había comenzado a devolver la tierra al hoyo cuando él, pasando por entre los muertos, llegó hasta la mujer. Le preguntó en alemán si quería decirle algo.

Ella llevaba de la mano al pequeño muerto por la peste.

—Se lo llevaron en el setenta y cinco, año del Señor —dijo ella en su idioma natal, una lengua del sur de Francia, pero para Stubbe era como si lo dijera en su propia lengua—. Fue un regalo de bodas para una joven muy hermosa.

—¿Sabe usted quién? —preguntó él en su idioma.

Ella no comprendió una palabra. No funcionaba así. Al interior de la mente del lobo, las palabras se despojan del sonido para mostrar desnudo su significado; en el mundo, en cambio, el sonido es el vehículo, el portador, y hay que reconocer la lengua para entenderla.

La mujer, a pesar de no haber entendido nada, volvió a hablar. Y Stubbe a comprender.

—Ahora es una mujer abominable. Y forma parte de la nobleza húngara. Le cuento esto porque Michel desea volver al cobijo de la tierra para luego continuar su camino a la luz. O a la oscuridad, lo que le corresponda.

Stubbe hubiera deseado hacerle más preguntas, pero ella revelaba lo que consideraba necesario. Ni una sola cosa más.

—Es un castillo sin ventanas, edificado sobre la escarpada ladera de una montaña, sus cimientos fueron maldecidos con el cuerpo de una doncella emparedada viva, y en la construcción murieron más de cuatrocientos prisioneros otomanos. Se encuentra en un lugar llamado Csejthe, en la frontera austro-húngara. Traiga de vuelta a Michel, por favor. Nadie se merece esa suerte.

Dicho esto, desapareció. Lo mismo que el niño. Stubbe se dio cuenta de que ninguno de los otros espectros lo incordiaba ya, que habían vuelto también a sus tumbas. De improviso se trataba sólo de un cementerio solitario, con una fosa abierta y dos hombres bañados por la exigua luz de la luna.

Giordano Bruno contemplaba a su amigo, pala en mano. Adivinó al instante, en el rostro de Wilhelm Stubbe, que el capítulo se había cerrado, pero no la historia de esa búsqueda.

Capítulo catorce

En cuanto bajaron del taxi en Puente Aranda, al centro occidente de Bogotá, Sergio supo que no había errado el camino. Había abrigado dudas muy grandes, pues tuvo que darle indicaciones bastante ambiguas al chofer, apenas guiándose por la dirección que debían seguir y la distancia que habían de recorrer, confiando por momentos en su instinto y por momentos en lo que percibía, siempre teniendo cuidado de no dejar libre por completo al miedo. Pero recién llegaron supo que estaba en lo correcto. Recordó a Julio, recordó a Guillén... y supo que no estaba equivocado.

Se trataba de un taller mecánico como cualquiera en la Ciudad de México. Al ingresar, un perro de orejas gachas se acercó a olisquearlos moviendo la cola. Los siguió en su camino hacia un par de hombres de overol sucio que revisaban de pie un auto montado sobre una plataforma elevada.

—Disculpen... —dijo Sergio—. Buscamos a Salomón.

—¿A quién? —repondió uno de ellos arrugando la frente, sin desviar la mirada del tambor del freno en el que estaba trabajando.

—A Salomón.

—Aquí no trabaja.

El otro hombre sostenía un par de herramientas para el primero, que luchaba con una tuerca. Tampoco les obsequió una sola mirada.

Sergio sabía que no se había equivocado. Dirigió la vista hacia el fondo del taller, donde había más autos. Algunos de ellos con la tapa del cofre levantada, con mecánicos inclinados sobre sus metálicas bocas; en total eran once coches y siete empleados. La sensación persistía. Así de cerca, Sergio ni siquiera tenía que hacer esfuerzo alguno.

La música de algún grupo de vallenato surgía de una grabadora puesta sobre una mesa de tijera, pegada a una pared. Un tintín insistente se sobreponía a la música, alguien golpeaba con un martillo el rin de una llanta. Un par de risas producto de alguna broma estallaron al interior de una oficina, Sergio tuvo que añadir dos personas más a su inventario. El perro seguía al lado de ellos, Jop lo acarició en la cabeza y el perro cerró los ojos y se restregó contra su mano. Sergio comenzó a estudiar a los mecánicos uno a uno.

—¿El nuevo no se llama Salomón? —dijo de pronto el que sostenía la herramienta.

—¿Quién? ¿El Rojo?

—Ése.

El que sostenía las herramientas les indicó con un movimiento de cabeza hacia dónde debían dirigirse.

—Por *a'i* anda trabajando en una transmisión.

Caminaron al interior, siempre seguidos por el perro, entre piezas de motor sueltas, llantas que habían conocido mejores tiempos y botes de grasa, hasta llegar a un auto, un Chevrolet viejo, en el que laboraba una persona por debajo de la carrocería. Sobresalían las pantorrillas y los zapatos mugrosos del mecánico.

—Maldita porquería —se escuchó que decía el hombre bajo el auto.

Jop miró a Sergio con el cuestionamiento en la cara. Éste tuvo que asentir; en verdad parecía que habían dado, al fin, con aquel a quien buscaban desde hacía casi seis meses.

—Disculpe...

—¿Por qué tardaron tanto?

El hombre había dejado de forcejear con aquello que le causaba tanta molestia.

—¿Perdón? —dijo Jop.

Se deslizó fuera del auto, arrastrándose por encima de la tabla con ruedas en la que tenía posada la espalda y ambos muchachos pudieron confrontarlo. Era un hombre maduro con el cabello largo y pelirrojo, la barba tupida y un par de anteojos redondos de armazón delgado sobre las mejillas. Los miró con interés.

Eso bastó para que Sergio estuviera seguro. Era eso mismo que en contadas ocasiones había sentido en la proximidad de otras personas y que le colmaba el corazón de esperanza. Pero, sobre todo, era Julio. Era el teniente Guillén. Era eso que no tenía nombre y que lo convencía, segundo a segundo, de que no todo estaba perdido para la humanidad.

—¿Quién de los dos es Sergio?

—Él —señaló Jop.

El hombre se acabó de deslizar hacia afuera y se puso en pie. Era bastante alto. Del overol sacó un pedazo de estopa y se limpió malamente la mano derecha. Les estrechó a ambos las manos.

—Gusto en conocerte, Sergio, pero... ¿por qué tardaron tanto?

—Eh... —balbuceó Sergio.

—No me digan que estuvieron todo este tiempo en Monserrate.

Se volvieron a mirar entre ellos.

—Algo así —admitió Sergio.

—¿Eres mediador o no? —lo cuestionó con cierta severidad.

—Sí.

—Pues no sé por qué no hiciste desde el principio lo que supongo que hasta hoy se te ocurrió hacer. Como sea. Vámonos que me muero de hambre. Además, ya me tiene podrido este trabajo del demonio.

Arrojó la estopa al suelo y, acomodándose los anteojos, caminó hacia afuera del taller. En su camino, gritó a la oficina apenas girando un poco la cabeza.

—¡Oye, Lizardo! ¡Renuncio!

Una voz le contestó, parcamente:

—Como digas, Rojo. Como digas.

El mecánico siguió caminando hacia afuera. Palmeó en la espalda a uno de los hombres que diera informes a Jop y a Sergio, no sin antes poner en su mano una llave española que llevaba consigo. Cuando alcanzó la puerta volteó para confirmar que Sergio y Jop lo seguían. Ambos iban tras él acompañados por el perro, que no dejaba de mover la cola.

—No se retrasen; hay trabajo que hacer.

Volvió a mirar al frente y retomó su andar. Los dos muchachos continuaron tras él, apresurando el paso. El perro dio un par de ladridos y volvió al taller.

Mientras andaban sobre la banqueta, el mecánico sacó un teléfono celular muy sencillo y tecleó un mensaje, mismo que repitió con la voz deliberadamente para ser escuchado:

—"Ya llegaron, seguimos con el plan."

—Perdón... —dijo Sergio, a quien le costaba trabajo seguirle el paso—. ¿A quién dio aviso de que llegamos?

El individuo siguió su camino como si no lo hubiera escuchado.

Jop miró a Sergio con nuevas interrogantes pintadas en la cara. La principal: "¿Estás seguro de que éste es a quien buscamos?".

Dieron la vuelta a la esquina y, siempre siguiendo al pelirrojo, entraron en seguida a un pequeño restaurante. El sujeto saludó efusivamente al hombre que cuidaba la caja registradora, luego a una señora morena y gorda que tomaba la orden de unos comensales y, finalmente, fue hacia la parte trasera a sentarse en una mesa desocupada. Ahí, puso la mirada de inmediato en una televisión encendida, tomó una arepa de un canasto y le dio una mordida.

Sergio y Jop se detuvieron frente a la mesa.

—¿Qué pasa? —los increpó el hombre—. Vamos a comer —una pausa—. Sí comen, ¿no?

Ambos ocuparon sendos lugares a la mesa de su alto acompañante, quien, casi al instante, despegó la vista de la tele y la posó en ambos, aún desconcertados.

—Tengo aquí desde la Semana Santa del año pasado. Yo juraba que nos veríamos, a lo mucho, para octubre. Sí les pasó Pancho el recado, ¿no?

—Este... sí, pero apenas en diciembre —repuso Sergio—. Y la verdad nos lo tomamos literal.

—Bueno. Ni modo —sonrió el tipo por primera vez.

La señora pasó a la mesa con un plato chico de caldo que puso frente al efusivo recién llegado. Luego, le echó un brazo al hombro.

—¿Y qué le traemos a tus amigos, Rojo?

—Mute santandereano para los tres —y, guiñándoles un ojo a Sergio y a Jop, aseguró—. Aquí doña Cynthia es la mejor chef de todo Colombia, ¿a que sí, seño?

Ella le dio un golpe cariñoso y se retiró. Él miró un rato la tele, mientras comía con apetito y, después de un rato, volvió la vista a Sergio y a Jop. Coincidió con el momento en que empezaron los comerciales.

—Ah, perdón —volvió a limpiarse la mano, ahora en una servilleta, y se las ofreció de nueva cuenta—. Soy Salomón Díaz. Pero todos me dicen el Rojo.

—Sergio Mendhoza.

—Alfredo Otis, pero todos me dicen Jop.

—Qué bueno que llegaron. Tuve que tomar ese trabajo para no aburrirme, pero en realidad yo me dedico a dar clases en una secundaria allá en México. O bueno, me dedicaba.

—¿Es usted mexicano? —preguntó con curiosidad, Jop.

—No me vas a hablar de usted todo el tiempo, ¿o sí, Jop? A lo mejor hasta nos mata el mismo demonio y tú hablándome de usted.

Jop no supo qué responder. Todo parecía una broma. El tipo ése no podía ser en realidad un héroe si era incapaz de tomar en serio lo que estaba aconteciendo, la razón por la que ellos estaban ahí, la gravedad de la labor encomendada por Oodak.

—Es broma, Jop —concluyó el Rojo—. Sí las conocen, ¿no? Las bromas. ¡Doña Cynthia! Una cerveza y dos aguas de chicha.

Llegaron los caldos de ambos chicos.

—Sí. Soy mexicano. Del Distrito Federal. La historia resumida es la siguiente. Hace unos diez años acompañé a unos chavos a los que les daba clases a un concierto de rock. Ahí se me acercó un tipo gordo que tocaba la guitarra en uno de los grupos. Ya se imaginarán quién. Pues me pidió que le concediera una entrevista luego, en algún lugar más tranquilo, y así lo hice. Ahí fue donde me habló de toda esta locura de que el mundo está poblado de demonios y que hace falta quien los mande para siempre al infierno. Por supuesto, lo mandé también al infierno.

Arribaron la cerveza y las aguas. El Rojo dio un largo trago a su bebida antes de continuar.

—Me mostró el libro y todo, y yo creí que estaba loco, simplemente. Igual nos hicimos buenos amigos, porque era un buen tipo. Poco después, deben haber sido un par de años, me enamoré de una chava argentina y, como tiene que ocurrir, me quiso presentar a su familia. Viajamos a Buenos Aires y pasamos un verano que para qué les cuento. Pero coman, que se les enfría.

Sergio y Jop no despegaban los ojos del Rojo. Atacaron su sopa y el Rojo se perdió por unos segundos en la trama de la película que pasaban en la tele. Después de ordenar pescado para los tres, volvió a su relato.

—De todos modos, en esa estancia en Buenos Aires, ya casi para irnos, me abordó un tipo en la calle. Yo creí que me iba a vender un seguro o algo así cuando, cuál va siendo mi sorpresa, me dice que si le puedo aceptar un café. Me dio un poco de pena porque bueno, el pobre Ugolino Frozzi, que así se llamaba, parecía un palillo de tan delgado. Y siempre estaba nervioso. Acepté el café porque me dijo algo que ya había escuchado en palabras de Pancho: "Esto no tiene que ver con religión alguna... pero si cree usted en el bien de las personas, le suplico que me escuche".

Se terminó de un trago el resto de la cerveza y acometió el pescado, que llegaba.

—Después supe que está en el prefacio del libro, la forma en que los mediadores deben intentar convencer a los héroes.

Sergio y Jop no pudieron, de nueva cuenta, evitar mirarse.

—Como sea. La aproximación de Ugolino fue casi idéntica a la de Pancho. Y a mí me pareció que era algo demasiado elaborado como para tratarse de una broma. Además, a diferencia de Pancho, Ugolino estaba dispuesto a demostrarlo —el Rojo siguió contando a pesar de tener la boca llena—. Tenía a un demonio perfectamente identificado y, saliendo de ahí, me llevó a conocerlo. A mí todo eso me parecía una locura soberbia y por eso me presté a ella. En dos días regresaba a México pero, por lo pronto, mi novia estaba en Mar del Plata visitando a otros parientes. Así que no tenía nada que perder y por eso acepté acompañar a Ugolino. Al otro día me reuní con él en el Subte. Llevaba un ejemplar del libro, idéntico al de Pancho. "Heldenbuch", leí en la portada. Y, al palparlo, a mí me pareció el mismo ejemplar. Dejé de creer que se trataba de una broma.

Sergio y Jop no daban crédito. Después de tanto tiempo de confrontar el oscuro universo de los demonios en la tierra, escuchar a alguien que igualmente había estado ahí restándole tanta importancia, los hacía sentir como si formaran parte de una comedia, una obra de ficción.

El Rojo, a punto de terminar su pescado, pidió otra cerveza.

—¿En qué me quedé? Ah, sí. Acompañé a Ugolino a las puertas de una villa, una especie de barrio bravo porteño. Ahí, para entrar, tuvo que decir que íbamos con cierta persona a la que queríamos comprarle droga. Ya dentro, Ugolino se las ingenió para pagarle al muchacho que nos acompañó de modo que nos dejara solos. Pudimos entrar por la parte de atrás a una casa en la que vi, por una ventana a ras de suelo, que Dios se apiade de mi alma, cosas terribles. El demonio en cuestión tenía un cuarto lleno de esclavos, sujetos a la pared, a los que hacía pasar por horrores inimaginables. No les puedo ni contar sin que se me descomponga el estómago. El momento en que se despejaron todas mis dudas fue cuando observé, completamente aterrorizado, cómo el maldito engendro adquiría su forma demoníaca: una especie de hombre contrahecho de dos cabezas; una era humana, completamente enloquecida, y otra la de un perro, una bestia sanguinaria y rabiosa.

—Un sagsar —intervino Sergio.

—Entonces me dijo Ugolino que sólo alguien como yo podía acabar con ese monstruo. ¿Que si sentí miedo, Jop? Todo el del mundo. Por eso le dije a Ugolino que me perdonara, pero yo pasaba.

—Yo hubiera hecho lo mismo —admitió Jop, llevándose a la boca un pedazo de pescado, que, aunque en verdad estaba bueno, ya no lo estaba disfrutando tanto.

—Me despedí de Ugolino y le dije que eso era demasiado horrible para mí. De cualquier forma, me dijo que no importaba... que él había hecho la señalación, que lo demás corría por mi cuenta. Me indicó la forma en que tenía que aniquilar al demonio y, después de intercambiar datos personales, se retiró —la mirada del Rojo cambió, se volvió un poco más melancólica, aprovechó para quitarse los anteojos y limpiarlos con una servilleta—. Parece que también está en el prefacio... un héroe real siempre vuelve, porque le resulta más insoportable el horror de la atrocidad que el de su propio miedo. El caso es que yo lo hice. Volví por mi cuenta a la villa, mentí diciendo que quería más droga, volví a sobornar al muchacho que me debía acompañar a la casa del capo. Para mi mala fortuna, lo encontré en su forma demoníaca, en el mismo cuarto de esclavos, donde había un cadáver fresco en el suelo que no estaba el día anterior. Me armé de valor. Llevaba oculta una varilla con punta al interior de mi pantalón y las instrucciones de Ugolino Frozzi.

—Mojar con sangre la cabeza humana—dijo Sergio.

—Y así lo hice. Me metí a la casa por una ventana. Llegué al sótano e, increíblemente, la fiera no se había percatado de mi presencia, se encontraba de espaldas cuando entré. Torturaba a una mujer. Algunos de los cautivos sí me vieron, pero no me delataron. El resto fue increíblemente fácil. Aunque yo llevaba en un frasco sangre mía, preferí usar la que estaba más a la mano. Me mojé las manos en la sangre del muerto reciente y me arrojé contra el monstruo, cerciorándome de teñir la cabeza humana de rojo. Me retiré en seguida y el resultado fue espeluznante. La cabeza del perro enloqueció y comenzó a tirar mordidas a su compañera, hasta llegar a la calavera. Luego, el cuerpo se rindió a su propia lucha interna, cayó muerto y se volvió un puñado de cenizas. Liberar a los esclavos y largarme no fue tan fácil, pero creo que puedo decir que jamás había sentido mayor satisfacción en mi vida.

Jop de plano perdió el apetito y empujó el plato de pescado, aduciendo que se sentía satisfecho.

—Cuando volví a la Ciudad de México, estaba transformado. A los pocos días me habló Ugolino por larga distancia para agradecerme.

Para Sergio era toda una revelación. Ahí estaba, en toda su dimensión, el Libro de los Héroes. La aniquilación de un demonio y su obra gracias a la colaboracion de un mediador y un héroe. De pronto todo adquiría sentido... aunque, también, lo perdía. Él poseía un ejemplar del libro, aunque incompleto. Jamás podría ser un mediador literalmente. O un héroe en forma. Y se sintió igualmente incompleto. Como cuando se veía al espejo desnudo. O como cuando analizaba el lugar, en el libro, donde debía encontrarse el Prefacium.

—A partir de entonces —concluyó el Rojo—, Ugolino me buscaba cuando daba con algún demonio y yo hacía uso de mis ahorros para tomar un vuelo, acudir a su llamado y auxiliarle. Con Pancho nunca pude hacer esa mancuerna pues, la verdad, siempre lo ha superado el miedo. Pero es un buen tipo.

Luego, el Rojo volvió a poner los ojos en la película cómica de la tele. Tanto Jop como Sergio lo miraron acaso como se mira a un héroe real, uno que es capaz de enfrentar el mal en su peor representación y no terminar volviéndose loco.

—¡Tres tinticos, doña Cynthia! —dejó escapar el pelirrojo en un grito, cuando volvieron a poner los comerciales en la tele.

* * *

—¿Te encuentras bien? ¿Dónde están tus papás?

Una señora se acercó a Henrik con cierta aprensión dibujada en el rostro.

Él se hallaba apoyado contra el barandal, contemplando la ciudad. El viento hacía revolotear sus hermosos cabellos rubios. Pero su rostro delataba su precaria situación.

Estaba agotado. Aún no se reponía de los estragos de la brujería que Oodak le había enseñado a realizar, aquella en la que algún demonio del inframundo se presta a revelar información, nombres, lugares, fechas, a cambio de un precio muy alto. El convertirse en juguete de un espíritu tan aberrante no era en lo absoluto agradable. Mucho menos para un demonio que aún siente la sangre correr por sus venas. Y Henrik no sabía si había valido la pena, pues Bogotá es una ciudad muy grande. Y aunque le había sido develado el nombre y la ubicación exacta del cerro, y había visto el rostro de Sergio, era seguro que no se encontraba en los alrededores. Y eso incrementó su malestar.

—¿En serio estás bien? —repitió la señora, realmente preocupada.

No, no estaba Sergio Mendhoza por ahí. Pero no importaba. Ahora lo que necesitaba era un poco de reposo… y tal vez ir preparando un nuevo mensaje. Un nuevo mensaje para su Wolfdietrich particular.

—¿Quieres que te llevemos de vuelta a tu casa?

La señora se sintió orgullosa de sí misma. Su buena obra de la semana. Y además con un niño tan lindo. De ascendencia extranjera, por lo visto. Tendría algo que comentar con sus amigas el día siguiente en el desayuno.

Henrik tomó la mano de su benefactora y caminó con ella hacia el restaurante del mirador de Monserrate.

La tarde era benévola.

Capítulo quince

—La experiencia me ha enseñado que lo único malo de enfrentar un demonio durante el día es que llama uno mucho la atención. Pero con éste no tendremos problema, pues nunca sale de su casa, así que sugiero que vayamos a verlo mañana por la mañana y no hoy por la noche, porque es cuando se sienten más fortalecidos. Por cierto, ¿dónde se están quedando?

El Rojo dijo esto con un palillo entre los dientes mientras caminaba por la calle y Sergio y Jop lo seguían, flanqueándolo, tratando de seguirle el paso. Las calles se llenaban de gente que salía de trabajar e iba en pos del merecido descanso, el sol ya había dejado de proyectar sombra, se encontraba muy por detrás de los edificios, oculto entre las nubes, iniciando su huida del horizonte. El frío aumentaba.

—Eh... ¿demonio? —dijo Jop, a nombre de ambos—. ¿Qué demonio?

—Pues el que tiene la espada. ¿Por qué creen que los cité acá? ¿Por puro capricho?

Se detuvo el Rojo por unos instantes y los miró intermitentemente.

—¿No les dijo Pancho?

—Supongo que no —respondió Sergio.

El Rojo volvió a caminar, absorto en sus pensamientos. Jugó con el palillo en su boca mientras avanzaba. De pronto, al llegar a un edificio de fachada sucia y estropeada, sacó unas llaves e insertó una de ellas en la puerta principal, de metal oxidado. Al abrir la puerta, dio paso a ambos chicos y luego cerró la puerta tras de sí.

—Suban pegados a la pared —les hizo la advertencia, pues la escalera, de concreto y sin acabado, carecía de barandal.

Sergio y Jop lo siguieron por un par de pisos hasta llegar a una puerta de vieja madera, en la que también introdujo una llave.

—Pasen a mi mansión.

Entraron para darse cuenta de que vivía en condiciones bastante lamentables. Una colchoneta en el piso. Una valija abierta sobre el suelo, llena de ropa. En las ventanas, cortinas hechas de sábanas raídas. Un espejo roto en la pared. Una televisión pequeña. Una silla de madera. Una pila de libros. Tres pares de zapatos tenis alineados contra la maleta. Un estuche negro, alargado, que de inmediato llamó la atención de Sergio.

—Allá en México... ¿dabas clases de música?

—Exacto —respondió el Rojo desde el baño, donde ya se había desnudado y abierto el grifo del agua de la ducha.

—¿Qué instrumento tocas?

—El sax soprano.

Sergio y Jop se paseaban por la estancia sin saber dónde posar la mirada, mientras el Rojo se bañaba. Jop tomó uno de los libros, una novela gorda de Charles Dickens. *Oliver Twist*. Tomó otro, también de Dickens, *Historia de dos ciudades*. Y otro, igual. Y otro. Era la única ventana a la vida del Rojo. Jop se sintió tentado a hurgar en su cartera, en sus cosas, para ver si en realidad se llamaba Salomón, pero comprendió que no importaba, que no podía dudar de la sensación que producía el invididuo en Sergio, por muy estrambótico que le pareciera. En vez de eso, tomó uno de los libros y lo empezó a hojear.

Al fin salió el Rojo con una toalla anudada en la cintura, chorreando agua. Tenía la espalda y los brazos surcados por cicatrices, cosa que llamó la atención de los chicos, pero prefirieron no preguntar. Tomó ropa interior de la maleta y volvió al baño, cantando una canción en español, una ranchera. En cuanto había cubierto su desnudez, regresó a la estancia para terminar de vestirse.

—La verdad extraño México.

—¿Por qué te fuiste? —lo cuestionó Sergio.

—Los demonios se encapricharon con Pancho. Y decidimos los tres que era mejor idea largarme hasta nuevo aviso.

—¿Los tres?

—Pancho, el Jefe y yo.

—¿El Jefe?

—Sí. El Jefe. El que me dijo que algún día tendría que ayudarte en tu misión.

Sergio se había sentado en la silla y se ajustaba la prótesis.

—¿Quién es?

—Buena pregunta —dijo el Rojo, abrochándose una camisa vaquera de manga larga—. Pero Pancho confiaba en él. Sabía cosas respecto a esa misión que tenemos que emprender y que nos sobrepasa. A él fue a quien avisé hace rato que ya habían llegado. Si tú no sabes de quién se trata, yo menos.

—No sé, pero tengo mis sospechas —dijo Sergio, rascándose la rodilla derecha.

El Rojo se ponía los anteojos nuevamente. Se enfundaba un par de pantalones de mezclilla.

—Él fue el que me avisó que venían el año pasado. Y por eso, después de despachar con Ugolino a un súcubo en Santiago de Chile, me vine para acá para Colombia. No sé. Tú dime, Sergio... ¿sabes de quién es el nombre que está en la espada? Se supone que debes saberlo.

—Es que no sé si estoy entendiendo bien —confesó Sergio—. Me parece que hay pedazos que no acabo de embonar.

—Lo de menos es hablarle a Pancho y que le preguntes todo lo que necesites. Al fin son mediadores los dos, ¿no? Cierto que él y yo convinimos romper toda comunicación, para impedir que los malditos demonios me ubicaran, pero éste es un caso especial, creo.

Sergio y Jop se miraron sorprendidos. Jop depositó el libro de nuevo sobre la pila.

—Es que... ¿no lo supiste?

—¿Qué?

—Pancho murió el año antepasado.

El Rojo hacía entrar en ese momento sus pies en un par de zapatos tenis. Por unos instantes demudó el rostro. Se recargó en la pared. Suspiró.

—Lo siento —dijo Sergio—. Creí que lo sabías.

—Sí, yo también lo siento —añadió Jop.

El Rojo contuvo su tristeza, pero no quitó la vista del mosaico del suelo por un buen rato.

—Fueron ellos, ¿cierto?

—Sí —resolvió Sergio después de unos instantes.

—Una verdadera lástima —afirmó el Rojo—. Pero entonces... ¿no me dijeron hace rato que Pancho les pasó el lugar de la cita apenas el pasado diciembre?

—Sí —dijo Sergio, no sin cierta congoja—. Justo un año después de haber muerto.

Un silencio momentáneo se apoderó del lugar, en el que de pronto los tres se vieron inmóviles, sometidos a la oscuridad incipiente de la tarde que ya agonizaba.

—Qué impresionante —dijo el Rojo, pasándose una mano por la barba, despertando del forzado letargo del pesar—. Bravo por Pancho. Bravo por él —y luego comenzó a arrojar algunas pertenencias en una mochila vacía que se encontraba en el suelo, forzándose a sí mismo a echar fuera la tristeza—. Habrá que viajar ligeros, ¿no?

—El nombre —dijo Sergio al cabo de un rato. Jop encendió la luz, un único foco al centro de la estancia, devolviendo a la habitación sus colores.

—El Jefe me dijo que Sergio Mendhoza, un mediador mexicano a quien le falta una pierna, me buscaría algún día. No sé más. No se supone que deba saber más. Pero sí sé que un demonio aquí en Bogotá tiene una espada única, con una inscripción en ella que revela un nombre único. Y sé que todo esto es muy importante para ti, Sergio. ¿O me equivoco?

"Un nombre único", repitió Sergio en su cabeza, incapaz de creerlo.

Jop dejó caer, involuntariamente, el libro de Dickens que tenía en las manos. Se trataba de *Grandes esperanzas*.

* * *

Libro de los Muertos

Capítulo 182, Hiromi Matsui

Día cuarenta.

La heroína entró a la biblioteca del castillo con muy poca precaución. No se le puede culpar, a fin de cuentas lleva dos días sin probar alimento.

La verdad sea dicha. Marguerite nunca ha dejado pasar este tipo de oportunidades. La acechaba desde ayer a las cuatro de la tarde. Lo increíble es que no hubiera dispuesto de ella antes.

La enorme araña se encontraba escondida en una esquina del techo cuando Hiromi entró.

Dio un poco de batalla, eso sí.

Muy poca, en realidad.

Su brazo derecho fue el que saltó primero. La sangre en borbotones.

Ahora Cyrus aparece por la puerta, convocado por el último grito de la chica. Confirma que la heroína ha caído y se retira.

La médel no muestra interés en ella. Se marcha.

De nueva cuenta, el silencio.

Invierno, 1590

Permanecieron tres días en el pueblo de Nyitra, aguardando a la aparición de un hombre horrorosamente feo, una especie de gnomo jorobado y medianamente estúpido, un hombre que acudía ahí para reclutar muchachas al servicio de la condesa que habitaba el castillo negro de Csejthe.

Permanecieron ahí por recomendación del mismo posadero que los recibió cuando llegaron, casi un mes después de abandonar Francia.

—No se acerquen a Csejthe si no es absolutamente necesario —los previno el hombre—. La condesa tiene completo poder sobre el pueblo, tiene apostadas brujas en cada esquina, cuenta con ojos y oídos en todas partes. Los que viven ahí están todo el tiempo atemorizados. El conde Nádasdy casi nunca está en el castillo, siempre está atendiendo sus deberes militares, ha matado más turcos que yo moscas en este lugar. Lo más recomendable es que esperen a que aparezca el lacayo de la condesa, viene de vez en cuando a reclutar muchachas para la servidumbre del castillo.

A los tres días así ocurrió. El hombre contrahecho se hizo presente en la localidad y montó, junto con otros dos sujetos, una tienda en la plaza principal para elegir a las afortunadas. Stubbe y Bruno esperaron a que terminara su despacho para abordarlo. Pero Stubbe notó que su amigo se resistía a acercarse.

—¿Recuerdas aquello que te conté de cómo se ha acrecentado mi percepción a raíz de que recibí el libro?

—Sí.

—Pues creo que jamás había sentido con tanta claridad como ahora el estar en la presencia de un demonio.

Se aproximaron y Ujváry János, el jorobado, también apodado Ficzkó, se mostró inquieto desde que los detectó. De pronto no tenía ojos más que para Giordano Bruno, a quien el miedo de la proximidad del demonio lo estaba delatando. Ficzkó se encontraba en ese momento entregando a los padres de las chicas unas talegas con dinero cuando decidió detener la transacción para atender lo que se avecinaba. Era una mañana fría, con una apacible nieve cayendo sobre la tienda, las cinco muchachas elegidas, los padres, los dos forasteros.

—Señor János... —se anticipó Stubbe a abordar al lacayo en alemán—, somos visitantes de fuera. Quisiéramos...

El hombre replicó en magiar una perorata incomprensible. Miró a Bruno y le escupió en la ropa.

Uno de los hombres que acompañaban a János se acercó y les habló en alemán.

—¿Qué desean?

—Quisiéramos hacer una visita a los condes en Csejthe.

—Es imposible. El conde está de servicio, no volverá hasta pasada la primavera.

—Tal vez la condesa quiera recibirnos.

El hombre no hizo más que mirarlos con displicencia y darse la vuelta. Al poco rato la comitiva del castillo negro había abandonado Nyitra llevando, sobre una carreta como si fuesen mercancía, a las cinco muchachas, todas igualmente hermosas. Los dos forasteros se quedaron con idéntico mal sabor de boca mirándolos partir.

—Amigo Giordano —dijo en ese momento Stubbe—, has hecho ya bastante por mí y te lo agradezco. Pero ahora tengo que ir a Csejthe y tratar de seguir con esto hasta donde pueda.

Giordano Bruno lo miró largamente. Luego, llevó la mano a su fardel y extrajo de éste un libro bastante voluminoso. Se lo entregó a Stubbe.

—Ayer estaba en la mesilla de nuestra habitación.

Stubbe lo sostuvo con ambas manos. Lo abrió por la mitad para mirar un grabado en el que un monstruo de tres cabezas había colgado, pedazo a pedazo, sobre un árbol, a un hombre que acababa de destrozar. Comprobó que la escritura le era completamente ajena, que no lograba descifrar nada de lo que ahí se contaba.

—Me parece que el libro me ha alcanzado —exclamó Giordano—, porque cree que me podrá ser de utilidad ahora.

—Aun así…

—Espera. Hay más —dijo Bruno—. Mira el prefacio por favor. Las últimas páginas de éste. Al menos esos signos sí los podrás reconocer.

Stubbe obedeció y verificó aquello a lo que se refería Bruno. Le maravilló ver el nombre de su amigo en esa grafía tan hermosa. De pronto adquiría una importancia insospechada.

—A ratos creo que mi filosofía, mi pensamiento, mi academia… me apartan de todo esto más de lo que quisieran aquellos que me designaron como mediador, Wilhelm. No puedo volver a Fráncfort ahora. Mis seguidores creen que el crudo invierno me tiene apertrechado en Zúrich. Mis mecenas creen que he vuelto con los carmelitas. Sólo tú y yo sabemos en lo que realmente estoy ahora. Así que te pido que me permitas acompañarte a Csejthe. Si puedes hablar con Nostredame, quisiera estar ahí para poder verificarlo. En el fondo yo también quisiera saber el nombre y el tiempo de Orich Edeth.

Stubbe le apretó el antebrazo. Le devolvió el Libro. Iniciaron el camino.

Capítulo dieciséis

—No. Yo no te mandé el "Clipeus", ése fue el Jefe —dijo el Rojo mientras levantaba una mano para detener un taxi, frente a la puerta del hotel—. De hecho, no sé ni qué diantres es un Clipeus.

Era un día soleado. No daban ni las once de la mañana. Nadie hubiera podido imaginar, con tan sólo verlos, que iban a hacer una visita a un demonio. No llevaban nada consigo. Ni siquiera el Libro.

Habían pernoctado los tres en la pequeña habitación de Sergio y Jop en el hotel del barrio de la Candelaria sin pasar mayores problemas. La administradora conocía tan bien a los dos muchachos, que aceptó sin poner reparos que introdujeran a su "tío" al cuarto. Y, más allá de los ronquidos del Rojo, fue una noche tranquila. La primera en mucho tiempo. Podía decirse que la nueva expectativa había ahuyentado los pensamientos ominosos, las pesadillas, la ansiedad.

Dentro del taxi el Rojo continuó:

—Después del mensaje que me envió el año pasado, el Jefe no se ha comunicado conmigo. Yo le notifico nuestros movimientos sólo porque me lo pidió alguna vez, pero ni idea si los está recibiendo.

El automóvil se dirigía a la dirección indicada por Salomón, quien ahora llevaba lentes oscuros, camisa de manga corta azul claro y una disposición de ánimo que hacía pensar que iba a encontrarse con algunos buenos amigos.

—¿Él te dijo del demonio y la espada? —preguntó Jop, repentinamente.

—No. Ni siquiera sabe de esto. Esto fue idea de Ugolino y mía.

Dio un par de palmadas en la rodilla a Jop, quien se había sentado enmedio, entre él y Sergio. Abrió entonces el Rojo la ventanilla y plantó cara al viento matutino; automáticamente surgió en su rostro una sonrisa.

—Rojo... —volvió a preguntar Jop—. ¿Cuántos demonios has matado en tu vida?

El Rojo, de ojos cerrados, viajaba levantando el mentón, apoyando el codo izquierdo en la ventanilla, la pierna derecha cruzada, el brazo derecho descansando sobre la pierna, la mano tamborileando alguna escala de saxofón sobre su pantorrilla.

—Setenta y uno.

Jop se encontró con los ojos del taxista puestos sobre los suyos a través del espejo retrovisor. Forzó una sonrisa y dijo:

—Videojuegos.

El taxista no hizo ningún cometario. Regresó la vista al camino y siguió conduciendo. Sergio, por su parte, permanecía en silencio, mirando hacia afuera. Trataba de dimensionar lo que vendría. Tal vez el nombre de Edeth en la tierra. Tal vez la posibilidad de dar con él a través de medios convencionales, guías telefónicas, búsquedas por internet. Tal vez el fin de su misión, con el tiempo suficiente de sobra como para intentar rescatar a Alicia sin tener que entregar el dato, que sería su última carta. No obstante, abrigaba dudas razonables... ¿cómo es que un demonio tenía información como ésa a la mano y no la había usado para su conveniencia? ¿Cómo lo sabía el Rojo? ¿No sería todo eso un engaño?

—Servidos —dijo el taxista al arribar a una casa grande en la carrera 11.

Se apearon. Una reja de delgados barrotes verde oscuro los separaba del inmueble, de dos pisos, ladrillo gris y techo de tejas marrón. Un par de torreones le daban un aspecto elegante y siniestro a la vez. Las ventanas eran cuadrángulos vitralizados con semicírculos en la parte superior. La puerta, negra con aldabón. El jardín, el vetusto coche sobre un caminito lateral, el árbol... descuidados, moribundos.

—¿Y si yo los espero acá afuera? —sugirió Jop.

El Rojo se quitó los anteojos oscuros, se puso los habituales y sonrió.

—Que quede clara una cosa. Tú vienes con él. Yo los defiendo a ambos. Nada te va a pasar, Jop. Te lo prometo.

—¿Cómo puedes estar tan seguro?

—Bah... éste es un demonio bastante menor. Ya verás —resolvió al llamar al timbre exterior—. ¿O no, Sergio?

Sergio pudo decir que, en efecto, el miedo no era tan significativo como otras veces. Muy parecido al que le había hecho sentir Guntra, posiblemente. Este reconocimiento le hizo sentir extrañamente viejo; recordó que el primer miedo, con ese primer demonio, le había parecido terrible. Ahora podía decir que había horrores mayores. Mucho mayores.

Una voz habló al intercomunicador:

—¿Quién?

—Diga a Coverti que es el Rojo. Que vengo a hacerle una visita de carácter social.

—Voy a ver si está.

—Señora... usted y yo sabemos que sí está. Dígale que no le conviene negarse. Que lo dice el Rojo.

Aguardaron. El Rojo extrajo un paquete de gomas de mascar. Tomó una y se la echó a la boca; ofreció a sus acompañantes, sin éxito. Luego, se recargó en la reja, cruzando las piernas a la altura de los tobillos. Sus zapatos tenis parecían tener décadas. Uno de ellos ni siquiera tenía atadas las agujetas, cuyas puntas apenas asomaban, mordidas por el tiempo.

—Todos los demonios se mueren, Jop. Todos. El que no se enfermen o no envejezcan, o no le tengan miedo a nada, no los hace inmortales. Todos se mueren. El chiste es saber dónde pegar, ¿verdad, Sergio?

Sergio forzó una sonrisa.

La puerta fue liberada con un zumbido eléctrico y el Rojo empujó la reja. Entró al jardín él primero, Sergio en segundo y Jop, reticente, al final.

—¿Cuántos demonios has aniquilado hasta ahora, Sergio?

El muchacho pensó en Guntra, en Morné, en la condesa Báthory... no podía estar seguro de haberlo hecho como mediador. O de haber tenido una participación real, activa.

—Ninguno.

El Rojo se volvió. Lo miró por unos segundos.

—Entonces estamos de suerte.

En vez de avanzar hacia la puerta, fue al auto que, a juzgar por su apariencia, llevaba años estacionado en el jardín, acumulando polvo. Un vidrio estaba roto, las llantas ponchadas, el óxido cubría por completo las defensas. Con una ganzúa, el Rojo liberó la cajuela en un santiamén, sacándole un rechinido.

—El abogado no nos va a esperar con té y galletitas, así que más vale llegar preparados.

Levantó la llanta de refacción y sacó, debajo de ésta, una llave alargada y tubular. Por un lado mostraba la hueca forma hexagonal del birlo; del otro lado, una delgada cuña. El Rojo introdujo la llave en su espalda, atorándola entre el pantalón y la camisa, por debajo del cinturón. A Sergio y a Jop no dejaba de maravillarles la soltura con la que actuaba. Setenta y un demonios: era la única explicación posible.

Al llegar a la puerta de la casa, llamaron con gentileza. El Rojo incluso tuvo el increíble gesto de acicalarse el cabello.

—Por cierto, se trata de un vampiro. Nada que deba preocuparnos mucho.

Jop tragó saliva y se limpió el sudor de las manos en el pantalón. Sergio sólo abrió un poco más su percepción.

Atendió la puerta una señora entrada en años, con delantal y pantuflas.

—Buen día —dijo el Rojo.

—Lo... los espera en su estudio. ¿Conoce el camino?

—Lo conozco.

Entraron a la casa, que por dentro parecía tan normal como la de cualquier mortal: jarrones, cerámica, espejos, biblioteca. Sergio reconoció, al pasar junto a la señora, que ella estaba libre de cualquier comercio espiritual con el lado oscuro. Se trataba de una servidora doméstica como cualquier otra, una señora que seguramente tenía la impresión de trabajar para un hombre muy excéntrico, pero nada más. Tanto él como Jop saludaron con cortesía. La señora salió de la casa, aparentemente enviada por su jefe a cumplir con algún encargo. Los tres visitantes caminaron por un pasillo hasta llegar a una nueva puerta cerrada, a la que el Rojo llamó con igual gentileza.

—Pasa —dijo el vampiro desde el interior.

Entraron a una amplia oficina común y corriente, iluminada, con ventanales que mostraban el jardín posterior, tan descuidado como el frontal, con un gran escritorio, diplomas en las paredes, muebles de archivo y anaqueles que ostentaban libros de jurisprudencia. El señor Coverti, un hombre de cabello completamente blanco, en bata de dormir, se encontraba sentado en una mecedora; tenía en sus manos una taza humeante y miraba hacia el terregal del patio. Daba la impresión de ser un hombre viejo y cansado, cosa imposible en un demonio.

—Entonces no me equivoqué —dijo el vampiro—. Te acompaña un mediador, inmundicia.

—Chavos: el licenciado Coverti, un maldito al que le perdoné la vida hace algunos años. Saluden.

—Eh... buenos días —dijo Jop. Sergio, por el contrario, permaneció callado.

Estando cerrada la puerta, el demonio se mostró, parcialmente, en su más hórrida representación. La boca desarrolló enormes colmillos, el rostro se transformó en un hocico de murciélago, los ojos se volvieron blancos.

Jop reculó un par de pasos.

—Acabaré con los tres.

—Sí, sí, lo que tú digas... —exclamó el Rojo. Se quitó los anteojos y los puso en la bolsa frontal de su camisa. Luego se sacó el chicle de la boca, para pegarlo descaradamente en uno de los libreros cercanos—. Ahora paga tu deuda. Dame la espada de... ¿de quién era?

—Primero te arrancaré la cabeza y la comeré enfrente de estos niños.

—El nombre, infeliz. ¿O no tienes palabra de honor?

—A la mierda el honor.

El Rojo sacó la llave de su espalda y la blandió como un arma. A Sergio le pareció que la estampa era ridícula. Pero estaba ocurriendo. De eso se trataba todo, de que el bien triunfara sobre el mal. Que los héroes enfrentaran a los demonios y los enviaran al infierno para siempre.

—Muchachos, han de saber que hace algunos años vine con Ugolino a acabar con este pedazo de porquería. Y justo cuando estaba por enviarlo al horno de bollos al que pertenece, rogó por misericordia, asegurando que tenía en su poder la espada de... ¿de quién?

—De Orich Edeth —intervino Jop.

—Gracias, Jop. De Orich Edeth. Y fue Ugolino el que me dijo que lo dejara vivir. Que era muy importante porque, según cierta leyenda, en la empuñadura de la espada se encuentra inscrito su nombre y el tiempo en que ha de volver. ¿Cierto?

—No. Mentí.

—No lo hiciste. Y si de veras insistes, tendré que obligarte de nuevo. Y tal vez ahora no muestre tanta piedad como aquella vez.

En dos segundos, el demonio había abandonado por completo su forma humana. No era más un viejo admirando el avance de las sombras matinales en su traspatio sino un monstruo en toda forma. De su espalda surgieron dos alas de membrana velluda, un fino pelambre grisáceo cubrió por completo al abogado, quien se puso de pie y arrojó la taza a un rincón de la estancia. Abrió grandes sus puntiagudas garras y emitió un chillido.

—Qué lata —dijo el Rojo.

Con un movimiento rápido tomó un libro de un estante y lo arrojó al monstruo, atinando a uno de sus escuálidos hombros. Sergio y Jop se replegaron hacia la puerta del estudio. Jop comprobó que era un ente bastante parecido a aquel en el que se había convertido Nelson, el sirviente de la condesa Báthory, antes de morir.

—Sergio… ¿cómo se aniquila un vampiro?

—Atravesando el cuello. O el corazón.

El demonio se arrojó contra el Rojo y éste, sin moverse de sitio, tiró un golpe con la llave a una de sus garras. Al instante pudo asir la otra por la muñeca y, tirándo fuerte, hizo girar al monstruo para colocarse detrás de él. Agarró ambas alas por el cartílago superior y, con un rodillazo en la espalda, sometió al demonio, haciéndolo caer. Todo en cuestión de segundos.

Setenta y un triunfos. No había otra explicación.

—Estas alimañas —dijo sin perder la sonrisa—, tienen alto rating porque abundan como plagas. Pero en realidad son demonios de juguete.

El vampiro, incapaz de liberarse, emitía chillidos extremadamente parecidos a aquellos que acompañaron a Sergio y a Jop en su último viaje por teleférico.

—No obstante… —añadió el Rojo—, este viejo infeliz ha defendido en tribunales a tantos narcotraficantes, asesinos y violadores que no me pesará nada mandarlo, ahora sí, a comparecer con el apestoso al que entregó el alma.

El Rojo puso la llave en la nuca del demonio. Sólo le bastaría presionar con fuerza para encajarla en la carne y terminar con él.

—Piedad —suplicó el demonio, deteniendo por completo sus movimientos.

—Que no te espante su fealdad, Jop —continuó el Rojo—. En realidad un vampiro es más publicidad que otra cosa. Como verás, no les afecta la luz del sol, ni necesitan sangre para vivir, ni ninguna de esas payasadas que ha propagado la televisión. Son demonios como los otros: igual de feos, tal vez, pero no hacen más que tirar mordidas.

Presionó la cuña en la nuca y el vampiro sintió el peso del cuerpo del Rojo.

—Piedad—dijo el demonio, forzando la voz.

—Y además, no todos vuelan, ni son tan fuertes.

Empezó a presionar la llave.

—Barba Azul… —dijo el demonio.

—¿Qué?

—Barba Azul tiene la espada. No yo.

—¿Quién es Barba Azul?

—Un demonio —dijo Jop—. De los peores.

Sergio no disimuló su sorpresa. Lo mismo el Rojo. De pronto mostraba el chico rubio una habilidad desconocida. O una memoria capaz de venir en su ayuda en los momentos más inesperados. Jop, no obstante, no dejaba de mirar al vampiro ni de palpar, a sus espaldas, la perilla de la puerta.

—Debí suponer que era demasiado bueno que tú la tuvieras. ¿Y cómo sé que ahora no estás mintiendo, hijo del averno? —arremetió de nueva cuenta el Rojo.

—En mis expedientes hay pruebas de que trabajé con él en los años treinta, allá en París. Alardeaba de ser el único en saber cuándo y con qué nombre volvería Orich Edeth. Y que lo usaría en su provecho cuando llegara el tiempo. Nadie le creía. Pero un día, yo… descubrí que era cierto. Vi la espada, que es más bien una especie de estilete; Barba Azul la sostenía en sus manos contra el fuego de la chimenea…

El vampiro intentó un nuevo movimiento, más agresivo, con la intención de soltarse. El Rojo prefirió no correr ningún riesgo. Apoyó todo el cuerpo sobre la llave. Un sordo crujido, un estertor, los ojos suplicantes y aterrorizados del monstruo, que intentaban recobrar su aspecto humano por última vez. Luego, cenizas… polvo. Finísimo polvo. Volátil. Fugaz. Inaprensible. En unos minutos ya no habría nada.

—Con tipos como éste, a la mierda el honor —dijo el Rojo, de rodillas sobre el sitio en el que, momentos antes, había un demonio. El silencio les pareció a Sergio y a Jop irreal. Era una mañana prodigiosamente bella, se escuchaba el canto de las aves sin esforzar el oído y se apreciaba, a través de las diminutas motas de polvo que se dispersaban en el ambiente, cómo los rayos del sol se abrían paso desde el cielo hasta el reluciente parquet del despacho.

—No sé ustedes —agregó el Rojo, poniéndose de pie y sacudiéndose las manos—, pero a mí me pareció que no mentía. Así que, si no les importa, nos vamos. Hay que dar con Barba Azul.

—¿Y si ya volvió la señora de servicio? —preguntó Jop, con voz temblorosa. La experiencia aún lo tenía impresionado. Seguramente no habían pasado ni diez minutos desde que llegaron. Y a él le parecía que la vida entera había transcurrido desde que cruzaron la puerta de ese estudio hasta el momento en que volvieron a escucharse los pájaros en el jardín.

—Si ya volvió... —dijo el Rojo, sacando más goma de mascar y echándosela a la boca—, le decimos que nos cansamos de esperar, que el licenciado jamás mostró la cara.

—Setenta y dos —exclamó Sergio, gravemente, con la mirada aún puesta en el piso, limpio de toda evidencia.

Capítulo diecisiete

Se parecía a la felicidad. Pero sólo se parecía. Aun entre el tejido de esa máscara imaginaria que se había empeñado en usar, se filtraba algo de luz. Y la luz sólo se puede negar cerrando los ojos. Ése fue el problema. Ella nunca había aprendido a cerrar los ojos.

Alberto la condujo a su casa. Sin engaños ni mentiras. Brianda sabía perfectamente que los papás de su novio no se encontraban en casa. Y que de los besos podrían pasar a otra cosa si querían.

El problema era que ella llevaba meses tratando de convencerse de quererlo y aún no estaba segura de estarlo consiguiendo. Creía que sí. Alberto le gustaba. Era buen muchacho. No tenía nada que ver con ninguna fuerza oscura que pudiera secuestrar su espíritu. O hacerla sentir en peligro todo el tiempo. Las pesadillas no se iban, cierto, pero había aprendido a verlas como fantasías inalcanzables. El protagonista de esos sueños terribles no tenía nada que ver con ella. Era un muchacho anónimo que viajaba por el mundo. Alguien que no podía afectarla en lo absoluto.

O al menos es lo que se empeñaba en creer.

Cuando entraron a la estancia, Brianda seguía trabajando en ello. Cuando arrojaron sus mochilas sobre la alfombra de la sala. Cuando ella entró al baño y se miró al espejo. Cuando se sentaron a ver televisión.

Fue a los quince minutos de besos y caricias que ella supo que no estaba lista. No tenía nada que ver con Sergio Mendhoza, quien era sólo un fantasma de su pasado, incapaz de tocarla. Pero igual no estaba lista. Así que se detuvo.

—No puedo. Discúlpame.

A decir verdad, esperaba que Alberto dijera algo tierno, que bajara la vista y la tomara de la mano. No fue así.

—¿Qué? No puedes dejarme así.

—Perdón, Alberto. De veras.

—¿Cómo que "perdón"?

—No estoy lista.

—No puedes hacerme esto —gruñó él, molesto y sin apartarse de ella—. Por algo aceptaste venir.

En el fondo Brianda lo agradeció. Nunca había estado del todo convencida y eso la ayudaba a tomar una decisión. Una bastante radical.

—¡Dije que no, Alberto!

Lo aventó. O hizo todo lo posible por aventarlo. No consiguió mucho. Comenzó el forcejeo. Él aprovechó para echarse encima de ella sobre el sofá. Era más grande. Era más fuerte. La aprisionó con las piernas y la sometió de las muñecas. La siguió besando a la fuerza.

—¡Déjame! ¡No! —se resistió ella todo lo que pudo.

Brianda se asustó en serio. Hubo un tenso momento de falsa calma.

Se encontraban al interior de una casa grande de los suburbios de la ciudad, con patio trasero y jardín frontal. Dos pisos. Gritar no le serviría de mucho, excepto para enfurecer más al que hasta ese día era aún una persona digna de su confianza. Se horrorizó de sí misma. ¿Cómo había llegado a eso? Era mil veces peor lo que sentía en ese momento que lo que alguna vez sintió como cautiva de Barba Azul o de Elsa Bay. Comenzó a llorar. ¿Hasta qué punto sería capaz de llegar Alberto si ella se resistía con todas sus fuerzas? ¿La golpearía?

¿La mataría?

Era un buen muchacho. Siempre lo creyó. Pero también tuvo que admitir que se había arrojado a sus brazos prácticamente desde el principio, ansiosa por conseguir el olvido, por arrancarse de encima el dolor de la pérdida.

—Así me gusta —dijo él al notar que ella dejaba de oponer fuerza. Sonrió de la misma manera como siempre le había sonreído. Le dio un beso tierno en la punta de la nariz.

Aflojó un poco las muñecas de Brianda, pero antes agregó:
—Será divertido. Te va a gustar. Te lo prometo.
—Pero no quiero, Alberto… —dijo ella sin poder controlar el llanto.
—Sí. Sí quieres —insistió, inclinándose para besarla de nuevo.
—¡Que no! —gritó ella, en un último intento de zafarse.
La puerta se abrió de golpe.
Ambos miraron hacia ese punto. Y ella recordó que ya antes había visto al hombre de gabardina negra y sombrero fedora negro que venció la cerradura con un solo golpe de extinguidor a la chapa.

Capítulo dieciocho

Fueron a sentarse a una banca del parque de la 93. Los tres mirando en la misma dirección, toda la atención puesta en la arboleda, la gente paseando a sus perros, los niños jugando, la vida cotidiana de un martes cualquiera. Fue cuando Jop se decidió a hablar.

—Lo conocí en México. Cuando me hice amigo de Farkas... —relató—. De hecho, siempre me reunía con el hombre lobo en una casa que pertenecía a Barba Azul, en Coyoacán. Su verdadero nombre es Gilles de Rais, y es un demonio muy longevo. Fue él quien, a petición de Farkas, torturó el espíritu de Brianda el año pasado, cuando lo escindieron de su cuerpo. Es un demonio terrible. Me contó Farkas que peleó al lado de Juana de Arco, por allá por el siglo XV. Tiene un historial de crímenes verdaderamente espantoso. Su especialidad era regocijarse con el dolor y la muerte de niños pequeños. Cuando todavía era mortal llevaba a cabo rituales de magia negra donde las principales víctimas aún no cumplían ni los diez años.

—¿Por qué te reunías con un hombre lobo en la casa de un demonio? —se interesó el Rojo.

—Mejor ni preguntes.

—¿Sabes qué tipo de demonio es, Jop? —intervino Sergio.

—Ni idea. Nunca lo vi más que en su forma humana.

—Debe ser muy poderoso, pues debe tener un alto rango en el ejército de los demonios —opinó el Rojo—. Ese desgraciado sí será reto, se los aseguro.

—Y justo por eso no creo que sean buenas noticias —espetó Jop—. No creo que baste con que llamemos a su puerta y le preguntemos, muy decentemente, el nombre de la reencarnación actual de Edeth.

El Rojo se puso de pie y estiró los músculos. No habían desayunado todavía y los dos muchachos no parecían muy interesados en hacerlo. Los comercios de comida que rodeaban el parque le parecían una clarísima invitación a dar cuenta de ese pendiente.

—De cualquier modo, habrá que idear algo —dijo Sergio—. Y me queda claro que, para cualquier cosa que planeemos, habrá que ir adonde esté ese demonio.

—Habrá que consultar la base de datos, primero —afirmó Jop—. Y luego, seguramente, comprar algún boleto de avión. Dudo mucho que se encuentre en Colombia.

Se hizo un breve silencio. Uno que el Rojo aprovechó para hablar.

—Muchachos, me da mucha pena, pero yo ya no tengo ni mil pesos colombianos en la bolsa, así que voy a tener que recurrir a ustedes para lo que venga.

Jop se congratuló de poder ayudar, aunque fuese con el dinero de su padre. Después de lo que había visto en casa del abogado, le parecía poca cosa su participación.

—No te preocupes, Rojo. Todo va por cuenta de la familia Otis.

—Se agradece. ¿Y tú crees que la familia Otis me pueda invitar a desayunar? Porque muero de hambre.

El sol estaba alto cuando salieron del restaurante en donde desayunaron para luego tomar un taxi de regreso al barrio de la Candelaria. Decidieron consultar la base de datos en la computadora de Jop en cuanto cruzaron la puerta de la habitación del hotel. Barba Azul tenía registros muy impresionantes. Casas, chalets, mansiones y todo tipo de inmuebles alrededor del mundo; dos palacios nada más en Francia. La casa en Coyoacán era sólo una de las muchas propiedades que estaban a su nombre.

Con la laptop abierta sobre la cama tendida, Jop comenzó a rascarse la cabeza. Sergio y el Rojo se encontraban sentados en la otra cama, la espalda recargada contra la pared, esperando alguna ocurrencia por parte de Jop. El Rojo tenía una paleta de caramelo en la boca.

—Es una adivinanza de treinta y nueve posibilidades. A su lado, Elsa Bay era una pobre mendiga —dijo Jop.

—Algo se nos tiene que ocurrir —dijo Sergio, pasándose a la cama de Jop.

Después de un rato de reflexionarlo, tomó la computadora y la puso sobre sus propias piernas. Sombreó con el *touch pad* la dirección de uno de los edificios que le pertenecían a Barba Azul, específicamente uno localizado en un distrito de negocios en París. Eligió ése porque le pareció que sobresalía entre los otros por su magnitud y localización. Copió el texto en el portapapeles. Luego, fue a los mapas del buscador y pegó la copia en el cuadro de texto. Presionó el botón. Jop asentía a todo lo hecho por Sergio, como si comprendiera lo que deseaba obtener. La búsqueda arrojó una compañía de servicios financieros en París: Benedictus. Jop aprovechó una pausa en el tecleo de Sergio para intervenir, pues sabía a dónde quería llegar. Dio clic a la página web de la compañía y se mostró un sitio en idioma francés que, con gráficos dinámicos y colores neutros, informaba al visitante todo lo relacionado con la empresa. Jop llevó el puntero al menú principal. Luego, al Directorio.

—Eureka —se atrevió a decir el chico rubio.

El director general, un tal Louis Mercier, no era otro sino Gilles de Rais. Lo había visto las suficientes veces en la casa de Coyoacán como para poder asegurar que la foto del sujeto sonriente correspondía.

Jop copió el nombre, hizo una nueva búsqueda, ahora en el área de noticias. Tanto en inglés como en español se informaba que Louis Mercier se encontraba en negociaciones con unos operadores suizos para la compra de una cadena de casas de bolsa en Zúrich. Las reuniones tendrían lugar la siguiente semana en las oficinas centrales de Benedictus.

—París será —dijo Sergio.

El Rojo, sin perder tiempo, hizo una nueva notificación por celular: "Partimos a París".

—¿Puedo ver el número al que le envías los mensajes?

—Claro. Nada que ocultar.

Supo, con el primer golpe de vista, que era un número internacional. Y que el código, el 36, correspondía a Hungría. Suspiró, pero no pudo dejar de hacer una pregunta que le escocía por dentro.

—Oye Rojo, dime algo. ¿Mataste alguna vez un hombre lobo?

El hombre no respondió enseguida. Estudió a Sergio un poco, sin dejar de saborear la golosina. Al fin, sacó el caramelo de su boca.

—Una vez.

—¿Fue difícil?

—Me llevó un par de días.

La atmósfera se cargó de tensión. El Rojo presentía que Sergio quería llegar a algún lado con esa pregunta, pero no quería anticiparse a nada.

—¿Por qué, Rojo? —preguntó Jop.

—Al hombre lobo se le vence con la espada. Y no estoy hablando metafóricamente.

Sergio seguía mirándolo como si deseara desentrañar un misterio. El Rojo volvió a hablarle a Jop, pero miraba a Sergio.

—El lobo es una representación viva de la entereza, la integridad, la más férrea de las lealtades, ya sea al lado luminoso o al lado oscuro. Tienes que separar una parte del demonio del resto del cuerpo para que fallezca. Una pequeñísima falange basta. Pero mejor si es una mano... un brazo... una pierna —hizo una pausa—, así el maldito muere mucho más rápido. Al que yo maté pude hacerle un tajo en la garra derecha que le arrancó dos dedos. Pero casi me cuesta la vida.

Dicho esto, se puso en pie y se levantó la camisa. De entre las cicatrices que tenía en la espalda, les mostró un par de hendiduras.

—Colmillos —exclamó. Y volvió a cubrir la piel.

Sergio y él se miraban aún; el Rojo intentaba algún tipo de comprensión que no se manifestaba. Ugolino le había advertido que había muchas cosas que no debía saber, y se había acostumbrado a no preguntar, a ser una especie de solitario soldado en esa infausta guerra. Pero a veces, cuando sentía que algo había detrás del rostro del mediador, lamentaba profundamente no poder preguntar directamente, no poder saberlo todo.

—Hay que empacar, supongo —fue lo que dijo.

—Sí. Será lo mejor —agregó Sergio.

—Voy a comprar los boletos —dijo Jop, distendiendo el ambiente. Tecleó en el buscador: "Vuelos Bogotá París" y fue directamente a la página de Air France.

Adquirieron boletos para un vuelo de las seis y media de la tarde, así que tuvieron que abandonar el hotel de inmediato. La señora de la recepción les dio un abrazo cuando se despidieron. Los obligó a prometer que escribirían. El Libro de los Héroes se quedó haciendo la callada espera de su próximo destino al interior de un armario, entre cobertores perfectamente doblados y una plancha que jamás utilizaron.

Después de contestar algunas preguntas en migración por el largo tiempo que permanecieron en el país, mismas con las que el Rojo les echó la mano, haciéndose responsable por ellos, presentándolos como alumnos suyos, hablando jovialmente de sus avances en materia musical y del supuesto tiempo que pasaron conociendo Colombia, pasaron a la sala de abordaje.

Ninguna conversación germinó entre ellos desde que abandonaron el hotel, quizá conscientes de que lo que les esperaba en París no eran precisamente unas vacaciones.

—¿Por qué a ti no te cuestionaron si llevas aquí más tiempo? —preguntó Jop al Rojo tratando de ahuyentar el pesimismo.

—Porque cuando vi que Sergio Mendhoza se demoraba más de la cuenta, preferí tramitar una visa de trabajo. Antes de ponerme a arreglar coches estuve tocando el saxofón en un bar por las noches.

—¿Y por qué lo dejaste?

—De repente preferí vivir con luz de día —confesó.

Fueron a la puerta en la que salía su vuelo y se sentaron con indolencia. Faltaban aún un par de horas para que los llamaran a abordar, así que el Rojo fue a curiosear en las tiendas de Duty Free y Jop abrió un periódico olvidado en la silla contigua.

Sergio pensó que tal vez no sería mal momento para intentar mandar un nuevo video a la Ciudad de México, aunque no llevara consigo la cajita de música, documentada con el resto de su equipaje. Un nuevo video. Uno de quince segundos. Trató de recordar cuándo había grabado el anterior, si había sido en un café bogotano una tarde cualquiera, o desde la habitación del hotel, o desde la banca de un parque. Si en realidad había durado dieciséis segundos o tal vez más. Advirtió con tristeza que no se acordaba ya, que ese tipo de detalles estaban dejando de ocupar un sitio en su memoria. Él, que se preciaba de tener una memoria prodigiosa... no se acordaba ya. Terminó por dejar el envío para después.

—¿Todo bien? —le preguntó Jop, al notar el cambio en su semblante.

—Sí.

—¿Seguro?

—Sí. Es sólo que...

—¿Que qué?

—Que de repente me dio la impresión de que jamás regresaré a México.

Jop cerró el periódico, que sólo hojeaba por matar el tiempo.

—No digas eso.

—Bueno. Es sólo un presentimiento.

Miraron por los amplios ventanales a los aviones llegando, los aviones partiendo, el mundo girando al ritmo que le correspondía desde el principio de los tiempos. Ese mismo día habían escuchado una revelación, habían visto morir a un demonio, habían decidido partir para Europa por segunda vez en sus vidas. Y el futuro se les mostraba completamente incierto. "¿Nos va a ir bien?", se preguntaban ambos. Y ninguno encontraba respuesta.

Jop regresó la vista al diario. Se congratuló de haberlo hecho.

—Al menos una cosa es cierta. Qué bueno que nos vamos ya de Bogotá.

Le mostró el titular a Sergio.

El Exterminador germano ataca nuestro país

El reportero describía con horror cómo habían saqueado la casa de campo de una pareja de ancianos. Lo que habían hecho con sus cuerpos y los de su servidumbre, el reguero de sangre, huesos y vísceras, la perplejidad de los vecinos... Y, por supuesto, el mensaje de siempre, sólo que ahora en español. "Me perteneces, Wolfdietrich." La prensa internacional, indignada. Nadie tenía una pista. Nadie sabía nada. Lo llamaban "el Exterminador" porque el mensaje estaba escrito en singular, pero todas las policías del mundo concordaban en que debía tratarse de una banda de asesinos sanguinarios. Después de varios meses sin que atacara, ahora este horror en suelo colombiano. Espantoso. Innombrable.

Sergio no apartaba la vista de la nota. Pensaba que era sólo cuestión de tiempo que ese demonio diera con él. Se había tardado pero, al final, había conseguido saber también que se encontraba en Bogotá. ¿Cuánto tardaría en seguirlo a París? Se sintió desolado. Extrañó su casa. Extrañó a Alicia. A Brianda. Al teniente Guillén. Sintió deseos de llorar. Se mordió los labios. Se hizo el fuerte sin mucho éxito porque, después de todo, ¿no era una imperdonable cobardía no buscar él mismo a ese demonio? ¿No estaba muriendo gente inocente por su culpa? ¿Cuántos más y en qué otros lugares?

¿Valía la pena el canje? ¿Todos esos seres humanos a cambio del despertar de Edeth?

Levantó los ojos.

Un niño rubio, ojiazul, de tez clara como el día, lo miraba con curiosidad y fascinación a la distancia.

Tercera parte

Capítulo diecinueve

Una quijada sobre su cuello. El dolor, completamente real. La muerte, ahí mismo. Y luego, unos ojos sumamente hermosos.

"Así que esto es", se sorprendió pensando.

"¿Por qué todo el mundo le teme si es tan hermosa?"

La paz verdadera. El fin del camino. Pensó que eran los ojos más bellos que había visto en su vida. Lo invadió una añoranza devastadora. "¿Cómo se puede añorar algo como la muerte?"

Recordaba vagamente que un demonio había ido en pos de él. Que le había dado alcance. Uno solo. No la multitud usual, sino uno solo, como seguramente tendría que ocurrir algún día. Y que las quijadas que se habían cerrado en su cuello, cercenándolo, eran como una cuchilla. Recordó una garra de uñas muy afiladas. Recordó el terror y luego... la exquisita calma de la muerte. Tan hermosa.

Al despertar, no obstante, fue como si el avión se estuviera incendiando. O como despertar en medio de un terremoto, las paredes crujiendo y el techo desmoronándose. El miedo, instantáneo, descomunal. Sintió una espantosa asfixia. Creyó que tal vez habría habido un cambio de presurización. Alargó las manos, sobresaltado, buscando la máscara para oxigenarse. Nada. El sordo bramido de los motores, la noche, un par de lucecitas encendidas a la distancia de gente leyendo con tranquilidad. Algunas pantallas proyectando películas. El mundo como si nada. Excepto el miedo... ese miedo, que no era nada normal.

Miró a Jop, durmiendo a su lado. Miró al Rojo, del otro lado del pasillo, sin anteojos y con antifaz, roncando.

Pero para él estaba claro. Había un insólito demonio en el avión. Y no lo había sentido al subir. Ni al despegar. Ni cuando sirvieron la cena... excepto ahora, que sobrevolaban el océano

Atlántico. Excepto ahora. Miró en derredor. Podía estar atrás. O delante. O...

Luchaba contra un miedo muy similar al que le causaba Oodak. Pero él era el Señor de los demonios. Imposible. A menos que hubiera abordado confundiéndose entre la gente. ¿Con qué sentido? Era el miedo a la noche infinita, el fin de toda esperanza, la maldad más pura... ¿cómo? ¿dónde?

¿Se estaría volviendo loco?

Tal vez ahora no había despertado cubierto de arañas sólo porque se trataba de un avión y no un autobús.

—¿Todo bien? —le preguntó Jop, quien despertó repentinamente, quizás a causa de la simbiosis desarrollada en ese año de peregrinaje juntos.

—Eh... más o menos —contestó Sergio.

—¿Qué pasa?

—Sentí... no sé... miedo. Un miedo que no tiene mucho sentido.

Jop se despabiló. También miró en derredor.

—No creo que sea tan difícil que haya subido un demonio al avión. Acuérdate que hasta en aquel camión nos tocó uno.

—Sí pero...

Prefirió callar. Era la noche sin aurora, el mal en los orígenes del tiempo, el mundo sin esperanza de ningún tipo. Alguien que jamás albergó un buen sentimiento por nadie.

"Se parece mucho al miedo que produce Oodak."

Tardaron un par de horas más en volver a conciliar el sueño. Intentaron leer, mirar algo en sus pantallas, oír música... pero la sensación del terror rompiendo sus amarras no se iba del rostro de Sergio. Y Jop no se sentía tranquilo viéndolo luchar contra ello. Ya ni siquiera conversaban porque los temas se les habían agotado hacía varios meses. Ahora se conducían como si fueran una sola persona, un individuo que no necesita decirse nada a sí mismo para comprender lo que le pasa. Eventualmente los rindió el sueño de nueva cuenta. La noche volvió a envolverlos a pesar de que volaban a toda velocidad hacia el oriente, en pos del alba.

Lo siguiente fue una gentil sacudida de la persona a su lado, para preguntarles si deseaban desayunar, pues ya estaban sirviendo los alimentos.

Jop lo supo en cuanto vio el rostro de Sergio.

El miedo se había ido.

No lo afectaba el aura negra de ningún demonio a bordo del avión. Comenzó a temer estarse volviendo loco en serio.

Y la inequívoca sensación continuó durante el resto del vuelo. Al momento del descenso. Cuando esperaban por su equipaje.

Aparecieron las mochilas y el saxofón en el carrusel de maletas. Sergio no podía sacudirse la congoja de lo que había sentido en el avión y que, al despertar de nueva cuenta, había desaparecido. Acaso no valiera la pena volver sobre eso. Pero el sueño... la muerte... el miedo... todo parecía estar conectado. Tomaron sus mochilas.

En cuanto Jop pudo cambiar el dinero colombiano que llevaban por euros, fueron a contratar un taxi. La ciudad se mostraba nublada, fresca, turística. Y Sergio no pudo evitar pensar que, al igual que aquella vez en Budapest, no podrían verla con los mismos ojos con los que la veían tantas personas, bella y promisoria.

—*Bonjour* —saludó el chofer a los tres visitantes mientras les abría la puerta trasera del automóvil.

Jop sugirió que pasaran primero al hotel en el que habían reservado desde Colombia, pero Sergio prefirió no perder más tiempo y anotó la dirección de Benedictus en un papel. El Rojo, por su parte, había entrado en un estado de ánimo distinto. Visitaba París también por vez primera pero la risa y la broma habían huido de él. No dejaba de preguntarse a qué se debía ese sentimiento de conclusión, de haber llegado al final del camino, como si toda su vida hubiera sabido que París estaba en su futuro y que ahí, seguramente, se establecería. Tal vez formaría una familia ahora sí. Tal vez tocaría el sax con un grupo de jazz a las orillas del Sena. Tal vez...

—*Monsieur? Où puis-je vous conduire?* —buscó el chofer la cara del Rojo en el espejo retrovisor, antes de iniciar la marcha. Pero el

Rojo miraba por la ventanilla a una refinada dama francesa en silla de ruedas, con el cabello blanco y un poodle en el regazo, que era empujada por un señor igualmente viejo. Se imaginó a sí mismo llegando al final de sus días. Una extraña pesadumbre se adueñó de él ante tan inesperada certeza.

—*La Défense* —dijo Sergio en mal francés.

—*Pardon?*

El muchacho le extendió el papelito. El chofer asintió en cuanto descifró la letra de Sergio, le devolvió la hoja e inició la marcha.

París se dibujó ante sus ojos y la arquitectura le recordó inevitablemente la de Budapest. El Sena y el Danubio, por partidas iguales, volvían a Europa, para Sergio, un solo escenario en el que tenía que pelear por su vida.

El tráfico era el propio de cualquier ciudad del mundo. El taxista tuvo que cortar por un par de callejuelas evitando el choque de una pipa con un auto que estorbaba el tránsito sobre la avenida de los Campos Elíseos. Tenían a la vista el Arco del Triunfo cuando, repentinamente, lo perdieron para adentrarse en algunas apretadas calles de la ciudad. Sergio pensó que era una excelente metáfora de lo que siempre le ocurría al viajar. Cuando creía que podía regocijarse en el paisaje, en la posibilidad de mirar con ojos de turista una ciudad que no era la suya, el peso de su misión se interponía y le recordaba que era imposible, que tenía que dejar eso para después, para algún otro momento de su vida. Lo único que habían visitado en Bogotá había sido el Museo del Oro, y no lo había disfrutado nada, pues todo el tiempo estaba pensando en Alicia cautiva, en Brianda abandonada, en lo difícil que es hallar a un héroe específico en un mundo poblado de demonios. Seguramente París no sería distinto a Budapest, a Bogotá, a Monterrey, Guadalajara o Veracruz y jamás podría ir a tomarse una foto con *La Mona Lisa*.

Después de atravesar el Sena por el Pont de Neuilly, fueron dejados en el bulevar Pierre Gaudin. En cuanto pusieron los pies sobre el pavimento, Sergio sintió la necesidad de decirle a sus compañeros que era inútil, que volvieran al taxi, pero era demasiado tarde. El vehículo se perdía por la calle.

—En mi vida he pagado un taxi más caro —gruñó Jop, haciendo la conversión del viaje.

Sergio, en la orilla de la banqueta y a varios metros del edificio de Benedictus, un enorme inmueble de cristales como espejos, sacaba sus propias conclusiones. La gente, pulcramente vestida, iba y venía por la avenida, tanto en una dirección como en otra, indiferentes y contentos, ajenos a crímenes espantosos y demonios milenarios. Sergio no podía sacarse de la cabeza que ellos tres, los más insignificantes de ese río de gente, habían hecho un viaje de miles de kilómetros tratando de no perder tiempo en lo absoluto para encontrarse con que Barba Azul no estaba ahí.

—No te quejes, mi estimado —dijo el Rojo a Jop—. Para la otra nos venimos en metro.

Tomó un billete de cinco euros de las manos de Jop, quien aún no daba crédito al cambio que le había devuelto el taxista, y lo llevó a una mujer musulmana con el rostro cubierto que pedía limosna en el suelo, frente a Benedictus.

—¡Oye! —se quejó Jop.

El Rojo se volvió a poner al lado de Sergio y miró también la imponente mole del edificio, por el que entraban y salían sólo hombres y mujeres de negocios.

—Entonces, ¿entramos y preguntamos por él?

—No está ahí —dijo Sergio, contundente.

—¿Cómo lo sabes? —lo cuestionó el Rojo.

—¿Un demonio con más años y poder que la condesa Báthory? No está ahí.

Jop se reunió con ellos en su callada contemplación de las oficinas de Benedictus.

—¿Qué pasa?

—Que no está ahí, dice Sergio —exclamó el Rojo mientras aprovechaba para limpiar sus lentes con la orilla de su camisa.

—Está lleno de demonios... —insistió Sergio—. Pero él no es uno de ellos.

—Bueno. Tampoco es para deprimirnos —se resignó Jop—. Tendrá que venir para la semana que entra, si las noticias son ciertas.

—Tomemos un taxi y vayamos a su casa aquí en París.

—¿Su...?

—Sí, Jop. Debe vivir en algún lado aquí en París, ¿no?

Jop prefirió no replicar. Estaba cansado del viaje y el hambre empezaba a hacer de las suyas con su estómago, pero se había prometido, desde aquel primer día en que a las afueras de la escuela secundaria se uniera a la cruzada de Sergio, que procuraría nunca contrariarlo. Arrastró su mochila hacia un hidrante en el suelo; se sentó ahí y recargó la espalda. Sacó su laptop y la encendió. En menos de dos minutos ya tenía el domicilio de la casa más cercana, en Clichy-sous-Bois, al noreste de París.

—También tiene dos castillos en Francia, como te conté. Pero ésos están más lejos. Hay que tomar un tren.

—Hoy me conformo con que vayamos a su casa, si no les importa.

El Rojo le apretó un hombro. Jop cerró su computadora, la echó a su mochila y volvió a ponerse de pie.

—Si quieren vamos en metro —agregó.

—No —se rehusó Jop—. ¿Para qué es el dinero, después de todo?

Detuvieron de nueva cuenta un taxi. Al chofer, un hombre mayor de calva pronunciada y nariz aguileña, le extendieron un nuevo papel con la dirección de la casa de Gilles de Rais. Algo les dijo el taxista en francés pero como ninguno comprendió, el hombre sólo negó y se sumó al flujo de coches.

Una ligera llovizna los acompañó todo el camino. Cuando llegaron al barrio en el que se encontraba la casa, fue evidente que nada tenía que ver con la zona turística de La Défense. Las casas y los edificios carecían de esa estampa de ilustración antigua de los distritos centrales; todo era concreto viejo, gris, sucio y derruido.

La mayoría de los que ahí habitaban eran inmigrantes. Cuando al fin arribaron al número y la calle que les indicó la base de datos, parecía ser un error. Era una calle sin tránsito vehicular, por donde andaban los drogadictos y las prostitutas caminando sin pudor, algunos descalzos y atendiendo su adicción a la vista de todos. Pero lo mismo tuvieron los tres que apearse, pagar y someterse a la fina lluvia.

El taxista dijo algo en francés en cuanto estuvieron abajo. Luego, volvió a negar y dijo, más enfadado:

—*No good...*

E increíblemente, no apagó el motor ni avanzó por la calle; permaneció ahí, esperando.

Dos negros fumaban a la entrada de una casa que parecía embrujada, como si estuviesen custodiando el paso, aunque no fue difícil darse cuenta de que ambos estaban obnubilados por la droga. No había vidrios en ninguna ventana, la única puerta estaba atada con una cuerda, las escaleras para llegar al porche estaban partidas a la mitad, todas las paredes tenían consignas y grafitis. Una suástica nazi, en color blanco, contrastaba contra el negro de la pintura original. Igualmente había dibujos de connotación política y sexual.

—Dime una cosa, Jop, tú que conociste a Barba Azul... ¿viviría en un sitio así por decisión propia?

—Sí —respondió el Rojo, anticipándose. Era, con toda seguridad, el que más conocía a los demonios de los tres.

—Di si está ahí dentro y, si no, vayámonos a nuestro hotel —dijo Jop—. Por alguna razón el taxista no se quiso ir. Y la verdad ya se ganó su propinota. ¿Dónde íbamos a parar un taxi aquí si ni carros pasan?

—No. No está —dijo Sergio—. Pero tal vez en las cercanías...

Liberó el miedo. Poco, en realidad. Con eso bastó. No se encontraba cerca. Y en cambio...

—*Hein!* —dijo uno de los dos afroeuropeos de la entrada—. *Qui est là?*

Ambos demonios habían sentido el miedo. Y se pusieron alertas, levantando el mentón y tratando de escudriñar el ambiente. De la casa surgieron entonces, despertados de su letargo, varios hombres y mujeres. Todos estaban alucinados. Todos habían sido llamados por Sergio. Todos parecían indigentes y los había de cada raza y cada edad, incluso adolescentes y viejos.

—*Vite!* —dijo el taxista.

Cuatro yonquis que, al interior de una carcasa de auto del otro lado de la calle, fumaban de una pipa de cristal, se bajaron al instante del vehículo. Igualmente llamados por el miedo de Sergio, posaron sus ojos en las tres figuras que, de pie, parecían estarlos esperando. Trastornados por el falso placer de la droga, acudieron. En sus sonrisas de dientes amarillos se revelaban oscuras intenciones.

En apenas unos segundos eso se empezaba a transformar en una pesadilla zombie. Los de la casa ya bajaban por las escaleras, los tripulantes del cadáver de auto caminaban con lentitud hacia ellos... otros más, a la distancia...

—Aquí hay más demonios que en el mismísimo infierno —dijo el Rojo—. Mejor otro día venimos con más calmita a atenderlos.

Se desplazó con cautela a la puerta del taxi. La abrió e instó a Sergio y a Jop a que entraran. Finalmente, subió él también.

—*Merci*, señor, por esperar... —dijo el Rojo—. Ahora... si es usted tan amable... ¡Sáquenos de aquí, por favor!

El taxista pudo apenas esquivar a un par de aletargados atacantes que intentaban cerrarles el paso. En todo el camino de vuelta a París el hombre no dejó de perorar en francés. Los tres pasajeros, a pesar de que no entendían nada, estuvieron completamente de acuerdo con él.

Capítulo veinte

—Gracias otra vez, Julio —dijo Brianda apretando la taza de té con ambas manos.

El ambiente del restaurante era justo lo que necesitaba en ese momento. Mucha compañía, bullicio, luz.

—¿De veras estás bien?

Brianda sonrió, se recargó en el respaldo del amplio sillón. Miró en derredor. La gente de las mesas aledañas conversaba con soltura, no había miedo ni amenazas de ningún tipo. Se sentía bien. Bastante. Aunque justo esa atmósfera le pareció el mejor recordatorio de que el mal podía hallarse en cualquier lugar y en cualquier persona. Pensó que bien podría estar el restaurante repleto de demonios y ellos como si nada.

—Sí —respondió—. ¿Desde cuándo me has estado siguiendo?

—Casi desde que se fue Sergio.

—¿Por qué?

Julio bajó la mirada hacia el mantel de papel sobre la mesa, hacia el vaso vacío de su refresco.

—Supongo que sabes en lo que está metido, ¿no? Sergio —dijo él, gravemente.

—Sí.

—Lo que no sabes es que el año pasado me buscó para que lo ayudara. Yo acepté con renuencia. ¿Quién desearía meterse en algo así? Pero igual estaba dispuesto a ayudarlo. Lo cité en mi casa y el problema fue que lo siguieron unos demonios. Sergio pudo escapar, pero para mí fue demasiado tarde. Uno de ellos, una mujer muy hermosa, se transformó en la peor monstruosidad que te puedas imaginar y, con sólo mirarme, me puso en un estado de animación suspendida. Era dueño de mis pensamientos, pero no de mi voluntad. La mejor analogía que se me ocurre es que me volví de piedra.

—Sí, lo supe. Sergio me lo contó el último día que estuvimos juntos. De hecho, yo también tuve algo que ver con ese demonio que te atacó. Se llamaba Elsa Bay… y, si te sirve el dato, yo misma la vi morir el año pasado.

—¿Recuerdas la fecha?

—Fue durante la noche del Sábado Santo al Domingo de Resurrección.

Julio se perdió durante un rato en sus propios pensamientos.

—Yo recuperé mi voluntad justo esa misma noche. Así que ambos eventos están relacionados.

Brianda asintió. Volvió a tomar su té, aguardando. Julio aún no respondía a su pregunta. ¿Por qué había decidido seguirla?

—Lo primero que hice después de hacerme un examen médico, a media semana de Pascua —continuó Julio—, fue buscar a Sergio en su casa, porque su celular siempre parecía estar apagado. Descubrí entonces que el departamento había sido completamente saqueado. Y que no había indicios de que Sergio o Alicia fueran a volver. Busqué entre las cosas de ambos… y lo único que se me ocurrió llevarme, para ver si obtenía alguna pista de dónde podría andar, fue el disco duro de la computadora de Sergio.

Brianda se maravilló ante la perspicacia y el coraje de Julio. Ella no había querido ni acercarse al edificio por temor a que el dolor y la tristeza se volvieran insoportables. Pero Julio, por lo visto, había tenido más entereza.

—No descubrí dónde podría andar. Fui a su escuela y pregunté a sus maestros pero tampoco sabían nada. Lo mismo me pasó en la empresa en la que trabaja Alicia. Nadie sabe nada de ella, sólo que desde que se fue a Miami nadie la ha vuelto a ver. Me sentí muy impotente. Dejé de trabajar y empecé a vivir de los ahorros con los que pensaba iniciar una vida con Alicia. Comencé a creer que ambos estaban muertos. El papá de Sergio, no obstante, está completamente seguro de que si Sergio muriera antes que él, lo sentiría en carne propia.

—Checho me contó, el último día que estuvimos juntos, que se había reunido con su papá gracias a ti.

—El señor Dietrich es una buena persona.

—Una de las cosas que Sergio lamentaba mucho era haberte perdido. No sabes el gusto que le daría saber que, al final, viviste.

Julio sonrió con melancolía. Tomó de su vaso vacío, cediendo a un impulso de nerviosismo. Brianda lo miraba del mismo modo que Sergio lo había mirado durante los últimos días, cuando le pidió que lo ayudara en su misión. Acaso esa chispa en la mirada de la chica se debía al hecho de que la había salvado de una horrible vejación. Pero para Julio ese acto era simplemente lo que cualquiera habría hecho en circunstancias parecidas. No dejaba de sentirse abrumado por la idea de tener consigo el "halo de fortaleza", como alguna vez le llamó Sergio.

—En el disco de Sergio descubrí muchas fotos tuyas. Gracias al contexto pude dar contigo fácilmente y deducir que eran novios, ¿cierto?

—Lo fuimos. Creo. Un día.

—¿Se fue inmeditamente después?

—De hecho me dejó una carta donde me dice que me va a querer siempre, sin importar lo que pase. Pero a mí me dio tanto coraje que me dijera eso y luego se largara, que la rompí. Y luego la volví a pegar. Ahora mismo está guardada en el último rincón del clóset de mi cuarto.

Julio extendió la mano para tomar una de las de Brianda.

—Lo extrañas, ¿verdad?

Ella iba a responder pero presintió que sería como sabotear el dique que con tanto trabajo había levantado en torno a sus sentimientos por Sergio.

—Cuando di contigo leí en tus ojos eso mismo que se transluce ahora —añadió Julio—. Por eso no quise abordarte, porque supe, sin preguntártelo, que tampoco sabías nada de Sergio y que te sentías igual de frustrada e impotente que yo. Mirarte era como mirarme. Me aficioné un poco a cuidarte desde lejos. A lo mejor porque Sergio siempre creyó que yo era una especie... de héroe.

Brianda apretó la mano de Julio con fuerza. Mirarlo era mirarse. Y las pérdidas de Alicia y Sergio eran una misma pérdida. Luchó contra sus sentimientos porque, de cualquier forma, sabía que no podían más que solidarizarse y acompañarse, pero nada más.

Sacó su celular de la mochila. Fue a la carpeta de los videos.

—Te voy a enseñar algo que al menos nos da la certeza de que Checho está vivo y está bien. Ojalá tuviéramos algo igual para saber lo mismo de Alicia.

Comenzó a sonar la música de "Meditación" de Thaïs. Diez segundos. Ni uno más. Ni uno menos.

Julio tomó el celular de Brianda con ambas manos. Parecía aferrarse a él como a un mástil en medio de un terrible vendaval.

Capítulo veintiuno

Como el más fiel de los recordatorios, el Libro de los Héroes los esperaba al interior de la habitación, una pequeña recámara con dos camas y un catre en el tercer piso de un hotelito cerca de la plaza Léon, en la rue Polonceau. Tan pronto arrojaron sus mochilas sobre las camas, el Rojo se sentó en la única silla de la habitación y tomó el ejemplar del Libro. Lo abrió en las primeras páginas y luego lo devolvió al buró.

Sergio se preguntó por qué no habría hecho algún comentario respecto a la ausencia del prefacio si incluso pasó los dedos por encima de las casi imperceptibles orillas que habían quedado como resultado de la mutilación. Pero prefirió no darle importancia, no llenarse la cabeza de nuevos cuestionamientos.

—Habrá que pensar qué hacemos de aquí a la semana que entra, que llega Barba Azul a París —dijo Jop—. ¿Sabías que hay un Disney acá en Francia?

Sergio lo miró con ternura. Por un segundo parecía posible. Disney o *La Mona Lisa*. O un paseo en bote por el Sena. O mirar la ciudad desde lo alto de la torre Eiffel. Fue Jop mismo quien, abriendo la laptop sobre la cama, dijo al instante:

—Es broma.

—¿Qué cama quieres, Rojo? —exclamó Sergio, tratando de sacar al hombre de sus propias cavilaciones.

—El catre, por supuesto.

—No cabes —dijo Sergio—. No te apures. Yo duermo ahí.

Jop se puso a estudiar en los mapas de internet la mejor forma de llegar a los dos castillos de Barba Azul, en caso de que tuvieran que recurrir a esa opción. Sergio se dio un baño y el Rojo aprovechó para tocar un poco su saxofón. Ninguno parecía sentir la necesidad de salir de la habitación a recorrer la ciudad; ni siquiera se mostraban realmente cansados o con el peso del cambio de horario encima, probablemente a causa del golpe de adrenalina de lo vivido unas horas antes. Pero el Rojo estaba con la cabeza en las nubes. Después de tocar únicamente melodías poco o nada jubilosas, encendió la televisión y permitió que corriera una película francesa sin subtítulos, permaneciendo todo el tiempo en silencio. Sergio aprovechó ese lapso para grabar el nuevo video para Brianda. El sol continuaba alumbrando, desde algún lugar del occidente, oculto por espesos nubarrones.

—¿Diez segundos? —dijo Jop, extrañado—. ¿Estás seguro?

Por lo visto, de nuevo apresuraba el final. Parecía estar queriendo desentenderse de ella, de la posibilidad de volverla a ver, de dejar para siempre atrás ese rito innecesario de los videos.

Diez segundos. Ni uno más. Ni uno menos.

Significaba, a lo mucho, otros nueve envíos.

—Oye... eso de que jamás volverías a México... —intentó reprenderlo Jop.

—Diez segundos, Jop.

Jop miró en su computadora, de nueva cuenta, la secuencia que había grabado Sergio con su celular. Ahí estaban el anillo, la cajita, la bailarina... una incipiente vista de la plaza a través de la ventana, los diálogos de la televisión sobreponiéndose, la implícita aflicción de Sergio. Con desgano le hizo el favor completo, pensando si no sería buen momento para romper la promesa del desentendimiento y hacer una llamada a la Ciudad de México, que al fin ya habría vuelto ella de la escuela seguramente; pedirle que hablara con él, que...

Nunca contrariarlo. Ésa era la promesa.

Creó de mala gana la cuenta de correo correspondiente. Entró a una red privada virtual, esta vez en Singapur. Envió el video. Cerró la computadora.

—No estás bien, ¿verdad? —cuestionó ahora Jop al Rojo, que insistía en ver una película que no comprendía en lo absoluto.

Desde que pisaron suelo francés parecía una persona distinta. Como si se hubiese vuelto más sabio, más adulto, más intuitivo, menos propenso a la ira y a la broma. O al menos esa impresión tenía Jop. Y un escalofrío le recorrió la espalda. Ya había tenido esa impresión antes en compañía de otra persona.

Con la noche llegó también una tormenta. Las posibilidades de salir se redujeron a cero. Miraban ahora la televisión los tres, un programa de concursos de la televisión española, aunque el Rojo a ratos hojeaba el único libro de Dickens que había cargado consigo.

Llamaron a la puerta.

—¿Pidieron servicio a la habitación? —preguntó Jop.

Sergio, receloso, se asomó por la mirilla. Tuvo que acercarse a los saltos, pues se había quitado la pierna ortopédica desde antes de entrar al baño.

—Es un niño —dijo, extrañado.

El Rojo cerró el libro y, poniéndose de pie, se asomó también.

—Qué raro.

Dicho esto, abrió la puerta.

Enfundado en una gabardina chorreante, con un paraguas en la mano, un niño rubio, dos o tres años menor que Sergio y Jop, saludó desde el pasillo levantando una mano, tímidamente.

—Hola. Me llamo Gustav.

Hubo un momento de titubeo, un par de segundos en los que Sergio abrió por completo su percepción, lo cual le pareció absurdo. Un niño de esa edad y, además, con esa estampa de desvalido... era algo prácticamente imposible. No detectó nada y le pareció lo más natural.

—Eh... hola, Gustav —dijo el Rojo—. ¿Qué se te ofrece?

—Los vi cuando llegaron y se registraron. Casi no hay niños en el hotel, por eso me dio gusto. Mis papás fueron a *el* ópera. Y yo les dije que prefería buscarlos a ustedes y ver si podía unirme a su plan. ¿Les molesta?

—No —dijo Sergio—. Pero no estamos haciendo nada. Ni creo que salgamos ya.

—Oh. Bueno. ¿Puedo pasar?

Todos se miraron entre sí hasta que el Rojo, anticipándose a un previsible acuerdo, abrió por completo la puerta.

Gustav se quitó la gabardina al entrar y, balbuceando una disculpa en alemán, fue al baño y la colgó del cancel de la ducha; el paraguas lo recargó a un lado del lavabo. En seguida volvió con ellos, ofreciendo su mano a cada uno. Sergio y Jop se presentaron con sus nombres falsos.

—Fuimos a pasear pero yo volví al hotel porque *el* ópera me aburre. Qué lluvia, ¿eh?

—Tú también vienes de Bogotá, ¿no? —preguntó Sergio, seguro de haberlo visto en el aeropuerto.

—Soy alemán. Pero he vivido con mis papás en México y Colombia. ¿Puedo ver la tele con ustedes?

Un poco absurdo, pero ninguno se sintió con ánimos de aguarle la fiesta. Cada uno ocupó un sitio frente al aparato. Sólo le llamó la atención a Sergio que el Rojo se interpusiera entre él y el recién llegado, forzándolo a ocupar un sitio en la otra cama, al lado de Jop.

Continuaron viendo el programa, pero el ambiente se había vuelto incómodo. El Rojo intentaba hacer surgir charla intrascendente con Gustav, preguntando por sus padres, su colegio, sus gustos, pero ni Jop ni Sergio se interesaban demasiado. Por su parte, Sergio respondía también a las preguntas de Gustav tratando de revelar la menor información posible. Contestaba con monosílabos o con sonrisas discretas. El chico no mostraba interés alguno en Jop.

Dieron las once de la noche y el Rojo pidió de cenar para todos. Cuando agotaron la comida, el único adulto del cuarto se atrevió a preguntar.

—¿A qué horas vuelven tus papás de la ópera, Gustav?

—Oh… —se apenó el muchacho—. Me acaban de mandar un mensaje, dicen que pensaron ir tomar una copa a lugar de jazz. ¿Está bien?

Una nueva vacilación a la hora de responder. El chico estaba siendo invasivo... pero tampoco parecía grave permitirle quedarse un poco más.

A la una de la mañana, después de una película de miedo que casualmente pasaban y que Jop quiso ver, el Rojo le pidió a Gustav que llamara a su cuarto para ver si sus padres ya habían vuelto. El chico titubeó.

—Dame el número. Yo llamo —insistió el Rojo.

Gustav se puso de pie.

—Está bien, comprendo. Gracias por recibirme.

Se quedó a media habitación, inmóvil, con la vista puesta en la alfombra.

—¿Puedo tener su número de celular y tal vez llamarles luego?

Sergio comenzaba a sentir simpatía y lástima por él. Le dio su número y Gustav le marcó al instante para confirmar. Luego, el chico hizo el amago de ir por su gabardina pero se detuvo, como si olvidara algo.

—Si no tienes llave de tu cuarto —dijo el Rojo—, podemos pedir en la recepción que te abran.

—No es eso.

—¿Entonces?

—Me da miedo estar solo en la habitación.

Sergio y Jop se miraron con una media sonrisa.

—Llama a tu cuarto —dijo Sergio—. Y si no han llegado, quédate el tiempo que quieras. O hasta mañana, si no crees que le importe a tus papás.

—Gracias —dijo Gustav. Tomó el teléfono. Marcó. Torció la boca.

La televisión seguía encendida. El alba no estaría muy lejos, de todas maneras todos tenían el horario americano encima. Sergio cuestionó al Rojo con la mirada.

—Sí, quédate —dijo el pelirrojo, aunque visiblemente no muy convencido.

—Gracias —resolvió Gustav—. Yo ocupo este —señaló el catre.

Había que intentar ajustar el sueño de cualquier modo, y Sergio y Jop se dispusieron a dormir. Se quitaron la ropa hasta quedar en bóxers y decidieron compartir cama. El Rojo se disculpó, diciendo que quería leer. Gustav se descalzó y, sin preparar el catre, acomodando las cobijas dobladas sobre él, se recostó nada más, con las manos entrelazadas sobre el pecho y el rostro inexpresivo.

El Rojo apagó la luz del cuarto y se puso a leer con la lamparita de su celular.

Al poco rato comenzó a mandar mensajes.

Realizar despedidas. Poner asuntos en orden. El primero, a sus padres, en México. El segundo, a sus hermanos. El tercero, a la única mujer que había amado en la vida. El cuarto, a sus amigos. El quinto, alumnos todos. El sexto a Sergio. Tuvo que admitir que lo supo desde que llegó a París. En el reloj eran las dos de la mañana y minutos cuando se puso de pie. Todos, excepto él, dormían plácidamente.

El Rojo tomó el estuche de su saxofón y extrajo, de uno de los compartimientos en donde guardaba las cañas del sax, una navaja suiza grande; le quitó la funda y sacó de ella un cuchillo, cuya punta puso en el cuello de Gustav, recargándolo con suavidad.

—Levántate en silencio.

Al instante Henrik abrió los ojos. Era evidente que no dormía.

—Pero...

—Una palabra y acabo contigo aquí mismo.

Henrik se levantó, desconcertado.

—Toma tus zapatos y sal del cuarto. Ahora.

El chico obedeció y abrió la puerta. El Rojo echó un último vistazo al interior de la habitación, donde dormían profundamente Sergio y Jop y cerró la puerta tras de sí. En el pasillo exterior se encendió una luz del techo.

El Rojo puso ahora la navaja en el cuello del chico, amagándolo por detrás.

—Ponte los zapatos.

—No entiendo —dijo el niño con voz asustada mientras se calzaba a la carrera—. ¿A dónde me lleva? —insistió en cuanto el Rojo le apretó el antebrazo y lo condujo a lo largo del pasillo, hacia el ascensor.

—A dar un paseo.

—No, por favor...

—No me engañas, demonio de porquería. Y ve pensando tus últimas palabras.

El Rojo se lo pensó mejor y decidió que no era buena idea entrar en el elevador con un monstruo de tal calaña, así que empujó la barra de la salida de emergencia y lo obligó a ir por las escaleras.

El llanto del muchacho parecía tan natural que el Rojo comprendió que necesitaba apresurarse o podría tomarse a mal el asunto.

Al fin llegaron a la planta baja y, presionando con fuerza la nuca del chico, lo hizo atravesar la puerta para llegar al lobby. Para su fortuna, sólo un indolente empleado se encontraba en la recepción, revisando unos papeles. Pudo empujar a Gustav hacia la puerta de entrada, la lluvia seguía siendo torrencial. El guardia no se veía por ningún lado. Por un momento creyó el Rojo que correría con suerte, que acaso todo habían sido figuraciones... que sería posible...

Salieron al aguacero. Los millones de gotas, en angulosa caída, consiguieron empaparlos de inmediato.

—¡Por favor! ¡No se de qué habla, señor! —gemía el chico.

El Rojo no entendía qué había cambiado en su interior que de pronto había desarrollado esa facultad... pero era cierto. No tenía duda alguna. No se había vuelto loco, a pesar de que Sergio, por alguna extraña razón, no había detectado nada. Ahora sólo restaba dar con un hueco entre dos edificios, un baldío, un espacio lo suficientemente oscuro como para aniquilarlo y salir huyendo. La lluvia le servía de embozo, pues nadie en su juicio saldría a pie a la calle y menos a esa hora. Los autos no reparaban en ellos. Tal vez, si corría con suerte...

Divisó, del otro lado de la calle, la iglesia de San Bernardo. Tal vez el atrio se encontrara abierto… o mejor aún, el templo mismo.

—Vamos, inmundicia.

—¡Quiero ver a mis papás! ¡Señor! ¡No lo haga!

Cruzó al otro lado sin reparar en los charcos, en el agua sobre los anteojos, asegurándose todo el tiempo de que el chico no dejara de sentir en su nuca la punta de la navaja.

Necesitaba un espacio libre de miradas curiosas. Quería darle al chico la oportunidad de defenderse, cambiar su sustancia, acabar con él y no dejar rastro alguno. Y sabía que sólo se transformaría si no había nadie mirando.

La reja estaba abierta. El atrio, al descubierto.

Empujó a Henrik hacia los jardines que llevaban a la puerta principal de la iglesia, desafortunadamente cerrada.

Lo aventó contra un árbol.

—¡Muéstrate de una vez y acabemos con esto!

Confiaba el Rojo que se tratara de cualquier demonio con el que hubiese lidiado antes. Un vampiro habría sido genial. Pero cualquier otro bastaba, siempre y cuando supiera cómo darle muerte.

—No… se lo suplico, señor… —lloraba el rubio muchacho, postrado de rodillas.

—¡Muéstrate o te abro el cuello así como estás! ¡Ya veré qué hago con tu inmundo cadáver!

—No…

Ahí dentro, en ese patio, no llegaban las luces del alumbrado público. La grisácea piedra de la iglesia arrojaba un mínimo fulgor sobre ellos, por mera refracción, pero no podían verse a la cara. Para el Rojo, lo que tenía frente a sí era sólo un gimoteante bulto tirado en la tierra.

—Maldición —dijo. Pensó que tendría que matarlo así. Acaso eso poblaría sus pesadillas. Finalmente, era un niño. O lo había sido en algún momento—. ¡Maldita sea!

Se acercó a él y lo tomó de la ropa.

Entonces ocurrió. Cayó de espaldas. Y pensó, al ver, al magnífico monstruo cernirse sobre él, que al menos había podido concluir todos sus pendientes, despedirse de los más importantes. Un rayo le permitió vislumbrar a su portentoso enemigo. Y fue horrible. Y novedoso. Jamás había enfrentado algo como lo que vio. "Setenta y dos no es mal número, después de todo", pensó al momento en que su cabeza fue separada del torso.

Todavía pudo ver, irónicamente, al resto de su cuerpo venirse abajo, caer de lado, vencerse como si fuera un maniquí... sólo que lo vio a varios metros de distancia, adonde había sido arrojado. Luego, la sangre dejó de fluir al cerebro y todo se pintó del negro más oscuro.

"Hice lo que me tocaba, Sergio Mendhoza. Ahora es tu turno", fue el último de sus pensamientos.

El viento se disipó. La lluvia empezó a amainar. Ya casi era vertical.

* * *

Libro de los Muertos

Capítulo 183, Jari Hyypiä

Día dieciséis.

El héroe decidió que no tenía las agallas.

Acaba de arrojarse por la ventana.

Siete pisos.

Era tan delgado que ni siquiera me alcanzó el sonido de sus huesos al romperse.

Capítulo veintidós

—Sergio… —sacudió Jop a su amigo—. Despierta.

Eran apenas las seis de la mañana, pero la luz de día inundaba la habitación. Sergio lamentó que Jop lo hubiese arrancado del sueño, pues había dormido a pierna suelta y creía que podría dormir todavía más, anticipándose a la necesaria regulación de sus horarios corporales. Pero fueron apenas unos pocos segundos. Al instante se dio cuenta de que Jop no lo habría despertado de no ser importante.

—¿Qué pasó?

—No están Gustav ni el Rojo.

Sergio se enderezó, tratando de adquirir consciencia de inmediato. Hizo una revisión visual rápida del cuarto, procurando desentrañar la razón por la que ninguno de ellos se encontraba ahí, el porqué se habrían marchado sin avisar. Al poco rato, se dijo que no había ningún motivo para alarmarse: las pertenencias del Rojo continuaban ahí.

—Seguramente Gustav le pidió al Rojo que lo acompañara a su cuarto. Quién sabe. Pero no debe ser nada que deba preocuparnos.

Entonces tomó su celular para ver la hora.

Un mensaje nuevo. Un SMS sin leer.

Lo atendió sin darse tiempo a las preguntas.

—Oh, oh… —exclamó.

Ahora es tu turno, Sergio. No nos defraudes.

Sergio le pasó el teléfono a Jop.

—Es como si se estuviera despidiendo —dijo.

—A lo mejor eso hizo.

Ya no llovía. En ese momento Jop estaba de pie frente a la ventana e hizo un ademán a Sergio para que se acercara. Desde ahí se alcanzaba a ver un pequeño revuelo en la calle de enfrente. Específicamente al interior del patio bardeado de una iglesia católica de corte gótico. Dos patrullas con la torreta encendida custodiaban la calle; igualmente, varios oficiales impedían el paso al atrio. Jop advirtió que dos camionetas con antenas de transmisión también formaban parte de la aglutinada comitiva. Decenas de curiosos se peleaban por un lugar para poder distinguir qué había pasado; algunos otros, más vivos, se trepaban a la barda para poder mirar.

Jop tomó el control de la televisión y la encendió. Se puso a buscar algún canal de noticias. Con el primero que encontró obtuvo una réplica de la misma escena que ellos contemplaban desde el tercer piso del hotel. Una reportera hablaba a la cámara en francés, con rostro compungido. En la parte baja, se leía, entrecomillado un mensaje: *Du gehörst mir, Wolfdietrich.*

—Dios mío… —dijo Jop—. ¿Qué habrá pasado?

—Algo terrible.

Lo era. Evidentemente el demonio que andaba tras ellos ya los había localizado. Había volado de Colombia a Francia pisándoles los talones. Y su primer zarpazo había pegado mucho muy cerca.

—Dios… —dijo entonces Sergio, ante la primera frase de un canal español que localizó Jop.

"Al parecer un solo individuo en esta ocasión, pero el Exterminador, o Exterminadores, lo hicieron literalmente trizas. Cada parte de él, colgada del único árbol al interior del suelo santo de Saint-Bernard de la Chapelle. Únicamente encontraron un par de anteojos circulares, porque ni las ropas respetaron en esta ocasión."

Sergio no pudo reprimir las lágrimas.

Seguramente el demonio se había hecho presente y el Rojo decidió enfrentarlo. Gustav simplemente se había ido a su cuarto, cuidando de no despertar a nadie.

Sergio pensó en Pancho. Pensó en Guillén. Ahora el Rojo. ¿No debería simplemente tomar la bolsa del cuello de Jop y pelear las batallas que le correspondían?

Jop le dio un par de palmadas solidarias en la espalda.

—¿Qué hacemos? —le preguntó después de un rato.

—No sé. Me imagino que...

Entonces, sus pupilas se dilataron. La expresión de su rostro cambió.

—Qué. ¿Qué viste? —dijo Jop.

Por respuesta, Sergio fue a la cama en la que habían dormido él y Jop y sacó, de la parte de abajo, el Libro de los Héroes. Buscó rápidamente entre sus páginas, hasta que dio con aquello que estaba buscando. Puso el dedo sobre una de las ilustraciones correspondientes al demonio descrito y le mostró a Jop.

Un hombre había sido completamente destrozado y colgado, pedazo a pedazo, sobre un árbol.

—La hidra —leyó.

Jop se tapó la boca en un acto reflejo. Sergio siguió leyendo en voz alta.

—El monstruo de tres cabezas. "Después de descuartizar, dedica cuidado a la disposición de los restos de sus víctimas, como si le interesara que el mundo aplaudiera su obra al descubrirla."

—El demonio nunca mata simplemente. Quiere lucirse —dijo Jop.

—Algo así.

Sergio volvió a mirar por la ventana.

—A veces no veo más allá de mi nariz. No sé cómo no pensé en este demonio antes.

—De todos modos... ¿qué habrías logrado?

—Habría sabido con anticipación cómo se le vence. Y le habría podido decir al Rojo. El pobre ni siquiera imaginaba que era yo a quien le enviaba los mensajes el Exterminador germano. Nunca le dije que soy un Wolfdietrich. Nunca hablamos de eso con él.

—¿Y cómo se vence a la hidra?

—Con el fuego.

Jop miró las cuatro ilustraciones del libro. Una serpiente con tres cabezas surgía del interior de una cueva; un hombre horrorizado se cubría el rostro, esperando a que los cientos de colmillos del monstruo se hundieran en su carne.

Sergio miraba la televisión sin mirarla.

—Otra vez estamos solos —resolvió en un murmullo.

Sabían el camino a seguir, pero, de nuevo, sin ayuda. Y Sergio se preguntaba si el sacrificio del Rojo habría valido la pena. Si la revelación del dato que le habían sacado al vampiro colombiano valía la vida de un héroe. El enorme peso de la responsabilidad le volvió a oprimir el pecho. "Esto no se va a terminar nunca. Jamás volveré a México. Jamás volveré a ser un chavo cualquiera con una vida cualquiera."

—Demasiado bueno para ser verdad —afirmó Jop, mientras ponía el paraguas de Gustav, que había encontrado en el baño, recargado en la parte de afuera. Luego, cerró la puerta para hacer sus necesidades.

Era la noticia del día. Todos los canales informativos de la televisión redundaban en las mismas imágenes. Hablaba la policía y los encargados de la seguridad parisina, dando sus puntos de vista. El mundo entero se sentía indefenso, pues la banda ya había actuado impunemente en cuatro países. Se volvía también con frecuencia a las referencias del Wolfdietrich con que contaba la literatura germánica, se entrevistaba a expertos en literatura antigua, se admitía que el dato no les servía en lo absoluto, que seguramente era un apodo o un mote y no necesariamente un símbolo.

—¿Qué hacemos, Serch? —preguntó Jop al salir del baño—. ¿Estaremos seguros aquí?

Sergio ahora miraba por la ventana, al día que, en contraparte con el anterior, se mostraba benévolo, luminoso, sin una sola nube ensuciando el cielo.

—Quisiera decir que sí pero no lo creo. Lo malo... —negó con la cabeza. Se puso la chamarra—. Lo malo es que no creo que estemos seguros en ninguna parte.

Salieron a comer al Le Mistral, un restaurante cercano, y aprovecharon para tener un acercamiento a la zona acordonada por la policía. Cuando pudieron sumarse a la turba de curiosos, contemplaron cómo limpiaban el árbol, el atrio, borraban la consigna del muro, despejaban el lugar. Antes de mediodía la iglesia ya era la misma de siempre.

—¿Cómo dio conmigo, Jop? —se lamentó Sergio, mirando a la gente que caminaba por la calle, que conducía sus autos, que andaba en bicicleta. Cualquiera de ellos podría ser el demonio que lo tenía en la mira desde hacía varios meses. Tal vez sólo fuera cuestión de tiempo. Moriría de igual manera que el Rojo y todo lo que había proyectado para el futuro se volvería polvo, ceniza. Alicia moriría. Brianda lo olvidaría. El mundo entero se sumiría poco a poco en la oscuridad.

El calor pasaba los treinta grados cuando volvieron al hotel y reunieron todas sus cosas, incluyendo el paraguas de Gustav. De las pertenencias del Rojo sólo quisieron cargar con el saxofón, el resto decidieron dejarlo atrás. Jop sintió un nudo en el estómago cuando, al cerrar la puerta, vio el volumen de *Grandes esperanzas* abandonado para siempre en el suelo de la habitación.

Luego de pagar la cuenta, caminaron por varias cuadras siempre en sentido contrario al de los coches y mirando por encima del hombro. Nunca detectaron a nadie que los fuera siguiendo.

Entraron sudorosos al metro en la estación Barbès-Rochechouart y se encargaron de nunca seguir una ruta aparentemente lógica. Transbordaron varias veces y en algunas ocasiones incluso entraron a un vagón para salir de éste antes de que se cerraran las puertas. Al final, les pareció que, a pesar del incremento en el gasto, tendrían que contratar algo en un hotel más céntrico, con mayor seguridad y ocupación, en una avenida con mucha más luz y tránsito.

A las dos horas de haber dejado el hotel anterior, se estaban registrando en uno más céntrico, en la avenida de Tourville, donde les aceptaron el pago en efectivo sin hacer preguntas. Confirmaron que hubiera guardias siempre en la entrada y que no fuese posible entrar por una puerta trasera sin tener una llave. Sergio se propuso, desde que ocuparon la habitación, no liberar el miedo, no permitir vibración alguna en ningún sentido, no detectar a nadie para no ser detectado. Acaso pudieran llegar a la semana siguiente, entrevistarse con Barba Azul y seguir con lo que correspondiera sin tener que enfrentar a la hidra.

La noche se anunciaba cuando sonó el celular.

—¿Sí?

—Felipe... ¿Dónde se cambiaron? Necesito hablar contigo.

Sergio miró a Jop y le mostró el celular, el nombre desplegado.

—¿Gustav... estás bien?

—Sí, pero necesito platicar contigo.

—¿Es respecto al Rojo? ¿Sabes algo?

—Sí. Lo que pasó ayer. Fue horrible. ¿Dónde estás?

—¿Tus papás están de acuerdo de que vengas?

—Sí. Están de acuerdo. Dime dónde te veo, por favor.

Sergio le dio los datos del hotel y se sintió un poco mejor. Le contó a Jop, no sin cierta aflicción, que Gustav había visto algo, sabía algo. Tal vez podrían cubrir los huecos en la historia y podrían prepararse mejor para aquello que los estaba acechando.

Después de que ambos se dieran un baño, bajaron al restaurante del hotel para esperar ahí a Gustav. Cualquier lugar con gente era mejor; ningún demonio actúa si no puede asegurar su escapatoria. Pidieron un par de chocolates y aguardaron con la vista puesta en el pasillo del vestíbulo; podrían ver al chico cuando llegara. El silencio y la tensión los consumían. ¿Los habría seguido el demonio? ¿Habría modo de saberlo?

Eran las diez y media de la noche cuando vieron que el muchacho rubio trataba de alcanzar el elevador del hotel. Jop le gritó y le hizo un ademán. El chico se detuvo y, sorteando mesas, fue hacia donde se encontraban.

—¡Vamos! ¡Es ahora o nunca! —dijo Gustav, excitado—. Tengo un taxi esperando.

—¿Qué? ¿De qué hablas? —dijo Sergio.

El chico rubio, enrojecido de la frente y las mejillas, miró hacia los lados. Se aproximó a ellos.

—El monstruo que atacó ayer al Rojo… sé dónde está.

Sergio y Jop se miraron.

—No dije a *los* policía pero vi al hombre y lo seguí.

Sergio sintió un golpe de adrenalina. ¿Podrían atacar ellos antes que el demonio? ¿Valdría la pena hacer el intento?

Se pusieron de pie ambos, acaso impulsados por el entusiasmo de Gustav.

—Jop… —dijo Sergio, sólo para asegurarse, le señaló el cuello—. ¿Traes…?

Jop se palpó. Como siempre que tomaba una ducha, se había quitado la bolsa.

—No —admitió.

—Ve por ella, por favor. Mejor tenerla cerca.

Jop asintió. Se apartó de la mesa y corrió al ascensor.

Aguardó con impaciencia a que éste llegara y lo llevara al piso ocho, donde tenían la habitación. Ingresó la llave electrónica. Entró al cuarto sin encender las luces y en seguida fue al buró en donde depositó la bolsa con las cenizas. Junto a éstas se encontraba el anillo de oro blanco de Sergio. Le llamó la atención que hubiese olvidado colocárselo. Tomó la bolsa. Ya iba a salir del cuarto cuando vio, de reojo, el paraguas de Gustav. Pensó que no sería mala idea llevárselo. Lo agarró también y salió.

Entonces se dio cuenta.

—No puede ser… —dijo en voz alta.

Soltó varias imprecaciones. Fue al elevador a toda prisa y presionó varias veces el botón.

—Maldita sea…

El paraguas.

Podía no significar nada pero en su mente imaginó a Gustav decidiendo ir en pos del Rojo. ¿Sin gabardina y sin paraguas? Algo no cuadraba.

Justo cuando estaba pensando en bajar por las escaleras, llegó el elevador y entró. Presionó el botón de la planta baja, maldiciendo nuevamente.

El ascensor se detuvo en un par de pisos más antes de alcanzar la planta baja. En cuanto se abrió, Jop corrió lo más rápido que pudo.

No había rastros de Sergio ni de Gustav en el restaurante.

Ni en el vestíbulo.

Y tampoco había ningún taxi esperando en la calle.

Invierno, 1590

El castillo sí tenía ventanas, pero decían los habitantes que nunca se liberaban los postigos. Se encontraba empotrado en una ladera, un sitio casi imposible para edificar una mole como ésa que, aunque de pequeñas dimensiones, no dejaba de ser imponente. De torres cuadrangulares, contrafuertes de piedra negra, muros de gran espesor y el blasón de la familia al lado de la gran puerta de doble hoja, el castillo se erguía majestuoso, atemorizante, digno de una ciudad que más parecía muerta que viva.

—El dragón. Los tres dientes de lobo —dijo Giordano—. El posadero me contó que no se trata del escudo de los Nádasdy, sino de la familia de su esposa, los Báthory.

Se habían enfrentado a casas y calles en las que sólo se veía gente gris y taciturna. No había comercios abiertos. La única iglesia estaba abandonada. Las nubes se aglomeraban en el cielo, los cuervos emitían, con sus graznidos, el único sonido perceptible además del viento. Faltaban pocas horas para que anocheciera.

—¿Buscamos hospedaje? —dijo Stubbe.

—Mucho me temo que no lograremos gran cosa, pero habrá que intentarlo.

Cuando caminaron a la plaza principal, dieron con las únicas señales de que la villa no estaba completamente muerta. Unos gitanos se ganaban unas monedas haciendo pelear a un par de osos. El espectáculo, más que ser agradable, era terrorífico. Uno de los osos ya casi acababa con su oponente; los gitanos no intervenían, no hacían nada para impedir que lo aniquilara por completo. El reducido grupo de espectadores contemplaban la carnicería sin gran entusiasmo. Había rastros tangibles de una triste dimisión en los rostros de niños, hombres y ancianos. Ni una sola mujer a la vista.

De pronto el oso triunfante dejó de morder a su congénere y miró a los recién llegados, que aún se mantenían al margen del espectáculo.

La cadena que afianzaba al oso del cuello se tensó. La gente se replegó. La bestia bramó, se levantó sobre sus cuartos traseros y luego cayó al suelo. Tardó en serenarse. Los gitanos se maravillaron ante tal conducta; miraron a los dos visitantes con curiosidad. Al igual que la gente del pueblo. De entre ellos surgió una magra figura, alta, de piel ajada. A todas luces, una bruja.

—Es mi culpa —dijo Stubbe a Bruno en voz queda, sin dejar de mirar hacia la congregación—. Algunas fieras distinguen en mí algo que no les gusta.

—Para serte sincero, amigo mío, no sé si voy a poder estar más de una semana en este lugar. Lo que siento aquí no lo había percibido nunca antes. Y déjame decirte que desde que salí de Nápoles, he estado prácticamente en todo el continente.

La bruja no apartaba la vista de ellos. El oso se replegó hacia uno de los carros en los que los gitanos transportaban a sus bestias, como si temiera algún peligro. La gente comenzó a dispersarse. La noche arrojó su sábana oscura sobre Csejthe, cubriéndola por completo.

Capítulo veintitrés

Al interior del vehículo, Henrik decidió hablar sin tapujos.

—Supongo que prefieres así. Que no salga lastimado tu amigo... —dijo el muchacho, una vez que había ordenado al chofer que avanzara sin esperar a Jop. El taxista avanzó por las iluminadas calles parisinas sin preguntar por dirección alguna.

Sergio comprendió en seguida.

—Oodak.

—¿Qué con él?

—Tienes que haberlo aprendido de Oodak. Ocultar tu naturaleza demoníaca.

Henrik no contestó. Pero tampoco valía la pena fingir más. Dejó de esforzarse y al instante lo percibió Sergio. Tan próximo al demonio, tenía que esmerarse para procurar no ser abatido por el miedo. En verdad irradiaba una intensa carga de maldad. Era como tener a Oodak a su lado. Recordó lo que sintió en el avión y en el aeropuerto. Jamás consideró la posibilidad de ello, de que esa argucia la pudieran aprender otros demonios.

—Me dijo que ningún demonio, antes de mí, lo ha podido hacer —expresó Henrik como si hubiese leído sus pensamientos.

Sergio no dijo nada. Consideraba la posibilidad de pedir al taxista que se detuviera y echar a correr antes de que fuera demasiado tarde. Pero era demasiado obvio que el hombre tras el volante también tenía participación en todo ello: algún emisario negro, un servidor del Maligno, aunque de menor proporción. Intentó pensar con rapidez. Comprendió que su última oportunidad estaba en su teléfono celular, un detalle que, al parecer, se le había escapado a Henrik. Metiendo la mano al bolsillo, lo puso a tientas en modo avión, recordando la secuencia de teclas que debía seguir para ello.

—Tienes suerte —dijo Henrik, recargándose a sus anchas—. El año pasado hubiera cortado tu cabeza en seguida. Pero mi señor me dio recomendación de disfrutar del dolor y no sólo de la muerte. Así que eso voy hacer. Te haré sufrir. Y te mataré cuando te canses de suplicar por tu vida.

—Al menos se terminarán tus espantosos crímenes. Diste conmigo, ahora te detendrás.

—Haré lo que se me dé la gana.

El chofer miraba a Sergio con aire siniestro. Algo dijo en francés que parecía confirmar lo dicho por Henrik.

Una luz roja. Sergio tiró de la manija de la puerta. La mano de Henrik lo detuvo del brazo con fuerza. Extrajo de su chaqueta una navaja suiza.

—Se la quité a tu héroe antes de matarlo.

Dicho esto, le hizo un corte en el brazo derecho a Sergio, rasgando la tela de su chamarra. La sangre asomó en seguida.

Henrik miró hacia el frente como si la agresión hubiera sido lo suficientemente importante como para abandonar sus pensamientos. Sergio se presionó el brazo derecho y miró por la ventanilla. Su mano izquierda se empapó en sangre. La ciudad luz desfilaba frente a él, pulcra, festiva, sin asomo de congojas o terrores. La tristeza lo invadió. Le pareció perfectamente posible morir ahí, ser despedazado en París y que su cuerpo jamás hallara sepultura. No veía posibilidad de salvarse. El Rojo estaba muerto. No tenía consigo la bolsa que lo completaba, que le daba una posibilidad de lucha frente a tan grandioso demonio como lo era Henrik. Ni siquiera Jop sabía su paradero.

Fue cuando volvió a pensar en su celular y en que tenía una sola oportunidad. Una sola. Y que no debía desaprovecharla.

El taxi siguió hacia el noroeste, listo para salir de París y enfilarse a la campiña.

La noche era más oscura conforme más se internaban en el campo. Sergio se afianzaba mentalmente a esa última oportunidad de salvación que a Henrik se le había escapado. Aprovechando la ausencia de luz al interior del carro, hizo un movimiento arriesgado. Se quejó lo más intensamente que pudo a causa de la sangre que escapaba de su brazo y desactivó el flash al celular, aún en su bolsillo. Henrik no dio señales de que le afectase. Puesto que miraba nuevamente hacia afuera, Sergio puso entonces el celular contra el vidrio, cubriéndolo con su hombro y pretextando el dolor para abrazarse a sí mismo. No podría ser muy selectivo... así que haría lo que pudiera. Y cruzaría los dedos.

Después de una media hora de avanzar por la autopista, el taxista abandonó la larga línea de asfalto para tomar un camino de tierra perpendicular. En breve alcanzaron una cerca de madera podrida. El hombre se apeó, abrió sin problemas la puerta e hizo entrar al coche en la finca. Avanzaron por una agreste colina hasta llegar a una granja abandonada, conformada por una casa de madera sin puertas ni ventanas, una bodega de lámina oxidada con techo a dos aguas y un par de grandes corrales vacíos, el refugio perfecto para alguien que desea producir terror sin ser molestado. Las luces altas del auto alumbraban el fantasmal sitio cuando el chofer puso el freno de mano. Henrik abrió su portezuela.

—Tu pierna —dijo—. Quítatela.

Sergio deslizó el teléfono hacia su costado, sobre el asiento, y obedeció. El demonio tomó la prótesis, se apeó y la arrojó lejos. Luego, caminó hacia la bodega, en compañía del chofer.

Sergio aprovechó la repentina soledad; sacó el teléfono para intentar usar los servicios de localización y luego llamar a Jop. Desactivó el modo avión pero ningún mapa funcionaba. No tenía ni voz ni datos. El aparato se tomaba mucho tiempo para conectarse a la red celular. Optó por dirigirlo hacia el frente, justo hacia donde las luces del coche pintaban de amarillo encendido a los insectos que revoloteaban a su alrededor. Hizo todas las fotos que pudo, no sólo hacia donde apuntaban las luces sino hacia la izquierda, la derecha, la parte trasera. Comprobó que tuviera señal y, al advertir que ya volvían Henrik y el sujeto, comprendió que no tenía tiempo de hacer llamada alguna. Seleccionó todas las fotos que había podido tomar, fue a los mensajes SMS, dio con Jop en el directorio y presionó "Enviar", dejando caer el teléfono afuera.

Algo detectó Henrik en su mirada al abrir la portezuela.

—No me digas que...

Lo tomó de la ropa y lo sacó a la fuerza del coche. Sergio se esmeró por arrastrarse lejos del auto, como si quisiera huir. Henrik se echó encima de él, a varios metros del coche.

—Tu teléfono. ¡Dame tu teléfono!

—¡Lo dejé en el hotel!

—¡TU TELÉFONO!

Henrik no quiso creerle y buscó entre sus ropas. Apenas halló su cartera con algo de dinero y su llave del hotel. Todo lo arrojó al suelo. Se apartó de Sergio.

Era una noche apacible. Se escuchaba perfectamente a los insectos nocturnos y, muy levemente, a los motores de la lejana autopista. No había luna pero tampoco nubes.

—Es allá —dijo Henrik después de un rato. Con un movimiento de cabeza le indicó que debía llegar hasta la bodega, a unos cincuenta metros de donde se encontraba el coche.

El niño rubio aguardó con las manos en los bolsillos, a las espaldas de Sergio, a que éste se arrastrara en esa dirección. El taxista subió al auto y, después de una venia de Henrik, arrancó y se marchó. Sin las luces del coche, Sergio se tuvo que orientar por el contorno que dibujaban los ruinosos edificios de la granja contra los colores del bosque y el cielo para poder avanzar en dirección correcta. Henrik, detrás de él, sólo lo contemplaba.

Sergio sintió, mientras se arrastraba por el duro suelo de tierra y abrojos, cómo los ojos se le desbordaban. Imposible intentar huir. Imposible intentar luchar. Sus esperanzas todas quedaban puestas en que un celular, sobre la hierba, no perdiera su conexión con la red móvil. Lamentó no haberse puesto el anillo con las iniciales de Brianda. Le pareció de mal agüero.

Al menos el sangrado en su brazo se había detenido.

Invierno, 1590

Eran las once de la noche cuando, a la luz de la única bujía de la habitación, Wilhelm Stubbe tomó una decisión. Se le ocurrió que, antes que llamar a las puertas del castillo, debía ser invitado a entrar. Y tenía un plan. Uno no muy grato, pero nada en ese viaje había sido realmente grato, así que no le pesó. Giordano Bruno ocupaba su tiempo en escribir; él, paseaba su vista sobre el incomprensible Libro de los Héroes.

La abuela que había accedido a rentarles una habitación lo hizo por el dinero, principalmente, pero también como una medida de precaución. Sabía que la visita de los forasteros no era casual, así que mejor tenerlos cerca y vigilados. Además, hablaba alemán. Ella fue quien les contó todo lo que sabía respecto a Erzsébet Báthory, la esposa de Ferenc Nádasdy, residente principal del castillo prácticamente desde el año de sus esponsales, en el setenta y cinco.

—Es un ser de la noche —exclamó la vieja mientras les preparaba una exigua cena—, completamente obsesionada con su belleza. Tiene un espejo con una forma singular que le permite descansar los brazos para poder contemplarse por horas sin tener que cambiar de postura. No le importa nada más que ella. En el pueblo hemos tenido un breve descanso porque, desde hace cuatro años, es madre. Pero eso no significa que su corazón se haya ablandado. Todo lo contrario.

Su gusto por la brujería y las artes oscuras fue lo que hizo que Stubbe tomara la determinación. Era medianoche cuando se lo externó a Giordano.

—Te pido que en estos tres días no salgas de casa. También ya avisé a la señora.

Giordano creía que, de cualquier forma, necesitaba un descanso, así que accedió.

El primer día, Stubbe esperó a que el sol estuviera a punto de caer. Recorrió las calles del pueblo y atemorizó a aquellos con los que se encontró.

El segundo día aniquiló a tres ovejas que encontró amarradas a la puerta de una casa. Dejó los cuerpos destrozados a la vista de todo el mundo.

El tercer día salió cuando el sol todavía estaba bastante alto. Entró a un par de casas. No lastimó a nadie, pero se encargó de que creyeran que a eso había acudido. Huyó como huyen las fieras salvajes.

El cuarto día se dejó ver, en su forma humana, por las calles del pueblo. Intentó hacer comunicación con la gente pero se había corrido el rumor de lo ocurrido, así que las personas se ocultaban en cuanto lo veían aproximarse. La abuela no los echó a la calle por temor a alguna represalia, pero suplicó a ambos que impidieran que la gente incendiara su casa.

—Jamás me imaginé que ustedes también formaran parte del séquito del diablo —dijo entre lágrimas.

Stubbe trató de confortarla. Le dijo que ambos eran incapaces de hacerle daño. Y que sólo estarían ahí hasta que recibieran cierta visita que esperaban. Pero ella no encontró consuelo en sus palabras.

Al quinto día llamaron a la puerta. En cuanto la vieja abrió, supo que se trataba de la visita que sus huéspedes estaban esperando. Dorkó, la mano derecha de la condesa, la bruja más temida de la región, se encontraba en el porche preguntando por los forasteros.

Capítulo veinticuatro

Tres días sin comer. Sin beber. Pero al menos Henrik no le había tocado un pelo.

Lo tenía suspendido de las muñecas, amarrado a una viga de la enorme bodega vacía. Tenía las manos completamente amoratadas, había dejado de sentirlas desde el primer día. Creía tener los hombros descoyuntados. Y lo atacaban constantemente el frío y el calor, durante la noche y el día. Además, había tenido que hacer sus necesidades con la ropa puesta, pues el demonio no lo había descolgado desde hacía más de sesenta horas.

Pero lo más difícil había sido, en realidad, evitar el miedo. La debilidad lo hacía tener desmayos frecuentes. Y sabía que si no se esmeraba en evitar sentir miedo, podría estar atrayendo a los demonios inconscientemente. Lo intentaba y caía en la inconsciencia.

Era verdadero terror lo que sentía. Henrik había prometido hacerlo sufrir en serio. Y la única razón por la que no había empezado era su repentina necesidad de dejar constancia de su crimen para poder alardear con él hasta el fin de los tiempos. Había instalado, a lo largo de esos tres días, todo un estudio de grabación. Luces y cámaras que dirigiría a una mesa en la que pensaba jugar con el cuerpo de Sergio maniatado, llevarlo a los límites del dolor… y volver a empezar.

Una sola vez lo vio Sergio en su manifestación diabólica. Y pensó que, en efecto, no había héroe posible que enfrentara a un monstruo de tal ferocidad. Fue en el segundo día, cuando llegó acompañado del emisario negro que ahora le servía de chofer y cargador. Dispusieron el equipo, las cámaras, las luces, la subestación eléctrica. Y Henrik creyó que Sergio agonizaba. Se transformó entonces. Una serpiente de vientre color malva y escamas marrones, cuyo tronco medía aproximadamente el mismo ancho que el de un caballo; las tres cabezas, de ojos amarillos y hocicos alargados, con mandíbulas de dientes de sierra y colmillos como dagas. Sergio, ante el pestilente aliento de una de ellas, despertó, horrorizado.

Al tercer día, cuando Sergio creyó que Henrik ya estaba listo para comenzar con él, lo salvó una última ocurrencia de su captor.

De improviso el demonio había pensado que lo que verdaderamente coronaría su obra maestra sería que su propio señor, el Príncipe de las tinieblas, constatara el cumplimiento del encargo. Henrik imaginó a Oodak sintiéndose empequeñecido ante tal despliegue de poder.

Acabar con aquel que habría de dar con Edeth de esa manera y, de ribete, Belcebú elogiando el suceso.

Todo sería tan sencillo...

Pero tenía que hacerse de un vehículo. Y para ello sabía Henrik que lo mejor sería conseguir un alma pura, de modo que su amo no pudiera resistirse a la invitación. Robar una niña de algún pueblo cercano e invocar al Señor de las moscas para que la poseyera y se manifestara a través de ella.

Tercer día y Sergio aún seguía suspendido, aún a la espera, aún luchando por no ceder al terror.

Esa misma noche lo sorprendió un ruido.

Soñaba con una cueva. Una caverna cuya entrada parecían las fauces de un gran monstruo, un par de protuberancias superiores que asemejaban dos enormes colmillos. En la entrada de la cueva lo aguardaba una mujer de ojos rojos y cabellos negros enmarañados que portaba una túnica blanca, sucia. Sus pies eran pezuñas; sus manos, garras de felino. Y supo Sergio, al interior de su sueño, que todo eso formaba parte de su destino. Aunque no supo de qué manera.

Al despertar, se encontraba solo, flotando en la oscuridad. Escuchó pasos en la grava interior de la bodega. No alcanzaba a distinguir nada. Pero sabía que se trataba de un demonio, eso seguro, que se aproximaba.

Henrik había postergado el momento, pero otro servidor de Oodak no lo haría.

Creció el terror.

Y creció más.

Notó, en la oscuridad, un par de ojos escarlata, justo al centro de la bodega, la silueta negra recortada contra la puerta de la bodega que Henrik siempre dejaba abierta, único marco de luz posible en esas noches cargadas de tinieblas.

Luego, un par de ojos más. Y otro. En total, tres demonios aproximándose.

Los escuchó jadear. Ir de un lado a otro. Pero no veía nada.

Suspendido, sabía que no estaba al alcance de ningún hombre de estatura media. Pero… ¿un demonio?

Los oyó detenerse justo debajo de él.

Recordó que la cuerda estaba atada a una pared aledaña; Henrik había utilizado una polea para levantarlo hasta ese travesaño. Un simple tirón al nudo, por parte de los demonios, lo haría caer a tierra. La muerte llegaría en muy breves minutos.

"Perdóname, Alicia", pensó.

Un golpe en su pierna izquierda; uno de los demonios hacía lo posible por alcanzarlo. Sergio se tambaleó, comenzó a pendular.

Un gruñido. Otro.

¿Qué sería peor? ¿Mirar o no mirar? ¿No saber a manos de quién moriría?

"Perdóname, Brianda."

Otro golpe a su talón. Por instinto dobló su pierna, a pesar de lo cansado que se sentía.

No tardó en volver a extenderla.

Los demonios, ávidos, comenzaron a pelear entre ellos. Gruñían, rugían, soltaban imprecaciones en francés.

"Tal vez sea lo mejor", pensó. "Morir de una vez."

"Que todo al fin termine."

Y una lágrima.

Una que lo hizo despertarse.

Se incorporó en la almohada y miró en todas direcciones. Se había dormido con la luz prendida, temeroso de que algo o alguien lo alcanzara por la noche. Y pudo constatar que nada había en la habitación. Pero la lágrima era real. Había soñado con Sergio, siendo víctima de la hidra, y no pudo soportarlo. Su mente le ordenó despertar y ahí estaba, de nuevo, completamente alerta.

Fue a la laptop, que había dejado prendida y volvió a repasar las veintitrés fotos que había recibido del celular de Sergio el mismo día que Gustav se lo llevó. La mayoría eran sólo cuadros oscuros, con poco o nada que revelar. Había concluido que lo habían sacado de la ciudad, pues siluetas de árboles era lo único que percibía. Pero… ¿en qué dirección? ¿Y hasta dónde habrían llegado?

Las últimas fotos eran las más reveladoras. Como telón de fondo de varios insectos iluminados al frente del cofre de un taxi, se alcanzaban a ver los rectángulos de un par de edificios, una casa y un cobertizo. Pero aun esa vaga información era completamente insuficiente, no lo llevaba a ningún lado.

Era la tercera noche sin Sergio y le parecía que se moría de la desesperación. Porque, por ser fiel a lo pactado, no le había hablado a nadie, a pesar de que necesitaba con todas sus fuerzas desahogarse con quien fuera. En cierto momento hasta marcó el número de su casa en México, pero colgó de inmediato. Había pensado si valía la pena reportar con la policía local la desaparición de su amigo, pero no lo creyó conveniente. Las miradas del mundo estaban puestas en el caso del Exterminador germano y el rostro de Sergio había aparecido un par de veces en los noticiarios a causa de que uno de los mensajes fue encontrado en su departamento en México. El tiempo seguía su curso.

Y la esperanza languidecía mortalmente.

El cansancio lo volvió a rendir sobre el teclado. Y otra lágrima se le escapó, sólo que esta vez no lo despertó.

Gritó, impotente. Supuso que en cualquier momento los demonios descubrirían la soga, atada a pocos metros, y no tardarían ni un minuto en dar cuenta de él. Volvió a gritar.

"Dios...", musitó. Se mecía en un frenético vaivén. Las tres sombras brincaban y lo alcanzaban.

Perdió el zapato. Temió por su pie. Lo encogió y volvió a gritar.

Entonces el cuadro ligeramente más claro de la puerta de la bodega, se oscureció por completo. Se escuchó cómo se arrastraba algo por encima del piso. Luego, un estallido gutural, el bramido de una fiera. Los gritos de los tres demonios tratando de interponer una defensa, la que fuera. Un aullido y, repentinamente, la calma.

La luz. Uno de los focos dispuestos para grabar el terror de Sergio se encendió. En el suelo, tres manchones de ceniza. A un lado de la lámpara recién encendida, un niño rubio de ojos como el cielo, mejillas sonrosadas, labios brillantes, sonrisa angelical. Miró en derredor, negó como haría alguien mucho mayor, chasqueó la boca, apagó la luz.

Sergio se sumió en la inconsciencia.

Jop volvió a despertar. Eran las diez de la mañana. En el cuarto se escuchaba sólo el ventilador de su laptop.

Prendió, al igual que los otros días, la televisión para observar los noticiarios. Temía que apareciera un *Te tengo, Wolfdietrich. Fin del juego.* pintado con sangre en la pared de una casa de la provincia francesa. Y, en las fotografías, en los videos, lo que hubiese dejado la hidra del cuerpo de su amigo.

"¿A quién estoy engañando?", se dijo. "No estoy adelantando nada. Ya son casi cuatro días de que desapareció... y yo no sé ni para dónde voltear."

Se sorprendió sollozando como un niño. ¿Así que de esa manera terminaba todo?

Golpeó la mesa en la que tenía puesta la laptop, haciendo que ésta cayera. Pateó con furia el tambor de la cama. Arrojó contra la pared un bloc y una pluma con los datos del hotel. Cayó al suelo una botellita de agua.

Se encontró a sí mismo mirando la mancha del agua sobre la alfombra, un ligero contraste de colores. Un verde oscuro sobre otro verde, un poco menos oscuro.

Se oyó a sí mismo decir la palabra "contraste".

Levantó la laptop a toda prisa y abrió una de las fotos que parecían cuadros negros perfectos con uno de sus mejores programas de edición de gráficos y, manipulando la imagen, consiguió, forzando el contraste, que se mostraran contornos nuevos. Sí, árboles, pero... en algunas se distinguían también, una caseta, una persona... un letrero.

Un letrero.

Y logró descifrar las letras, que indicaban, en perspectiva, un poblado. Magny-en-Vexin.

Entonces... llamaron a la puerta.

* * *

La bruja despertó sobresaltada.

Fue corriendo hacia el sitio en el que se encontraba su cautiva y la zarandeó.

—¿Qué dijiste? —preguntó la vieja a los gritos.

Alicia tenía los ojos abiertos, pero parecía dormir todavía. Un velado terror se translucía en su rostro.

—Sergio... —dijo.

La bruja la arrojó de nuevo contra el suelo. La tenía hecha una piltrafa; ni una sola vez le había aseado el cuerpo; nunca le cortó las uñas o el cabello. Sólo cuidaba que no se hiciera daño y que gozara de perfecta salud. Le daba de comer alimañas, pero Alicia creía que se trataba de frutos jugosos y comía con placer. La cabaña siempre estaba saturada del humus del encierro y de los vapores del narcótico que día a día exhumaba el caldero. Por ello a la vieja le causó terror darse cuenta de que Alicia recordaba, aunque fuese en sueños. Y el poder del brebaje debía impedirlo. No comprendía. Pero era así.

Fue a la olla que sin descanso recibía el golpe del fuego y arrojó más especias, más polvos, más maldiciones.

Alicia volvió al sueño, pero no dejó de musitar...

"Sergio.
"Sergio.
"Sergio..."

Capítulo veinticinco

Lo despertó el contacto con el suelo de su pie izquierdo. Era de noche. No estaba seguro de qué noche exactamente, si la cuarta o la séptima. O la primera, y todo era parte de una sola pesadilla.

Se derrumbó en el suelo. La luz de las lámparas poco a poco se coló hacia su entendimiento, hacia la recuperación de la consciencia. Ahí estaba la puerta de la bodega, las paredes, los altos techos, la viga... Henrik poniendo en su boca un bidón goteante. Trató de beber y lo acometió una tos violenta. Luego, un dolor ingente en los brazos, en las manos, en el espíritu.

Sus manos ya no aceptaban la súbita irrigación sanguínea, el tejido seguramente había muerto ya. No tenía sensibilidad excepto en las palmas. Y esa sensibilidad era dolor puro. Notó que era incapaz de mover los abultados dedos, que parecían salchichas púrpuras.

"Voy a perder las manos", se lamentó al volver a recostar la cabeza en el suelo. Henrik canturreaba mientras preparaba la escena que tenía pensado grabar en sendas cámaras dispuestas sobre sus tripiés.

"¿Qué clase de persona seré? Sin manos... sin pierna..."

Escuchó un llanto y giró la cabeza. Recargada contra un pilar se encontraba, amarrada y amordazada, una niña de ocho o nueve años. Llevaba uniforme escolar y claras señales de haber llorado mucho. Lo contempló con ojos desorbitados, unos hermosos ojos claros que seguramente en breve contemplarían horrores inimaginables.

Sergio no pudo tolerar su mirada y devolvió la vista al techo, a la espera de lo que fuese a ocurrir.

No importaba el día o la hora. Estaba convencido de que a Jop no le habían servido de nada las fotografías, que tal vez habría iniciado algúna búsqueda, pero totalmente extraviada y sin rumbo. Quizás habría involucrado a la policía y ésta habría iniciado sus propias pesquisas, igualmente infructuosas. Lo único que lo animaba, y esto como un consuelo bastante mediocre, era que Henrik seguramente no lo asesinaría en seguida, sino que se tomaría su tiempo. Y eso probablemente ayudaría a Jop o a la policía a dar con él aún con vida. Así tuviera que continuar con su misión manco, lo haría. Por Alicia. Por la memoria de los que habían muerto por su causa. Porque hacía mucho que su vida había dejado de tener otro sentido.

"Necesito seguir vivo", se repitió, convenciéndose de que lo único que no podía permitirse era morir.

Puso a trabajar su mente para ver si tenía alguna posibilidad pero, al igual que cuando fue sometido al interior del penal, comprendía que no podía utilizar su fuerza física, que era más bien poca, y que su intelecto no era de mucha ayuda cuando mermaba su salud de tal manera. Intentar convencer al demonio sería una completa pérdida de tiempo y por ello ni siquiera lo pensaba; sabía que sería como tratar de obtener una gota de agua de un puñado de tierra, pues no hay rastros de bondad en alguien que ha perdido para siempre su alma. "Soy una nulidad", se dijo a sí mismo, permitiendo a las lágrimas correr de sus ojos hacia la dura piedra del suelo. "Siempre he dependido de los otros, o de la suerte, para concretar mi misión. Si de veras hace falta alguien como yo para dar con Edeth, tal vez no valga tanto la pena. Tal vez todo esté mal decidido desde el principio."

Henrik colocó varios punzones sobre la mesa de madera hacia la que apuntaban las luces y las dos cámaras.

"Quizás sí deba prevalecer el mal."

Un ruido llamó la atención del demonio. Algo a la distancia, como un golpe de madera en la casa abandonada.

Sergio lo notó también, pues Henrik detuvo su quehacer y aguzó el oído. Él mismo hizo otro tanto. Pero en la callada noche no volvió a escucharse nada más.

El demonio fue al par de cámaras y las echó a andar. Se paró justo detrás de la mesa.

Hizo un anuncio en alemán y fue a una parte del almacén que quedaba oculta a la vista de Sergio. Volvió a la mesa con un saco del que extrajo, después de forcejear con ella, una rata viva enorme. La decapitó como si se tratase de una fruta. Hizo gotear la sangre sobre la superficie de madera y comenzó a pronunciar palabras en una lengua desconocida.

La niña sollozaba con fuerza, trataba de romper sus amarras, que la mantenían fija a una de las columnas.

Sergio actuó por instinto. Sabía que poco o nada podría hacer, pero él no estaba aún completamente inmovilizado. Y no podía quedarse sólo mirando. No mientras pudiera intervenir de cualquier forma.

A pesar de su extrema debilidad se recargó en un hombro y, utilizando sus inútiles manos, consiguió ponerse de rodillas. Henrik, aunque se dio cuenta, no quiso interrumpir el rito. Ya sacaba del saco, sin dejar de pronunciar el encantamiento, un recipiente de cristal con polvos dentro. Sergio vio que era su oportunidad y se lanzó de cabeza contra una de las cámaras. El estrépito fue rotundo. Justo castigo al exceso de confianza de Henrik pues, al venirse abajo, la cámara arrastró una de las lámparas, los cables echaron chispas y se apagó una luz. El demonio se vio obligado a detener el ritual.

—Imbécil —musitó Henrik.

Fue directamente al equipo, tratando de componerlo. Sergio, aún de bruces, pensó que tal vez pudiera aprovechar esa distracción para intentar liberar a la niña. Consiguió levantarse, las dos rodillas y ambas manos, que sentía como si estuvieran siendo trituradas, apoyadas sobre la tierra.

Henrik prefirió atender sus juguetes antes que a sus víctimas. Puso de pie la lámpara y su soporte y accionó el interruptor, que parecía inutilizado. Volvió a soltar varias imprecaciones en su idioma natal cuando se escuchó surgir el rugido de un motor del otro lado de la lámina de la bodega.

—*Was?*

Tanto Sergio como la niña miraron hacia la puerta del almacén. ¿Sería posible que...?

La luz de la lámpara que aún seguía encendida les concedía una vista bastante clara de todo lo que ocurría al interior de la bodega. A varios metros de ahí, del otro lado de la puerta, algún auto había encendido su motor, eso era innegable. Lo que seguiría nadie lo podía decir.

Se abrió entonces el portón y una persona lo traspasó, quedándose plantada bajo el marco de metal.

Sergio quiso enfocar la mirada pero no pudo hacerlo de primera intención.

Henrik tuvo que renunciar a poner de pie la cámara. Estaba completamente furioso e inició su camino, a toda prisa, hacia el entrometido.

—*Je suis désolé. Je pensais qu'il n'y avait personne* —dijo aquel que había entrado. Un hombre alto, de cabello oscuro, tez blanca... cuya voz encontró al instante un acomodo en la memoria de Sergio.

¿Sería posible?

Henrik completó su metamorfosis sin dejar de avanzar. En un par de segundos ya era una serpiente con tres cabezas lista para masacrar a aquel que había osado desafiarlo. La hidra se arrastró hacia la puerta y el intruso desapareció. El rugido del motor se volvió más fuerte.

La hidra asomó por la puerta, lista a saciar su sed de sangre. Entonces se dio cuenta de que no sería tan fácil. El hombre de negro lo esperaba encima de una motocicleta.

—Bicho... bicho... —dijo insolente en español.

Henrik no comprendía dónde había fallado. Pero no era momento para lamentarse. Emitiendo él mismo su propio rugido, un grito de áspid que hizo huir a varias aves de la arboleda, arremetió en contra del sujeto.

La motocicleta enfiló a toda velocidad hacia la casa. El demonio, enfurecido, pisándole los talones. El círculo del faro del vehículo, sobre la fachada de madera, se achicaba más y más. Henrik constató que aquel que lo había retado antes había dispuesto una rampa sobre las escaleras que llevaban al porche de la casa. No le importó. Aun a toda velocidad podría dar alcance al infame que lo había retado, lo haría pedazos y continuaría con lo que había dejado pendiente al interior de la bodega.

La motocicleta subió entonces por la rampa. Fue devorada por la casa. Siguió de largo por dentro para alcanzar, como un bólido, la puerta posterior.

Henrik, con un par de segundos de desventaja, alcanzó también la puerta del frente. Y se dio cuenta en seguida.

Pero era demasiado tarde.

Ese aroma tan penetrante a gasolina no podía ser su imaginación.

Vio con sus tres pares de ojos cómo surgía, de una ventana hacia el suelo, un pedazo de tela encendido. Una insignificante lengua anaranjada que giró un par de veces antes de alcanzar la madera empapada con combustible.

Pensó que sería mucha mala suerte que...

En realidad no pudo concretar ese pensamiento.

La motocicleta alcanzó el otro extremo de la casa y desapareció por la puerta posterior, misma que alguien cerró de golpe al instante, encajando en la cerradura, emitiendo un sonoro chasqueo.

El golpe del demonio contra la puerta fue contundente.

Una última maldición ocupó la mente de Henrik antes de que todo se volviera negro en su cabeza.

* * *

Decidieron ambos que no sería buena idea que Bruno acudiera al castillo encaramado en el espolón de la montaña, pues la condesa o sus demonios podrían detectar en él el miedo natural de un mediador, así que a la audiencia sólo se presentó Wilhelm Stubbe. Dorkó, en compañía de uno de los guardias del castillo, lo condujo por las calles de Csejthe sin entablar diálogo alguno con él, ante las miradas de todos aquellos que los contemplaban con desasosiego tras las ventanas. Hasta que estuvieron a las puertas del castillo fue que la bruja abrió la boca, para prevenirlo en magiar. El guardia, aquel hombre que lo conoció en Nyitra, sirvió de intérprete.

—"Mi señora ha pedido conocerle, señor" —dijo el guardia, repitiendo palabra por palabra—. "Pero se habrá dado cuenta que yo no estoy de acuerdo con esta entrevista."

Stubbe asintió, agradeciendo de algún modo la honestidad de la vieja.

—"Por ello es bueno que sepa que, si por alguna razón usted traiciona la confianza de mi señora, deseará no haber nacido."

Dicho esto, se introdujeron al castillo por la puerta principal, atendida por un decrépito hombre ciego. El guardia se quedó fuera. La luz apenas se coló al interior. La bruja entró primero, seguida por Stubbe, quien tardó en acostumbrarse a la penumbra. Fue conducido por ella a través de largos pasillos en los que reinaba el hedor a muerte. A lo lejos se escuchaba el llanto de una criatura, algún niño pequeño. Ascendieron por unas escaleras a la habitación que ocupaba la condesa cuando su marido no se encontraba en casa, la luz apenas asomaba por una rendija de la pesada puerta. Dorkó entró a la recámara e intercambió algunas palabras con la condesa. Luego, volvió al pasillo e indicó a Stubbe que podía entrar.

* * *

Sergio había puesto todo de su parte para desatar a la niña, pero no logró siquiera aflojar la soga. Por eso se puso de pie, con muchos trabajos, y tomó de la mesa una de las dagas de Henrik, sosteniéndola con la unión de ambas manos pues los dedos seguían completamente inutilizados. No tenía tiempo que perder. Podría desatar a la niña y, tal vez, pedirle a ella que lo desatara también.

Vio cómo, del otro lado de la puerta, se había creado una mañana artificial, un alba engañosa. ¿Fuego, tal vez?

No quería hacerse muchas ilusiones.

Para rasgar la soga no tuvo mayor problema. Los cuchillos tenían bastante filo, a pesar de lo incómodo de la operación, en la que tuvo que apoyar el cuerpo a falta de agarre.

En cuanto la niña se vio libre, se levantó y corrió hacia la puerta, olvidándose por completo de Sergio.

—¡Hey! ¡Oye...! —gritó éste, girándose, apenas para ver cómo ella desaparecía por el hueco, arrancándose la mordaza y gritando aterrorizada.

No se amilanó. Tal vez él también tendría oportunidad de escapar. Ya vería la forma de desatarse luego.

Volvió a ponerse de pie con muchos trabajos y, a los saltos, buscó la salida.

Uno. Otro. Cayó sobre uno de sus hombros.

Intentó hacerlo arrastrándose, empujando con ambas manos, el pie izquierdo, el muñón derecho. La luz del otro lado. ¿Qué habría pasado ahí afuera?

Consiguió hincarse.

Entonces, cuando faltaban unos cinco metros para alcanzar la puerta, alguien entró a la bodega corriendo. Y se frenó de inmediato al verlo en el suelo.

* * *

La recámara no tenía nada de particular, excepto la casi total ausencia de luz y que rezumaba un aire siniestro, aunque ahí dentro imperaban el olor de la mandrágora y la belladona. Una cama alta con dosel, un tocador, un damasco, y en las paredes tapices y espejos, tal vez demasiados espejos. La condesa, con aire taciturno, miraba con voluptuosidad la llama de la única vela encendida, sobre el tocador; se encontraba sentada en una silla de amplio espaldar. Stubbe se sintió maravillado ante su gran belleza, sus ojos negros, grandes, fascinantes; rondaría los treinta años, pero en ese momento parecía una adolescente, enfundada en una holgada camisola marrón, el cabello suelto sobre sus hombros, la piel blanquísima. Stubbe iba a presentarse cuando advirtió otras miradas. Descubrió que, aunque parecía estar sola, la condesa disfrutaba de una variada compañía. Tres espectros lo contemplaron con interés en cuanto lo vieron entrar. Dos de ellos eran niños pequeños; el otro, un mancebo de rasgos firmes y apuestos. Los tres varones parecían víctimas de una gran tristeza.

—Pase, señor Stubbe —dijo la condesa en alemán sin apartar la vista de la vela—. Dorkó, déjanos solos.

La bruja abandonó la recámara. Stubbe se sintió intimidado.

—Nunca había conocido a un hombre lobo —dijo ella, desviando por primera vez la mirada para posarla sobre él.

—Ni yo a una condesa.

Erzsébet se levantó y fue hacia Stubbe. Era más baja que él por una cabeza. Lo miró de arriba abajo. Lo rodeó. Lo estudió como si fuese mercancía que deseara adquirir.

—Er Oodak ni siquiera se ha dignado a visitar mi castillo —dijo la condesa—. Pero lo hará, así que no me corre prisa. Y el día que me acoja entre sus favoritos, seré magnífica. Seré el peor de los demonios que haya usted visto, señor Stubbe. Mientras tanto... déjeme decirle que lo envidio. Usted ya ha cumplido con ese penoso trámite.

Lo decía como lo diría una chiquilla que se prepara para su primer baile en sociedad. A lo lejos seguía escuchándose el llanto de una criatura desamparada.

—¿Qué lo ha traído a Csejthe, señor Stubbe? ¿Por qué solicitó verme cuando estuvo en Nyitra?

Los dos fantasmas niños se habían sentado en la cama. El joven posaba su propia mano sobre la llama de la vela.

—Su fama la precede, condesa. Así que pensé que podríamos entendernos. Dos servidores de Oodak. Usted me entiende.

La condesa sonrió ligeramente.

—Yo aún no he sido admitida.

—Pero lo será.

—Lo sé. Tengo la belleza. Sólo me falta detener el avance del tiempo. Anhelo el día en que me deshaga del pesado fardo de mi alma.

—Brindo por ello —ironizó Stubbe.

La condesa fue a una caja de madera empotrada en la pared, de la que tomó una garrafa. Sirvió vino en dos copas y le ofreció una a Stubbe. El tintín del cristal hizo que uno de los dos pequeños espectros riera fugazmente.

—¿Exactamente qué desea de mí, señor Stubbe?

—Proximidad. Sólo eso, señora.

—¿Desea que lo aloje en el castillo?

—Eso sería un exceso. Tal vez el conde no esté de acuerdo.

—El conde hace lo que yo le digo. En este castillo mando yo. Además… —paseó la yema de uno de sus dedos sobre el círculo del borde de la copa, sonrió con malicia—, ni siquiera él se opondría a contar con un hombre lobo como resguardo del castillo.

El llanto de Anna, la hija de cuatro años de la condesa, se incrementó. La niña había caído por una escalera y se había lastimado un brazo. Lloraba con todas sus fuerzas. Pero entre las gruesas y frías paredes del recinto, no producía lástima a ninguno de sus moradores. Stubbe levantó su copa y sostuvo la sonrisa todo el tiempo que pudo.

* * *

Fue ése el instante en que Sergio comprendió que si Edeth había de ser encontrado por alguien como él, no sería necesariamente por sus virtudes personales, por su cualidad de mediador o su linaje de Wolfdietrich, sino por las circunstancias, todas, que le había tocado vivir. Por su lugar en el mundo, por su lugar en el tiempo pero, principalmente, por las personas que lo rodeaban y lo querían y ayudaban, tanto aquellos que habían ofrendado su vida como aquellos que estaban dispuestos a ofrendarla.

Un extraño pensamiento se alojó en su mente como si lo viniera siguiendo desde mucho tiempo atrás.

"El agua...

"siempre...

"apagará el fuego."

Y ahí estaba ella.

Refutando sus tambaleantes decisiones.

Se había intentado convencer día con día de que había actuado correctamente al separarse de ella. Pero ahora que la veía frente a él, supo que había sido una tontería. Que hasta ahora, después de más de un año de haberse marchado, se sentía completo. Y verdaderamente dispuesto a hacer lo que tuviese que hacer.

Brianda, vestida con ropa deportiva negra, con el cabello anudado y llevando consigo un tubo largo metálico, se sintió abatida con esa imagen primigenia de Sergio. Estaba pálido, sucio, demacrado, con facciones menos infantiles que aquellas con las que se habían despedido. Vencido. En el suelo. Pero vivo. Había imaginado lo peor. Cada hora de cada día de su larga espera, a pesar de los videos, a pesar de sus plegarias, había llegado a creer que todo sería inútil, que esos crímenes con dedicatoria a cierto Wolfdietrich terminarían por escribir el peor de los finales. Y ahora que ella y Julio contactaron a Jop, después de un viaje entero de angustias irrefrenadas, para tener que oír de su boca que Sergio estaba secuestrado y no podía asegurarles que viviera, ahora que se habían ajustado a un plan que no permitía errores para acabar con el demonio, ahora que lo veía y se reflejaba en sus ojos, se sintió completamente abatida, abrumada por el alud de sentimientos.

Dejó caer el tubo al suelo.

Apareció un torrente de lágrimas.

Se hincó frente a él y lo abrazó con todas sus fuerzas.

Cuarta parte

Capítulo veintiséis

Fue el último video el que les dio la pista. La imagen de París por la ventana; el audio en francés de la televisión. Diez segundos le bastaron a Brianda para pedirle a Julio que echaran mano de sus ahorros, tal y como él había ofrecido, y corrieran ese riesgo. Fue Pereda quien les confirmó que, en efecto, en el estado de cuenta del señor Otis, mismo que consultaba todos los días por internet, había aparecido la compra de tres boletos de avión a París.

Hicieron el viaje con el alma y la esperanza pendientes de un hilo. En cuanto arribaron a París y pudieron hospedarse en un mesón, ambos se pusieron a hacer llamadas a los diversos hoteles de la ciudad, preguntando, ella en inglés y él en francés, por Felipe Casas y Martín Zúñiga, niños prófugos de su casa, niños buscados por sus papás, sin éxito alguno. El último crimen con mensaje plasmado en sangre para Wolfdietrich los llevó a buscar en las inmediaciones del lugar del incidente; ahí dieron con el penúltimo hotel en el que se habían hospedado, lo que los llenó de nuevos bríos. Cinco hoteles después, un solícito hombre detrás de un mostrador confirmó el registro de dos chicos con los nombres indicados.

Jop, al verlos de pie en la puerta de la habitación, supo, al igual que Sergio, que detrás había un plan trazado, que eso no podía ser simple casualidad, que era menester que estuvieran juntos. Los abrazó y, al instante, los puso al corriente de lo que había pasado.

Julio rentó un auto y fueron en él a la zona identificada por Jop en los mapas gracias al letrero descifrado y a una vista aérea de la región que empataba con lo que había visto en la última foto. Se estacionaron a buena distancia y, con gran sigilo, buscaron algo que les permitiera verificar que ése fuera en verdad el lugar al que Gustav había llevado a Sergio. En ese momento de la tarde el demonio estaba ausente y el almacén cerrado con llave. Ni un alma en los alrededores. Después de escudriñar con la vista, Brianda dio con la prueba irrefutable tirada sobre la tierra: la pierna ortopédica de Sergio. Jop concluyó entonces que Sergio debía estar dentro del almacén y, seguramente, aún vivo, pues en caso contrario, ya habría aparecido su cuerpo en las noticias. Diseñaron entonces un plan concreto. Julio fue a cambiar el auto por una moto y a comprar gasolina mientras Jop y Brianda intentaban forzar la puerta de la bodega con la llave de cruz del auto rentado.

Caía el crepúsculo cuando Julio volvió con cinco galones de combustible, una motocicleta y una palanca de metal más grande para procurar sacar a Sergio de su encierro. No pudieron hacer nada más. El sonido de un motor acercándose los obligó a ocultarse en la casa de madera.

Distinguieron, desde su posición, que se trataba de un taxi, del que se apearon un hombre y un chico rubio. El hombre abrió la cajuela y, de ésta, extrajeron a una niña con uniforme de colegio, atada y amordazada, a quien el hombre llevó en brazos a la bodega. El niño rubio, luego de mirar en varias direcciones, fue también hacia el vacío almacén. A los pocos minutos el taxista se marchó, dejando solos a los niños en la bodega.

Ya era noche cerrada.

Lo que siguió fue tan rápido y tan eficaz que, cuando terminó, a los tres les pareció casi un milagro.

En cuanto las llamas encendieron la casa como si cientos de focos de miles de watts hubieran sido prendidos al mismo tiempo, Brianda tomó el tubo que había dispuesto para defenderse en caso necesario y corrió al almacén. Vio aparecer por la puerta a la niña que corría despavorida para luego escapar sin rumbo fijo. No quiso ir en pos de ella; fue directamente a la bodega.

Se detuvo a pocos pasos de la puerta.

Ahí estaba, en el suelo, tratando de realizar su propia huida, tan maltrecho que se le encogió el corazón. Pero estaba vivo. Contra todo pronóstico, y a pesar del riesgo que habían corrido para poder dar cuenta de la hidra, seguía vivo.

Fue hacia él y lo abrazó con todas sus fuerzas.

—Brianda... Gustav... el demonio... —dijo Sergio.

—Ya nos encargamos.

—¿Quién encendió el fuego?

—¿Cómo dices?

—Que quién...

Fue lo último que dijo, antes de caer en la inconsciencia, en los brazos de ella, que era un río incontenible de lágrimas.

En cuanto se rindió al peso de Sergio y se sentó en el piso, poniendo la cabeza de éste sobre su regazo, lo descubrió. Las manos de Sergio eran dos exánimes y fríos pedazos de carne amoratada.

Julio y Jop aparecieron por la puerta.

—¿Cómo está? —dijo Julio.

—Sus manos... —balbuceó Brianda.

—Tenemos que llevarlo a un hospital —dijo él, inclinándose para tomarlo de los brazos de Brianda.

—Y hay que desaparecer cuanto antes, porque esa gran fogata va a llamar mucho la atención —añadió Jop.

—¿Buscamos a la niña? —dijo Brianda.

—Tendremos que confiar en que la encuentre alguien más —respondió Julio, poniéndose de pie con Sergio en andas.

Llegaron a la motocicleta, donde tuvieron que enfrentar un nuevo problema.

—No puedo llevarlos a todos —se lamentó Julio—. Creo que tendré que cargar con Sergio y luego volver por ustedes.

Brianda y Jop asintieron.

—Nos acercaremos a la carretera y caminaremos en dirección a París —dijo Jop—. Ya nos encontrarás a tu regreso.

—Ayúdenme a atarlo a mi espalda —dijo Julio, sacando a toda prisa una soga de uno de los maletines laterales de la motocicleta.

Puso a Sergio contra su espalda y le pidió a Jop que le diera varias vueltas a la cuerda alrededor del cuerpo de Sergio y luego otras tantas en torno a ambos, antes de que él mismo la anudara sobre su pecho

—Volveré pronto, se los prometo.

—No te preocupes por nosotros —dijo Brianda con la voz apagada por el llanto, luego de acariciar el rostro macilento de Sergio.

Julio arrancó la moto de una patada y, con la luz de las llamas a su espalda, se enfiló a toda velocidad hacia la carretera. Jop y Brianda lo contemplaron por unos instantes, hasta que Jop, un poco más entero que ella, se animó a decir:

—Mejor que no nos encuentren los bomberos franceses aquí. Vámonos. Y sugiero que lo hagamos a través de esos árboles, por si llegan antes.

Corrieron en dirección al bosque para, de ahí, buscar volver a la carretera y caminar a lo largo de la línea de asfalto, en espera del nuevo día o de la llegada de Julio, lo que ocurriera primero. Jop prefirió no romper el silencio, del que sólo se desprendía el ruido que hacían las llamas al consumir la madera crujiente, a cada paso más distantes.

Julio, por su parte, volvió a la carretera y se incorporó al tráfico de regreso a París a toda velocidad. En su mente trataba de dar orden y concierto a todo lo que había ocurrido en menos de veinticuatro horas. El hallazgo del hotel, el inesperado y feliz encuentro con Jop, las malas noticias. La organización exprés de un plan de rescate, las increíblemente difíciles decisiones que tuvieron que tomar, la resolución de enfrentar a su primer demonio, de reconocerse como nunca había querido mirarse a sí mismo.

Mientras sentía la cabeza de Sergio contra su espalda y recordaba la primera vez que el muchacho hizo mención a esa oculta batalla entre el bien y el mal, lo acometió un ánimo de tristeza. Nadie de la edad de Sergio debía tener que cargar con un peso como ése. Y ahí estaba, dando lo último de sí. Un muchacho excepcional, con una sola pierna... enfrentando terrores como el que él había presenciado y que aún no podía creer del todo. Una gorgona, una hidra... ¿qué seguiría?

Sintió deseos de llorar. ¿Y si no le salvaban las manos?

¿Qué sería de él?

Extrañaba tanto a Alicia... quería tanto a Sergio...

Comprendió que jamás podría desentenderse de eso que escapaba por completo de su entendimiento y su razón, pero no le importó. Se dijo que aniquilaría cualquier cosa que se interpusiera entre Sergio y aquello para lo que estaba destinado.

Rebasó un tráiler. Otro. Otro.

Dejó que por sus mejillas corrieran un par de lágrimas.

—Julio... hay que regresar.

¿Fue su imaginación o Sergio había hablado?

Su imaginación, claro. No podía ser otra cosa. Rebasó ahora a un pequeño Volvo viejo y gris.

—Julio. Detente. Hay que regresar.

No, no era su imaginación.

Se orilló y redujo la velocidad hasta que pudo frenar en el acotamiento. Se quitó el casco. Aún no había señales de ciudad alguna. Sólo bosque y espesa vegetación. Los autos pasaban a su lado a toda velocidad, golpeándolos con ráfagas de viento.

—¿Qué dices, Sergio?

—Julio... tienes que llevarme con Jop.

—¿Estás loco? Hay que llevarte a un hospital para que vean tus manos.

—Es inútil, Julio. Por eso tengo que ver a Jop.

—No es inútil. Algo podrán hacer.

—Escúchame —dijo Sergio—. Jop tiene en su poder una bolsa mía. Una bolsa que tiene que darme. Es la única forma de hacer algo.

En Julio hizo resonancia aquella promesa que se acababa de hacer, de romper a puñetazos cualquier barrera que se interpusiera entre Sergio y su misión. Se desató la cuerda del pecho y, con sumo cuidado, tomó los brazos de Sergio para apearse mientras lo sostenía. Luego de poner la varilla de soporte para que la moto pudiera mantenerse en pie, detuvo a Sergio con una mano, sin animarse a bajarlo del vehículo.

—¿Una bolsa, dices?

—Sí. La lleva al cuello. Creo que ahora la necesito.

Julio supo que era importante. No tenía caso ni averiguar ni discutir. Sacó de su chamarra la bolsa de cuero que por tantos años había llevado Farkas al cuello.

—¿Ésta?

En Sergio nació una luz inédita, una chispa mínima de esperanza.

—Sí. Ésa.

—Me la dio Jop antes de enfrentar a la hidra. Me dijo que en ti operaba cierta magia. Que a lo mejor en mí...

No supo ni cómo continuar. Se la extendió a Sergio. Las luces de los autos les obsequiaban fugaces momentos en los que podían verse a los ojos, seguidos de una oscuridad casi completa. Era una noche sin luna, sin estrellas, una noche que se esmeraba por permanecer, de escapar de la aurora, a la que aún faltaban una o dos horas para someter a su ancestral enemigo de cada jornada.

—No. Espera... —dijo el muchacho, resistiéndose a tomarla—. Tenemos que hacerlo correctamente.

—Tú dime.

—En esa bolsa están las cenizas de mi pierna, la que me quitó Farkas cuando era un bebé. El contacto con ella me devuelve a cierta legión de servidores de Edeth a la que pertenezco. Y eso me da... privilegios, por decirlo de algún modo. Necesito que me lleves al bosque y, en cuanto me pongas la bolsa al cuello, me dejes ahí.

—Pero...

—¿Jop y Brianda están a salvo?

—No exactamente.

—Ponlos a salvo y vuelves por mí.

Julio lo miró con mucha distancia. Reconoció que no era ya aquel muchacho al que había dejado de ver hacía más de un año. No era el chico al que le pesaba admitir el papel que jugaba en el mundo. La última vez había sido en su propio departamento, cuando Sergio huyó intentando protegerlo de algo que, de todos modos, terminaría por alcanzarlo.

Devolvió la bolsa al interior de su chamarra negra y ayudó a Sergio a bajar de la motocicleta. Con él en brazos, traspuso el límite entre el asfalto y la naturaleza. Caminó varios pasos al interior del bosque, hasta que la luz de la autopista dejó de filtrarse a través de los árboles.

—Aquí está bien —dijo Sergio.

Julio lo ayudó a sentarse, recargado contra el tronco de un árbol.

—¿Estás seguro, Sergio?

—Quisiera decirte que sí, pero te mentiría. La verdad es que tengo miedo. Me prometí no volver a usar ese supuesto privilegio. Pero creo que no tengo alternativa. No podría ir a ningún lado si no puedo usar mis manos. No le sería de utilidad a nadie.

Julio no pudo evitarlo. Lo abrazó y besó en una mejilla.

—Aquí estaré en cuanto lleve a Brianda y a Jop a París. Te lo prometo.

Le tomó una de sus necrosadas manos. Se la apretó sintiendo la horrible aprensión de estar presionando un pedazo de carne muerta. Le dio una palmada en una mejilla.

Se incorporó y, sacando la bolsa de la chamarra, abrió el cordel para colocarlo en torno al cuello de Sergio. Regresó una de sus manos al bolsillo de la chamarra y extrajo el anillo de oro blanco con las iniciales de Brianda.

—De veras que también te traíamos esto, pero bueno…

Sergio sintió, al ver el anillo, que arriesgaba bastante menos si lo tenía consigo.

—Échalo en mi pantalón, por favor. Y en cuanto me pongas la bolsa al cuello, corre. Y prométeme que no mirarás hacia acá.

Julio asintió. Guardó el anillo en una de las bolsas del pantalón de Sergio. Iba a hacer entrar su cabeza en el círculo de la cuerda cuando éste lo detuvo con la mirada.

—Y por cierto… gracias.

Julio negó sutilmente.

—Es en serio —añadió Sergio—. Gracias por estar vivo. Gracias por no tener miedo. Gracias por estar aquí.

—Vivo estoy de milagro. Y miedo tengo todo el que se pueda tener. Pero te acepto la última, la verdad es que no podría estar en ningún otro lugar del mundo.

Sonrió, aún con la mirada cristalizada. Sergio cerró los ojos. Julio dejó caer el saco sobre el nacimiento del pecho del muchacho.

Y corrió de vuelta a la autopista.

Primavera, 1590

Giordano Bruno accedió a quedarse en Csejthe sólo porque le parecía que no podría volver a sus menesteres sin saber la conclusión de esa aventura. El que la condesa aún no hubiese sido admitida en las huestes de Oodak lo tranquilizó un poco, pero sabía que Ficzkó sí era un demonio en toda forma, un kaschkasch. Y que varios de los guardias eran vampiros. Stubbe corría grave peligro al interior del castillo, entre brujas, emisarios negros y demonios. Pero su necesidad de dar con el espíritu de Nostradamus era mayor que cualquier miedo.

A los tres días de pernoctar en el castillo, donde los gritos de las doncellas en los sótanos del recinto le ponían los pelos de punta, Stubbe descubrió un espectro de calva pronunciada y mirada triste, vestido como cualquier artesano. Uno de los tantos fantasmas cautivos de la condesa.

El atribulado padre de Peeter se encontraba en la habitación de Anna, la pequeña hija de la condesa, verificando que su brazo se encontrara perfectamente inmovilizado, cuando el espectro se presentó con él.

"No hay ninguna explicación para esto", dijo el espíritu en la mente de Stubbe. La pequeña no podía verlo. Era una de las pocas habitaciones con luz del castillo. Stubbe había convencido a Erzsébet de atender la fractura de la niña con motivo de evitar que el conde se molestara por ello.

—¿Cómo dice? —dijo Stubbe al espectro pero sin dejar de sonreír a la niña, a quien una criada había llevado recientemente leche y pan. Jugaba con el brazo bueno haciendo cabalgar un caballito minúsculo de madera.

"Que no es posible que un demonio manifieste un acto de bondad, por mínimo que sea, como usted lo ha hecho. No es lógico. Y, sin embargo, yo mismo lo he visto transformarse en lobo."

Stubbe salió de la habitación de la niña y volvió a la penumbra, seguido del hombre que bien hubiera podido ser un zapatero remendón o un alfarero. Se sentó en una butaca apoyada sobre una de las paredes del frío castillo. El espíritu hizo lo mismo.

—¿Puede entenderme?

—Digamos que he tenido tiempo de sobra para mejorar mi alemán…

—No me delate —dijo Stubbe—. Soy un Wolfdietrich. Estoy ligado a la servidumbre de Edeth, no de Oodak.

El espectro tardó en hurgar en su mente.

—Caramba —exclamó el espectro—. Así que es eso.

—¿Sabe de lo que le estoy hablando?

—El Libro de los héroes, ¿no es así? Conocí un mediador en la corte de Catherine de Médicis. Él me habló de esta lucha que se pelea a las espaldas de todo el mundo. Ni siquiera la reina madre sabía de la existencia del Libro. O de los demonios que operaban al interior del reinado de su hijo Carlos.

Stubbe suspiró. Tal vez su búsqueda hubiera llegado al final. Tal vez ni siquiera hubiera comenzado. Se dio valor mirando al negro cuadro en que se transformaban las escaleras, varios metros a su derecha.

—*Monsieur* Nostredame, usted es la razón por la que vine.

—¿Qué? ¿Me conoce?

—Intuí que se trataba de usted. Vine a rescatarlo… y a pedirle un favor.

El espíritu lo miró contrariado. Enlazó sus manos al frente. Los gritos de terror de una de las doncellas torturadas por la condesa escalaron el hueco de las escaleras y llegaron hasta los oídos de ambos. Hasta los oídos de la niña que jugaba a sus espaldas. Stubbe se levantó y se aseguró de que la puerta estuviera bien cerrada, acción inútil, pues hay terrores que desgarran y traspasan el más duro granito.

—Tiene que ver con el futuro, ¿cierto? —dijo Nostradamus—. El favor que desea pedirme.

—Lo siento mucho —se disculpó Stubbe.

—No se preocupe. Es un don que se convirtió en maldición. Fue Klára Báthory, la tía de la condesa, quien exhumó mis restos y me trajo para acá como un regalo por los esponsales de su sobrina. En aquel entonces era una muchacha sombría pero no del todo mala. Ahora... bueno, eso usted ya lo ha visto. O, por lo menos, oído. No le recomiendo visitar el lavatorio nunca. Es terrible lo que viven esas doncellas ahí. Y más terrible aún lo que vivirán después, una vez que el conde haya muerto.

Un espeluznante grito coronó esta última frase. Stubbe negó con la cabeza.

—Y bueno... —continuó el profeta—, la verdad es que no lo he podido evitar. Revelarle a ella el futuro. Finalmente, estamos ligados de alguna forma.

—¿Ella y usted?

—Sí. Para serle sincero, supe, antes de morir, que pasaría una buena temporada en este castillo. Y sé, como sale el sol todos los días, que Erzsébet Báthory morirá con mi nombre en los labios. Y que no será pronto. Sé que pasarán siglos antes de que esto ocurra.

Wilhelm Stubbe quería dos datos del fantasma que, a su lado, hablaba con pesadez y tristeza. Quería una fecha y un nombre. Y en ese momento le pareció que era la peor de las afrentas. Que nadie permanecería un segundo en un castillo tan abominable como ése si no estuviera retenido a la fuerza. Que era una iniquidad no salvar al espíritu de Nostradamus si podía hacerlo. O a los otros espectros. Y que pedir algo a cambio era, simplemente, una canallada.

—Olvide lo del favor. Sólo dígame dónde están sus restos. Yo romperé el sello y los sacaré de aquí para devolverlos a su tumba. Se lo prometo.

Nostradamus sonrió. La frágil niebla de su imagen era como un hálito de bondad. O así se lo pareció a Stubbe. Al fin había vuelto el silencio al castillo, pero ambos sabían que no sería por mucho tiempo. La muerte habría llevado ese descanso provisional al encierro, pero muchas eran las reclamadas a las entrañas del recinto para obsequiar placer con su dolor a la condesa. Y siempre había una más aguardando su suerte.

—No se preocupe —dijo el espectro—. Pero antes de preguntarme lo que quiere saber, yo necesito que me complazca en un par de cosas.

—¿Cuáles?

—Primero, quiero que me diga, en sólo dos palabras, la verdadera razón por la que está aquí. La verdadera razón por la que salió de su casa en medio del invierno y buscó a Michel de Nostredame sin importarle lo que tuviese que enfrentar, frío, hambre, persecución, entrar a un sitio tan despreciable como éste. Sólo dos palabras.

Stubbe se sintió fulminado en el centro del corazón. Era como si el bondadoso espíritu hubiese hurgado en su mente, en su propio espíritu, en su alma atribulada.

—Mi hijo —dijo con la voz quebrada por la esperanza y el cansancio.

Nostradamus asintió. Y, sin mirarlo, volvió a hablar.

—Ahora la segunda cosa. Quisiera contarle un cuento.

—¿Un cuento?

—Sí. Un relato. Una historia sobre un príncipe. Parece banal, pero es importante. O, al menos... lo será. En algún momento de su vida, señor Stubbe.

Capítulo veintisiete

"Sólo la primera vez duele."

Resultó cierto.

Esta segunda vez no sólo no le produjo ningún tipo de malestar, sino que fue como el ave que descubre que no debe sentir miedo si cae del nido porque puede volar.

Como dejar de luchar por primera vez en la vida. Una exquisita renuncia. La completa sincronía con el cosmos, con el tiempo, con el espacio. Como si una nueva forma de entendimiento le asegurara que el otro lado era el oscuro y éste, en cambio, el luminoso. Como si pudiese elegir y quedarse para siempre.

Corrió.

De hecho, corrió por primera vez en su vida.

Nunca lo había hecho. Cuando empezó a dar sus primeros pasos fue sin una pierna, siempre con ayudas ortopédicas.

Y en cambio ahora…

Apoyaba perfectamente. Podía abarcar grandes distancias sin retrasarse, sin quedar en desventaja con nada ni con nadie. Era el viento y era la vida; por primera vez, la vida.

La noche había dejado de ser una venda en los ojos; podía distinguir perfectamente cada árbol, cada piedra, cada rama y cada hoja, cada grieta en el follaje, cada brizna de polvo, cada ligerísimo movimiento en la quieta trama del paisaje.

"Se puede ser feliz", pensó.

"Se puede formar parte de algo más grande."

"Se puede existir y coexistir."

Se detuvo en sus patas traseras y olisqueó la noche.

Agradeció a las fuerzas supremas del mundo. Estaba en casa. Había llegado. Nunca más se marcharía.

Se recostó en un colchón de hojas secas y se llenó de aromas, de la lluvia reciente, de los pequeños mamíferos, de los insectos rastreros y voladores, del lento girar del mundo.

Nada más existía. Nada más debía existir.

Recostó la cabeza sobre sus patas delanteras y cerró los ojos.

Percibió el golpe de su propio corazón agitado, de su respiración detrás del pelaje, de su magnífica hambre y su extraordinario cansancio.

"Sergio..."

Le pareció que él tenía algo que ver con ese sonido. En alguna otra vida. En algún otro lugar. No aquí donde no cabían la injusticia, ni el dolor, ni la maldad.

"Sergio..."

Dormiría. Sí. Y luego cazaría algo. Y tal vez...

"Sergio", insistió la más dulce de las voces. "¿Qué piensas? Es maravilloso, ¿no es cierto?"

"Lo es", pensó.

"Vaya que lo es", afirmó la voz.

Irguió el cuello. Levantó las orejas. ¿De dónde venía esa caricia del viento?

"Lo es", continuó la voz. "Pero aquí no está Brianda. No está Jop."

¿Brianda? ¿Jop? Eran sonidos que parecían tener sentido, pero...

"No está Alicia", añadió la voz. "Aquí es muy hermoso, pero no hay amor, Sergio."

Buscó el origen de la voz. Nada. Sólo el laberinto de árboles, la oscuridad, el relieve del terreno, el musgo, las hojas, los hongos, la tierra.

"Vuelve con ellos, Sergio. Te prometo que todo irá bien."

"Pero allá hay miedo", respondió Sergio en su cabeza. "Allá hay dolor. No quiero volver. Quiero quedarme aquí para siempre."

"Allá la felicidad es una conquista, no un regalo, Sergio. Y por eso es mucho mejor."

Entonces, el nacimiento de los colores del mundo. En algún lugar del oriente el sol derrotaba a las tinieblas una vez más. El cielo, por encima de los árboles, se pintaba poco a poco de azul. El verde de verde. Y la tierra de tierra, rocío, mañana.

"Brianda", dijo. Y recordó. "Jop", repitió. Y vino a su mente un año completo de compañía. "Alicia", pensó. Y trajo a su memoria una misión inconclusa. "Julio", se dijo. Y un sentimiento de gratitud y confianza lo invadió. Volver, claro. No había ido ahí sino de visita. Volver.

La luz se abría paso en el mundo y en su mente.

"¿Quién eres?", preguntó.

"Soy quien ha de guiarte a la luz, cuando llegue el momento."

Volver. La mañana irrumpía en el bosque como un incendio.

"¿Edeth existe?"

"Existe."

Al fin la figura espectral se manifestaba, pero sólo para desvanecerse en el aire, del mismo modo que la niebla era barrida poco a poco del mundo. Una figura alta, delgada, humana, con la voz más dulce de todas.

"Dime cómo encontrarlo, por favor."

"No puedes. Él tiene que encontrarte a ti."

"¿Entonces mi búsqueda es inútil?"

"Yo no dije eso. Buena suerte."

Volver. A cada minuto sentía que el elíxir hacía su efecto, que no era necesario tomar más, que ahora debía arrojar lejos el cáliz, renegar de su herencia una vez más y volver al mundo, el del odio y el amor, el de las proezas y las derrotas.

"Dame alguna pista, por favor. Sé que he perdido muchas de mis facultades como mediador por haberme atrevido a esto."

"Seguramente. Pero no des nada por sentado, Sergio."

"Por favor."

"Bien. No has de saberlo todavía, pero la clave está en el relato del Príncipe bondadoso."

"¿El relato del Príncipe...?"

No pudo terminar la frase en su cabeza. El día se proclamaba dueño absoluto del mundo. Sergio había consentido en su mente la idea de un regreso y eso había bastado para estar de vuelta. Recostado en la hierba, lo primero que hizo fue mirarse las manos. Eran las suyas, las de siempre. Aún llevaba el tatuaje de la Krypteia en la muñeca izquierda. Estiró y encogió los dedos. Sintió una oleada de alivio.

Se quedó dormido.

Despertó cuando el sol estaba alto. Pero, cuando comprobó que no se trataba de un sueño, se incorporó sobre sus codos. La hierba aún estaba impregnada de rocío, así que no podía ser demasiado tarde. Se sacó el saco del cuello y lo echó a una bolsa de su pantalón. Incluso la fetidez que despedían sus ropas se había ido.

Ayudándose con un árbol, se puso de pie. Tendría que volver a los saltos a la carretera pero no le importó. Sabía que Julio estaría ahí, esperándolo.

No sentía hambre. Ni cansancio. A pesar de todo aquello por lo que lo había hecho pasar Gustav, se sentía perfectamente bien físicamente.

Pero no anímicamente.

Tenía miedo de haber perdido lo único que le podría ayudar a identificar a Edeth en el mundo: su capacidad de detectar héroes y demonios.

Con todo, se orientó gracias al musgo en la superficie de los árboles y la posición del sol. Supo hacia dónde estaba el oriente y hacia allá fue, poco a poco, sosteniéndose de los troncos y las piedras.

Cuando divisó la autopista a lo lejos, tuvo una ocurrencia y la llevó a cabo. Dejó caer la bolsa con sus cenizas al suelo. Necesitaba saber si podía percibir la presencia de Julio mucho antes de acercarse, mucho antes de verificarlo con sus ojos.

Tuvo miedo. Tal vez Julio no se encontrara ahí. O tal vez ya hubiera perdido sus facultades, como había previsto.

No percibió absolutamente nada.

Marcó el árbol donde dejó sus cenizas atorando su chamarra entre las ramas y fue, poco a poco, hasta la carretera. Poco a poco.

Al llegar al borde, se dio cuenta de que Julio no estaba ahí. No se le veía por ningún lado. Ninguna motocicleta estacionada, ni ahí ni a varios kilómetros en ambas direcciones. Decidió sentarse a esperar. Los autos iban y venían, de norte a sur y viceversa, sin reparar en él. Con todo, no se sentía pesimista. Entre más reflexionaba, más se daba cuenta de que no tenía opción. Sin sus manos se habría sentido completamente inútil, completamente a expensas de los demás. Y, a decir verdad, había funcionado perfectamente. Tal y como había operado el mismo milagro cuando escapó de aquel reclusorio, hacía más de un año.

Decidió no amilanarse y esperar. Se puso de plazo hasta que comenzara a declinar el día y entonces detener algún auto, pedir aventón, buscar a sus amigos en París, intentar seguir con su vida.

No obstante, aún no pasaban ni quince minutos, cuando un sentimiento bastante conocido lo acometió. Sabía perfectamente a qué se debía. Y aunque podía tratarse de cualquier otra persona, abrigó desde el principio la esperanza de que...

Un Renault blanco, pequeño, disminuyó la velocidad al aproximarse, hasta que se detuvo por completo en el acotamiento con las luces intermitentes puestas.

En cuanto vio a Julio, el corazón le saltó de júbilo. No sólo no había perdido del todo sus facultades de mediador sino que la espera había sido breve.

—Es increíble —dijo Julio al acercarse y tomar sus manos, estudiarle la cara.

—Sí —sonrió Sergio—. Lo sé.

Una vez que Julio recuperó su bolsa y chamarra, partieron cuanto antes a París. Sergio, en el asiento del copiloto, hizo un recuento bastante frugal de lo que había pasado. Julio, en cambio, sí le contó que en cuanto volvió por Brianda y Jop, nuevamente en auto y no en moto, los encontró a varios kilómetros del sitio en el que todo había ocurrido. Al parecer el incendio había causado algún revuelo pues se veía un helicóptero sobrevolando el lugar a la distancia.

Naturalmente, la noticia de que había abandonado a Sergio a un lado de la carretera sorprendió a ambos chicos, y aunque Brianda quiso ir a apostarse con él al sitio donde lo había dejado, Julio consiguió convencerla de que mejor fueran al hotel a descansar. Una vez que los llevó de vuelta, decidió regresar en seguida. El amanecer lo sorprendió mientras conducía hacia el mismo lugar en donde lo había abandonado. Ahí, después de estar por más de cuatro horas con la vista fija en el bosque, contestando mensajes a Brianda con bastante frecuencia y de mostrar su licencia y pasaporte a un policía al que le causó interés su extraña vigilancia, el hambre se volvió atroz y decidió apartarse por unos minutos para ir a comprar algo. Eran las once de la mañana cuando regresó y lo encontró así, sano y de una pieza, aunque a doscientos metros del sitio original.

—No sabía que hablaras francés tan bien, Julio.

—Tres años de prepa con los maestros más exigentes del mundo.

Fue todo lo que dijeron al llegar a la ciudad. Entraron a París en silencio. Ambos llevaban encima el enorme peso de los acontecimientos, pasados y futuros; comprendía Julio tácitamente que habían cerrado un capítulo, pero los esperaban nuevos retos a la vuelta de la esquina. Esa inexorable convicción lo tenía sumido en sus pensamientos. ¿Qué otros demonios le correspondería enfrentar? ¿Estaba listo? Sergio, por su parte, sólo se atrevió a musitar un tímido "gracias", en medio de ese espeso silencio con el que volvió a ver las calles de París, ahora con un nuevo rostro.

Llegaron al fin al hotel y Julio se detuvo en la bahía frente a la puerta principal. Apagó el coche, se apeó y, antes de dar la vuelta para ayudar a Sergio a bajar, abrió la cajuela para sacar algo. Cuando fue a la puerta de Sergio, antes de abrir le entregó aquello que llevaba en la mano a través de la ventanilla.

—Un regalito. Aunque no lo creas, Brianda la encontró casi en cuanto puso un pie en aquella granja maldita.

"Aunque no lo creas", repitió Sergio en su mente. A cada minuto se convencía más de que su vida dependía de golpes de suerte, de entramados que escapaban a su entendimiento. Ahí, frente a sus ojos, su pierna ortopédica. Y aún con el tenis puesto; aquel que hacía juego con el que ahora llevaba en su pierna izquierda. Se la ajustó ante la paciente mirada de Julio y el hombre uniformado que custodiaba la puerta. Murmuró un nuevo "gracias" y se bajó del auto sin ayuda alguna.

—Voy a estacionar el coche y te alcanzo adentro.

Volvió Julio al volante y abandonó la bahía para ingresar a la calle aledaña en pos del estacionamiento. Sergio se disponía a entrar cuando algo lo hizo mirar hacia un lado. Una poderosa sensación que lo había invadido al momento en que se aproximaron lo obligó a detenerse: un vistazo involuntario a un bistrot por el que habían pasado cuando aún iban en el auto y que fue como una caricia al corazón.

A la distancia, se regocijó en la vista.

Un negocio pequeño, con toldo azul ribeteado de blanco, un gran ventanal y un pequeño pizarrón de pie anunciando precios y alimentos. Dos mesas circulares pequeñas de madera en la zona de calle, cada una de ellas con dos sillas igualmente de madera y patas de hierro forjado. En la mesa más próxima, con la vista puesta en un libro, Brianda. La mano izquierda puesta en su mejilla, el codo sobre la mesa; la mano derecha, oculta en su regazo. Cualquiera diría que se aburría, que leía por compromiso, que tenía la mente puesta en un millón de cosas distantes. O, tal vez, solamente en una.

Los separaban unos veinte metros. A Sergio le pareció, por unos instantes, que siempre había sido así. Que jamás se habían alejado más de esa distancia; que el mundo entero había querido interponerse entre ellos pero siempre había sido como si sólo los separara una calle o un muro. Bastaría con atravesar la calle o rodear el muro para volver a estar juntos. Al menos una cosa sí tenía en claro: jamás se volvería a separar de ella. Porque a una sensación como ésa no se renuncia por voluntad propia.

Caminó de frente. Sacó el anillo de la bolsa de su pantalón y se lo puso. Una fila de autos le impidió cruzar la calle en seguida.

Fue cuando Brianda levantó la mirada, cuando sus ojos se encontraron con los de Sergio, cuando sonrió, acaso por vez primera desde que leyó aquella carta que Sergio ni siquiera le entregó en persona.

Los autos siguieron avanzando. Sergio de este lado de la calle, Brianda de aquél.

Verlo completamente bien la hizo sentir aliviada, pero el leer en sus ojos una nueva promesa, un nuevo pacto a futuro, fue lo que la hizo desmoronarse por dentro, permitirse sentir jubilosa a pesar de los demonios, a pesar de las tareas inconclusas, a pesar de todo. Y supo, como si el destino ya fuera cosa hecha y sólo hubiera que leer en él, que sin importar lo que ocurriese, estarían juntos hasta el final. Que todo comenzaría con ese largo beso que se había jurado darle si lo volvía a ver y que, a partir de entonces, el mundo sería otro. La maldad, el peligro, la muerte, los mismos… pero el mundo, otro.

* * *

Sobre la carretera A15, entre Pontoise y Magny-en-Vexin cae el sol, alargando las sombras.

Los autos van y vienen desdeñando el paisaje. Camiones de varios ejes y sedanes comparten el asfalto en dirección a París en una rápida procesión indiferente.

Pero no siempre es así.

En ocasiones alguien repara en algo y pide al chofer que se detenga. O él mismo presiona el freno, si es quien va al volante. En esta ocasión es una muchacha aburrida quien pone más atención en el correr de los árboles, los postes de alumbrado, los mojones de la autopista que en el conductor, con quien ha tenido una leve disputa. Él quiere ir de frente hasta la casa; ella quiere detenerse en algún lado a tomar algo. Una discusión de nada, pero que los ha distanciado unos cuantos minutos.

La tarde es hermosa. Y no cualquiera repararía en algo como lo que ella vio.

—¿Viste? ¡Detente, Jules! —gritó.

—¿Por qué? ¿Qué pasa?

—Un niño. En la orilla de la carretera.

—¿Qué dijiste? ¿Un niño?

Para entonces él ya ha alcanzado el acotamiento. Ya ha puesto las luces intermitentes. Ya mira por el espejo retrovisor.

Ella prefiere apearse y echar a correr en dirección contraria a los autos. Cuando llega adonde se encuentra el muchacho, se complace con ella misma por tener tan buena vista. Es un chico rubio de lo más hermoso. Se ve hambriento, asustado, necesitado, un poco sucio. Camina por la orilla de la carretera en dirección a París. Paso lento pero seguro.

—Hola. ¿Qué haces aquí? ¿Y tus padres? ¿Estás perdido?

El muchacho responde en alemán. Ella echa mano de sus precarios conocimientos del idioma. Le ofrece llevarlo a la ciudad. Él agradece asintiendo.

Sus largas sombras se toman de la mano.

Capítulo veintiocho

—¿Estás seguro? —le preguntó Jop.

—Completamente.

Se habían apostado frente al edificio de Benedictus. De acuerdo a las últimas noticias, Louis Mercier había vuelto a París y las negociaciones para la adquisición de aquella firma suiza estaban teniendo lugar, así que Sergio sugirió ir al edificio y, sin entrar, llamar al demonio con su propio miedo, si es que éste se encontraba ahí. No tuvo que hacer mayores esfuerzos, lo sintió apenas se aproximaron al inmueble. No obstante, el miedo que experimentó lo hizo pensar si sus facultades de mediador se estaban viendo afectadas, pues hubiera esperado un golpe de ánimo muy cercano al producido por Oodak, Elsa Bay o Gustav.

—Está ahí dentro. En algún lugar —aseveró, mirando hacia arriba.

Había sido decisión del grupo permanecer juntos mientras no hubiera necesidad de separarse, así que acudieron los cuatro. Sergio y Julio por razones evidentes tenían que acompañarse siempre, pero Jop y Brianda dejaron muy en claro que no permitirían quedarse atrás, así implicara ponerse en riesgo de muerte. Aunque no sin cierta aprensión, Sergio acabó por aceptar que ellos podían tomar sus propias decisiones.

—¿Y qué hacemos? —dijo Julio, mirando, como los otros, hacia el enorme edificio de cristales como espejos que, en plena avenida, se erguía como una inexpugnable fortaleza.

—Nada —dijo Sergio—. Sé que vendrá. O enviará a alguien por nosotros.

Sergio no tuvo ningún problema en liberar por completo su miedo. Finalmente, tenía a un lado a Julio. Brianda tomó su mano fugazmente y la acarició. Él devolvió la caricia. Permanecieron de esa forma en silencio, los cuatro, mirando al edificio, a la gente yendo y viniendo, la calle ajustándose al pulso de la ciudad.

En menos de diez minutos un hombre joven y guapo, de cabello largo y traje gris, claramente un oficinista de alto rango, se aproximó a ellos con curiosidad. En cierto modo hacía contraste con Julio, completamente de negro.

—*Peux-je vous aider?* —preguntó, cortésmente.

—*We need to talk to Mr. Louis Mercier* —dijo Jop.

El hombre miró a Sergio, quien había dejado su miedo completamente libre. Y ahora podía decir sin temor a equivocarse que el hombre también era un demonio. Y que igualmente se había sentido atraído por él.

—*Un médiateur* —dijo entonces éste, sin apartarle la vista a Sergio.

—Sí —dijo Sergio.

El demonio y Sergio se midieron largamente con la mirada. Luego, aquél sacó un radio del interior de su elegante saco de corte perfecto y habló con alguien en francés mirando por breves periodos a cada uno de los que pedían audiencia. Después de un rato, asintió. Se inclinó y, sin pedir permiso, levantó la pernera derecha del pantalón de Sergio. Volvió a confirmar en francés al aparato.

—*This way, please.*

Sergio miró a sus compañeros, confirmando su teoría de que llegar a Barba Azul sería lo de menos. El problema estribaría en la negociación por la espada, si es que en verdad la tenía.

Siguieron al hombre joven a través de las puertas de grueso cristal del edificio. Al llegar a la recepción fueron directamente a los elevadores, sin pasar por el registro. Los dos guardias del vestíbulo saludaron con una venia al demonio y éste les devolvió el saludo con indolencia. Una hermosa muchacha se encargaba del registro tras un pulcro escritorio en semicírculo; detrás de ella, con grandes letras iluminadas, el nombre de la firma. Era el típico ambiente aséptico de una empresa dedicada a trabajar con bienes intangibles. A los recién llegados les causó el efecto de estar entrando a una especie de mausoleo.

El hombre de cabello largo, quien parecía un modelo de revista, introdujo una pequeña llave en el tablero de un ascensor al que tuvieron que llegar a través de un pasillo y, hecho esto, apretó el botón para llamarlo. Antes de que se abrieran las puertas, hizo una rápida revisión a cada uno de los tres hombres, palpando por encima en busca de armas. A Brianda le obsequió una sonrisa displicente. Ya dentro del elevador, el hombre presionó un único botón con un símbolo que consiguió que Sergio y Jop encendieran algunas alarmas en su interior: el Clipeus, el sol circundado por un triángulo. En cuanto el símbolo se encendió, la caja metálica cerró sus puertas y comenzaron a bajar en seguida.

—Supongo que es imposible saber si Barba Azul no piensa hacernos sus cautivos allá abajo para devorarnos luego, ¿cierto? —dijo Jop después de un breve periodo de silencio incómodo—. Porque no sé ustedes pero yo siento como si estuviéramos metiéndonos solitos a la boca del lobo.

El demonio no abandonó su postura de manos entrelazadas al frente y no les obsequió ninguna mirada.

—No eres el único —se limitó a responder Sergio.

El elevador descendió por al menos un minuto, lo que a todos les pareció bastante inquietante. Cuando se abrieron las puertas, creyeron que serían pasados a una mazmorra; no obstante, se trataba del mismo ambiente neutro del vestíbulo del edificio, luz blanca y paredes grises sin adornos, no se veía a nadie por los alrededores y, frente a ellos, una única puerta de cristal esmerilado.

El demonio bajó y los llevó hasta la puerta, a la que llamó con gentileza para luego abrir y dejar entornada. Hecho esto, volvió sobre sus pasos para regresar al elevador.

—Adelante —dijo una voz femenina.

Julio pasó primero.

Dentro, la luz era todavía más intensa, el ambiente más aséptico. Se trataba de una amplia sala de espera, alfombrada, con grandes pinturas abstractas en las paredes y sillones de cuero. Una elegante mujer madura, de cabellos blancos, ocupaba una silla de amplio respaldo ante un escritorio con computadora. Por encima de su cabeza, el Clipeus, nuevamente. Ya no había rastros de Benedictus ahí.

Una puerta metálica de doble hoja hacía evidente el probable punto de encuentro con Barba Azul.

—Ahora los recibe Louis —dijo sin levantar la mirada, en perfecto español—. Tomen asiento.

Los cuatro se sentaron en uno de los confortables sofás. Algo había ahí, en ese ambiente, que resultaba engañoso. Todos sabían que no se trataba de una visita de negocios, a pesar de que la dama los trataba como si así fuera; reconocían que un aire siniestro se desprendía de tanta formalidad. Y, no obstante, era casi como si pudieran entrar a la oficina de Barba Azul, preguntarle qué pedía por la espada y salir con ésta después de un par de apretones de mano. El nerviosismo se apoderaba de ellos; no se atrevían a decir palabra.

Sergio notó en poco tiempo que lo que parecía arte abstracto era en realidad imágenes de cortes y tajos hechos a áreas de piel humana, sólo que captados en un grotesco acercamiento por el pintor, como vistos a través de una lupa. Prefirió no hacerles notar esto a sus amigos y optó él mismo por fijar la vista en otro lado.

La dama levantaba los ojos sólo para mirar a Sergio. Bajaba la mirada y volvía a lo suyo por periodos que parecían estudiados, aunque estaba claro que no perdía de vista sólo a uno de los cuatro visitantes.

Se abrió la puerta metálica. Una de las dos hojas liberó un cerrojo y se desplazó ligeramente hacia afuera.

—Pueden pasar —dijo la secretaria.

Parecía tan fuera de lugar agradecer que nadie lo hizo. Sergio, mientras caminaba hacia la puerta, constató que ella no deseaba dejar de mirarlo, como si le fascinara su presencia ahí.

Julio iba a trasponer la puerta primero, pero Sergio lo detuvo.

—Julio, es mejor que te quedes acá afuera.
—¿Por qué?
—Porque el Libro indica que, entre menos sepas, mejor.
Julio lo miró con pesar.
—No entiendo.
—Discúlpame —insistió el muchacho.
Julio suavizó el rostro.
—No se pongan en peligro.
Se hizo a un lado y permitió que los chicos pasaran.

Del otro lado de la puerta no era muy distinto de la sala que acababan de abandonar. Un área muy amplia, un gran escritorio, una silla puesta de espaldas. Aquel que ocupaba el sitio ahí atendía una llamada telefónica en francés sin mostrarse aún a sus recién llegados. En las dos paredes laterales había dieciséis pantallas planas de televisión, todas apagadas. Y detrás de la silla, sobre la pared, una animación interesante, una especie de torbellino de partículas rosáceas que gravitaban en torno a un solo epicentro, un efecto muy bien logrado para tratarse de una pared que parecía ser de piedra, al igual que las otras.

No había sillas para visitas, así que, después de aproximarse un poco, los tres permanecieron de pie. A Sergio le maravilló que, a pesar del evidente nerviosismo que todos experimentaban, ninguno se había amedrentado. Se preguntó cuándo habría dejado Brianda de comerse las uñas. Acaso todos estuvieran creciendo.

Jop hizo un gesto de repulsión y dio un codazo a Sergio. Le señaló el remolino tras la silla. En realidad se trataba de un vórtice de gusanos, miles y miles de pequeñas larvas que giraban lentamente, obedeciendo a alguna extraña fuerza desconocida, en torno a un orificio en la pared, consiguiendo ese efecto de galaxia rosácea rotando sobre su propio eje. Era asqueroso y, en cierto modo, hipnotizante.

Sobre el escritorio había una barra con dieciséis botones equidistantes, todos con el símbolo del Clipeus en relieve. Nada más. Ni computadoras, ni papeles, ni plumas. Nada.

Al fin, aquel que hablaba por teléfono, guardó silencio.

Giró la silla en redondo.

Brianda sintió como si la golpearan en el pecho. Al darse vuelta la miraba a ella.

—Cuánto aprecio su visita, *ma petite*.

Gilles de Rais, en persona, vestido como un empresario exitoso, sonreía. Sus negros ojos demenciales remitieron a Brianda a aquellos días en que su espíritu padeció las amenazas de tortura que le hiciera el demonio en un calabozo en la Ciudad de México. Pensó que se desmayaría, pero se resistió; estar ahí ya era una pequeña victoria. Además, no podía quejarse. Siempre lo supo; aun antes de que se presentaran ahí. Sabía lo que implicaba acompañar a Sergio. Y estuvo dispuesta todo el tiempo a enfrentar su peor pesadilla. Pero comprendió que no es lo mismo imaginar las cosas que vivirlas.

Gilles cambió su mirada hacia Jop.

—Tanto gusto, Jop. Creí que al final te devoraría Farkas. No sé qué haces aquí.

Algo iba a decir Jop pero el demonio, levantando una mano, impidió que hablara.

—Y nada menos que nuestro célebre Wolfdietrich —aseveró, mirando ahora a Sergio—. Con su héroe particular, por supuesto. Que se ha quedado allá afuera para no contaminar su corazón con esta plática. *How charming*.

Tenía los ojos de un degenerado, el gesto de quien se ha atrevido a las peores cosas, pero al menos parecía dispuesto a dialogar.

Encendió un puro. Escupió el humo.

—Denme una razón para no disponer de sus miserables cuerpecitos ahora mismo.

En la mente de Jop apareció una palabra: Baalek, el tipo de demonio al que se estaban enfrentando. De acuerdo a la descripción que hizo Brianda del mismo, Sergio lo identificó plenamente en el Libro. Un demonio cuya única aniquilación es ser arrastrado al agua, hundirlo para que sus miles de advocaciones perezcan ahogadas, algo imposible para un héroe en cualquier circunstancia en la que no hubiese una alberca, un lago o una costa cerca.

Gilles se pasó una mano por la cara como si limpiara alguna suciedad y, al instante, en ésta había una pulpa negra, una masa viva de arañas pululantes que, al cabo de un rato, se posó en su rostro y volvieron a ser uno con él.

—Vamos... una sola razón. ¿No ven que interrumpí una junta importante por ustedes?

—En realidad somos nosotros los que venimos a ver si tienes algo que nos interese. Un dato que nos sea de utilidad porque, en caso contrario, no podremos hacer nada para impedir tu muerte —dijo Sergio, petulante.

Gilles lo miró con una gran sonrisa, que luego explotó en una franca carcajada. Una enorme cucaracha saltó de su cabello a la mesa, extendió sus antenas y volvió a su amo, con el que se integró en seguida.

—Tienes agallas, Wolfdietrich. Eso es innegable. Pero se me agota el tiempo y la paciencia.

—Éste es el tiempo de Edeth —dijo Sergio—. Es cuestión de días para que surja. Y sólo yo puedo pactar con él tu inmunidad.

—Dime una cosa, Mendhoza... ¿Tienes idea de cuánto dolerá ser devorado por una legión de termitas?

—Sabes que tengo razón. Sabes que Oodak me encomendó la búsqueda. Y sabes que ningún demonio es eterno. Ni siquiera aquellos que nacieron hace seiscientos años.

Algo pareció moverse al interior de Gilles. Titubeó. Tal vez fuera ese recordatorio de que podía ser mandado al fuego que no se apaga, como había ocurrido con Erzsébeth Báthory.

—¿Qué dato crees que puedo facilitarte, Dietrich?

—El nombre actual de Edeth en la tierra.

Otra franca carcajada.

—Déjame ver si te entendí —dijo Gilles, negando—. Quieres que te ayude en tu búsqueda de Edeth para que surja y venga a aniquilarnos a todos. ¿No te parece que eso sería algo bastante estúpido? ¡Eres menos inteligente de lo que me hicieron creer! ¿Por qué habría de hacer algo así?

—Porque Edeth puede aniquilarlos a todos... menos uno.

Un espeso silencio. Uno en el que sólo se escuchó un zumbido, el de un moscardón que surgió del cuello de Gilles para comenzar a roerlo.

—La pregunta es... ¿lo sabes? ¿Tienes la espada?

Gilles apartó el moscardón, del tamaño de un ratón grande, de su cuello. Lo puso en el dorso de su mano izquierda, donde el bicho comenzó a morder. Apartaba pedazos de carne sanguinolienta que, al instante, volvían a formar parte de la piel del demonio. Éste lo dejaba hacer como haría cualquiera con una mascota muy querida.

—Supongamos que tengo la espada. Y supongamos que sé el nombre.

—Entonces es cierto —dijo Sergio, maravillado ante la noticia.

—Alguien hizo la predicción hace muchos años. Inscribió el tiempo y el nombre en la empuñadura de la espada. Y me la confió a mí.

—¿Por qué a ti?

—Demasiadas preguntas. Digamos que sé la identidad de tu señor... ¿cómo sé que cumplirá y me dejará vivir hasta el fin de los tiempos?

—Porque eso se puede incorporar al código de los Wolfdietrich —improvisó Sergio—. Edeth puede morir. Todos podemos morir. Pero el código se mantiene. Nadie podría tocarte. Serías el único demonio que prevalecería hasta que la humanidad se extinga.

Gilles apartó al moscardón de nuevo. Lo trituró. Se fundió con su cuerpo.

—Suena tentador... pero creo que tendrás que ganártelo.

—¿A qué te refieres?

—A que se dicen cosas de ti. Que eres el único que puede dar con Edeth. Que eres un tipo de recursos. Que habrías terminado la Krypteia si Elsa no lo hubiera jodido todo. Que has aniquilado a demonios que nadie creía ver caer jamás… y yo estoy seguro de que no eres más que un payaso.

Miró a Sergio. A Brianda. A Jop.

—Te diré la verdad, Wolfdietrich. La única razón por la que no te aniquilo ahora es porque creo que vale la pena divertirme contigo. Y con tus amiguitos. Así que, como dije, tendrás que ganar la espada. Voy a dar una pequeña función contigo para amigos míos muy queridos. Si sobrevives, te doy el nombre. Si no… bueno, de todos modos ya no lo necesitarás. ¿Qué me dices?

—¿Cómo sé que no me vas a engañar al final?

—¿Cómo sé que Edeth va a aniquilar a todos… menos a uno?

Una nueva confrontación de miradas. Gilles le extendió la mano a Sergio.

—No, Sergio… —dijo Brianda—. No puedes pactar con un demonio.

—*How sweet* —espetó Barba Azul con fingida ternura.

—Además… —insistió Brianda—. No sabes si esa "pequeña función" de la que habla no será, en realidad, el espectáculo que va a montar de tu propia muerte. ¿Cómo sabes que tienes oportunidad?

—Cuando no estás gritando de terror eres bastante elocuente, *ragazza* —volvió a decir Barba Azul.

Se puso de pie entonces, echando hacia atrás la silla.

—Hay dos razones por las que los cité aquí y no allá arriba, en donde recibo a la gente que viene a ver al CEO de Benedictus. La primera es ésta.

Extendió la mano hacia el interior del agujero, a sus espaldas, sobre el que gravitaban las miles de larvas adormecidas. Sobre su brazo reptaron algunos negros escorpiones, hasta que consiguió sacar una alargada caja de madera oscura, como el recipiente de una flauta. Frente a sus visitantes, aún con varios escorpiones sobre sus brazos, levantó el pequeño cerrojo dorado y abrió la caja. Dentro, un objeto cubierto por paño rojo. Introdujo la mano y extrajo una pequeña espada, un estilete, sosteniéndolo por la empuñadura.

—Es cierto que es el tiempo de Edeth, Wolfdietrich. En eso tenías razón —dijo Gilles. En ese momento la cabeza de una rata apareció en su cuello y miró con inyectados ojos de rabia a los ahí congregados—. Y también es cierto que conozco su identidad.

Sergio no pudo evitar pensar que estaba a un par de pasos de concluir su búsqueda. Si no fuese porque se trataba de un demonio tan terrible, algo podrían intentar hacer. Desvió la mirada de la espada. La rata se concentraba ahora en él.

—No entiendo. ¿Por qué, si sabes su nombre, no se lo dices a Oodak? —dijo Sergio—. ¿No se supone que estás a sus órdenes?

Gilles de Rais devolvió la espada al paño y ésta a la caja para volver a cerrarla.

—Se supone —dijo con voz grave y no exenta de misterio.

—¿Sabe Farkas que conoces ese dato? —preguntó ahora Jop.

Dirigió el demonio sus oscuros ojos a Jop. Sus cabellos se revolvieron en un repentino enjambre de moscas. Dos segundos después, el revoltijo era nuevamente pelo humano.

—No. No lo sabe, Jop.

Gilles devolvió la caja al agujero en la pared, introduciendo el brazo hasta el hombro. Brianda vio con horror cómo las larvas que se pegaban a su piel terminaban por fundirse con la carne del demonio.

—Eres un chico listo, Wolfdietrich. Y además tienes el Libro. ¿Por qué un demonio como yo querría dar con Orich Edeth? ¿Eh?

Sergio le sostuvo la mirada al responder.

—Porque sólo la espada del Señor de los héroes puede acabar con el Señor de los demonios. Sólo el alma más pura puede exterminar al dragón.

Los ojos del demonio relucieron. Sonrió, complaciente.

—Por eso Farkas y yo actuamos a espaldas de Oodak. Para acabar de una vez con su inservible reinado de porquería. Porque, como bien dijiste, ningún demonio es eterno. Y cuando caiga Oodak, yo seré quien ocupe su silla. Yo y nadie más.

—¿Y por qué, si sabes el nombre de Edeth, no das con él tú mismo y te dejas de tanta tontería? —preguntó Brianda.

—Contéstale tú, Sergio… tanta imbecilidad me abruma.

Ella se molestó sensiblemente, se cruzó de brazos. Sergio, en cambio, había meditado mucho sobre el asunto. Desde que aquel vampiro les había puesto en esa dirección, había llegado a una sola conclusión posible.

—Porque Edeth mismo desconoce su identidad, su potencial. Y hace falta un mediador para convencerlo de que se integre a la lucha.

—*Voilà* —dijo Gilles, girando un poco en su silla—. ¿Y qué mejor mediador que un Wolfdietrich? *Magnifique!*

—Necesitas a Sergio tanto como él te necesita a ti —exclamó Brianda.

—Casi —resolvió el demonio, sonriente—. Hay veintidós copias del Libro. Sin Sergio, puedo recurrir a cualquiera de los otros veintiuno.

—¡¿Y por qué no lo haces?! ¿Por qué no lo hiciste antes si tan seguro estás de tu triunfo? —gritó ella.

—Tal vez lo haga—dijo Gilles con voz monocorde—. Tal vez decida recurrir a esa opción y disponer de ustedes ahora mismo, como dije antes. Tú serías la primera, princesa. Tal vez quieras recordar nuestras sesiones de terror allá en tu país. Tal vez prefieras eso.

Al decir esto, Gilles abrió la boca. Sobre su lengua se posaba una avispa, negra y enorme que voló de su boca hacia Brianda, posándose en su cabello. Ella comenzó a temblar, pero no hizo movimiento alguno.

La avispa caminaba hacia su cuello cuando Sergio intervino.

—¡Ya basta! ¿Y la segunda?

—¿La segunda?

—Dijiste que nos habías citado aquí por dos razones —se atrevió a hablar Jop.

Gilles volvió a mirar con voracidad a Sergio. La avispa abandonó la cabeza de Brianda y regresó con su amo, refugiándose al interior de sus ropas.

—Primero necesito saber si nuestra querida aberración de la naturaleza, héroe y mediador, dos en uno, está dispuesto a pactar conmigo. El nombre de tu señor por un poquito de espectáculo, tal vez la narración épica más grande del Libro de los Muertos. ¿Qué dices, Mendhoza?

Volvió a dirigir su mano hacia Sergio y éste la estrechó sin vacilar. Brianda iba a impedirlo pero era demasiado tarde. No obstante, Sergio no soltó tan deprisa la mano del demonio, a pesar de que una viuda negra caminó por su dorso.

—Déjalos fuera a ellos. Seremos Julio y yo.

Gilles sonrió. Brianda se sorprendió a sí misma enmudeciendo. De repente tuvo miedo. Mucho miedo. Los peores horrores los aguardarían en los próximos días y ella no estaba segura de poder enfrentarlos. Le hubiera gustado oponerse, decir "No, Sergio, déjanos ayudarte". Pero… ¿en realidad podían ella y Jop ayudar?

—Está bien —concedió Gilles—. Pero quiero tenerlos bajo mi custodia, por si acaso.

Sonaba espantoso. Pero estaba hecho. Y no había forma de volver atrás.

—Ánimo, muchachos… —dijo Gilles mirando a Brianda y a Jop, evidentemente afectados—. Tal vez sus dos héroes sobrevivan. ¿Quién sabe? Todo puede pasar.

—Dime una cosa, Gilles —aprovechó Sergio ese mínimo momento de aparente distracción del demonio para cuestionarlo—. ¿Sabes algo del cuento del Príncipe bondadoso?

Y sí. Ahí estaba. Una sutil revelación. Lo negaría pero estaría mintiendo. Entonces… ¿cuál sería la importancia de tal relato?

—No sé de qué me hablas —resolvió el demonio—. La segunda razón por la que los cité aquí es porque se trata de mi lugar favorito cuando estoy en París. Mi sala de relajación.

Dicho esto, miró hacia las pantallas de televisión. Dieciséis en total. Sergio había hecho la liga entre pantallas y botones sobre el escritorio desde que había entrado, pero no podía saber cómo estaban relacionadas.

—Oodak es obsoleto porque sólo detenta el poder. No lo utiliza. Yo tengo el poder y el dinero. Y los utilizo —decía esto con delectación—. Y aunque en principio pensé que tuviéramos nuestra pequeña charla con las imágenes de fondo que me hacen recordar a qué vine a este mundo, luego tomé otra decisión. Sergio, haz pasar a tu héroe.

—¿Por qué?

—Hazlo pasar.

Sergio dudó pero comprendió que no tenía alternativa. Tuvo que confiar que el demonio no haría nada para causarle daño. Fue a la puerta y la abrió. Pidió a Julio, visiblemente consternado, que pasara.

Julio entró. Miró a los chicos. A la nebulosa de larvas en la pared. A los ojos de Gilles. Estaba confundido, pero no temía. O al menos eso le pareció a Sergio.

—Julio... —dijo Gilles mostrándole la barra con botones con el símbolo del Clipeus grabado—. Presiona un botón, el que tú quieras.

Julio miró a Sergio para saber si debía obedecer o no.

—No lo hagas —dijo Brianda.

—Tiene que hacerlo —exclamó Gilles, despreocupado—. Tiene que hacerlo o no hay trato.

Julio se sintió desafiado y, tal vez por el aparente ambiente de tranquilidad que se respiraba ahí dentro, fue a la barra y presionó el cuarto botón de izquierda a derecha. Miró las televisiones. Creyó que alguna se encendería. No ocurrió nada.

—¿Y? —dijo.

—Y eso es todo. Gracias, Julio. Ya puedes salir —dijo Gilles.

—¿Todo está bien, Sergio? —preguntó Julio.

Sergio asintió y aquél, aún confundido, salió por la puerta, cerrándola de golpe.

Gilles entonces accionó un interruptor debajo de su escritorio. Al instante se encendieron las dieciséis televisiones. Lo que mostraban en sus pantallas era espantoso. Escenas de crueldad inaudita.

Los tres chicos miraron lo que acontecía en calabozos, en cuartos de hotel, en sucios corrales, con luz de sol y a mitad de la noche, en escenarios de lo más diversos, donde se torturaba a personas comunes y corrientes.

—¡Hey! ¡Qué pasa ahí dentro! —gritó Julio desde afuera al escuchar los gritos provenientes de los aparatos. Intentaba entrar, pero la perilla tenía que ser girada por dentro para ser liberada—. ¡Muchachos!

Sólo en una televisión el horror había terminado. La víctima yacía en el suelo, muerta.

Era la cuarta televisión.

—¡Sergio! ¿Todo está bien? ¡Respóndeme!

Los gritos en los aparatos se multiplicaban. Gilles miraba alternativamente a los tres muchachos, horrorizados.

—No siempre la ignorancia es el mejor camino del héroe —sentenció.

Y, dicho esto, presionó un botón. El primero de la barra. Al instante, la víctima en la primera televisión dejaba de sufrir para caer muerta, alcanzada por un balazo.

—¡Sergio! ¡Brianda! ¿Todo está bien? —gritaba Julio golpeando la puerta—. ¡Sergio!

La secretaria, a su lado, reía sin dejar de limarse las uñas.

Primavera, 1590

Cuando Stubbe llegó a la casa en la que aún estaba hospedado Giordano, lo encontró echando en su fardel lo indispensable para abandonar el pueblo.

Y de pronto todos los acontecimientos le parecieron ligados entre sí. Nostradamus le había pedido que fuera justo ese día y a esa hora a satisfacer el único encargo del que dependía para revelarle el momento justo en que resurgiría Edeth y el nombre con el que lo haría.

—¿Te vas, Giordano?

El filósofo levantó la vista. Se encontraba a la mesa, de pie. Le agradó ver de nuevo a su amigo.

—Wilhelm... esto me sobrepasa. Te lo advertí el día que llegamos. Hay una bruja que se detiene todos los días frente a mi ventana, intentando volverme loco. Además, las vibraciones que emana el castillo me producen pesadillas espantosas. De veras, lo siento mucho.

—No te culpo. ¿Partes ahora mismo?

Giordano asintió mientras hacía todo lo posible por acomodar en su bolsa la comida, sus escritos y el jubón que le había obsequiado la señora. Terminó por sacar el Libro de los Héroes y ponerlo sobre la mesa.

—Siempre ha sido muy estorboso y muy pesado.

Lo dejó ahí mismo al momento de echarse al hombro su exiguo equipaje.

—Lo malo —añadió— es que estoy seguro de que mi papel en esta lucha no está definido aún. Sé que se me concedió el Libro por alguna razón. Y que tarde o temprano habré de descubrirla.

Stubbe asintió gravemente. Se recargó en una de las paredes y miró con detenimiento a Bruno antes de hablar.

—Yo, por el contrario, creo que todo esto es más bien una especie de cuento de hadas. Uno muy terrible, sí, con monstruos que más valdría desaparecer de la faz de la tierra. Pero no creo que tenga ninguna relevancia en la historia de la humanidad.

—Mi estimado amigo... envidio la enorme capacidad que tienes para enfocarte en lo que más te importa, desdeñando todo lo demás. Por tu hijo serías capaz de cualquier cosa.

—No cualquier cosa. Sólo me están pidiendo el nombre y el momento de un cobarde. En mi opinión, es bastante poco.

Giordano Bruno se sentó por un instante. Stubbe lo imitó. Sirvió agua en un par de vasos y ambos bebieron.

—Tal vez sea prematuro para ti... —dijo Bruno con un aire de resignación—, pero sé que no se trata de ningún cuento de hadas, Wilhelm. Hay cosas que, por alguna razón, me es dado comprender. Como el hecho de que el universo es infinito, o que nuestro sol no es más que una estrella entre millones. De la misma manera te puedo decir que, al menos en ésta, nuestra vieja Tierra, la llegada de Orich Edeth será determinante para derrotar a los servidores del Maligno. Ojalá viviera para contemplarlo... —se lamentó—. En verdad me gustaría.

Stubbe suspiró. La despedida se estaba tornando dolorosa.

—Nos volveremos a ver. Estoy seguro.

—En el Libro hay una sentencia —afirmó Bruno, como si no hubiese escuchado a su amigo— que se repite con bastante regularidad. "No es la espada la que aniquila al demonio... sino la mano que la empuña." Estoy convencido de que tú, mi buen amigo, tienes lo que se necesita para aniquilar demonios. Tal vez hubiéramos hecho buena mancuerna.

—Tal vez. Pero no me interesa matar demonios. Sólo me interesa salvar un alma. Aunque en el camino pierda la mía.

—Pese a que el Libro entero es un compendio de las artes necesarias para enviar a cada demonio al infierno, en el prefacio se advierte de una sola y más sencilla forma de dar cuenta de ellos. Por alguna razón se le considera "ruin e innoble", pero es igualmente efectiva. ¿Quieres oírla?

Stubbe, por respuesta, se puso de pie. Le tendió la mano y lo atrajo hacia sí. Lo estrechó luego en un abrazo.

—Giordano… estaré siempre en deuda contigo.

—¿Quieres oírla?

—No —dijo Stubbe, categórico, y se separó de él—. Sólo una cosa me importa. Pero te agradezco lo mismo.

En el dintel de la puerta, obsequió una última mirada a su amigo. Y, como si Nostradamus hubiese sembrado ese pensamiento premonitorio en él, supo que en verdad era la última y definitiva. Supo que jamás volverían a verse y sintió el corazón destrozado.

—¿Sabes cómo te llaman los habitantes del pueblo, Wilhelm Stubbe, desde que te fuiste a vivir al castillo?

—¿Cómo?

—Farkas.

Stubbe sonrió. Sabía lo que significaba en magiar y, en cierto modo, le pareció que, en boca de su amigo, adquiría una connotación cariñosa.

—¿Te gusta?

—No.

Forzó una sonrisa y, después de hacer un ademán de despedida, desapareció por la puerta.

Capítulo veintinueve

En el vestíbulo del edificio de Benedictus los esperaba el mismo asistente que los condujo a la oficina subterránea de Barba Azul, aquel muchacho guapo con un lugar en la nómina de Oodak. Al verlo, Sergio comprendió que, tal y como sospechó, sus facultades de mediador iban desapareciendo poco a poco, pues el miedo no se presentó con la magnitud anterior. Esa misma mañana, al ver a Julio para el almuerzo en el hotel, tampoco había sentido lo que debía sentir en su presencia. Había corrido el riesgo y ahora pagaba las consecuencias. Decidió no transmitírselo a sus amigos para no preocuparlos, aunque él sí sentía que había dejado ir una parte importante de su ser. Y le dolía. Pero trataba de no concederle demasiada importancia al asunto; finalmente, si Gilles cumplía su palabra, tal vez no necesitara de sus facultades de mediador para identificar a Edeth.

Todos llevaban sus pocas pertenencias en mochilas al hombro, e idénticos estados de ánimo. La gravedad de la incertidumbre se reflejaba en los rostros de cada uno. Brianda, Julio y Jop obsequiaban frecuentes miradas a Sergio, pero él parecía no darse por aludido.

Fueron conducidos por el demonio a un elevador, al que ingresaron sin necesidad de llave. Hicieron el trayecto hasta el último piso, el diecinueve, sin decir una sola palabra, tolerando la música suave y sus propias miradas en los espejos laterales que los replicaban hasta el infinito.

En ese último piso, donde había actividad de oficina, fueron llevados por el muchacho de cabello largo a unas escaleras laterales, que ascendieron hasta una puerta gris metálica con advertencias en francés. Al abrirla, se descubrieron sobre el techo del edificio. Un gran helicóptero negro los aguardaba con la hélice en marcha. Con el viento golpeándoles el rostro caminaron hacia el vehículo, siempre acompañados por el demonio, quien abrió una de las puertas y les pidió que ingresaran. El oficinista dio algunas indicaciones al piloto, quien, de pie al lado del armatoste, revisaba unos papeles. Luego, una vez que cerró la puerta y echó cerrojos, volvió al cobijo del edificio.

—No me gusta nada esto —dijo Jop.

Pero, aunque en todos hizo eco su frase, nadie quiso hacerle segunda. Al interior del helicóptero el ambiente era otro, completamente lujoso. Los asientos eran mullidos, cada uno tenía una pantalla con menú de entretenimiento y su propio servibar, la temperatura era agradable, la iluminación, perfecta. En total eran ocho sitios, de los cuales sólo estaban ocupados los de ellos cuatro. Al fondo, dos sanitarios. Al frente, una puerta que los separaba de la cabina de mando.

—Supongo que no tendrá caso preguntar a dónde nos llevan —dijo Brianda.

—Apuesto diez a uno a que nos llevan a alguno de los castillos de Barba Azul —dijo Jop mientras revisaba el interior de su propia nevera. Sacó un agua de Vichy y le dio un trago. Brianda se santiguó. Sergio no apartaba la vista de la ventana.

El helicóptero levantó el vuelo.

En un instante tuvieron ante sus ojos una de las mejores vistas de París. Sin embargo, el trazo del Sena sobre el dibujo urbano, los monumentos y parques nacionales, el verde y el negro de los tejados, todo se fue empequeñeciendo hasta volver a la ciudad luz una mancha gris como cualquier otra.

En breve dejaron atrás la capital francesa y se adentraron en la provincia. Sólo Jop navegaba por los menús de películas y series de televisión que ofrecía su pantalla; los otros tres no querían ceder a tan gratuita oferta de distracción. Brianda tomó la mano de Sergio a través del pasillo central. La acarició por un par de minutos. Para Sergio fue muy claro que algo quería externar pero no se animaba.

Al fin, cuando por la ventanilla prevalecía la verde alfombra de la campiña, consiguió articular sus palabras.

—Sergio… —dijo como si empujara la voz desde el fondo de sus entrañas—, tengo miedo, pero quiero acompañarte.

—No creo que…

—Déjame terminar —pidió, con un poco más de contundencia—. Me acobardé cuando le pediste a Barba Azul que sólo los involucrara a ti y a Julio. Pero ahora sé que si no te acompaño no voy a poder con esto que me come por dentro. Además… fue por esto por lo que vine, para estar contigo, así tuviera que pasar por las peores cosas.

Sergio la miró, comprensivo. Correspondió a las caricias que le hacía ella.

—Te juro que si supiera que tenemos más oportunidad contigo o con Jop, yo mismo les pediría que se unieran. Pero estoy seguro de que no. Así que prefiero que estén a salvo.

—Pero…

—Cuando te dejé allá en México, lo hice por las mismas razones. Creía que era mejor dejarte atrás, siempre y cuando estuvieras bien. Ahora sé que si hubieras partido con nosotros, la búsqueda habría sido menos dura para mí. Y eso hubiera sido bueno. Así que, si pudiera regresar el tiempo, te pediría que vinieras con nosotros.

Ella sonrió. Desvió la mirada. Apretó con fuerza la mano perfectamente restablecida de Sergio.

—Pero esto es distinto —continuó él—. Y sé que pedirte que me acompañes puede ser algo de lo que podría arrepentirme toda la vida. De veras perdóname. Pero no te preocupes —forzó una sonrisa—. Vamos a salir bien de ésta. Y te prometo que lo primero que vamos a hacer es asistir al ballet en París. Estaban pasando *La Cenicienta* el otro día en la Ópera nacional.

—Es una promesa.

Volvieron al ominoso silencio. A la mirada sin destinatario. A la mente en todo y en nada.

Fue al cabo de media hora, aproximadamente, que advirtieron cómo el helicóptero dejaba de avanzar para detenerse por encima de un yermo y triste paraje, enclavado al interior de los alpes franceses.

—Esto está raro —dijo Jop.

Los demás también sostenían la vista en el desolado valle que se encontraba circundado por montañas, mostrando poca o ninguna vegetación. Algunas casas se distinguían a la distancia, todas de apariencia humilde, acaso abandonadas. Entonces, poco a poco, el vehículo comenzó a descender. Después de unos cuantos segundos, sintieron como si el aparato tuviera que oponerse a una fuerza en sentido contrario que les impedía bajar más, como si estuvieran intentando entrar a un océano invisible.

En seguida, la fuerza cedió. Y apareció ante sus ojos un enorme castillo amurallado. Con sus altas torres almenadas, surgió como una visión en donde antes no había sino yerba seca y tierra gris. Sergio recordó al instante cuando fue llevado al castillo negro de Oodak y pensó que había cierto tipo de magia que jamás conocería porque no estaba descrita en el Libro.

El patio central del castillo engulló al helicóptero. Y de una de las puertas laterales del gran edificio, apareció un hombre calvo con atuendo de labranza. Un hombre fornido con un solo ojo al centro de su cara curtida por los años.

Aún no bajaba del todo el vehículo y el cíclope ya estaba apostado a un lado del sitio en el que habría de tocar tierra. La polvareda no lo amedrentaba. Y su único ojo pestañeaba como si estuviese acostumbrado a esa rutina.

El motor del helicóptero fue apagado. Los cuatro pasajeros se miraron con la certeza de que, al abrirse la puerta, se terminaría esa falsa sensación de estar viajando como turistas, que el confort quedaría para siempre atrás.

Por la puerta apareció el rostro del piloto, quien les indicó que bajaran. Cada uno tomó sus pertenencias. Jop llevaba consigo el saxofón del Rojo, pero se lo pasó a Sergio para que le ayudase a cargarlo mientras descendían.

Bajaron por la escalinata y en seguida se sintieron intimidados por la mirada de un ojo del cíclope, alto, rechoncho y de gesto malhumorado. El castillo tenía un edificio principal y dos accesorios; Sergio pudo notar que las tres secciones estaban interconectadas, y que el estado del edificio era lamentable. La muralla también era un vestigio de lo que alguna vez había sido, pues tenía huecos por todos lados, señal de que ya no importaba mantener lejos a ejército alguno. La puerta principal del castillo colgaba de sus goznes. ¿Qué les esperaba ahí dentro?

—*Le Livre* —dijo el cíclope, molesto.

Un sonido lo distrajo. El piloto, aún en tierra, recibió una llamada a su celular. Asintió un par de veces y luego fue hacia Jop y Brianda.

—Ustedes dos —dijo en español—. Subir de nuevo.

Sergio sintió como si recibiera un golpe en el estómago. Así que ahí tendría lugar lo que le esperaba; no era una estación temporal. ¿Volvería a ver a sus amigos?

Brianda y Jop no obedecieron al instante. Tal vez ella estuviera reconsiderando esa separación, tal vez se arrepentiría. Miró a Sergio con el alma hecha pedazos y se rehusó a subir. Jop, por su parte, llevó su mano al cuello y la introdujo debajo de su camisa para extraer el saquito. Se lo mostró a Sergio, quien tuvo que hacer un mohín de resignación: era demasiado tarde. Brianda no quería obedecer. Jop tampoco, convencido de que tal vez podría arrancarse el saco, arrojarlo a las manos de Sergio...

Tal vez...

El piloto sacó una pistola y apuntó hacia el rostro del rubio muchacho, acabando con cualquier intentona posible por entregarle la bolsa.

—Nos veremos pronto, Serch —dijo Jop—. Es un hecho.

Brianda, en cambio, no pudo agregar nada. Con el rostro transido de tristeza, volvió al helicóptero. Sergio trató de ser fuerte, pero no pudo apartar la vista de la ventanilla en la que apareció la cara de ella.

—*Le Livre*! —dijo el cíclope nuevamente.

—Sergio… —intervino Julio—. Está pidiendo el Libro.

El muchacho se vio obligado a reaccionar. Se descolgó la mochila de los hombros y, de ésta, extrajo el Libro de los Héroes. Lo entregó al cíclope.

El monstruo balbuceó algo en un idioma incomprensible. Escupió sobre la portada y comenzó a despedazarlo, tirando con furia de cada hoja hasta dejarlo hecho un amasijo de papeles irreconocible. Sergio no se inmutó. El cíclope rio, mostrando su dentadura podrida.

El piloto negó con fastidio y se apartó, para subir de nueva cuenta al helicóptero.

—*T'es rien*—gruñó el cíclope nuevamente.

—Dice que eres un farsante —tradujo Julio. Y luego, continuó con el resto de la perorata que salió de la boca del monstruo—. Dice que, aunque te estás muriendo de miedo, él no pudo sentir nada. Así que no debes ser ni héroe ni mediador.

Sergio tuvo que concederle al demonio ese punto. Él tampoco había sentido nada. Tal vez, en efecto, había quedado para siempre en el pasado su vida como poseedor del Libro. Acaso ni siquiera volvería a él íntegro, como era su costumbre.

El helicóptero encendió sus motores. Levantó briznas de hierba y polvo y se perdió en el cielo con una rapidez que sorprendió a Sergio. O quizás estaba distraído mirando al fondo del patio. Sobre una de las paredes de la muralla, una enorme araña, del tamaño de un león, descansaba como aguardando alguna posible presa. Una médel, un demonio de los más terribles, había escapado a su percepción.

Ahora estaba seguro. El mediador había quedado para siempre en el pasado.

No había rastros del vehículo en el cielo cuando la araña caminó por la pared hacia el interior del castillo, ingresando por un vitral medianamente destruido.

—Tienes solamente dos tareas —dijo el demonio de un solo ojo en francés, haciendo las necesarias pausas para que Julio tradujera—. Descubrir tu misión y llevarla a cabo. Todo quedará registrado en El Libro de los Muertos. Puesto que usualmente sólo viene un héroe a la vez, el señor Woodsworth sólo narrará lo que te pase a ti —dijo señalando a Sergio—. En cuanto les muestre sus habitaciones, comenzará este capítulo.

El cíclope caminó con celeridad hacia el castillo. Sergio recogió su mochila y el saxofón del Rojo y lo siguió, al lado de Julio.

—Mucho me temo que nos van a separar... —dijo Julio—. Así que hay que hacer todo lo posible por reunirnos cuanto antes.

Sergio asintió tratando de no quedarse atrás por el impedimento de su pierna. No se escuchaba nada más que sus pasos. Era como si esa zona del mundo hubiera renegado de toda forma de vida a excepción de la demoníaca. Nada se escuchaba del otro lado de la derruida pared del muro; tampoco al interior de ésta. El suelo no era más que polvo seco. El cielo igualmente había perdido sus colores y no era más que una apagada y fría bóveda.

Traspusieron el hueco de la puerta desencajada y los envolvió un nuevo ambiente, húmedo y oscuro. El castillo, al interior, estaba también en ruinas. Parecía víctima de un saqueo. Cuadros y muebles, destruidos; se respiraba un aire de desolación terrible. Caminaron de frente, hacia las amplias escaleras que llevaban al piso superior y de inmediato dieron con un esqueleto, aún con las raídas ropas encima.

—Capítulo 103, Mary Ann White —dijo el cíclope en francés, sin aminorar el paso.

A Sergio lo acometió un estremecimiento de tristeza. La bondad aniquilada, ahí a sus pies. Una de las muchas posibilidades de acabar con el terror, ahora sólo huesos a los que nadie había llorado y nadie había dado justa sepultura.

Avanzaron por un pasillo lateral que, en saliente hacia la bóveda central, también mostraba algunos esqueletos a los cuales el demonio no quiso hacer referencia y sobre los cuales pasó sin mostrar afectación alguna. En un codo del corredor, se adentraron hacia el interior del castillo. Más esqueletos y más señales de pelea.

Comprendió Sergio que el castillo era el campo de batalla, y que su estado era el resultado de siglos y siglos de peleas rudimentarias. Junto a un pilar, el demonio tomó una cadena que se encontraba afianzada a éste. Una de las puntas terminaba en un grueso collarín de metal, que cerró en torno al cuello de Julio, para luego asegurarlo con un candado.

—Tú te quedas aquí —dijo de nueva cuenta en francés.

Sergio tuvo el impulso de despedirse de él, pero lo consideró de mal agüero. Prefirió fijar la mirada en su amigo antes de abandonarlo por completo a su suerte, lleno de preguntas, súbitamente atado a una columna por una larga cadena, su propia mochila en el suelo.

Volvieron Sergio y el demonio sobre sus pasos y, cuando estuvieron de nuevo en el pasillo con vista a la nave central, el cíclope cerró la puerta que conducía a la columna en donde dejaron a Julio. Luego, fueron hacia un ala del palacio en la cual se encontraba una de las cuatro torres. Ascendieron por una amplia escalera de caracol, en cuyo camino se encontraban varias puertas de gruesa madera con cerrojo de hierro. Después de varios metros de ir detrás del monstruo, éste al fin se decidió por una habitación que, como las otras, no tenía picaporte en la puerta. Introdujo una llave maestra e ingresaron a un cuarto pequeño en el que no había señales evidentes de peleas encarnizadas. Había una cama, una cómoda, un ropero, una jofaina y una jarra de agua, un pequeño privado con un cubo para hacer sus necesidades, una ventana con los cristales completos y en su lugar. Junto a la puerta, empotrado sobre la pared a la altura de sus ojos, había un marco metálico con una manija.

—*Le chapitre commence maintenant*—dijo el monstruo en cuanto lo abandonó ahí y echó llave nuevamente por fuera.

Había comenzado.

Y Sergio no tenía ni idea de lo que tenía que hacer para lograr sus únicas dos tareas: descubrir su misión y llevarla a cabo.

Depositó sobre la cama su mochila y el pequeño catafalco negro en donde venía guardado el sax del Rojo.

"¿Y ahora?", se preguntó.

Tenía hambre y ganas de ir al baño. Pero no le parecía que valiera la pena dar atención a ninguna de ambas necesidades. No mientras no definiera cuál era el paso a seguir.

Advirtió un frío peculiar. Uno que ya había sentido antes y que probablemente no tenía que ver con el clima.

Abrió la ventana sobre el muro curvo para darse una idea del lugar en el que se encontraba, puesto que el cristal estaba sucio. El horizonte se mostraba lejano hacia la izquierda, hacia el sitio por el que debía descender el sol según su brújula. Hacia el frente, no obstante, una montaña cubría buena parte de la vista. A la derecha, la continuación de la cordillera. Hacia abajo, el terraplén, a unos treinta metros. Dedujo que se encontraba al norte del castillo. Más allá, no supo qué más conclusiones podría sacar. Se propuso revisar hasta el último rincón del cuarto en busca de una pista, así como había hecho en aquella primera prueba de la Krypteia.

Pero en cuanto giró la cabeza para mirar al interior, fue presa de una nueva conmoción.

Un espectro de ojos blancos lo observaba, de pie a un lado de la puerta. O al menos parecía que lo observaba, pues en sus ojos no se distinguía ni la sombra de una pupila, cubiertos completamente por una grisácea tiniebla. Llevaba barba crecida y atuendo decimonónico, levita, corbatín, zapatos anchos, todo en míseras condiciones. Las manos estaban llenas de cicatrices, y las uñas eran negras y crecidas.

—¿Quién es usted? —dijo Sergio.

Pero el fantasma no le respondió. En vez de ello, murmuró:

—*Book of the Dead. Chapter 184, Sergio Mendhoza. Day one.*

Capítulo treinta

Libro de los Muertos

Capítulo 184, Sergio Mendhoza

Día uno.

Es un muchacho de quince años a lo más. No parece asustado, si acaso un poco preocupado. No comprende qué hace aquí y, como sus antecesores, busca alguna pista con la mirada. Lo increíble es que ha detectado mi presencia, lo cual lo hace ya un espécimen digno de ser estudiado de cerca. En todo caso, el compartir la celda conmigo no parece perturbarlo demasiado. En mi opinión, ha visto y ha experimentado cosas que lo han fortalecido. Busca en los muebles. Ahora da con una llave en el cajón de la cómoda y, como es de esperarse, la prueba en la cerradura. No coincide. Se sienta en la cama a pensar. Vuelve a su búsqueda. Llama su atención el pasadizo de los alimentos. Tira de la manija de la compuerta metálica y confirma que es un hueco para comunicarlo con el exterior, pero muy reducido, imposible intentar huir por ahí. Deja de buscar, no ha dado con nada. El ropero está vacío. Nada debajo del colchón o de la cama. Me mira. Me interpela. No parece asustado. De los héroes que he visto pasar por aquí es, definitivamente, el más joven. Va al privado y vacía la vejiga en el cubo. Se detiene en las tres hojas de papel sujetas con un clavo a la pared. Vuelve a la recámara. Se recuesta en la cama y procura pensar. En este momento se despoja de una prótesis que usa en la pierna derecha. Confirmo que es bastante más peculiar de lo que había pensado. El más joven y, seguramente, el que más pronto encontrará la muerte. La noche ha llegado. Tal vez extrañe la luz, pero no se muestra afectado. Se queda dormido.

Brianda leyó con pesar el capítulo correspondiente a Sergio Mendhoza, día uno, en su teléfono celular.

Levantó la vista y se llenó de congoja. Se encontraba sola en el comedor del piso cuatro del Lune Noir, hotel de cinco estrellas en la riviera francesa. Ocupaba una mesa de las dieciséis que se encontraban ahí, todas vacías excepto la suya. El mesero de asignación permanente la miraba de pie, solícito, esperando cualquier señal para atenderla.

Eran las siete de la tarde del noveno día de estancia ahí. Y puesto que apenas se había enterado de la existencia de la aplicación "BD" para bajarse en el celular, el mejor medio por el cual los miembros de la élite podían consultar el Libro de los Muertos, recién se había atrevido a asomarse. No habían pasado ni diez minutos desde que bajara la aplicación.

Había leído, con enorme angustia, el fragmento correspondiente al día uno. Temía bajar la pantalla hacia el día dos. ¿Y si Sergio ya formaba parte de la larga lista de héroes muertos? Finalmente habían pasado nueve días. Y ella apenas se enteraba de la única forma de estar al pendiente. La dama que le había revelado la existencia de la aplicación lo hizo con indiferencia, apenas una hora atrás. Fue justo en el momento en que descubrió que todos los ahí hospedados formaban parte de una élite de demonios con extenso historial de crímenes. La señora, una mujer de apariencia normal, entrada en años, charló con ella en el vestíbulo del hotel de temas triviales, aprovechando una noticia que leía en ese momento en un diario. Luego, mencionó cierta festividad de sangre que tendría lugar ahí en el hotel y Brianda comprendió que ése no era un lugar como cualquier otro y que la señora le estaba obsequiando un guiño de complicidad. Al cabo de un rato, la señora le acarició la cara y le preguntó si era cierto lo que se decía: que no estaba ahí por su padre o su madre, sino por sus propios méritos. Brianda prefirió callar. La dama sacó sus propias conclusiones y la felicitó. Le dijo que era digno de celebrarse que hubiera sido admitida por Oodak tan joven. Le sugirió que se vieran en algún otro momento.

Brianda llevó su vista al celular. El día dos estaba ahí, justo frente a ella. Bastaría con recorrer la pantalla con la yema del dedo índice para avanzar hacia abajo y saber lo que había acontecido con Sergio. Suspiró. Pidió café.

Desde aquel primer día que ya le parecía tan lejano, todo fue una total incertidumbre. El helicóptero los dejó a ella y a Jop en una explanada de hotel, y de inmediato advirtieron que se trataba de un sitio muy lujoso con acceso al mar Mediterráneo. En cuanto pusieron los pies fuera del vehículo, fueron recibidos por una amable señorita que los estaba esperando para conducirlos a sus habitaciones. En el camino pudieron comprobar que el sitio contaba con campo de golf, canchas de tenis, piscinas, spa, teatro y casino. No tuvieron que registrarse ni nada, pasaron de largo por la recepción. En cuanto la señorita los dejó en sus enormes cuartos con vista al mar y les entregó sus llaves, les indicó en un muy correcto inglés que eran huéspedes dilectos del señor Louis Mercier, el dueño, y que tenían derecho a usar todas las instalaciones y a pedir lo que quisieran. Ambos se sintieron automáticamente tristes. El contraste con el lugar en el que habían abandonado a Sergio y a Julio era casi una burla. ¿Qué hacer para no morir de la frustración? Barba Azul les había pedido presentarse a la cita con Julio y con Sergio, pues había indicado que deseaba tenerlos "bajo custodia". Pero jamás se esperaron esto. Brianda incluso había creído que tal vez los encerraría en una mazmorra. Y creía estar lista para ello. En cambio…

… en cambio…

Bajó con el dedo el texto de la aplicación. En la parte superior, una calavera llorando sangre, una espada rota, y la leyenda "Book of the Dead", configurado en idioma español.

Día dos.

Sergio Mendhoza despierta con la luz de día. Lo primero que hace es reconocer el lugar. El Libro de los Héroes fue traído por un guardián durante la noche y se encuentra sobre la cómoda, así que este chico no sólo es un héroe sino también un mediador. Ahora comprendo el interés que hay en su persona. Me mira sin arredrarse. No ha llorado como otros. Ni siquiera pasó mala noche, tal vez estuviera muy cansado. Ahora se pone la prótesis y va al privado, donde vacía el intestino y utiliza los tres papeles en el clavo dispuestos para tal efecto. Al terminar esta operación rutinaria, va a la ventana y mira hacia afuera. Se inclina para abarcar más con la vista. Murmura un nombre: Julio. Luego, me mira y advierte que hago una descripción de sus actividades. "Así que de eso se trata el Libro de los Muertos", conjetura. "Una narración de la muerte de cada uno de los héroes traídos aquí". Se sienta en la cama. Toma agua. Aguarda. Vuelve a la ventana. Ha permanecido ahí por tres horas, sólo contemplando el paisaje. Le llama la atención la presencia de Mormolicoe, a la distancia. La bruja se ha hecho presente para hacer ver a Mendhoza que no ignora su paradero. Su estampa es casi poética, paseando sin motivo aparente por el corredor almenado de la muralla, arrastrando su túnica, sin apartar sus ojos rojos del muchacho. Ahora llega la comida, dos golpes al metal y Mendhoza adivina de qué se trata. Va a la compuerta y la abre por este lado, operación que sólo es posible si ya está cerrada la compuerta exterior. Una hogaza de pan, carne seca, puchero y agua. Lo de siempre. Mendhoza examina la comida con desconfianza y luego la deglute con paciencia. Me mira, tratando de sacar conclusiones. Vuelve a revisar el cuarto entero, convencido de que algo ha pasado por alto. Arranca las sábanas de la cama, la voltea. Lo mismo el ropero y la cómoda. La noche lo sorprende mirando la llave. Antes de volver a dormir, va al baño y toma agua.

—Es un pasatiempo de Gilles que gusta a muchos —dijo la dama al referirse al Libro de los Muertos—. Una tonta parodia del Libro de los Héroes.

Brianda había preguntado directamente, pues le parecía que era la única pista. Barba Azul lo había mencionado. Y, por lo visto, no se equivocó.

—Tiene cautivo al espectro de un autor inglés de apellido Woodsworth, un hombre que cometió diversos crímenes para poder hacerlos literatura, cosa que nunca consiguió pues carecía de talento. Al morir el fallido autor, nuestro querido anfitrión se apropió de su espíritu y lo puso a trabajar. La idea del libro data de hace unos doscientos años. El libro es actualizado en tiempo real por la pluma de una médium al servicio de Gilles que está en constante comunicación con el fantasma del castillo. Hoy en día cualquiera puede consultarlo en internet. Antes, sólo lo presumía en reuniones de la élite como una fehaciente demostración de la supremacía del mal. La mayoría lo hemos leído con gran regocijo pues Woodsworth se solaza describiendo cada muerte como si fuese él mismo quien la ejecutara; en mi opinión, antes de ser un artista, siempre ha sido un sádico.

La dama sonrió y sacó su propio celular. Le mostró la aplicación, misma que debía descargarse de una dirección tecleada letra por letra; en ninguna tienda se encontraba referencia alguna. La calavera llorando sangre. La espada rota. La leyenda: "Book of the Dead".

—Ahora mismo se está llevando a cabo el capítulo 184 —añadió ella—. Un héroe llamado Sergio Mendhoza.

Lo dijo con indolencia pues, en su opinión, ese pasatiempo de Gilles había perdido vigencia. A nadie importaba ya la muerte de un héroe puesto a prueba.

—La mayoría no llega al día veinte. Y desde que yo recuerdo, ninguno ha logrado siquiera acercarse a Las Fauces.

—¿Las Fauces?

—Deberías descargar la aplicación. Hay capítulos que son un verdadero deleite. Algunos han sido ilustrados por artistas muy buenos. Lo interesante esta vez es que han llevado a Mormolicoe, la bruja del sueño, al castillo. Y todos sabemos de su predilección por comer crudas las vísceras de muchachos como éste, además de su carácter milenario.

En cuanto se despidió de la señora, descargó la aplicación. Ingresó la contraseña que ella le proporcionó. Pulsó sobre el capítulo "Sergio Mendhoza". Se sorprendió rezando.

Día cinco.

Mendhoza tiene ahora una mirada distinta. Después de varios días de seguir la rutina de comer, hacer sus necesidades y arrojarlas por la ventana, confrontar a la distancia a la médel o a Mormolicoe, dormir, preocuparse, ha decidido que la huida tiene que venir de lo que tiene frente a sus narices. De un estuche negro ha extraído un instrumento, un clarinete o algo así. Lo ha intentado utilizar para hacer palanca en la puerta, sin éxito, al igual que intentó con su propia pierna el día de ayer. Ha intentado hablar conmigo y con Cyrus cuando le trae sus alimentos, pero no ha conseguido nada.

Si supiera que a las siete semanas se abre la puerta y se corta el suministro de los alimentos, tal vez no se apresuraría tanto por salir. Pero es comprensible. Todos lo intentan. Pocos lo logran.

Siete semanas para que se abra la puerta de la celda y se permita a Mormolicoe entrar al castillo.

Siete semanas para que la bruja disponga de su merienda.

Siete semanas para que todo acabe.

Debo admitir que el recurso de la llave es nuevo para mí. Quisiera también saber qué puerta abre o a qué se debe. Desde hace más de un siglo el procedimiento es el mismo; se les proporciona un mapa, una espada y una soga. En cambio ahora, esta novedad de la llave. Y nada más.

Nada más.

Día siete.

Impresionante.

Sus primeras palabras el día de hoy han sido: "Una cueva. Una cueva como una boca".

Y me ha mirado.

Me ha mirado como buscando una confirmación.

Va ahora a la ventana y se queda ahí, de pie, esperando a que la bruja haga su rondín diario. Ella aparece a media mañana y, desde su posición de siempre, sobre la muralla, lo observa sin mutar el gesto en el rostro.

"Garras de gato", se dice Mendhoza.

"Una cueva como una boca."

"El Señor de las moscas."

Impresionante. ¿Cómo lo supo?

Cualquiera diría que tiene contacto con los muertos… pero aquí no hay más muerto que yo.

O ha adquirido el don de la adivinación.

¿Cómo lo supo?

Día ocho.

Ha comenzado a hacer tiras las sábanas. Una por una. Se confecciona una cuerda, lo cual es absurdo, pues jamás lo soportaría una cuerda tan liviana.

Un recurso tan absurdo como el que se les proporciona a otros héroes, que confirman rápidamente que salir por la ventana es inútil, pues la soga suele ser muy corta.

"Habitaciones", lo oí murmurar.

"Sus habitaciones", como si repitiera algo que escuchó en otro lado y ahí se encontrara alguna respuesta.

No está desesperado.

Y en ocasiones murmura nombres como si repitiera plegarias. Alicia, el primero. Y Brianda, con mayor frecuencia.

Brianda.

—No vas a creer lo que encontré —dijo Jop al acercarse a Brianda con su laptop abierta. Luego, advirtió el rostro grave de su amiga y preguntó—. ¿Todo bien?

Ella se pasó una mano por los ojos para evitar que su amigo advirtiera por lo que estaba pasando. Se limpió las lágrimas discretamente.

—Está vivo, Jop. Al menos sabemos que está vivo.

—¿Qué? ¿Cómo lo sabes?

Ella le mostró rápidamente la pantalla del celular. Le explicó que el capítulo seguía activo pues el renglón estaba en púrpura y no en negro como todos los anteriores, del uno al ciento ochenta y tres. Le contó todo lo que sabía sobre esa nefasta aplicación de celular. Woodsworth, el Libro de los Muertos, la bruja que atacaría a Sergio en cuanto se le permitiera entrar al castillo en siete semanas. Le hizo saber que el Lune Noir estaba lleno de demonios. Que la gente con la que habían convivido todos esos días sin intimar en ningún momento rendía pleitesía a Oodak y a su Señor maligno.

—Es justo lo que te iba a contar —dijo Jop.

Miró con recelo al mesero, quien a la distancia, buscaba en la televisión algún programa interesante.

Puso su laptop en la mesa y le mostró.

—Di en mi base de datos con varias propiedades que no pertenecen a un solo demonio, sino a varios que conforman la élite universal —dijo en un susurro—. Este hotel es uno; por eso no lo encontré en las propiedades de Gilles. Y no está abierto al público. De hecho, hay que ser un demonio para poder estar aquí. Los que atienden, ya te imaginarás, son emisarios negros.

El mesero no se dio por enterado. Seguía zapeando con el control la televisión empotrada en la pared. Un noticiario en francés fue lo que eligió después de un rato.

—Era demasiado bueno para ser verdad —concluyó Jop con un gesto de decepción.

De cualquier modo, no tenían mucho de qué arrepentirse; nunca habían querido hacer uso de ninguna de las amenidades del hotel, solamente de las comidas y los servicios al interior del cuarto. Nunca habían querido hacer sentir a Barba Azul, si es que estaba al tanto de lo que hacían, que disfrutaban de su "generosa" invitación.

—Ojalá que Julio también esté bien —dijo Jop.

—Ojalá —secundó Brianda.

Y leyeron juntos el día nueve. El último. El que aún no culminaba, ni al interior del castillo ni al interior del hotel Luna Negra.

Primavera, 1590

Llamó con tres fuertes golpes la puerta. Era una casita extremadamente humilde. Un niño de unos ocho años, sentado en un tocón recargado en la pelada pared de madera, cargaba en brazos un bebé que no dejaba de llorar. Stubbe sabía que no se había equivocado porque las indicaciones de Nostradamus fueron más que precisas. Un árbol horadado por un rayo, el camino sembrado de cardos, el esqueleto de un buey y, lo más importante, tres gatos negros descansando sobre el alero del ruinoso tejado.

Volvió a llamar hasta que acudió una matrona gruesa y de mejillas sonrosadas. El invierno había mermado y se notaba en los rostros de algunos de los habitantes de Csejthe. La dama lo reconoció y se echó para atrás. Algo balbuceó en magiar después de persignarse.

Stubbe entró a la casa. Arrojó una bolsa con monedas sobre la mesa y escudriñó con la mirada. Al fondo, en una vieja mecedora de madera oscura, balbuceando cancioncitas, se encontraba ella. "No es hermosa, pero tiene manos perfectas", había dicho Nostradamus. Stubbe fue hacia ella y notó que, en efecto, era ciega. Tenía, a lo mucho, quince años. Rubia. Delgada. Aparentemente feliz. Stubbe la tomó de la mano y la condujo hacia afuera.

La madre hurgó en la bolsa y se mostró satisfecha. En la única habitación interior, su esposo dormía la borrachera al lado de sus otros tres hijos. Para ella, la partida de su única hija significaba una carga menos. Se decían muchas cosas de las muchachas que partían al servicio de la condesa; pero ninguna de ellas le constaba a nadie. Cuando se les dejaba de ver, era preferible creer que habían marchado a otras propiedades del conde, en regiones apartadas del país, que creer en los rumores de sangre, dolor y muerte que corrían entre los habitantes del pueblo. Al volver a sus ocupaciones, pensaba en qué ocuparía el pago y dónde ocultaría el dinero para que su marido no acabara derrochándolo en sus juergas.

Capítulo treinta y uno

Sergio terminó de atar las tiras de la última sábana. Según su cálculo, había conseguido unos veinte metros, quizás más. Acaso fuera suficiente. Acaso no. De hecho, había elaborado tan rudimentaria cuerda casi como una terapia ocupacional, pues temía estar perdiendo la cordura. Quizás estaría ahí hasta envejecer si no se animaba a hacer algo pronto. Los demonios tienen el tiempo de su lado; los seres humanos no.

Se sentó y miró al fantasma, siempre de pie en el mismo sitio. Ahora sólo balbuceaba lo que le parecía importante. Ya no narraba sus vicisitudes cotidianas, así que permanecía mucho tiempo callado. En ese momento narraba la culminación de esta última ocurrencia de Sergio, de la cual desconocía el sentido. Pero al menos era un cambio en la monótona trama de los últimos días. El libro tenía que escribirse.

Sergio se asomó por la ventana y se inclinó para mirar hacia abajo.

"Sus habitaciones", repitió en la mente.

El cíclope había mencionado que los llevaría a él y a Julio a sus habitaciónes. Quizás fuera un error. Tal vez hubiera dicho eso como un acto reflejo. Pero Sergio no lo creía. Así que era probable que, cuando el monstruo ató a Julio a una columna, había vuelto por él más tarde para conducirlo a su propia habitación. Tal vez lo que estaba buscando era que Sergio no supiera en dónde sería alojado para no facilitarle la posibilidad de dar con él.

Había varias ventanas idénticas por debajo de la suya. O al menos eso podía concluir al distinguir el alféizar de la próxima cuando miraba hacia abajo. Según recordaba del día que el cíclope lo condujo hasta ahí, habían subido unos seis o siete pisos con sus respectivas habitaciones, todas mirando hacia el norte o hacia el sur.

La llave debía abrir algo, lo que fuera. Y si no era su puerta...

Volvió a gritar hacia el exterior, como había hecho días antes.

—¡JULIO!

Nada.

—¡JULIOOOOO!

Ninguna respuesta. El ambiente tan silencioso y siniestro como el resto de los días. Ni siquiera la bruja o la araña acudieron. Nada. Nadie.

Tomó la llave y la ató con firmeza a una de las puntas de la cuerda hecha de girones de sábana. La estrelló contra las paredes para asegurarse de que no se soltaría con el viento. Luego... comenzó a bajarla por la ventana, asegurándose de que no perdiera la verticalidad. Cayó a plomo entre su ventana y las otras en línea recta hacia abajo. ¿Cuántas ventanas habría podido abarcar? ¿Más de cuatro?

Volvió a gritar sin obtener respuesta. Se sentó a esperar. Comió la hogaza que había reservado del almuerzo diario. Le sostuvo la mirada al espectro. ¿Cuándo había dejado de tener miedo? A veces, durante las noches, despertaba y lo primero que encontraba eran los abismales ojos del fantasma, siempre mirándolo sin descanso. Y aunque un escalofrío le recorría instantáneamente de pies a cabeza, había terminado por acostumbrarse. ¿Cuándo había dejado de tener miedo? ¿Se estaría haciendo más fuerte? ¿Habría dejado de ser aquel muchacho temeroso que saltaba con cualquier película de espantos? No le gustaba la sensación de estar cambiando de piel, se sintió deprimido.

Sacó el saxofón del Rojo e intentó sacarle algún sonido.

Volvió a la ventana para ver si el viento no estaba jugando con la llave, varios metros abajo. Entonces constató, por primera vez desde que llegó, que no había viento. Así como no se percibía un solo sonido animal, tampoco había viento. Los árboles, a la distancia, estaban secos por completo. Las grises nubes que tapizaban el cielo nunca derramaban una sola gota. El mundo, en esa región, estaba muerto. Sólo el sol continuaba con su diario andar... pero todo lo demás parecía estar esperando que se desatascara el segundero del reloj universal.

Se sentó en la cama y, del estuche del saxofón extrajo algunas partituras que llevaba ahí el Rojo.

Se pone a jugar con el anillo que lleva al dedo. Algo hay en sus pensamientos. Es como si hubiese notado algún cambio en la trama de su entorno pero no supiera con precisión qué. Va al Libro de los Héroes y lo abre en donde aparece Mormolicoe, la bruja del sueño, demonio único en su especie. Estudia el dibujo, pensando que tal vez ha dejado pasar algo que está oculto en el grabado.

Es temprano y, aun así, se ha acostado, mirando al techo. Lo escudriña como ha hecho un millón de veces.

Tal vez haya agotado sus reservas de esperanza colgando de esa manera la llave por la ventana.

Antes de dormir me ha preguntado en español: "¿Servirá de algo mi muerte?".

Brianda estuvo toda la noche en vela, con el teléfono celular conectado a la corriente, todo el tiempo pendiente de la aparición del primer texto del día diez.

A partir de entonces no saldría de la habitación.

Día trece.

Le ha gritado a Mormolicoe: "¡Lamia! ¿Qué te impide venir por mí?".

La bruja sólo lo observa y calla.

Aún faltan más de cinco semanas.

Nueve héroes se han arrojado por la ventana para rendir su cuerpo a la muerte. De los nueve, todos fueron torturados un par de días más por el demonio en turno. Tal vez éste sea el caso de Sergio Mendhoza. Dos días completos me tomaría narrar cómo la bruja se solaza en cada centímetro de su piel. Tal vez.

Día dieciséis.

Ha ocurrido algo verdaderamente extraño.

Mientras contemplaba el horizonte, Mendhoza ha tenido una especie de revelación porque, súbitamente, se ha apartado de la ventana y ha vuelto a la cama.

Tomó el estuche del instrumento de viento que trae consigo y lo depositó sobre la cómoda. Sacó el instrumento y las partituras. Luego, estudió la superficie interior de la caja y la empujó hacia abajo. La afelpada capa cedió un poco.

Comprendió que sus sospechas eran ciertas. La cama roja aterciopelada sobre la que descansaba el saxofón sobre un relieve que dibujaba su contorno y sobrepasaba por unos tres centímetros la pared del estuche, no estaba hueca.

Fue a su mochila y tomó una pluma. La insertó entre la separación de la cubierta de plástico y la tapa, consiguiendo abrir la estrecha hendidura. Tomó la orilla de la cubierta con la punta del índice y el pulgar y tiró con fuerza.

El corazón comenzó a palpitarle sensiblemente al retirar por completo la cubierta.

Un atado de hojas se encontraba ahí oculto.

Eran al menos unas cinco hojas apergaminadas, dobladas a la mitad y sujetas por un cordel.

Las sacó del estuche y retiró la cuerda.

Las manos le temblaban. La textura de tales páginas era demasiado familiar.

Leyó hasta arriba, con letra estilizada:

"*Prefacium*".

Y en el primer renglón, la leyenda:

"En el nombre de Theoderich está oculto el nombre del Señor de los héroes."

Dejó caer las hojas al suelo.

Se cubrió los ojos.

Y se echó a llorar.

¿Cómo es que el Prefacium del Libro de los Héroes ha aparecido en ese estuche y Sergio Mendhoza lo ignoraba?

¿Es acaso el prefacio de su propio libro?

¿Por qué se ha mostrado tan afectado?

Capítulo treinta y dos

Sergio cayó enfermo de inmediato.

En su mente empezaron a girar un millón de conjeturas que lo volvían loco.

¿Por qué el Rojo tenía las hojas del Prefacium de su libro?

¿O alguien las había ocultado ahí sin que éste lo supiera?

¿Debería leer ese fragmento que había caído en su poder o eso lo imposibilitaba para seguir en la búsqueda de Edeth?

¿Cuál era la conexión que estaba perdiendo?

¿Por qué todo el tiempo se sentía como un títere que ha sido manipulado por fuerzas incomprensibles desde su nacimiento?

Una fiebre lo postró a la media hora del descubrimiento.

Probablemente cuarenta grados celsius. Nada trivial. Aunque todos sabemos que es una afectación inherente a su cuerpo, pues ningún tipo de organismo puede vivir al interior del Foso de Lucifer. Ni siquiera uno unicelular. Nada puede palpitar o respirar si no ha sido invitado con la venia del Señor de las tinieblas, aquel que ha de alimentarse con el dolor de su invitado al final de la jornada.

Día diecinueve.

Tal vez Mendhoza muera por inanición. Hoy no se paró de la cama y no atendió al llamado de Cyrus para recoger su comida.

La fiebre tampoco ha cedido.

Día veintiuno.

Mormolicoe permaneció toda la mañana de pie en la muralla. Acaso crea que perdió su trofeo.

Mendhoza sólo se levantó una vez a hacer sus necesidades.

Día veintidós.

La fiebre lo ha hecho delirar nuevamente. Repite nombres. Morné. Guntra. Elsa. Varias veces se ha despertado pidiendo ayuda a una tal Alicia.

Desde hoy se han empezado a escuchar los aullidos de los lobos del otro lado de la muralla. Buena señal. Significa que huelen en el ambiente la posibilidad de un final.

Brianda abandonó la habitación envuelta en sollozos. Era demasiado. Necesitaba ver el sol a través de otra ventana, respirar otro aire, quitar la vista del teléfono celular.

Fue así que se enteró que varios al interior del hotel seguían con interés el capítulo Sergio Mendhoza. Al menos en una televisión, próxima al vestíbulo, se mostraba el avance de la escritura de Woodsworth en el Libro de los Muertos. Por lo visto, había corrido el rumor entre los huéspedes de la fama que precedía a Sergio: no sólo su condición de Wolfdietrich, sino el hecho de que había salido intacto de varias pruebas de la Krypteia y que había llevado a su fin a la condesa Báthory, a la que muchos creían eterna. Además, tenía un ejemplar del Libro de los Héroes. En mucho tiempo no se habían puesto los ojos en uno de los juguetes de Gilles con tanto interés como en éste.

Brianda se sintió asqueada y fue a sentarse a la playa, tratando de dar orden a sus pensamientos con la vista fija en el azul interminable del océano. En breve se le unió Jop.

—¿Deberíamos intentar hacer algo? —fue lo que dijo al sentarse a su lado.

—Deberíamos —afirmó ella—. Pero seguramente lo pondríamos más en riesgo. No hay modo de que hagamos algo sin que Barba Azul se entere.

—De acuerdo. Pero esta espera me está matando.

—Al menos estamos enterados.

—Ojalá Julio esté bien.

—Ojalá —concluyó ella. Y recargó su cabeza en el hombro de su amigo, tratando de recordar el tiempo en que un mar tan azul como ése era motivo de bienestar.

Día veintitrés.

Se ha levantado y ha hecho un esfuerzo por comer. En todos estos días, desde que cayó enfermo, no ha querido quitarse la pierna ortopédica. Y ahora le ha sido de utilidad esta decisión porque, a los dos golpes de Cyrus, ha podido alcanzar la compuerta lo suficientemente deprisa y ha podido tomar el alimento antes de que su celador lo retirara.

Ha comido.

Y después de comer, ha hecho algo muy curioso.

Sacó de su fardel una cajita de música con una bailarina dentro. Luego, ha destapado el mecanismo de la cajita y, del interior, ha sacado una bolsita transparente con polvo gris oscuro.

Cenizas.

Luego, les habla, en un claro manifiesto de que está perdiendo la razón.

"Teniente… necesito de su ayuda. Por favor. Teniente."

Ésas han sido sus palabras al abrir la bolsita y arrojar las cenizas en la palma de su mano.

Comprendo ahora que tal vez está intentando hacer contacto con alguien del más allá. Absurdo, absurdo, absurdo.

Aquí no hay más muerto que yo.

Devuelve las cenizas a la bolsa, la bolsa al interior de la cajita y da cuerda a la bailarina. Comienza a girar la muñequita con música de Massenet.

Se arroja sobre la cama.

A los siete días de fiebre, Sergio sacó un nombre de su mente para recuperar la estabilidad. Uno solo que, en su opinión, era el que lo había detonado todo.

—Ugolino Frozzi —dijo en voz alta.

E instantáneamente se sintió mejor, como si hubiera conjurado para siempre el mal que se había apoderado de su cuerpo.

Repitió:

—Ugolino Frozzi.

Era el nombre que había alcanzado a ver cuando las hojas cayeron al suelo. El último de una lista.

Siete días después se atrevía por fin a levantar el Prefacium, rendido sobre la losa sin ser tocado desde aquel día que lo había descubierto.

Sabía que por alguna razón había sido arrancado de su libro.

Y que el desconocimiento de lo que indicaba el prefacio lo hacía especial.

Había luchado durante todo ese tiempo contra la posibilidad de mirar, de estropear para siempre el milagro de su ignorancia, cualquiera que éste fuera. El saberse en posesión de dicha información que, supuestamente, no debía conocer, lo había atormentado más que compartir la estancia con un fantasma que jamás parpadeaba; más que la soledad, el hambre o la incomodidad. Y su cuerpo lo resintió.

El nombre que su vista había capturado cuando las hojas cayeron al suelo lo había acabado por trastornar. Porque él sabía quién era Ugolino Frozzi. Y sabía qué papel jugaba en todo eso.

Así que cuando se atrevió a decirlo en voz alta y asumir la posibilidad de reafirmar el conocimiento, que finalmente le había venido por casualidad, se sintió automáticamente bien.

Tomó entonces las hojas del suelo y, sin mirar nada más, llevó su vista a la lista de la última página.

Era una sucesión de nombres.

Nombres y años.

La sentencia de la parte superior le heló la sangre.

"Ahora te sumas a esta lista. Hónrala con tu trabajo."

Béla Zak : 1243-1291.

El primer nombre de la lista.

Alexander Valikiev: 1291-1307.

El segundo.

Y así sucesivamente. Siglo tras siglo hasta llegar al siglo XXI, al último nombre:

Ugolino Frozzi: 2001-

Sin fecha final.

¿Por qué su nombre, Sergio Mendhoza, o en su defecto Sergio Dietrich, no aparecía en el libro? ¿En verdad podía llamarlo suyo?

Volvió sobre la lista y uno en especial le llamó la atención:

Filippo Bruno: 1571-1600.

Sabía muy bien que ése era el nombre con el que había nacido Giordano Bruno. Un mediador que también había cargado consigo el Libro. Ese mismo libro.

Cuarenta y ocho nombres. Cuarenta y ocho mediadores.

Y él no era el último al que estaba asignado el libro.

¿Por qué?

Si él seguía en sucesión a Ugolino, éste debía haber muerto ya. Y sus dos fechas deberían estar consignadas. Pero no era así.

¿Por qué?

Introdujo las hojas del prefacio entre las del Libro de los Héroes. El sobre cuyo lacre había roto, dormía su propio sueño al interior del grimorio, sin haber sido perturbado en dos años, desde el día que recibió el libro de manos de aquella bruja. Recordatorio constante de su ineludible destino, su rostro no dejaba de seguirlo a todos lados, siempre unido a las páginas del volumen.

Comenzó a arrojar cosas hacia la puerta.

El estuche del instrumento. El instrumento. El Libro de los Héroes.

Su propia pierna.

Fue a la ventana y gritó con todas sus fuerzas. Por varios minutos.

Luego, al cabo de un par de horas, se serenó.

Aún no oscurece pero ya se ha acostado. Su semblante es otro. Ya no está enfermo. Y en algún momento saldrá de aquí por su propio pie, estoy prácticamente seguro.

* * *

—Por mi Señor oscuro —dijo la bruja, aterrorizada.

Desconocía que alguien, después de tanto tiempo sometido al efecto de la droga, pudiera reaccionar así.

Arrojó un mortero que tenía a la mano directo al cuerpo de Alicia, golpeándola en el centro del estómago. Pero fue como si nada hubiera pasado.

Tenía los ojos en blanco.

Se había levantado de la cama.

Parecía un ángel terrible.

Y hablaba de cosas espantosas. Batallas sangrientas. Venganzas milenarias. Demonios descuartizados, enviados al fuego eterno por una sola espada. Y todo lo decía en una lengua que la bruja pudo descifrar sin ningún problema. Antes su cautiva sólo había hablado en español. Y ahora... ahora...

Los ojos en blanco. La voz presta. El alma a punto.

La bruja sintió, por primera vez en su vida, el miedo verdadero. Reconoció a la muerte porque la traspasó en un segundo, porque ella misma deseó abrazarla.

Tomó un cuchillo que tenía encajado sobre un pilar de la cabaña y, cuando quiso arrojarlo al cuello de Alicia, se lo pensó mejor.

Era demasiado. Tal vez fuera, en verdad, su tiempo.

Se encajó la daga hasta la empuñadura en su propio vientre. Se arrodilló. Vio con sus ojos centenarios la verdad y agradeció no estar ahí para tener que soportarla.

Se rindió sobre el suelo.

Alicia, a los pocos minutos, también. Completamente ajena a lo que ahí había pasado.

Quinta parte

Capítulo treinta y tres

Sergio en los brazos de Farkas. El sacrificio a punto de ser consumado. Sergio semidesnudo en brazos del licántropo, quien sube por la escalinata de ese templo horrendo en las entrañas de la tierra. El más espantoso demonio, a la espera del festín, detrás de Oodak. Y la impotencia. Sobre todo, la impotencia. La certeza de saber que no habrá plegaria que cambie esa suerte. El dolor. Las lágrimas…

—¡Brianda! ¡Despierta!

Se sintió rescatada de la inconsciencia. Últimamente no soñaba otra cosa.

—¿Qué? ¿Qué pasa?

Jop la sacudía con vehemencia.

—Sergio y Julio se encontraron. Ya salieron de la celda.

Día treinta.

Aún no amanece y, repentinamente, se abre la puerta.

Aparece por ésta un individuo joven, alto, de cabello negro y piel blanca, que porta una espada. La incierta luz que atraviesa la ventana lo conduce al lecho. Va con Mendhoza y, poniéndose de rodillas al lado de la cama, lo mira con emoción. Deposita el arma en el suelo.

—¡Estás bien! ¡Qué bueno! —dice en español y tratando de contener lo que está sintiendo.

Mendhoza despierta y se incorpora.

—¡Julio! ¿Cómo…?

El hombre le da un abrazo al chico y, un poco apenado, se retira en seguida.

—Tus gritos me condujeron en la dirección correcta. Estuve todo este tiempo en un cuarto completamente oscuro, sin ventanas, con una única puerta de grueso metal que jamás se volvió a abrir desde que el cíclope me arrojó ahí dentro. No veía la luz ni cuando me llevaban de comer. Por lo visto a ti te dejaron tus cosas... a mí, en cambio, me arrojaron a la celda sin nada.

Mendhoza se ha sentado. Lo mira con verdadero alivio. En todos estos días nunca había visto esa luz en su mirada.

—A mí me parece que Woodsworth se está ablandando. Deberíamos dejarlo seguir su camino al infierno al bastardo —rezongó en francés un hombre calvo y extremadamente gordo que ocupaba una mesa en el bar del Lune Noir. En la televisión proyectaban los avances del Libro de los Muertos en una pantalla; las otras televisiones mostraban partidos de futbol o videos musicales.

—Cierra la boca, imbécil —dijo otro hombre que degustaba una bebida con hielos, sin siquiera dirigirle la mirada.

El gordo, por respuesta, se incorporó, midiendo a la distancia a aquel que lo había insultado. En sus ojos se encendió una llama.

Un mesero se acercó, displicente, y retiró un par de platos sucios.

—Debo recordar a los señores que las normas del hotel demandan apariencia humana... todo el tiempo.

—Creí que simplemente me habían dejado ahí encerrado para morir de viejo, cuando oí tus gritos —dice Julio—. Lo único con lo que contaba era con una llave que nunca me sirvió para nada y una espada, con la que ya había intentado horadar, sin éxito, alguna pared. Pero al escuchar tus gritos, supe que al menos en esa dirección valía la pena empeñarse. Tardé muchas horas en abrir un hueco entre el ladrillo, pero al ver la luz del día, supe que estaba en lo correcto. Tardé dos días en retirar un solo ladrillo. Y otros dos en abrir un verdadero hueco por el que me pudiera asomar. Descubrí la llave colgando de la tira de

sábanas apenas hace veinte minutos. Supuse de inmediato que tú la habrías dejado ahí colgada. Y que seguramente pendía de tu ventana. La llave abrió mi puerta sin ningún problema.

—Y la que tú tenías abrió la mía.

—Quienquiera que lo haya ideado, al menos nos dejó esa escapatoria. ¿Cuánto tiempo habremos pasado así?

—Unas tres semanas.

—¿Y tienes idea de qué es lo que sigue? ¿Qué tenemos que hacer?

—Tenemos que salir del castillo y buscar una cueva en los alrededores.

—¿Una cueva? ¿Cómo lo sabes?

—Sólo lo sé.

—¿Cómo lo sabe? —dijo Brianda en cuanto apareció en la aplicación la frase de Sergio.

Era una pregunta que ella y Jop ya se habían hecho. Al igual que todos los que seguían la aplicación. El mismo Woodsworth lo había calificado como "sorprendente".

Acaso Jop fuera el único que tenía una hipótesis. Pero era tan terrible que no quería externarla; prefirió seguir pensando en ella como una imposible conjetura, algo que no tenía fundamento y que, por lo tanto, no podía ocurrir jamás.

—Durante el tiempo que estuve abriendo el hueco en la pared, guardé la comida que me llevaban. Pensé que si en algún momento podía huir, necesitaría alimento. Tengo conmigo varias piezas de pan y carne seca. Sólo necesitamos conseguir agua.

—Bien pensado, Julio.

Aguardaron a que amaneciera para abandonar la celda, pues no querían trasladarse por el castillo sin luz.

En cuanto los primeros rayos del sol iluminaron la bóveda celeste y apartaron las sombras del mundo, se dispusieron a partir. Sergio decidió abandonar ahí el saxofón del Rojo. Antes de guardar el Libro de los Héroes en su mochila, lo abrió para constatar que siguieran ahí las hojas del prefacio. Increíblemente, éstas se habían sumado al libro, incorporándose a él como si nunca hubiesen sido arrancadas.

Advirtió entonces Mendhoza el trabajo del espectro que me visitó en la noche, el mismo guardián que trajo el Libro los primeros días. Uno de los veintidós cruzados a los que se encargó, en el siglo XIII, la confección y entrega del Libro a los primeros mediadores.

Ya he contado que me miró como si me tuviera lástima, el bastardo.

Y que aplicó su magia en el grimorio.

Hoja por hoja reintegró el prefacio al volumen, hasta dejarlo como si nunca hubiera sido dañado.

Luego, sin más, se marchó.

Mendhoza dormía.

En ocasiones envidio tanto a aquellos que consiguen la bendición de la inconsciencia...

—Hay un par de demonios que pude ver desde la ventana durante los días que pasé aquí. Uno es un demonio único, conocido como Lamia o Mormolicoe, la bruja de los sueños —dijo Sergio una vez que ya tenían todo listo para marcharse—. Por lo general las brujas están al servicio del Maligno pero no suelen volverse demonios, pues su naturaleza humana les permite ofrecer servicios a su señor que un demonio no puede. Mormolicoe es una bruja demoníaca, única en su especie, que existe desde hace más de mil años y, al parecer, ataca mientras su víctima duerme. No hay otra como ella, y el Libro no dice cómo se le puede matar porque nadie antes ha matado a un demonio así. Aunque...

Hizo una pausa reflexiva. Recordó que en ese capítulo del libro justamente existía ese hueco que siempre le había causado inquietud.

—¿Aunque qué?

Sergio tomó el Libro nuevamente y fue a la página dedicada a Lamia. La frase exacta era: "Puesto que se desconoce cómo matarle, hay que recurrir a la ruin y deshonrosa vía descrita al principio".

"La deshonrosa vía descrita al principio."

Nunca había podido reconocer a qué se refería exactamente el Libro con esa afirmación, pues carecía de ese "principio" al que hacía mención el texto. Pero ahora contaba con él, con el prefacio. Podría, con tan sólo proponérselo, llenar ese hueco. ¿Y qué mejor momento que ahora, que tendría que enfrentar justo al único demonio, junto con el dragón y el macho cabrío, que jamás había sido aniquilado?

No obstante... no quiso hacerlo. En todos esos días se había propuesto no mirar, siempre impelido por la certeza de que el olvido es algo a lo que no se puede recurrir por voluntad propia. Nadie olvida con tan sólo desearlo. El conocimiento de aquello descrito en el prefacio bien podría quedarse con él para siempre... y cambiarlo para siempre. No sabía si esa ignorancia era lo que lo hacía especial. Y todavía tenía una misión que cumplir. Así que devolvió el Libro a la mochila.

—¿Aunque qué, Sergio? —insistió Julio.

—No. Nada. Que más nos vale no toparnos con esa bruja.

—¿Y el otro demonio?

—Ah. Una médel. Una araña gigante. A ésa hay que dejarla ciega solamente. No creo que te dé mucho trabajo, considerando que ya acabaste con una hidra.

Sale Mendhoza de su encierro por primera vez en treinta días.

Sergio constató que el fantasma los seguía a Julio y a él en cuanto abandonaron la celda, fiel a su labor de informante.

No se escuchaba ningún sonido.

Bajaron con precaución, Julio por delante, hasta llegar al piso en el que se habían separado la primera vez.

—Sugiero recorrer el castillo para buscar un mapa —dijo Sergio.

Siete son las pruebas que Mendhoza debía haber pasado para descubrir que su misión era ir a Las Fauces a salvar a una doncella. Y, repentinamente, una mañana se despierta con esa certeza. Diría que algún espíritu le susurró este conocimiento si no fuese porque es imposible. No hay espíritus en toda la zona. Yo mismo ya me habría marchado si no estuviese al servicio de Barba Azul.

Tal y como supusieron el mismo día que llegaron, estaban solos en el castillo. Aun cuando dio la hora en la que el cíclope les debía haber llevado sus alimentos, ni éste ni nadie asomó la cara, acaso avisado de que los cautivos ya eran libres y podían buscar por sí mismos sus propios alimentos. Ni un solo ruido se escuchaba en el inmenso cascarón que era el recinto, excepto sus propios pasos y respiraciones. Comieron frugalmente en uno de los tantos salones y volvieron a la búsqueda. Huesos de héroes caídos era lo que más abundaba, muchos de ellos completamente diseminados, un cráneo, un fémur, un tórax.

Pocos muebles había y, de éstos, casi nada se conservaba en buen estado. Abrieron cajones, armarios, chifonieres y guardarropas sin dar con nada que les fuera de utilidad. Todo era girones y pedacería de ropa, papel, madera.

—No quisiera ser pesimista… —dijo en cierto momento Julio, cuando el sol ya atravesaba las ventanas de forma oblicua—, pero me parece muy sospechoso que no nos hayamos encontrado con ningún demonio. Estoy casi seguro de que nos están acechando y habrán de brincarnos encima en cuanto a esto se lo coma la noche.

—Puede ser… —respondió Sergio—, pero no creo.

—¿Por qué?

No supo responder. Era esa sensación que lo había acometido desde que llegó al castillo de que tenía, en efecto, una misión. Una no muy agradable, cierto, pero que nada tenía que ver con una médel, muy poco con Lamia y, en gran medida, con el macho cabrío. Sabía que tenía que vérselas con aquel que lo había retado hacía casi dos años en México, pero no sabía cómo ni por qué. Sólo sabía que el encuentro sería en una negra y profunda cueva con colmillos. Y que tenía que llegar lo antes posible.

—No sé.

Dicho esto, se asomó por una ventana. En ese momento estaban en uno de los pisos altos. Buscó con la mirada y divisó a Mormolicoe de pie junto a una de las torres, sobre la tierra seca, mirando exactamente hacia donde sabía que tenía que mirar. Lo estudiaba con interés y sin inquietud. Su piel grisácea parecía la de un reptil de tan seca y marchita, sus ojos de serpiente, el cabello un abrojo. Acaso fuera el demonio más antiguo después de las dos potestades que servían a Lucifer. Y Sergio creyó saber por qué: porque sabía ser paciente, porque nunca se exponía innecesariamente a peligro alguno, porque tenía de su lado los siglos, porque sólo necesitaba esperar a que su víctima durmiera. Julio se le había unido a Sergio. Y al mirar por primera vez a Lamia, comprendió que éste tenía razón. La bruja no entraba al castillo por algún misterioso motivo. Y eso seguramente tenía que ver con las reglas del juego.

La patética figura de la bruja, propia de una mujer escapada de algún manicomio, llena de ira y odio, era lo más aterrador que hubiera visto Julio en su vida. Probablemente porque una gorgona o un monstruo de tres cabezas no proyectan la maldad de una manera tan profunda como los ojos humanos dispuestos a todo.

—Podemos pernoctar aquí sin temor. Todavía —dijo Sergio Mendhoza al caer la noche.

Y en esto tenía razón. Se recostaron sobre unos tapetes y se cubrieron con trozos de cortinas de aquellos tiempos en los que en este recinto se celebraban bacanales sangrientas y aquel que vive en Las Fauces de la Tierra se presentaba a regocijarse del dolor y la muerte con sus súbditos.

Primavera, 1590

—Acompáñame, Michel —dijo la condesa al salir de sus aposentos.

El espectro obedeció. Fue a su lado por los tenebrosos pasadizos del castillo hasta llegar al lavatorio, en los sótanos más profundos del recinto. Se trataba de una amplia habitación con altas paredes enmohecidas y por la que se interceptaba el agua que bajaba por la montaña, producto de los deshielos. El agua ahí almacenada siempre era abundante. La condesa era escrupulosa con sus baños. Y le gustaba tomarlos mientras veía cómo sus sirvientes torturaban a las muchachas cautivas.

Erszébet se paseó por una cámara alargada con celdas de uno y otro lado, sosteniendo una antorcha. Eligió a una víctima. El guardia de turno abrió la celda y la llevó al centro del lavatorio. La condesa se sentó, con indolencia, en una silla puesta en una plataforma superior. La sangre correría por un tubo de desagüe por debajo de la víctima, quien lloraba desconsoladamente anticipando su suerte. Al despojarla el guardia de su sucia túnica, Michel advirtió las marcas en su blanca piel. Se sintió todo lo enfermo que puede sentirse un fantasma. El grueso anillo alrededor del cuello de la chica, unido por una cadena al piso, impediría que huyera mientras Dorkó se ensañaba en su carne. No obstante, la bruja aún no se presentaba.

La condesa no parecía interesada en bañarse ese día, sólo contemplar el horrendo espectáculo del dolor ajeno.

—Dime, Michel querido... ¿por cuánto tiempo seré hermosa?

—Por el tiempo que conserve la vida, condesa.

—¿Y eso será...?

—Mucho, mucho tiempo en verdad. Reyes nacerán y reyes morirán. Y usted seguirá siendo hermosa.

—¿Oodak me admitirá entre sus dilectos?

—Lo hará. La circunstancia le parecerá difícil, condesa, pero usted no deberá temer. La enjuiciarán. Le dirán nombres terribles.

La encerrarán en el lugar más siniestro. Pero nunca le tocarán un pelo. En la más completa oscuridad, en el momento de mayor desesperación, vendrá su señor y la llevará consigo.

Las lágrimas de la doncella, echada sobre el sucio piso del lavatorio, cesaron. Acaso pensaba que la condesa se contentaría con sólo mirarla ahí, reducida a un guiñapo.

—¿Qué demonio se esconde en mí?

—Uno terrible. Uno digno de su estatura, condesa.

—¿Cuándo morirá el conde?

Las preguntas se sucedían una a otra. De la gran mayoría ya conocía la respuesta, pero le gustaba mirarse en ese espejo. Nostradamus sabía que sólo lo conservaba a su lado con ese propósito, el de la autoafirmación en la belleza y la inmortalidad, ambas vanas ilusiones. Ya no le hacía mayores cuestionamientos. No le importaba lo que ocurriera en el mundo si ello no afectaba su ambición. Pero también es cierto que el espectro se había cansado, después de quince años a su servicio, de suplicarle que lo dejara ir.

Al fin llegó Dorkó, la miserable bruja, al lavatorio.

—Disculpe, condesa... no me avisaron a tiempo que requería de mis servicios.

—No te preocupes —dijo ésta, increíblemente de buen talante—. Disponlo todo. Hoy quiero que se caigan estos muros con los gritos de esa inmundicia.

—Sí, su alteza —dijo Dorkó, haciendo una reverencia y apartándose hacia una pequeña accesoria, donde guardaba todos los instrumentos de tortura. Se despojó de su capa. Comenzó a envolver varios punzones en una tela sucia de sangre.

La chica, que en algún momento había sido bella, desfiguró su rostro en un rictus terrible de espanto. Sus súplicas alcanzaban a la condesa y a Nostradamus, pero ninguno se daba por aludido.

—Dime, Michel... —dijo la condesa, sonriente—. ¿Por qué tiene Farkas una doncella en su cuarto? No se la he quitado para mi propio regocijo únicamente porque tengo interés en esa posible afición de nuestro huésped.

—Hasta donde sé, condesa... —dijo Michel procurando no delatar su mentira—, piensa devorarla la próxima luna llena.

Ella entrecruzó sus manos al frente. Parecía una niña pequeña a punto de presenciar el guiñol.

—Me place —dijo.

Dorkó había vuelto al centro del lavatorio. Dos guardias habían añadido nuevas cadenas a los pies y manos de la doncella, con el fin de inmovilizarla. La bruja sacó del paño un puntiagudo buril con mango de madera. Lo mostró a su ama esperando su aprobación. Ella asintió, satisfecha.

—¿Viva o muerta? —dijo Dorkó.

—Sorpréndeme —respondió la condesa.

Pavorosos alaridos poblaron la noche artificial.

Afuera del castillo refulgía el sol, indiferente.

Capítulo treinta y cuatro

—"No des nada por sentado. Efectúa la operación correcta y obtendrás tu recompensa. Sólo tienes una oportunidad" —leyó Sergio el letrero en español. Evidentemente era la primera pista para descubrir su misión. Encima del texto, sobre un relieve en el que aparecía el Clipeus, había un número uno gastado por el tiempo.

Apenas pasaban de las seis de la mañana pero la búsqueda ya había rendido un pequeño fruto. Detrás de un clavecín desvencijado, habían podido dar con ese único mensaje dirigido a ellos, plasmado en una placa de metal puesta sobre uno de los muros. "Tienes sólamente dos tareas. Descubrir tu misión y llevarla a cabo", recordó Sergio. Y aunque era gratificante el hallazgo, opinó que si no había un mapa ahí dentro, no valía la pena seguir perdiendo el tiempo al interior del castillo. Tenía la firme intención de salir y buscar la cueva por sus propios medios.

—Igual lo resolvemos —dijo, sin mayor entusiasmo.

Bajo el mensaje, sobre la plancha de metal, había cuatro perillas de marfil. La primera y la cuarta mostraban los dígitos del cero al nueve. La segunda, tres de las cuatro operaciones aritméticas: suma, resta y multiplicación. La tercera, diez signos de interrogación, aunque ésta estaba fija, incapaz de girar. Y, finalmente, entre la tercera y la cuarta, un signo de "=" grabado. En ese momento, así como estaban dispuestas las perillas, se mostraba la operación:

1 + ? = 9

—¿La operación correcta? ¡Es imposible si no se sabe el valor del signo de interrogación!

—Tienes razón —admitió Sergio, sintiéndose abatido.

Julio dispuso las perillas para que apareciera la operación siguiente:

$$9 - ? = 9$$

—Me parece razonable —dijo Sergio—. Pero tendríamos que correr el riesgo de que el signo de interrogación sea un cero. Es apostar todo tu dinero a un dado de diez caras.

Julio toca la palanca pero sin animarse a tirar de ella. Mendhoza lo mira con detenimiento y dice:

—Aunque...

Interviene ahora el chico y gira las perillas con seguridad. Toma la palanca y la jala. Repentinamente, el mecanismo interior del muro chasquea, liberando el cerrojo. Ésta es la operación que produjo el chico:

$$0 \times ? = 0$$

—"No des nada por sentado" —exclama—. El operando faltante podría ser cualquiera; un veintitrés, un cuarenta, un millón. Ésa es la única operación que siempre es cierta, independientemente de lo que haya en el segundo operando.

Detrás de la puerta había un trozo de papel, un saco y una caja pequeña de madera. Julio sacó los tres aditamentos. El papel indicaba, también en español: "Sangre inocente será derramada. Sangre como la que aquí te obsequio".

Un escalofrío los acometió a ambos. El saco estaba cerrado con un lazo. Julio tiró del nudo y se asomó al interior. Apartó al instante la mirada.

—Malnacidos...

Se estremeció y se cubrió el rostro con ambas manos. La boca del saco aún estaba fuera de la vista de Sergio, pero él comprendió que Julio no desearía que mirara.

—Es un cebo para Mormolicoe —dijo Sergio—. Lo sé. Por eso dice ahí que es un obsequio.

—¿Un cebo?

—La infeliz bruja, al igual que Gilles de Rais, tiene predilección por los niños pequeños. Dime tú si…

Julio asintió muy a su pesar. Las lágrimas asomaron a sus ojos.

Mendhoza ahora le da un par de palmadas en un hombro. "No lo usaremos, no te preocupes", le dice.

Julio vuelve a atar el saco y lo regresa al interior del compartimento. Ahora saca la caja de madera. Al interior hay varias latas de conservas, botellas de agua y paquetes de galletas.

Con el ánimo hecho pedazos, se apartaron de ese muro. Julio tuvo que recargarse en el clavecín para no desmoronarse.

—No necesitamos más —declaró Sergio—. Con esta comida podremos salir del castillo e iniciar la búsqueda de la cueva.

—¿Y el mapa?

—Tendremos que prescindir de él. Quién sabe si no será hasta la vigésima prueba que te revelen lo de la cueva y te proporcionen el mapa. Hay que irnos ya. Tengo una vaga idea de que hay que ir hacia el sureste.

—¿Cómo lo sabes? —cuestiona ahora Julio para, casi al instante, responderse—. Okey… no puedes explicar cómo lo sabes. Pero sí tengo que decirte que no me gusta nada esa seguridad que de repente adquiriste.

—Lo mismo digo —escupe Barba Azul al momento en que, en su teléfono celular, consulta la aplicación. Ha pedido que lo lleven de emergencia al Lune Noir y ahora viaja en su helicóptero personal, el mismo que llevó a sus huéspedes al castillo y al hotel en pasados días. No lo sabe aún pero no es el único que ha adquirido un interés renovado por el Libro de los Muertos. Al interior del hotel son varias las televisiones en las que se ejecuta la aplicación y son varios los demonios que están al pendiente del capítulo en curso.

En cuanto baja del helicóptero, a orillas de la zona de playa del Lune Noir, se cerciora que no haya habido nuevas actualizaciones y se dirige, a toda prisa, al vestíbulo del exclusivo resort. El primero que lo reconoce es uno de los guardias de la puerta de entrada. Lo ve aproximarse a pie y sin escolta, algo poco usual. La llegada del helicóptero no es motivo de alarma, no sería la primera vez que envía invitados en su vehículo. Pero sí es la primera vez que llega sin avisar.

El guardia entra al hotel y grita a la señorita de la recepción que los visita el presidente de la junta de accionistas, el señor Mercier, al tiempo en que vuelve a su lugar en la puerta, frente a la fuente y el camino de grava por donde llegan los huéspedes llevados por tierra.

Gilles de Rais pasa al lado del guardia, quien sostiene la puerta y saluda gentilmente.

—Señor... —dice la gerente, aproximándose a él—. No lo esperábamos.

—¿Dónde están los dos chicos que envié hace un mes o algo así?

Ella mira hacia el mostrador de la recepción y truena los dedos. El muchacho que atiende se apresura a consultar en la base de datos. Da el número de los cuartos y Gilles, con la vista puesta en un monitor del vestíbulo que ha actualizado lo último descrito por Woodsworth, ordena:

—Llévenlos al bar Zeta cuanto antes. Voy a estar ahí esperándolos.

—Presiento que en cuanto abandonemos el cobijo del castillo estaremos a merced de los demonios… —dice Julio ahora, mientras bajan las escaleras para llegar a la puerta principal.

—Por Lamia no te preocupes. Sólo ataca durante el sueño. Pero ten firme la espada —recomienda Mendhoza.

Atravesaron la puerta del castillo que, de todos modos, no ofrecía ninguna resistencia, vencida desde hace varias décadas. Igualmente no sería ningún trabajo pasar a través de la derruida muralla. El temor, no obstante, hizo su aparición en cuanto pusieron un pie en el empedrado del patio. El fantasma de Woodsworth, fiel a su labor, fue tras ellos.

—Todo el tiempo Lamia ha permanecido en esta zona —dijo Sergio en cuanto ya estuvieron del otro lado de las paredes del ruinoso castillo—. Así que lo más probable es que nos vea irnos.

Julio señaló un sitio en la muralla por el que sería posible salir, a un lado del portón levadizo, completamente inútil desde que las paredes habían sufrido el deterioro del descuido y de los años. Hubiese querido correr, pero no le parecía que fuera la mejor opción. Apresuraron el paso sin dejar de mirar en todas direcciones. Procuró Julio que Sergio se mantuviera siempre a su lado. Estaban a unos diez metros de alcanzar el hueco en la muralla cuando Sergio giró el cuello y se detuvo. Julio lo imitó.

A la distancia, la bruja los observaba sin mutar el gesto. De brazos caídos, sostenía la mirada. Y nada más. Se encontraba de pie frente a uno de los cobertizos que alguna vez sirvieron al castillo como bodegas.

—Es como una pesadilla —dijo Julio.

Siguieron su camino hacia la pared, sin quitarle la vista de encima a Lamia. Ésta no hizo ningún amago por modificar su postura. Sus ojos inyectados seguían posados en ellos, pero solamente miraban.

—El sureste, entonces... —dijo Julio. Y rodearon el castillo para ponerse en ruta.

Francesco Rumi. Es el nombre del último capítulo en el que abandoné el castillo. Francesco consiguió pasar las pruebas y determinar su misión en 1963. Antes que él, muchos héroes pasaron por aquí. Y, de éstos, sólo cuatro llegaron a Las Fauces. Ninguno de estos cuatro pudo rescatar a la doncella, descuartizada frente a sus ojos. Todos un capítulo más del Libro. Francesco fue destrozado por una médel. Sus restos descansan debajo del puente seco. La pregunta es en realidad qué demonio acabará con el infeliz en turno, no si éste lo logrará.

—¡Bien dicho, Woodsworth! —tronó en alemán un hombre calvo y enjuto que tomaba de un vaso de agua.

Sólo otras dos mesas estaban ocupadas en el oscuro recinto. Dentro de la patente exclusividad del hotel, el bar Zeta era un sitio aún más exclusivo. El único lugar en el que se permitían los excesos. Gilles ocupaba una mesa. Otra, el hombre de la cabeza rapada. Otra, dos mujeres de mirada lánguida. De escasas dimensiones, una de las cuatro pantallas empotradas en la pared mostraba el avance del Libro de los Muertos; las otras tres, escenas muy similares a aquellas en las que Gilles de Rais se regocijaba en su oficina de Benedictus, en París.

—Dígame una cosa, *herr*... —preguntó Gilles al hombre que no apartaba la vista del monitor con los avances del capítulo Sergio Mendhoza—. ¿Para dónde se inclinan las apuestas?

—No sé —bufó el hombre, sin dirigirle la mirada—. Yo puse mi dinero en que al grande lo destrozan los lobos. Y al pequeño, en cambio, lo veo entrando a la cueva. Treinta a uno a que mira a los ojos al Príncipe, antes de morir.

Barba Azul dio un sorbo a la copa de vino que habían depositado en su mesa.

—Dime una cosa... —añadió el hombre, dos mesas más allá de Gilles—. ¿No vale la pena que pienses en un recurso más impactante? Yo habría jubilado al maldito escritor escocés y habría montado un par de cámaras.

—Más impactante y más vulgar, ¿no, Führer?

—Piensa lo que quieras. La literatura era buena idea cuando no existía todo esto —señaló a los otros tres aparatos en donde alguien era llevado a los límites del dolor frente a una cámara—. Ahora es una necedad obsoleta.

Miró hacia el monitor justo cuando Woodsworth sentenciaba:

Al menos unos doscientos metros han caminado en dirección al sureste a través de la llanura. Y ha sido Mendhoza quien giró el cuello para hacer la observación.

—Piensa tomarse su tiempo, como un dragón de Komodo. Pero no va a dejarnos en paz, eso está claro.

La figura de Lamia, empequeñecida por la distancia, los contempla junto a una de las paredes del castillo.

—Tendremos que tomar turnos para dormir —apunta Julio.

Acertadamente, por cierto.

—Además, no soy el único que piensa que Woodsworth parece autor de novelas rosas últimamente.

Gilles prefirió no seguir discutiendo. Fingió mirar algo en su teléfono celular. No sería la primera vez que tuviera un altercado con ese demonio, y ése era el único lugar del hotel en el que se permitía la transformación. Una disputa podría llevarlos a algo aún peor.

—Los chicos, señor... —dijo un hombre a sus espaldas. Barba Azul levantó la vista. Jop y Brianda habían sido llevados a su presencia.

—Ah, qué bien —guardó su teléfono—. Siéntense, por favor.

Con el gesto adusto y mostrando cierta reticencia, ambos muchachos se sentaron a la mesa del demonio.

—Pidan algo, por favor.

—¿De qué se trata? —dijo Brianda, de brazos cruzados.

Gilles sonrió. Miró hacia la pantalla que mostraba el avance del capítulo en el Libro de los Muertos. Les hizo una seña a ambos.

—¿Qué opinión les merece el desempeño de su amigo, eh?

—Nada mal, digo yo —opinó Jop.

—Estoy de acuerdo —se apresuró a decir Gilles—. Para ser sinceros, lo ha hecho demasiado bien. Asombrosamente bien.

Jop miró a los otros parroquianos. Se detuvo en el hombre calvo que miraba a la pantalla del Libro de los Muertos sin tomar más que sorbos pequeños de agua. Sabía que había visto esa cara en algún lugar. No pudo evitar sentir miedo.

—Por eso los mandé llamar. Porque si Sergio Mendhoza no piensa jugar limpio, yo tampoco.

—¿Qué quiere decir? —objetó Brianda.

Jop se imaginó ese rostro con cabello, con un ínfimo bigote, portando un uniforme con una suástica en el pecho... pensó en ese momento que la humanidad debería de asegurarse de contar con los restos mortales de sus principales monstruos, antes de darlos por perdidos.

—Voy a ser completamente honesto con ustedes —dijo ahora Barba Azul—. No creí que Mendhoza saliera nunca de su celda, por eso ni siquiera consultaba el Libro. Seguí con mis ocupaciones como si nada. Y, de hecho, supuse que, incluso abandonando el encierro, tardaría mucho en saber cuál sería su misión, que es la más simple del mundo: rescatar un alma pura de Las Fauces, una caverna de los alrededores. Los demonios que rondan el castillo tienen la orden de no entrar a él hasta no cumplir con cierto plazo. Honestamente, yo pensaba volver a ocuparme de este penoso asunto un par de días antes de que llegara la fecha. Pero hoy en la mañana, cuando aún falta mucho para que se cumpla el tiempo, consulté el Libro de los Muertos por mera curiosidad y me entero que su pequeño héroe sabe hacia dónde dirigirse sin haber pasado las pruebas necesarias. Es decir que ha hecho trampa.

—¡No es cierto! —se opuso Brianda, molesta—. Todo está ahí escrito. Y en ningún momento se aprecia que haya hecho trampa.

—¿Entonces cómo sabe que tiene que acudir a la cueva si nadie se lo ha revelado?

Brianda tuvo que admitir que eso era algo que ella misma se había preguntado. Al igual que todos aquellos que seguían con interés el avance de Sergio.

—Así que sugiero a ambos ordenar toda la comida que se les antoje porque es posible que sea la última de sus cortas y miserables vidas.

Hizo una señal al mesero y, luego, tomó el teléfono. Inició una conversación en francés. El mesero comenzó a disponer los cubiertos para ellos en la mesa. Silbaba, despreocupado, repugnante contraste con lo que se mostraba en tres de los cuatro monitores del salón.

—¿Qué nos van a hacer? —preguntó Brianda, atemorizada, a Gilles, pero éste seguía atendiendo otros asuntos en el teléfono.

En el Libro de los Muertos se hizo mención del momento en que Julio y Sergio hacían un alto en el camino, siempre con la vista hacia el noroeste, siempre hacia los ojos inyectados de odio de una bruja milenaria.

Capítulo treinta y cinco

La tarde se volvió plomiza, las nubes un grueso colchón de negra borrasca, produciendo el efecto de una noche artificial. No obstante, aún podían ver con bastante claridad. El paisaje era tan árido que les parecía que no encontrarían vida nunca. Los pocos árboles eran esqueletos; no había hierba en el suelo, sólo tierra y piedra. El viento no levantaba una sola mota de polvo.

—Es como si fuera la antesala del infierno —dijo Julio.

—Tal vez lo sea.

Esporádicamente se detenían a descansar, pero sin perder de vista a Lamia, siempre tras sus pasos, siempre sosteniendo un paso lento pero firme.

Se repartieron el sitio sobre un tronco muerto. La bruja los distanciaba más de un kilómetro. Podrían darse una media hora antes de avanzar.

—¿Y si no es hacia el sureste? —se atrevió a cuestionar Julio después de dar un trago al agua y pasar la botella a Sergio.

—Sí es. Estoy seguro.

Julio levantó la mirada. La cordillera de los Alpes se mostraba majestuosa hacia donde iban... pero también era cierto que, a cada paso que daban, era como si el horizonte se alejara, como si las grandes montañas fueran un telón de fondo que se desplazaba con ellos, o estaba emplazado en el infinito, como la ausente luna.

—Dime algo... —volvió a hablar Julio—. ¿Por qué a veces te quedas mirando la nada?

—¿Lo hago?

—Hace un momento, justamente.

—Un espectro me acompaña desde que llegué al castillo —dice el muchacho mirándome—. En este momento está ahí, de pie. Narra todo lo que transcurre.

—¿Lo ves todo el tiempo? —pregunta Julio.

—Sí.

Y me sonríe. Por primera vez en todo este tiempo me sonríe. Acaso nunca sabré por qué extraña magia puede verme si nadie antes, en siglos, lo había hecho. Pero no puedo dejar de sentirme agradecido.

—¿Y cómo es? —pregunta Julio—. ¿Te da miedo?

—No, no me da miedo. Es flaco, avejentado, tiene los ojos como cubiertos por cataratas, nunca cambia el gesto, nunca deja de mirarme. Está atrapado entre los dos mundos, creo que muy a su pesar.

Y tienes razón, Sergio Mendhoza.

Tienes razón.

Como si se fuera a anunciar una tormenta, algo cambió en el ambiente. Algo intangible. Cierta reminiscencia en Sergio se lo quiso anunciar, pero ya era tarde. Ya era otro.

Lamia, a la distancia, detuvo su andar, como si hubiese optado por una necesaria precaución.

—¿Lo notaste?

—¿Qué? —preguntó Julio.

Sergio no supo explicarlo, aunque sí se percató de que la bruja ya no caminaba. De cualquier modo, sabía que no era eso lo que parecía haber modificado la atmósfera. Era otra cosa. La súbita pasividad de la bruja no era la causa, era una consecuencia.

Fue como el silbido que precede a la detonación de una bomba.

Repentinamente…

Lobos.

Aullidos en la lejanía.

Aún no caía la noche pero eso no parecía ser motivo para que los demonios permanecieran en sus guaridas.

—Dios mío… —dijo Julio.

No tenían hacia dónde correr, dónde esconderse. Se encontraban a mitad de un páramo desierto, ni un solo árbol pasaba de los dos metros, ni una sola grieta o saliente en el terreno podía ofrecerles refugio. Y la jauría avanzaba.

Eran tres enormes lobos.

Los tres licántropos han olido la carne y la sangre. Y no han perdido el tiempo. Una lástima, Sergio Mendhoza... de veras creí que llegarías más lejos.

Sergio advirtió antes que Julio que no eran bestias normales, hijas de la naturaleza. A ratos avanzaban en cuatro patas. A ratos en dos. Tres hombres lobo furiosos, yendo a toda prisa a su encuentro. Habían surgido detrás de un montículo a unos trescientos metros. Y Sergio sabía lo que les esperaba si los alcanzaban. Los destrozarían en pocos segundos. Volvió a sentir el terror como no lo había sentido en mucho tiempo. No tenían otra alternativa más que enfrentarlos.

—Julio... —dijo con determinación—. Al hombre lobo se le vence cortando una de sus extremidades. Puede ser una mano. Puede ser una pata. Basta con que ese fragmento deje de formar parte del todo. Después de eso, no te preocupes... al morir todos los demonios se vuelven ceniza.

Julio aprestó con valentía la espada, pero no pudo evitar sentirse mal.

No estaba listo para eso.

Estaba seguro de que lo iba a arruinar. Se había unido a la lucha por cariño a Sergio, no por convicción real. Nadie le dijo que valía la pena adiestrarse en el uso de la espada. El verdadero uso de la espada. No una metáfora sino una verdad tangible.

"Vamos a morir", pensó. "No puedo enfrentar a estos monstruos yo solo."

El terror es uno. Siempre que se dibuja en el rostro de un héroe, se dibuja en el de todos. Cuántas veces he visto esta escena antes. El demonio siempre triunfa. Acaso ya haya dejado de ser divertido. Cuánto tiempo pasará para que otro Sergio Mendhoza pase por aquí. Cuánto.

Los licántropos avanzaban a toda prisa. La noche, en cambio, se tomaba su tiempo. Tal vez sólo fueran las cuatro de la tarde. Tal vez lo serían hasta el fin de los tiempos. Sergio pensó fugazmente en el regreso de Edeth. Cuán banal y absurdo parecía ahora. Acaso sólo fuera una leyenda, un cuento, una fantasía. Así se quedaría para siempre. Con su muerte, la esperanza de dar con él moriría. Y tal vez fuera lo mejor. La muerte... ese descanso, esa tibia neblina, esa nada.

Julio se interpuso entre Sergio y las fieras.

Se empapó de sudor.

Recordó a Alicia para darse fuerzas.

Con ambas manos blandió el arma. Tal vez un solo tajo bastara, sobre el primero que le saltara encima. Tal vez. Aunque...

Entonces, los tres demonios disminuyeron la velocidad al acercarse. Faltaban unos veinte metros y dejaron de correr para caminar con sigilo. A los diez metros aproximadamente se detuvieron por completo.

—*Mérde. Je ne comprends pas* —dijo uno de ellos.

Los otros también se mostraron desconcertados. El primero volvió a su forma humana. Era un hombre pelirrojo, grande, de edad madura.

—¡Váyanse! —les gritó Julio en francés.

Los otros dos hombres lobo permanecieron aún en su más temible forma.

—¿Un Wolfdietrich? —preguntó el pelirrojo a Sergio—. ¿Eres de la estirpe de los Wolfdietrich?

Julio tradujo y Sergio respondió, parcamente:

—Sí.

—¡Mierda! —volvió a decir el que ahora dialogaba con ellos. Uno de los otros dos hombres lobo también recuperó su forma humana, era un mulato grande, musculoso. El tercero, en cambio, seguía mostrándose en su fiera estampa, las cuatro patas sobre el suelo, listo a saltar, listo a seguir con aquello que llevaba haciendo por décadas.

—Es como tener a Stubbe frente a nosotros —dijo el segundo—. No podemos hacer algo así.

—No. No podemos —afirmó el pelirrojo.

El tercero seguía gruñendo, debatiendose entre seguir a sus compañeros u obedecer a su instinto y atacar.

Julio y Sergio continuaban a la defensiva, aunque era evidente que se había operado un cambio importante en la trama de los acontecimientos.

—¿Qué estás haciendo aquí, Wolfdietrich? —preguntó el mulato.

Julio hizo la traducción y Sergio respondió.

—Barba Azul nos trajo al castillo en ruinas. Tenemos que llegar a una cueva que parece el hocico de un animal feroz.

—¿Farkas sabe que estás aquí? —preguntó ahora el pelirrojo.

Sergio se sintió sorprendido de escuchar ese nombre después de tanto tiempo.

—¿Qué tiene que ver Farkas en esto?

Un terrible rugido surgió de la boca del licántropo que aún se mostraba en su terrible apariencia mitad fiera, mitad hombre. Ahora se había puesto en dos patas y era casi del tamaño de un oso, de pelaje gris con manchas negras y un hocico ávido de sangre. Parecía impacientarse. El hombretón de cabello encendido lo retuvo con un ademán del brazo.

—Deberías estar mejor enterado, muchacho —dijo el hombre de la cabellera encendida—, considerando que llevas su linaje. Farkas ha agrupado y dado identidad a los hombres lobo desde hace siglos. Somos los únicos servidores de Oodak que llevan con orgullo su condición gracias a Farkas.

—Tenemos que irnos —dijo el otro hombre, a su lado, como si le pareciera de mal agüero permanecer ahí, sosteniendo esa conversación.

Tan corta frase sirvió de detonador para el único hombre lobo que no había querido ceder al arrebato de la tregua. Volvió a ponerse en cuatro patas y se avalanzó sobre Julio, quien blandió la espada en un movimiento poco certero, más como un acto reflejo que como una acción en verdad defensiva. La hoja, no obstante, entró en la carne del lobo, en un hombro, gracias a que Julio cayó de espaldas y la espada chocó contra el suelo. El demonio se apartó en seguida, goteando sangre, aún más rabioso que antes.

Sergio miró con terror cómo el monstruo se aprestaba a avalanzarse de nuevo contra Julio cuando los otros dos demonios intervinieron. En un santiamén se transformaron y sometieron al insumiso en un breve pero contumaz forcejeo. Julio se levantó y miró, espada en mano, cómo aquel que lo había atacado recuperaba su forma humana, al tiempo que los otros dos hacían lo mismo sin dejar de sostenerlo. El tercero, un hombre mucho más joven, no dejaba de gritar:

—¡Está bien! ¡Pero estamos desobedeciendo al señor de estas tierras! ¡Y lo vamos a pagar!

Al notar que el rebelde se mostraba más tranquilo, los otros dos lo soltaron. Uno de ellos, el pelirrojo, tenía las manos ensangrentadas por la herida de su compañero, a quien parecía importarle poco haber sido lastimado.

—La cueva que buscan está hacia allá —señaló el pelirrojo hacia el sureste, confirmando la corazonada de Sergio—. Tendrán que atravesar la cuenca seca de un río y un desfiladero. Tengan cuidado. La araña no les dará el respiro que nosotros les concedimos.

—Gracias —se atrevió a musitar Sergio.

—No me agradezcas a mí —replicó el pelirrojo—. Si acaso, a Farkas.

—Vámonos —dijo el más moreno—. Tendremos que volver a Hungría después de esto.

En los ojos de Louis vuelve a encenderse una chispa. Siempre ha sido el más impetuoso y, seguramente, el que ha cobrado más víctimas. Rindiéndose a ese llamado del odio y la aniquilación, deja salir un potente rugido. Arremete contra Julio pero éste ahora se muestra más prevenido. Con mano firme sostiene la espada y la interpone entre él y el demonio. Tal vez aguardando a que los otros vuelvan a someterlo, no ejerce acción en contra de Louis. Se mide con él. Pero está claro que ni Paolo ni Charles intervendrán esta vez. Julio comprende que no tendrá ayuda de ningún tipo y mantiene la espada en dirección a su adversario.

Ya antes han caído otros demonios en este páramo. Pero hace tanto tiempo que no sucede... de caer Louis, sería un cambio interesante en el panorama.

Louis se yergue y vuelve a emitir un rugido. Luego, impaciente como siempre ha sido, vuelve a posarse en sus cuatro patas y ataca, tirando una tarascada que, increíblemente, Julio evade a la perfección. Consigue un movimiento que asombra a todos, Mendhoza en primer lugar. Al momento en que Louis ha intentado morder, el héroe se deja caer, tirándose sobre su hombro. Y, mientras cae, hace brillar el acero en un rápido movimiento circular dirigido a la pata delantera izquierda del lobo. La sangre estalla. La pata cede. Todo está dicho.

Se dio una transformación inversa que sobrecogió a Sergio. El hombre lobo volvió a su forma humana y la imagen que mostraba tenía muy poco de demoníaco. El muchacho joven había perdido una mano, la vida se le escapaba por la sangre que perdía. Lloraba inconsolablemente.

Julio se puso en pie y contempló su obra con pesar. Era como haber asesinado a un congénere. Sintió deseos de arrodillarse y ayudarle, pero sabía que nada conseguiría. Miró a los otros dos demonios, que seguían aparte. La lucha había sido justa y no había nada que hacer.

A los pocos segundos, el demonio falleció. El cuerpo quedó tendido en la agreste piedra. Los ojos muertos mirando al infinito.

—Creí que todos los demonios se volvían ceniza al morir —exclamó Sergio.

Julio tradujo, ante la inquietud del pelirrojo por saber qué había dicho el muchacho.

—Todos menos el lobo —dijo éste.

—¿Todos menos el lobo? —inquirió de nueva cuenta Sergio.

—En verdad sabes bastante poco y no me parece correcto. ¿No te instruyó tu padre? El vínculo entre el hombre y el lobo data del principio de los tiempos. El único demonio que vuelve a su forma humana al morir es el licántropo. El único cuyo cuerpo alimenta la tierra.

Sergio sintió como si algo intangible en su interior tratara de ajustarse a un orden preestablecido. Como si una parte de su espíritu deseara volver a ese inicio de los tiempos del que hablaba el demonio. Por unos fugaces instantes le pareció que todo tenía sentido, que en algún momento el hombre y el lobo habían sido en verdad hermanos y esa reminiscencia se conservaba casi intacta al paso de los siglos, pues no había lealtad más grande y más profunda que la que hay entre canes y seres humanos. Pensó en Edeth y en el primer Wolfdietrich. Y sintió pena por ese muchacho caído, al igual que la sintió por los dos demonios que, con tristeza, miraban a aquel que ese día los dejaba para siempre.

—Dime una cosa, muchacho… —arguyó el pelirrojo—. Sé que el espíritu del escritor te acompaña porque yo también escuché su voz haciendo la crónica. Al igual que tú, padecemos el murmullo de los muertos… aunque en este desierto no hay más muerto que él.

Sergio miró a Woodsworth. Luego al demonio. Asintió.

—Si sabes dónde se encuentra, señálalo —pidió el licántropo. Sergio así lo hizo y el demonio miró hacia ese sitio, dirigiéndose al autor del Libro de los Muertos—. Sé que sirves a otros intereses. Los mismos a los que yo serví hasta el día de hoy. Pero ambos sabemos que no somos menos víctimas que los que mueren en este teatro, capítulo tras capítulo. Por ello te pido que no reproduzcas lo que voy a decir.

Sergio confirmó que Woodsworth asentía.

—Partiremos a Hungría hoy mismo a reunirnos con Farkas —dijo el demonio a Sergio—. A partir de este momento nuestra cabeza tiene un precio, así que procuraremos mantenerla sobre los hombros mientras podamos. Lo que quiero decirte es esto: no reniegues de tus dones. Nos hubieras vencido muy fácilmente de haber querido.

Sergio supo a lo que se refería. Así que levantó la pernera de su pantalón para mostrar la pierna de la que carecía.

—Ahora comprendo —dijo el lobo—. Aun así, formas parte de la estirpe. ¿Mi consejo? Busca a Farkas. A ustedes dos les hace falta una buena conversación.

Una pausa. Una confrontación. Luego agregó:

—No debería decir esto pero... buena suerte, chico. Nunca habíamos tenido un Wolfdietrich aquí. Y creo que si alguien podría vencer a lo que sea que haya en la cueva esperando, tal vez seas tú.

Los licántropos han dado batalla. Julio ha esgrimido con valor la espada. Han determinado volver a su madriguera. Pero presiento que esto no ha terminado aquí... ya volverán con más furia para intentar aniquilar a los héroes de este capítulo.

Los demonios huyen. Sergio los mira correr a la distancia. Confía que Woodsworth haya mentido. A la bruja, milagrosamente, no se le ve por ningún lado.

* * *

Después de dos días de no aspirar el alucinógeno, Alicia se descubrió en una cabaña horrenda, oscura, húmeda y asquerosamente sucia. Portaba ropas rasgadas y podridas de trabajo de oficina, tenía las uñas largas y su propia piel parecía compuesta de tierra. Le costó trabajo levantarse, dejar salir un hilito de voz para indagar si estaba sola. Por entre los maderos de las paredes se colaba la luz del día. Fue cuando se dio cuenta de que compartía el encierro con el cadáver de una vieja que se había traspasado a sí misma con un cuchillo.

Se entregó al llanto. Lo último que recordaba era que el chofer de aquel taxi que tomó en Miami le sonrió como lo haría un depredador a su presa.

¿Qué había ocurrido?

¿Qué le habían hecho?

¿Cuánto tiempo habría transcurrido desde entonces?

Lloró en seco por la falta de agua en su cuerpo. Se obligó a abandonar ese horrendo lugar. Traspasó la puerta y, en cuanto la golpeó el aire limpio del bosque, se sintió viva por primera vez desde que despertó. Viva.

Pero estaba tan débil que se desmayó sobre la hierba.

Lo último que escuchó, antes de caer de nuevo en la inconsciencia, fue el sostenido aullido de un lobo.

Capítulo treinta y seis

—Gracias a Dios —dijo en francés la joven campesina en cuanto abrió la puerta.

Una cabaña en la falda de una montaña había surgido a mitad de su peregrinaje. Sergio y Julio no pudieron resistirse a acercarse y llamar a la puerta. Ambos sabían que necesitaban pasar la noche en algún lado, pues en descampado serían presas fáciles de Lamia, aunque no se le viera por ningún lado. Y justo cuando ya entraban en resignación y tomaban la decisión de encender un fuego para al menos no sucumbir a la oscuridad, divisaron la casa de piedra a la distancia que contaba con un corral vacío, un establo y un pequeño cementerio con tres cruces.

Sergio lamentó haber perdido por completo sus facultades de mediación. ¿Y si se trataba de un demonio? Era absolutamente incapaz de decirlo, aunque las lágrimas de la muchacha parecían sinceras.

—Pasen, pasen...

Julio y Sergio, no obstante, se quedaron en la puerta.

—Sé lo que piensan —dijo ella—. Pero no corren peligro. El trato con Barba Azul fue que nos quedaríamos aquí hasta que un héroe viniera a rescatarnos. Y son ustedes. Lo sé. Lo sé...

Julio hizo la traducción y escudriñó en los ojos de Sergio. Éste torció la boca. ¿Qué era ahora si ya no mediador? ¿Un héroe? ¿Cómo serlo sin la bolsa que lo complementaba y le permitía echar mano de aquellos dones a los que se había referido el licántropo? Se sentía completamente obsoleto. Un estorbo. Julio podría conseguirlo más fácilmente sin él.

Fue Julio quien tomó la decisión. Traspasó la puerta y Sergio lo siguió.

—Gracias. ¿Desean algo de comer? —dijo la pálida muchacha, de buena complexión aunque sumamente nerviosa. Las lágrimas no dejaban de aparecer en sus ojos.

Algo pendía de la apagada chimenea de la casa, un puchero que olía bastante bien. Ella dispuso de un par de platos y les sirvió. Julio volvió a tomar la iniciativa. Dio el primer bocado y se sintió automáticamente repuesto.

—*Merci* —dijo.

Sergio también comió del cuenco. No pudo evitar que lo acometiera cierto júbilo. Sonrió a la muchacha, quien se había sentado a la mesa con ellos, y ella le devolvió la sonrisa.

En toda la casa no había más que un radio de baterías como única señal de que no habían viajado en el tiempo a la edad media.

—No sirve —dijo ella—. Antes la prendíamos para ver si teníamos alguna noticia de más allá de las montañas... pero Cyrus dejó de traernos baterías.

—¿Cyrus? —preguntó Julio.

—El hombre de un solo ojo que administra el castillo. Es el que nos trae de comer. Aquí nada crece. Nada. Si él no nos trajera de comer, moriríamos de hambre.

—¿Quiénes?

—Mi padre y yo. Ahora está enfermo... pero no importa. En cuanto ustedes digan, lo ayudo a ponerse en pie y partimos con ustedes.

Julio y Sergio se miraron. No contaban con ello. Tal vez sería un obstáculo más antes de llegar a la cueva. Pero tampoco podrían hacer la vista gorda si en verdad necesitaban de su ayuda.

—Dios los ha mandado, lo sé —insistió la chica, un poco menos llorosa—. Se han empezado a escuchar ruidos en el tapanco. Ruidos que no son humanos. Nunca los demonios han entrado a la casa. Nunca. También fue parte del trato que hizo mi padre con Barba Azul; que nosotros nunca saldríamos pero los hombres lobo no entrarían. Ni ellos ni la araña. Nadie. Y ahora se oyen esos ruidos...

Como si los hubiese convocado, en el piso superior de la cabaña, se escucharon gemidos. Lamentos terribles.

Marguerite ha hablado con la verdad.

Esos aullidos jamás han sido escuchados por oídos humanos. Si pudiera conjeturar un poco, diría que son una mezcla de dolor y rabia, como aquellos que sólo deben escucharse en el infierno. Jamás se habían escuchado aquí antes. Si alguien lo puede afirmar soy yo. Y creo que ningún héroe se atrevería a indagar. No obstante, Julio, contra todo pronóstico, pregunta si hay un acceso a ese piso.

—No, por favor, no intente nada —dijo la chica—. Lo mejor es que nos vayamos cuanto antes. No juguemos con los demonios. Tal vez estén aquí, pero no se atreverán a tocarnos si respetamos lo que Barba Azul ordenó.

Dicho esto, besó las manos de Julio.

—Gracias... gracias por haberlo logrado. Ningún héroe antes ha venido. Ustedes son nuestra salvación. Le diré a mi padre que podemos partir. Se puso de pie y, enjugando por última vez sus lágrimas, pretendió ir a una de las puertas de las habitaciones, en ese momento cerradas.

—No lo haremos de noche, señorita —se apresuró Julio a detenerla—. No podemos partir en la oscuridad.

Ella se refrenó. Miró a Julio y asintió.

—Tiene razón. ¿Por la mañana?

—A primera hora.

—¿Qué tiene su padre? —preguntó Sergio. Julio tradujo su inquietud.

—Cayó en cama por una fiebre. Es un hombre viejo, pero también fuerte. No tendrá problema de acompañarnos. Por favor... no me hagan abandonarlo.

—Nunca lo haríamos —dijo Julio. Y volvió a su comida.

La chica, más repuesta, fue tras una puerta y la cerró tras de sí. Se escuchó que hablaba con alguien y que esta persona lloraba. Julio se sintió conmovido y no pudo ocultarlo.

—Qué pesadilla, Sergio... —se atrevió a decir con la voz quebrada—. Pobre gente.

Terminaron de comer y pidieron un lugar para poder dormir. Ella les preparó unos cobertores y les prestó una lámpara de aceite. Luego, los acompañó al edificio contiguo, el establo de madera en el que había un poco de heno esparcido sobre la dura tierra.

—Todos los animales que Cyrus nos traía morían a las pocas horas —explicó ella mientras ayudaba a acomodar un poco de heno en un rincón, a manera de cama.

La noche era tenebrosa, y aún más ahí dentro, entre esas paredes de madera carcomida. Cualquier cosa podría atacarlos en cualquier momento y estarían acorralados, sin escapatoria. Pero, a la vez, les parecía que pasar la noche sin un techo sobre sus cabezas los expondría a alguna horrible suerte. Al final, decidieron mantener viva la lámpara durante todo el tiempo posible. Y hacer turnos para descansar.

Se encontraban apiñados en contra esquina de la amplia puerta, a la que echaron la trabe en cuanto la chica, quien se había presentado como Marguerite, los abandonó justo después de volver a besar las manos de Julio y las mejillas de Sergio.

Woodsworth permaneció de pie, a poca distancia de ambos.

Los gritos provenientes del tapanco, aunque lejanos, no cesaban.

Mendhoza tiene el primer turno para dormir. Pero han pasado quince minutos y no ha conseguido pegar el ojo.

—Julio... creo que es mejor idea si tú lo intentas primero. Yo, simplemente, no puedo.

—No sé. También estoy muy inquieto.

—Pero hay que reponer fuerzas. Mañana será un largo día.

—Lo intentaré.

Julio se acomodó utilizando su mochila como almohada. Contra lo que esperaba, cayó rendido casi en seguida, lo que permitió a Sergio perderse en sus pensamientos.

"Lo jodí todo", musitó.

"Formo parte de esto sin tener ninguna forma real de colaborar."

La llama de la lámpara parecía cincelada en el aire; sus variaciones eran mínimas; las sombras que proyectaba eran dibujos fijos en los tablones de la pared. A Sergio le pareció el interior de un catafalco. Podría morir y permanecer ahí para siempre; ajeno a todo como Julio en ese momento.

"Ni héroe ni mediador. Sólo soy un tipo maltrecho que se coló en la trama de una historia. No tengo importancia alguna. Oodak cree que sí. Lo mismo que Farkas. Y tal vez el mismo Barba Azul. Pero yo sé que no es cierto. Yo sé que, si es verdad que Edeth está por resurgir, no depende en lo absoluto de mí. Jamás debí haber hecho caso a nada.

"Jamás debí aceptar esa conversación con Farkas."

Y ahora llora como un niño. No, no exagero. Derrama lágrimas de verdadero desconsuelo. Pide perdón a esa Alicia a la que en ocasiones nombraba en la celda. A Brianda. A Jop. Al teniente Guillén. A Julio.

—Ojalá hubieras dado buen uso a esa bala, papá —dice ahora.

Y parece sincero.

Después de un rato, limpió sus lágrimas y tomó una determinación. Estaba seguro de que ya no tenía nada que perder.

En sus oídos resonaron las palabras del demonio que lo tenía en ese estado, en esa situación.

"No siempre la ignorancia es el mejor camino del héroe."

Irónico que ahora pensara que tal vez fuese el consejo más sensato que le hubieran dado. Fue a su mochila y sacó el Libro de los Héroes. Lo abrió en la primera página.

"Prefacium", leyó.

"En el nombre de Theoderich está oculto el nombre del Señor de los héroes", salió, como un murmullo, de sus labios.

"En el nombre de Odoaker el del Señor de los demonios."

"Fue en el siglo VI de nuestra era cuando ocurrió la escisión entre luz y oscuridad."

Y con mano trémula leyó.

Lo acompañaron los gemidos provenientes de la casa principal, un poco más esporádicos y a ratos más apagados.

Leyó y leyó. Hasta llenarse del conocimiento que, estaba seguro, jamás podría dejar atrás, pues es el olvido algo imposible de conseguir a fuerza de voluntad. Cuando culminó su lectura, lo invadió la certeza de lo definitivo.

Aunque supo que ya jamás sería el mismo, no le dolió tanto como el haber leído la razón del porqué sabía con tanta seguridad el lugar al que debía ir. Por qué se dibujaban en su mente y en sus sueños la cueva, la bruja, el demonio más abominable. Y por qué, cada vez que pensaba en ello, era como el reconocimiento de un deber, la necesidad de cumplir un compromiso, de presentarse a una cita.

Hubiera deseado sentir algún tipo de satisfacción y, sin embargo, era como haberse asomado al negro pozo de lo prohibido. Ahora comprendía por qué se impedía al héroe tener el conocimiento. Y por qué era tan importante la inocencia para cumplir la misión, por qué existen los mediadores y por qué los héroes.

Volvieron a él las lágrimas. Un dolor como nunca antes había sentido, pues hasta ese día todo era una apuesta, una posibilidad, un cruzar los dedos y confiar en el futuro. Hasta ese día. Ahora confirmaba que todo era inútil. Que su participación en la lucha estaba escrita y estaba saldada. Y que el mal prevalecería. O, al menos, ya no correspondería a él la contemplación del triunfo de la luz.

Miró al fantasma del escritor con simpatía. Un títere más en esta comedia.

Pensó en la llamada "vía innoble" para aniquilar demonios que mencionaba el prefacio y en lo que le hubiese ayudado tal conocimiento en su labor. Pensó en lo revelado al interior de esas páginas y que, a la luz de la verdad, parecía un relato de ficción. Tantos siglos de lucha oculta a los ojos de los hombres.

"Ojalá hubiese podido dar con Edeth."

"Ojalá nunca hubiese aceptado esa conversación con Farkas."

Y, cediendo a un repentino impulso, a un cansancio de meses y de años, se recostó al lado de Julio, aún sollozando.

Muy a su pesar, en este momento Mendhoza se hunde, tiritando, en el frío estanque de las pesadillas.

Primavera, 1590

Stubbe permanecía en el cuarto de Anna durante el día, cuando Gyöngyi, la chica ciega, trabajaba con Michel en su habitación.

La pequeña niña de cuatro años le había tomado cariño al forastero. Y, aunque no hablaban el mismo idioma, se entretenían con inocentes juegos. A la condesa la complacía esto, pues nunca tenía interés ni tiempo para pasar con su hija, y el hecho de que a la niña la criara un lobo le parecía muy apropiado. Después de todo, en el escudo de armas de su familia, estaba la evidencia de su liga con el predador más temido de los Cárpatos.

La propia condesa había tomado cariño a su huésped. O algo similar. Durante las noches, Stubbe subía a las torres del castillo y aullaba, esparciendo el temor en la comarca. Igualmente, se paseaba por los corredores en su forma más temible. Las brujas y los sirvientes aprendieron a respetarlo. Una vez hubo una disputa a la hora de la cena entre Ficzkó y Stubbe. El hombre lobo sometió al demonio sin hacer ningún esfuerzo. La condesa ordenó al licántropo que aniquilara a su sirviente ahí mismo, sin dejar de degustar su faisán y su vino; fue Jó Ilona, una de las favoritas de la condesa, quien intercedió por el lacayo. A partir de entonces nadie se metió con Farkas, quien se pavoneaba orgulloso por los laberintos del castillo.

—No puedes mirar —había sido la advertencia de Nostradamus para poder trabajar con la chica puesta a su disposición—. El futuro está cubierto de neblina. Para dispersarla y poder mirar limpiamente los detalles de un rostro específico, un lugar exacto, una fecha precisa, hay que echar mano de alguien puro, un verdadero inocente. Gyöngyi es perfecta para esta labor.

Pero los días pasaban, la primavera se había asentado... y Michel de Nostredame no daba resultados. Cada segundo le pesaba a Stubbe como una plancha ardiente sobre la piel. Al aullar, en las noches oscuras, pedía perdón a su hijo por tardar tanto. Hablaba con los muertos sólo para discutir con ellos. Creía que se volvía loco.

Erszébet, al igual que los otros, tampoco se metía con él. Pero se aseguraba de su lealtad pidiéndole, en ocasiones, que aterrorizara la región. Una vez le pidió la cabeza de un enemigo y Farkas volvió, después de dos días de ausencia, bañado en sangre de ciervo, pidiendo perdón a su señora por "haber devorado por completo" al rival. La condesa se mostró complacida e ignorante del engaño; el supuesto enemigo había sido amenazado por Farkas para abandonar el país so pena de morir despedazado.

Los días pasaban y Csejthe se tornaba aún más sombrío.

Una noche particularmente oscura, Gyöngyi dormía plácidamente al lado de Farkas, en una pequeña cama dispuesta para ella. En el castillo se habían acostumbrado a su presencia pues creían que Farkas la utilizaba como esclava y se servía de ella de diversas formas. Esa noche, la chica despertó repentinamente, como presa de una pesadilla. Escuchó la voz de Michel, a quien siempre había creído un hombre vivo. Lo obedeció, abriendo el único baúl del cuarto. Extrajo una hoja enrollada, atada con una cinta, y despertó a Farkas. Sin mediar palabra entre ellos, le entregó el papel. Farkas iba a retirar la cinta cuando la chica lo detuvo, pero fue Michel quien habló.

—Primero… tu parte del trato, Stubbe. Libera mi espíritu y podrás hacer lo que quieras con esa información.

Farkas depositó la hoja bajo su almohada.

—¿Dónde están tus restos, Michel? ¿En qué parte de este inmundo castillo te tienen preso?

Capítulo treinta y siete

Julio despertó casi en seguida, atemorizado.

Al confirmar que Sergio dormía, se sintió automáticamente bien. Había despertado presintiendo algo y, para su fortuna, no había motivo para alarmarse, todo estaba en calma. Pero luego pensó que acaso fuera eso lo que lo hizo despertarse. Al fin se habían detenido los aullidos en la casa. Por alguna razón le pareció mala señal. Decidió levantarse.

Toma su espada y, después de arropar a Mendhoza, va a la puerta de dos hojas del establo. Retira ahora la tranca y empuja un poco una de las hojas para conseguir una estrecha abertura, por la que se cuela a la intemperie. Vuelve a emparejar la puerta.

La noche es oscurísima. Nunca ha habido luna o estrellas en esta región. Y, sin embargo, Julio se guía por la mísera luz de una bujía, que atraviesa las cortinas de una de las ventanas en la cabaña de Marguerite.

Se dirige hacia allá con paso decidido, espada en mano.

Atravesó el espacio entre la cabaña y el establo hasta llegar a la puerta. Ni un sonido. Supuso que, en caso de que algo anduviera mal, sería una pésima idea llamar, así que intentó girar la manija. No tuvo suerte. Rodeó la casa y se animó a escabullirse por una ventana posterior.

Seguía al cien por ciento su instinto. No tenía otra forma de explicar sus impetuosos actos. Pero algo en su interior le decía que era preferible disculparse con la muchacha por su atrevimiento que poner sobre aviso a algún demonio, si es que era el caso.

Notó que se había filtrado a una habitación con dos camas individuales. Ambas destendidas. Desde ahí podía ver el establo, la puerta aún cerrada.

Salió de esa recámara y volvió a la estancia principal. La puerta del cuarto del padre de Marguerite estaba entornada. De ahí venía la luz de la vela. Se dijo que era preferible entrar y preguntar si todo estaba bien.

Cuando abrió por completo la puerta, se sintió fulminado por el terror.

Sobre un candelabro en el suelo, ardía una vela, pero con esa sola excepción, no había muebles o artilugios para el uso humano.

De una viga pendía una persona.

Puesto de cabeza, un hombre de ojos aterrorizados emitió un gemido al ver a Julio. Era un hombre cuyos miembros habían sido arrancados. Sólo se conservaban el torso y la cabeza; envuelto en una fibra transparente y pegajosa, el sujeto aún estaba vivo. Su boca estaba cubierta por la misma telaraña, por ello no pudo esbozar palabra alguna, pero el miedo y el dolor se translucían a través de su mirada.

El cuarto emitía un hedor terrible. Muchas de esas tiras gelatinosas cubrían vigas, ventana, paredes. En uno de los rincones estaban apiñados varios huesos humanos. Seguramente un par de fémures que aún mostraban rastros de sangre seca pertenecerían al miserable que pendía del techo.

Julio comprendió en seguida que habían sido engañados y temió por Sergio.

Iba a girar en redondo cuando la flama de la vela se apagó.

Un agudo chillido lo alcanzó.

La araña se encontraba sobre la pared interna cuando abrió la puerta; si hubiese entrado la habría visto. En ese momento apenas la presintió.

La oscuridad sólo le permitió escuchar el golpeteo de las patas del monstruo, saliendo de la habitación sin tocar el suelo.

Tiró un par de golpes de espada al aire, sin éxito.

Trató de aprestar el oído, pues la negrura era total. Más pasos en las paredes. El techo. Ahora a la izquierda. Ahora a la derecha.

Sufrió una descarga de líquido pegajoso en un hombro. Luego, el líquido se tensó y sintió un estirón que lo derribó. Se deshizo de la camisa y rodó en dirección hacia la pared.

Un chillido más.

Supo que si era inmovilizado por la telaraña perdería toda oportunidad, así que optó por la velocidad. Se levantó en seguida y corrió de vuelta a la recámara donde el monstruo tenía a su víctima.

Michel Fourier lo vuelve a mirar. Es un campesino que lleva devorando por más de tres meses. Me sorprende que Marguerite aún lo conserve con vida y siga alimentándose de él.

La araña entra detrás de Julio al cuarto y aprovecha esos breves instantes en que el héroe le da la espalda para brincarle encima.

No consigue hacerlo caer pero sus cuatro patas delanteras lo intentan manipular como harían con un insecto.

Las mandíbulas de Marguerite se quieren cerrar en torno al cuello de su víctima pero Julio ha conseguido llevar la punta de la espada hacia atrás por encima de su hombro derecho.

Consigue que la médel se retire y él mismo se da la vuelta.

Ahora es una lucha frente a frente.

De nuevo las patas delanteras del monstruo lo golpean en cara, hombros, pecho. Julio se defiende solamente, intentando infructuosamente no ser replegado contra la pared.

Fourier lo mira todo aterrorizado. Probablemente piensa que si él no hubiese caído en la treta de la chica, no estaría ahí mirando como un guiñapo.

Marguerite lleva a Julio contra la pared. Tira una mordida y lo alcanza en un brazo. La sangre asoma de inmediato. El héroe se duele pero no ceja en su defensa.

Marguerite vuelve a tirar otra mordida y es cuando Julio intenta una jugada desesperada.

Dejó caer la espada y, aprovechando que la araña estaba con la cabeza baja, utilizó ambas manos para trepar por encima de ella. No le fue difícil entonces posarse en su lomo y sujetarse del grueso vello que sobre éste crecía.

La araña se mostró confundida, incapaz de atacar algo que quedaba completamente fuera de su alcance.

Julio llevó su mano derecha al cinturón. Extrajo, de una funda sujeta al cuero, una navaja. La araña fue entonces hacia la pared y trepó por ésta. Iba a huir hacia el techo para obligar a Julio a soltarla cuando la fulminó un relámpago.

Julio machaca los ojos de Marguerite. Una y otra vez golpea hasta dejar únicamente una pulpa rojinegra.

La médel siente lo que un demonio puede sentir sólo una vez. El momento en que ha de rendir cuentas por lo que se le ha entregado. Extrañará por primera vez su alma. Y correrá a los dominios de aquel a quien sirvió desde que rindió su espíritu a la maldad.

La araña cae al suelo. Julio se retira.

Hay convulsiones, signos evidentes de agonía. Luego, no queda más que el cuerpo inerte del arácnido y, breves segundos después, la resolución final. Julio contempla con el corazón latiendo frenéticamente, cómo el monstruo adquiere una consistencia gris, opaca, frágil… hasta desmoronarse en polvo.

Aún no puede creer que lo haya hecho. Pero es así.

En cuanto recupera el aliento va al hombre que lo ha contemplado todo y, con la misma navaja con la que consiguió el milagro, corta la venda de fibra arácnida que cubre la boca del victimado.

—Si hay piedad en su corazón —dice el hombre en francés—, acabe conmigo, por favor.

Julio comprende perfectamente lo que le han dicho. Se aprieta el brazo del que aún mana sangre. Se ha acostumbrado tan bien a la oscuridad que puede mirar al atormentado individuo y distinguir sus facciones. En los ojos de ambos se replica un contenido llanto.

Noto que la puerta del establo está abierta. La franja de luz de la puerta así me lo indica. Así que me precipito en esa dirección. Tal vez sea demasiado tarde. Tal vez mientras Julio ha estado divirtiéndose con este demonio, a Mendhoza ya lo haya alcanzado la bruja o algo peor. Tal vez lo que Julio mire al volver le detenga para siempre el corazón. No lo sabré hasta que yo mismo lo confirme.

Julio notó, a través de la ventana, que la puerta del establo estaba abierta. Corrió hacia allá con el corazón en un puño. Lo que había hecho lo acompañaría toda su vida. Y no sabría si algún día se repondría. Aunque hubiese sido un acto de misericordia, le parecía que nadie tiene derecho a algo así.

Y, sin embargo, sabía que no tenía opción.

A veces la muerte es la mejor salida.

Aún apretándose el brazo sangrante, hizo el camino a toda prisa.

Se detuvo en la puerta, jadeante, preocupado. ¿Y si era demasiado tarde?

¿Y si jamás debió haber dejado solo a Sergio?

Musitando una oración, entró al establo.

Se rindió de hinojos. Dio gracias al cielo.

* * *

Henrik abandonó el taxi sin agradecer siquiera. Contempló la iglesia de San Esteban con odio en el corazón. Le hubiera gustado entrar y masacrar a quienes ahí encontrara para luego reducir el edificio a escombros. Pero había decidido ya no actuar impetuosamente. Justo por ello había sido engañado y casi aniquilado.

En realidad no importaba.

Lo que sí importaba era culminar el único encargo que le había hecho su Señor Belcebú. Dar cuenta de Sergio Mendhoza.

Es lo único para lo que se permitiría, en el futuro, ceder al acaloramiento, a la furia, a la irreflexión. Ya no se regocijaría en el dolor ni en el registro. Acabaría con Mendhoza de un solo golpe. Sus tres cabezas podrían hacerlo picadillo en un segundo.

Pero antes tenía que dar con él.

Y, en su opinión, Sergio tendría que buscar a Oodak en algún momento.

Por eso el viaje a Budapest. Por eso el taxi a la iglesia de San Esteban. Por eso la necesidad de acudir al castillo negro del Señor de los demonios en lo profundo del bosque de Nagybörzsöny.

No pensaba siquiera llamar a la puerta. Se mantendría en las inmediaciones. Tal vez le haría una visita a Farkas en su campamento. Tal vez, simplemente, esperaría.

Comenzó su rutinaria transformación.

Sus pies ya no tocaron la hierba. La escamosa piel de la víbora fue la que se arrastró en dirección a Sötét vár en cuanto la espesura del bosque lo ocultó del mundo.

Primavera, 1590

La noticia cundió entre los espectros del castillo. Por ello Stubbe se vio súbitamente rodeado de etéreos personajes en espera de ser favorecidos, al igual que Nostradamus. Tres niños, dos hombres barbudos, un hombre de alta investidura religiosa.

—Haré lo que pueda —fue lo que espetó al momento de ir en pos de los huesos de su benefactor, tres días más tarde.

A diferencia de como actuaría un ladrón convencional, Farkas intentaría la empresa durante el día, pues sabía que al interior del castillo reinaba la noche. Los habitantes de la gran mole negra se encontraban, si no dormidos, al menos sumidos en un letargo que sólo se sacudían después del ocaso. Farkas aguardó a la hora de mayor claridad, cuando el sol estaba en el cenit e incluso la pequeña Anna dormía una siesta, para cometer el hurto. Se había hecho de un par de grandes costales y un madero que usaría para echar la pesada carga sobre sus hombros. En el fondo sí esperaba poder recuperar los restos de cada fantasma, liberarlos del encierro y huir de Csejthe antes de que se ocultara el sol.

Acudió con una lámpara de aceite al salón de armas en el que, de acuerdo a lo dicho por Nostradamus, la condesa tenía el inventario de huesos, atados a la circunscripción del castillo por un sortilegio no difícil de conjurar. Solamente había que romper el sello de barro con el que estaban cubiertos sus minúsculos ataúdes, confeccionados con madera negra, remachados con hierro y broquelados con símbolos blasfemos. Bastaba con romper la argamasa hecha con tierra de lugares malditos para liberar a los espíritus, pero abandonar los huesos ahí permitiría a las brujas renovar el hechizo, por ello debía cargar con todos los restos. No tenía miedo cuando se detuvo frente a la pesada puerta custodiada por un vampiro que dormitaba con indolencia, pero sí se dijo que tenía una sola oportunidad y no podía desperdiciarla. La condesa perdería la confianza puesta en él. Todo acababa para siempre ese día.

El guardia, acostumbrado a que su labor de vigilancia no implicaba mayor desafío que aburrirse frente a la puerta, fue fácilmente sorprendido cuando la mano del hombre lobo lo sujetó del cuello, amenazándolo con trozárselo.

—No hagas ruido.

Hubiera podido acabar con él, pero lo traicionó la piedad. Después aprendería que con los demonios no se debe tener esa consideración. Quitó las llaves al custodio y abrió la puerta del depositorio, arrojando dentro al vampiro. Puso la lámpara sobre un mueble, cerró de nuevo la puerta y contempló la escena.

Nueve ataúdes de escasas dimensiones, como si conservaran los restos de niños pequeños, se encontraban alineados al centro de la habitación. Nueve catafalcos negros en los que habían sido amontonados los huesos de cada espectro del castillo. Sabía que tres de ellos, los de los muchachos que acompañaban a la condesa con más frecuencia, correspondían a herederos frustrados de casas reales. Delfines muertos en su más tierna infancia, antes de ocupar las coronas que les correspondían. Un cuarto fantasma era del profeta más grande de toda Europa. Un quinto, un pontífice caído en desgracia. Los otros cuatro sólo sabía que eran errabundos hombres que se dejaban ver muy poco.

Tal y como dijo Nostradamus, las negras cajas tenían un emplasto de barro sobre las cerraduras. Bastaría un golpe para romperlo. Abrirlos era cosa de nada. Echar los huesos al saco sería cuestión de minutos. Lo traicionó el escrúpulo de no mezclar los huesos para poder devolver cada uno a su propia sepultura. De uno de los sacos grandes extrajo nueve bolsas más pequeñas de gruesa tela. Advirtió Farkas que la habitación no sólo conservaba la colección de fantasmas de la condesa, sino también otras muestras de sus horrendas aficiones, partes humanas flotando en frascos de líquido ambarino, fenómenos de feria disecados, óleos de escenas terribles.

Bajo la mirada rencorosa del guardia, replegado contra una de las paredes, comenzó a echar en cada una de las bolsas los restos de los pequeños féretros. Rompió el primer sello. Abrió el ataúd.

Echó hueso tras hueso en la primera bolsa. Rompió el segundo sello. El tercero.

No consiguió hacer más.

Tres segundos de distracción bastaron al vampiro para actuar. Consiguió alcanzar una de las repisas y tomar un recipiente con una espesa gelatina sepia. Lo arrojó al suelo y, después de estallar el vidrio, se liberó un humo de una fetidez insoportable.

Farkas comprendió que el arrebato del vampiro no había sido un acto casual, sino premeditado. Quiso alcanzar la puerta para conseguir que entrara aire fresco a la habitación pero era demasiado tarde. Vio caer al custodio, víctima del narcótico liberado. Al instante perdió él también el conocimiento. "Tenía una sola oportunidad...", fue su último pensamiento. "Y la aruiné por completo."

A la hora del crepúsculo la intrusión fue descubierta por otro guardia. La condesa fue notificada en seguida.

Capítulo treinta y ocho

La luz de la mañana los sorprendió con el relato de Jop y el dolor acrecentándose en la herida de Julio. Él mismo se había improvisado un vendaje, pero la herida no cerraba del todo y a ratos le parecía que se había infectado. Con todo, estaba fuera de discusión el que intentaran buscar ayuda. En los dominios de Gilles de Rais sería completamente inútil.

Jop les habló de su estancia en el hotel Lune Noir, de cómo seguían el relato en el Libro de los Muertos, y cómo Barba Azul, al considerar que Sergio había echado mano de alguna especie de treta, decidió disponer de él y de Brianda. A ella la había llevado al interior de una cueva, según lo que alcanzó a escuchar; a él, en cambio, el helicóptero lo abandonó en la soledad de esos parajes, a merced de los demonios.

—No sé si lo hizo a propósito, pero me dejaron bastante cerca de aquí. Estuve escondido en un promontorio de rocas por casi un día entero. Oí a los lobos aullar pero siempre lejos. Luego, me animé a caminar durante la noche porque ya no aguantaba el hambre y la sed. Y vi a la distancia esta casa. No te imaginas lo que sentí cuando me asomé y te vi dentro, Serch.

Después de una noche que de todos modos fue demasiado breve, se dispusieron a abandonar la falsa seguridad de la cabaña para continuar su camino hacia el sureste. Antes, se aprovisionaron de todo lo que pudieron en las despensas de Marguerite, quien ya no echaría en falta esa comida.

En cuanto salieron de nuevo a campo abierto, al menos pudieron confirmar lo que ya sospechaban: Lamia no aparecía por ningún lado.

—Parece que los lobos nos trajeron suerte —dijo Julio.

No obstante, Sergio sabía que no era suerte en lo absoluto, que tenía una cita con ella y no se le permitiría desentenderse.

Jop llevó su mano al interior de su suéter. Extrajo la bolsa con las cenizas de Sergio, colgada de su cuello.

—¿Lo quieres? —preguntó.

Sergio negó por fórmula.

El mundo se mostraba claro, promisorio, a pesar de la total ausencia de sol y de vida. Pero Sergio no podía regocijarse en ninguna posibilidad futura; sabía con certeza cuál sería el final. Y a cada paso que daba se le desgarraba el corazón.

Fue Julio quien lo advirtió primero. Llevaban caminando aproximadamente dos horas, uno detrás de otro, siempre en dirección al sureste, cuando Julio se rezagó un poco para quedar en línea con Sergio.

—¿Todo bien?

—Eh… sí, claro. Sólo estoy un poco cansado.

—No lo creo. Es algo más. Te noto cambiado.

—No te preocupes.

Habían sobrevivido al cautiverio, al hambre, a los lobos y a la médel… y nada de eso había afectado tanto a Sergio. Julio estaba seguro. Pero no quería incordiarlo más de la cuenta. Por alguna razón el chico prefería callarlo. Del mismo modo que él prefería callar que no se sentía bien, que el dolor no amainaba y que era casi un hecho que pronto lo atacarían las fiebres propias de una lesión como ésa.

A las tres horas llegaron a la caja de un río muerto hacía mucho tiempo. El serpenteante dibujo del fantasmal flujo se perdía hacia su izquierda y derecha como una prueba de que esa región, enclavada en algún lugar de Europa, era infinita. Julio no dejaba de preguntarse qué seguiría una vez que llegaran a la cueva, qué debían enfrentar, si habría posibilidades de recibir en pago el nombre de Edeth como había prometido Barba Azul o todo terminaría ahí.

Descendieron por el talud del río.

En ese momento se fijó Sergio por primera vez en las ropas de Jop. Habían viajado tanto tiempo juntos que se había acostumbrado a uno o dos atuendos en él. Nunca habían considerado de importancia comprar ropa nueva, excepto cuando la necesidad era demasiado evidente. Y ahora Jop se mostraba con ropa nueva y limpia. Y además, una ropa que parecía confeccionada perfectamente para él; casi como si se la hubiera elegido su propia madre. Al menos Jop y Brianda habían podido reponer fuerzas en el hotel Lune Noir. Su amigo incluso parecía más robusto y hasta un poco rejuvenecido.

Mientras bajaban y Jop y Julio le ayudaban a apoyarse para no perder la pierna, Sergio también notó que el espectro hablaba bastante menos. No parecía muy interesado en contar más. Sus ojos muertos se posaban cada vez con menos frecuencia en él. Seguía al lado de los caminantes como un fiel escudero, pero pasaban las horas y no abría la boca para nada. Seguramente, en algún lado, Gilles de Rais deploraba su precario informe.

Julio sugirió aprovechar la cuenca del río para comer y ninguno de los dos chicos quiso oponerse.

Fue reparador. El descanso. La variación en la comida. La posibilidad de extender el plazo del encuentro. Era como pactar una prórroga.

El silencio, en cambio, se mantuvo con ellos todo ese tiempo. El propio Woodsworth no quiso hacer recuento de nada de eso tampoco.

Al cabo de una hora se dispusieron a retomar el camino.

Abandonaron el trazo del río con la certeza de ir en ruta, pues era una de las indicaciones dadas por los lobos.

La tarde comenzó a declinar. En cierto momento observaron en lo alto del cielo un águila rondándolos. Luego se percataron de que se trataba de un vampiro, algún nuevo demonio interesado en ellos. Se detuvieron y aguardaron a que tomara algún tipo de acción en su contra pero, después de un breve reconocimiento, se marchó.

—Debe haber sido enviado por Barba Azul —especuló Sergio—. Como el Libro de los Muertos está detenido, seguro pensó que algo ocurría.

Lo dijo con toda intención mirando al espectro, pero éste, al parecer, había renunciado por completo a la crónica. Y, sin embargo, seguía al lado de ellos. Trémulo y silencioso.

Alcanzaron el desfiladero pero a Julio no le pareció buena idea intentar atravesarlo con la amenaza de la noche encima.

—Pernoctemos aquí —dijo—. Tomaremos turnos al igual que hicimos ayer.

Sergio y Jop asintieron. Era una precaución necesaria, pese a que Lamia no había asomado el rostro por ningún lado.

Se acomodaron, malamente, en la fría tierra. Sergio sugirió a Julio y a Jop que ellos durmieran primero; prometió solemnemente que no lo rendiría el sueño. Se internó en sus pensamientos.

La noche los envolvió y fue oscurísima. La entrada del desfiladero era como una grieta en el fin del mundo.

Día treinta y seis.

Creo que es justo que reconozca que, de todos los héroes que he visto morir frente a mis ojos, ninguno me había hecho desear tanto poder esgrimir de nuevo la pluma. Contar la historia con dignidad. Darle el final debido.

Es por ello que me he detenido. Porque presiento que este héroe también sucumbirá. Y entonces... ¿qué caso tiene todo esto? ¿A alguien beneficia en verdad esta parodia?

Creo que desde que llegué al Foso de Lucifer estaba esperando una historia que valiera la pena contar, un capítulo que me recordara el tiempo en que escribir no era un capricho, sino una necesidad.

Pero si Mendhoza no lo logra... ¿entonces qué caso habrá tenido todo esto, los siglos y las historias?

Si esto fuera literatura podría enderezar lo que está contrahecho. Haría a Mendhoza mío y lo llevaría hasta donde creo que tiene que llegar.

Pero no soy más que un pobre cronista.

Y el final se acerca.

Ojalá que mi patética insurgencia produzca algún castigo. El que sea. Reniego de mi destino. Prefiero tolerar el peor de los encierros que ver morir a Mendhoza y tener que regresar al recuento de los héroes, las muertes una tras otra, la monótona sucesión de sangres.

"Un día más para mi muerte", pensó Sergio.

"No creo que nos tome un día más para dar con la cueva. Así que eso significa que la próxima será la última de mis auroras."

Recordó cuando tuvo una certeza similar, en aquel tiempo en que la maldición de Belfegor pesaba sobre él, cuando se le sentenció a morir en el trigésimo aniversario de su primera sangre. Pero ahora era distinto. Ahora la amenaza no venía de fuera... ahora era una convicción propia, personal. Sabía que moriría del mismo modo que, quien empieza a sentir el aguacero en el rostro, sabe que se empapará.

Hizo una lista mental de pendientes.

Le hubiera gustado ver a Alicia casarse con Julio.

Le hubiera gustado hacer planes con Brianda.

Le hubiera gustado hacer un viaje de placer con Jop.

Le hubiera gustado volver a ver a su padre.

Le hubiera gustado...

Vivir. Simplemente, vivir. Ser un muchacho como todos. Y vivir.

Lo volvió a vencer el sentimiento.

Entonces sorprendió a Jop mirándolo en la oscuridad.

—No estás bien, ¿verdad?

—No, Jop.

Jop se incorporó y fue a sentarse a su lado, sobre el cúmulo de lajas donde descansaba, por encima del sitio en el que habían decidido pasar la noche.

—¿Qué pasa?

Sergio ocultó la mirada. Encerró sus ojos al interior de sus manos.

—Tengo que ser honesto contigo, Jop. Por el tiempo que hemos estado juntos.

—¿Qué onda? No me espantes.

A la casi inexistente luz de la noche, Jop parecía una figura fantástica. Sergio vio en él un ángel, una especie de gnomo muy viejo y muy sabio, el inverosímil amigo que todos quisieran tener. Se fijó nuevamente en sus ropas, en cierto remiendo que tenía en el suéter de grecas que portaba. Le causó mucha ternura. Sus ropas, nuevas, ya tenían remiendos. Remiendos que seguramente el mismo Jop se había atrevido a zurcir él mismo.

—Voy a morir, Jop. Sé que voy a morir.

—¿Por qué?

—Porque lo sé.

—No te entiendo.

Sergio suspiró. Levantó la vista. Trató de ser fuerte.

—Está en el prefacio del Libro de los Héroes —hizo una pausa para evitar que se le quebrara la voz.

Era el terror en su más grande expresión. Se lo había dicho Farkas. El miedo es una fe maligna. El terror es certeza. Nunca había sentido, como antes, esa inobjetable certidumbre. No es que pudiese morir... es que iba a morir. Y eso, en verdad, le rompía el corazón.

—Por eso sé que debo presentarme en una cueva y enfrentar a un demonio monumental y terrible. Porque el héroe, el verdadero héroe, presiente con fuerza la hora y el lugar y la forma de su muerte cuando ésta se avecina. Y nunca se arredra. La enfrenta con dignidad porque, aun desconociendo el tamaño y la importancia de su lucha, sabe que sólo así la luz prevalecerá. Y vendrán tiempos en los que no habrá la necesidad de que héroe alguno muera para conservar el orden.

Jop buscó sus ojos en la tiniebla.

—Es lo más triste del mundo porque...

—¿Porque qué?

—Porque sé que tienes razón.

Sergio sintió un nuevo escalofrío. Escuchar algo así en la boca de Jop era la peor de las confirmaciones. ¿Qué sabía Jop que él desconociera?

—¿Recuerdas, hace más de un año, cuando Guillén y yo estábamos buscando la casa de Elsa Bay?

—Sí, ¿por?

Jop tragó saliva.

—Porque de repente era como si supiera hacia dónde dirigirse. Como si algo en su interior lo estuviera dirigiendo hacia ella. Nos presentamos en varias de las propiedades de la condesa y él, antes de que llamáramos a la puerta, podía decir si estaba ahí o no. También el humor le cambió. De repente se había vuelto, no sé, como que más triste, más meditabundo.

Sergio asintió. Nadie puede ir por ahí como si nada si tiene plena certeza de que va a morir.

—Además... el Rojo... —dijo Jop, pero ya no se atrevió a continuar. Después de todo, Sergio también había estado ahí, el mismo día en que murió el héroe de los cabellos encendidos.

No había más que decir. Sergio comprendió que lo peor que le puede pasar a un ser humano es quedarse sin esperanza. Todos vivimos, pensó, en función de un futuro. Cuando me case, cuando termine de pagar mi casa, cuando mis hijos crezcan... y todos los pensamientos están contagiados de esperanza. El porvenir siempre se mira con ojos optimistas... hasta que se sabe que el mundo se ha detenido, que el sol no volverá a salir por el horizonte, que la muerte ha ganado.

Jop comenzó a llorar.

—No puede ser —dijo con voz entrecortada.

Sergio prefirió no añadir nada. Si había tenido un amigo en el mundo, ése era Jop. Y también aparecía en ese futuro que alguna vez imaginó posible. Trató de hacerse el fuerte.

—Seguro que será mejor. Para todos. Tú y Brianda podrán desentenderse al fin de todo esto. Julio. Alicia...

—Ésa es la mayor tontería que he oído jamás —dijo Jop molesto, limpiándose las lágrimas—. A lo mejor no te das cuenta pero no estamos en esto nada más por ti. También nos importa lo que está en juego. También queremos que ganen los buenos.

Sergio se arrepintió de lo dicho. Había subestimado a Jop y eso, en el fondo, lo confortó. Naturalmente, tenía razón. Todos los que había mencionado no sólo creían en él, creían en la lucha. Creían en un mundo sin miedo y sin demonios.

—Pero también es cierto —dijo Jop, un poco más calmado—, que seguir con esto sin ti va a ser lo más triste del mundo.

Sergio le echó un brazo al hombro. Tácitamente Jop había prometido seguir con la misión aunque él no estuviera. Entonces, acaso, su muerte no sería en vano. Se sintió extrañamente tranquilo. En paz. ¿Así es como se habría visto afectado Guillén? ¿Daría con él del otro lado de la frontera entre la vida y la muerte? ¿Habría un descanso, en efecto, cuando su cuerpo dejara al fin de respirar?

Así estuvieron, abrazados y sin decir nada, hasta que fue hora de despertar a Julio e intentar dormir un poco.

Capítulo treinta y nueve

Julio despertó sumamente debilitado y, aunque hizo todo lo posible por seguir fingiendo, tuvo que admitir que no se sentía nada bien. Sin embargo, no tenía fiebre o síntomas que les hicieran suponer que la herida estaba infectada.

—Tal vez sólo sea la pérdida de sangre —trató de explicar Julio, pues las vendas alrededor de su brazo se mantenían húmedas.

Habían pasado un par de horas de luz cuando decidieron que, a pesar de todo, tenían que continuar. Ningún bien les haría permanecer ahí, así que, una vez que almorzaron, se dispusieron a atravesar el desfiladero.

Ingresaron en un estrecho pasaje, una herida hecha a la montaña desde hacía miles de años, seguramente cuando la Tierra aún se estaba formando. El día quedó atrás a los cuarenta metros; apenas eran alumbrados por una alargada ventana varias decenas de metros arriba. Sergio y Jop avanzaban al paso que les imponía Julio, quien se esmeraba en sonreír, en avanzar de prisa, en sostener algún tipo de conversación.

Puesto que la angostura no era perfectamente recta, no se veía la salida, pero tampoco era algo que preocupara a los tres caminantes. Por el contrario, en el ánimo del grupo parecía compartida la necesidad de no llegar a la cueva tan pronto, aplazar el momento atroz de lo ineludible.

Sergio contemplaba a Jop con cariño cuando se le adelantaba. Suponía que en sus pensamientos pesaba la posibilidad de morir también en el trance. Julio estaba derrotado; Sergio caminaba al cadalso. ¿Y él? ¿Cómo podría salir ileso de lo que fueran a enfrentar? Lo miraba con cariño y admiración. Suponía que Jop libraba su propia lucha interna, que trataba de hacerse a la idea de que él también podría morir. Así que se propuso dejarlo muy en claro. La suerte sobre su vida estaba echada, pero al menos trataría de salvar a aquellos que le importaban. Jop, Brianda y Julio tenían que salir de los dominios de Barba Azul y retomar sus vidas. Lo que hicieran después ya sería decisión suya, lo importante es que vivieran. No contaba con ver a los ojos a Edeth en el futuro; ya no; estaba cierto de que eso no ocurriría. Pero al menos intentaría arrebatar a los demonios a aquellos a los que amaba.

Mientras andaban sosteniéndose en las húmedas y oscuras paredes de la grieta en la montaña, Sergio reparó de nueva cuenta en la ropa de Jop, en aquel remiendo hecho a su manga. Y por alguna razón pensó en un vampiro dibujado con lápices de colores.

¿Por qué?

Estaba seguro de que se trataba de un vampiro que conocía. Un vampiro asomándose por la ventana de una habitación, la recámara de una mujer dormida, una escena clásica del cine de terror en una hoja de cuaderno.

¿Por qué?

Naturalmente era una referencia directa a Jop, a su amigo, aquel muchacho que hasta hacía un año o algo así todavía tenía la ilusión de ser director de cine de terror. Miraba el remiendo en el suéter y algo en su interior, en su memoria, lo arrastraba a los felices días en que el miedo era un sentimiento esporádico y no una presencia constante, aquellos tiempos de la escuela secundaria Isaac Newton.

¿Por qué?

Trató de no obsesionarse con ese pensamiento y miró hacia atrás. Fue ése el momento en que se dio cuenta de que Woodsworth ya no los acompañaba. Detrás de Julio no había nada. Por delante de Jop, tampoco. Al parecer, el fantasma había tomado la decisión de no seguir con ellos. Hasta ahí había llegado su participación en todo eso. Sergio lo lamentó. Habían sido cinco semanas de callada compañía. Le hubiera gustado saber que estaría bien, que algo en su propio rol cambiaría, que tendría su propia liberación.

Caminaron por casi una hora, deteniéndose sólo a tomar agua o a orinar, cuando al fin descubrieron, al frente, el rayo de luz de la salida.

Jop giró el cuello para mirar a Sergio. En su rostro iba el inconfundible sello de la fatalidad.

—Ojalá todo esto fuera un mal sueño, Sergio…

—Ojalá.

Cuando alcanzaron al fin la salida del desfiladero, los sorprendió una escena para la cual no estaban preparados.

Era un claro entre las montañas, una planicie sobre la cual no podía verse más que roca volcánica. Hacia el fondo, la cueva que Sergio había visto en sus pesadillas, con la apariencia de la boca abierta de alguna fiera. En derredor, la muralla natural conformada por las laderas de las montañas. Era un lugar del tamaño de un campo de futbol, completamente inaccesible excepto por aire. O por las entrañas de la tierra.

Y los esperaba mucha gente.

Cuatro enormes helicópteros, muy parecidos a aquel en el que habían sido llevados al castillo en ruinas y al hotel Lune Noir, se encontraban dispuestos en las orillas de la planicie. Frente a ellos, en extraña congregación, varios hombres y mujeres de porte distinguido. Algunos se encontraban de pie, otros sentados en sillas plegables dispuestas para la contemplación de un posible espectáculo. Pocos conversaban entre sí. Casi todos se aburrían.

Cuando aparecieron los tres por el hueco del desfiladero, se consumó un silencio tremendo, ominoso. Los ojos de todos los demonios, unos cuarenta en total, se posaron en los recién llegados. Los había jóvenes, viejos, de traje formal y bata para dormir, de todos los colores de piel y todas las complexiones. Pero Sergio lo supo sin necesidad de echar mano de sus extintas facultades de mediador: todos eran demonios. Todos habían ido a verlos morir.

A la distancia, de pie entre otros dos personajes de corte militar, reconoció a Gilles de Rais. Y aunque supo que podría ir a recordarle el convenio que tenían, pensó que sería inútil, que sólo le estaría dando motivos, a él y a su corte, para intervenir en algo que únicamente les competía a ellos. Optó por la indiferencia. Jop lo cuestionaba con la mirada.

—Vamos a la cueva. Rescatemos a Brianda y terminemos con esto.

Parecía posible. De algún modo parecía posible.

Pero cuando Sergio regresó sobre sus pasos para pedirle a Julio que no se apartara de ellos, éste se desplomó, dándose de bruces contra la roca.

Los demonios rieron.

Sergio y Jop se aproximaron a intentar asistirlo. Se había desmayado. La sangre afloró en la mejilla sobre la que había caído. Pero, de algún modo, Sergio supo que así es como tenía que ser. En su sueño, en la entrada de la cueva, sólo estaban él y Lamia. Sólo él y la bruja. Sabía que lo aguardaba ahí y que saldría en el momento en el que lo viera aproximarse.

—Quédate con él, Jop —dijo.

—Ni loco —reclamó el muchacho.

—De veras, Jop. Esto es entre la bruja y yo.

—Pues me vale —insistió Jop—. No me puedes obligar a quedarme.

Sergio tuvo que concederle razón en esto. Pero no le parecía correcto. Sin embargo, no había más que hacer. Arrojó su mochila al suelo. Tomó la espada de la mano de Julio.

—Dame mi bolsa —le dijo a Jop.

—Claro.

Últimamente ya no sabía qué o quién era. Pero en un momento como ése parecía muy claro que tendría que echar mano de toda la ayuda posible. Jop descolgó de su cuello el saco marrón y se lo dio a Sergio.

No sintió ningún cambio. Nada en lo absoluto.

Prefirió no darle importancia y comenzó a agotar el camino hacia la cueva. El silencio había vuelto al interior de esa garganta inaccesible. Pero no por mucho tiempo: los demonios notaron que a Sergio le costaba trabajo cargar la espada y volvieron a reír. Luego, lo insultaron en varios idiomas. Sergio y Jop siguieron caminando, haciendo caso omiso a su público.

El silencio y la expectación volvieron a hacer suyo el frío y gris cañón.

A Sergio le pareció que el final era absurdo pero conveniente. El peso de la espada era una excelente metáfora de su destino. La habría arrojado lejos pero sabía que la necesitaba, sabía que no podía renunciar a ella, sabía que era su estigma y su perdición.

A diferencia de los demonios, sabía que no moriría en las garras de Lamia sino de alguien mucho más vil y poderoso. Sabía que el magnífico demonio que habría de aniquilarlo no estaba a la vista y que, de un soplido, habría dado cuenta de todos aquellos que ahora hacían mofa de la batalla final. Sabía que dormía en lo profundo de la tierra, en algún lugar de la cueva, y que aparecería en cuanto fuera necesario. Sabía que no tendría ninguna oportunidad en cuanto se miraran a los ojos.

El negro túnel de la cueva mostraba un último resquicio de luz varios metros al interior. A la distancia parecía un ojo, un faro carmesí, una linterna. Pero Sergio supo que esa luz no era buena y no era producto de la naturaleza o de los hombres. Supo que era un fuego que se alimentaba de la ira y de la muerte.

Se detuvo, al lado de Jop, a unos cinco metros de las fauces.

Mormolicoe aparecería en cualquier momento. Algo ocurriría entre ellos y, luego, se entregaría a aquel que dispondría de su último respiro.

Era lo único que le permitía sentirse mínimamente tranquilo; el saber que el capítulo no terminaría ahí, sino al interior. Y que eso le daría la oportunidad de rescatar a Brianda. Sólo eso pediría antes de morir.

Pero Lamia no aparecía.

Los demonios se mostraban expectantes.

El mundo entero se sostenía entre dos pulsos de reloj.

Un sonido de notificación se replicó en varios de los teléfonos celulares que cargaban los demonios. Una nueva e inesperada actualización al Libro de los Muertos.

Y es así como determino el tamaño de mi labor. Porque ningún ser pierde su albedrío mientras no haya rendido su alma al Maligno.

Sergio entonces hizo una involuntaria conexión mental.

Y luego otra.

Se le erizaron los cabellos de la nuca. Era terror. Terror real.

La única forma que se le ocurrió para constatarlo fue dar un par de pasos más hacia la cueva. El ojo rojo al interior del profundo túnel era, en realidad, una persona atada a una columna.

Pero no. Eran dos personas.

"Dios...", pensó, sintiendo que acaso la premonición no fuera tan exacta.

Y que... tal vez...

Pero no. Tenía que confiar.

A fin de cuentas, había sido llevado hasta ahí. Y todo se ceñía a la perfección. Todo. Sólo que en los sueños el simbolismo es importante. Más importante que en la vigilia.

El suéter que llevaba Jop pertenecía a otro tiempo. Era, en realidad, un recuerdo, no una realidad. Por eso la relación con aquel dibujo del vampiro. Por eso esa zozobra.

Las manos le temblaban. El sudor bajaba por su frente y mejillas. La certeza de su muerte era como un grito atronador en ese sepulcral silencio.

"Ayuda...", musitó.

Levantó la espada con ambas manos.

Realizó un giro lo más rápido que pudo.

La hundió en un costado de Jop. Una fuente de sangre nació ahí, en el lugar más muerto de la tierra. Una exclamación surgió de todas las bocas. Sorpresa. Admiración. Diversión.

Jop miró a Sergio con incredulidad. Se llevó las manos al vientre, horrorizado. Las miró completamente teñidas de rojo.

—¡Jop! ¡Despierta! —gritó Sergio.

Jop, entonces, se derrumbó sobre sus rodillas. Las lágrimas acudieron a sus ojos.

—¿Por qué, Serch? —dijo con pesar—. ¿Por qué?

—¡No, Jop! ¡Despierta! —gritó de nueva cuenta Sergio. Ya había recuperado la espada, que goteaba sangre.

Jop se recostó en la piedra.

Sergio tuvo un momento de duda.

"Dios... ¿qué hice? ¿Me equivoqué?"

Sintió que lo abandonaban todas sus fuerzas, al igual que a Jop el espíritu.

"No, por favor...", replicó de nueva cuenta Sergio, arrodillándose al lado de Jop.

Jop... que no era Jop.

Sergio se acercó a tomarle el pulso. A verificar su respiración.

"Por favor..."

¿Estaba muerto?

El mundo se mantenía en vilo.

Y ahí, en la dura superficie de la piedra, el cuerpo tendido de Jop. Sin señales aparentes de vida. La sangre huyendo hacia las grietas y las comisuras del mundo. La espada tirada en el suelo. Los gritos de Sergio sobreponiéndose a todo. Al ruido indescriptible de los goznes del planeta al girar, de cada uno de los seres humanos en agonía, de las voces de todos los muertos.

Sexta parte

Primavera, 1590

—Ni siquiera un licántropo como tú podría liberarse —dijo la condesa al presentarse ante Farkas con una bujía en la mano. Lo habían sujetado por las gruesas cadenas incrustadas al suelo y las paredes del lavatorio.

Farkas levantó la vista en cuanto la vio entrar. Se encontraba de rodillas, en su forma humana. Habían pasado varias horas desde la última vez que Dorkó lo había azotado con un látigo. Su espalda era un amasijo de carne y sangre seca.

—Están hechas del mismo metal que aseguran los ataúdes que quisiste violar, Farkas. Es hierro fundido de las armas que usó Vlad, el Empalador, para cimentar su reinado. Cada metal segó varias vidas, y la sangre otorga, gracias a las artes oscuras, mayor fuerza al acero. Un metal así, culpable de tanta muerte, es casi como el diamante.

Farkas la miró sin rencor. Todo su odio estaba volcado hacia sí mismo. Había estropeado su única oportunidad. Ahora sólo esperaba que acabaran con él lo más pronto posible, poder ir al infierno, lavar su conciencia, procurar un descanso en el sitio en el que nadie encuentra descanso. Quizás la eternidad fuera el periodo justo para buscar a Peeter a ciegas en el único lugar donde la luz no tiene cabida.

La condesa sacó de entre su vestido de terciopelo escarlata una hoja de papel enrollada, atada con una cinta negra. Lo agitó a la distancia, llamando la atención de Farkas.

—¿Quién es esta persona?

—No puedo decírtelo.

Ella forzó una agria sonrisa.

—Lo mejor de todo esto es que, aunque no lo creas, me tiene sin cuidado. Michel habrá de revelármelo tarde o temprano. Está unido a mí para siempre. Sus huesos permanecerán en ese ataúd hasta el fin de los tiempos. Tú, por lo contrario…

Sin agregar más, se dio vuelta y se marchó del lavatorio, dejando a Wilhelm Stubbe a solas en la oscuridad con su remordimiento.

Caminó de vuelta a su habitación, en compañía de dos de los espectros que habían estado a punto de conseguir su libertad y que, al igual que Michel, al enterarse de la frustrada labor de rescate, se empeñaban en conseguir de nueva cuenta los favores de la condesa, temerosos de que ella, en represalia, encerrara sus espíritus en algún sitio sordo y ciego. Pero Erszébet, por lo pronto, sólo tenía mente para una cosa. Se encerró en sus aposentos y, después de sentarse ante su tocador, desenrolló la hoja. No quería admitirlo pero algo parecido a la obsesión se había apoderado de ella. La contemplación de aquello que había plasmado con su mano Gyöngyi en el papel la tenía arrobada. Creía poder descifrar la importancia de ese individuo con sólo mirarlo detenidamente, del mismo modo que se miraba a sí misma en su espejo por horas y horas.

Por un par de días no hizo otra cosa que estar mirándose y mirando la hoja. Y recibiendo noticias de cómo Farkas seguía recibiendo azotes sin cambiar a su forma de lobo. Michel de Nostredame se presentó ante ella con la intención de conseguir una tregua.

—Señora mía, estoy dispuesto a revelarle la importancia de ese papel si libera a Farkas de sus cadenas.

Ella probaba nuevos afeites en su rostro. Se deleitaba en su belleza. Pero mantenía la hoja encima de su tocador.

—Michel... Michel... —dijo ella probando en sus labios un tono púrpura—. ¿Desde cuándo estás en posición de pedir cosas?

El propio Stubbe le había rogado que no revelara la importancia de su búsqueda, pues nadie más que él debía llevar la hoja a Er Oodak. Pero Nostradamus estaba dispuesto a romper esa promesa con tal de salvarle la vida a aquel a quien ya consideraba su amigo.

La condesa se conformaba con la pura contemplación. Había dejado de importarle su trascendencia. Su vanidad la había llevado a creer que, llegado el tiempo, lo sabría todo. Tendría la belleza, tendría la vida, tendría el conocimiento.

Michel fue a ver a Farkas, derrotado, después de tres días.

—Lo siento mucho, Wilhelm.

Farkas dormía hecho un ovillo en ese momento. Con trabajos abrió los ojos, aunque en ese calabozo era inútil sin una luz real.

—¿Qué dices, Michel?

—Que lo siento mucho. La condesa va a disponer de ti la próxima luna llena. Ha dispuesto que ese enano horroroso, Ficzkó, te abra en canal con una espada en presencia de todos los demonios del castillo. Tus miembros serán esparcidos por todo Csejthe. Una especie de escarmiento.

—¿Qué fue de Gyöngyi? —preguntó Farkas.

—La condesa la sumó a su grupo de cautivas. Espera una suerte similar en alguna de las celdas del fondo. Seguro la has oído llorar.

Farkas pensó que era posible. Pero en varios días no había habido más tortura que la que le habían inflingido a él. Y los llantos en las celdas a veces se replicaban en su cabeza como parte de una pesadilla constante; había dejado de escucharlos. O, más correctamente, los reproducía en su mente con tanta frecuencia que ya eran parte de él.

—¿Por qué no has intentado romper las cadenas como Wolfdietrich? —preguntó Michel con pesar.

—Estoy tan cansado… tan malherido… no tendría caso. Sería imposible. Además, no quiero darles el gusto. Al momento en que todo ocurra, quiero que la condesa vea al hombre que aniquila… no al héroe.

Dijo esto con algo parecido a la vergüenza dibujado en el rostro.

—Ella cree aún que eres un demonio.

Farkas se echó sobre su espalda, la cara hacia el techo goteante de esa cámara terrorífica.

—Tú debes saber el final, Michel. Para ti el futuro es como una ventana abierta. Cuéntamelo todo y ahórrame los pesares.

Nostradamus se había sentado a su lado, sin tocar el charco pegajoso de sangre en el que Stubbe dormitaba.

—A veces se torna confuso. Los acontecimientos presentes lo desdibujan.

—Quieres decir que no sabes si voy a morir o no.

—Lo siento mucho.

Un sollozo en alguna parte. Alguna de las muchachas cautivas pidiendo auxilio, la voz apagada por el maltrato, por la desesperanza.

—Entonces... al menos dime el nombre y el tiempo de Orich Edeth, ya que no pude leerlo por mí mismo.

—No puedo.

—¿Por qué?

—Porque él mismo me lo pidió.

—¿Qué? —Farkas se incorporó medianamente, sorprendido ante tal revelación.

—Mientras hurgaba en las posibilidades del porvenir, mientras ponía a Gyöngyi en trance para que plasmara con su mano la identidad del Señor de los héroes, él se hizo presente. Es, como todos nosotros, un espectro errante a la espera de su tiempo. Me autorizó a la revelación del dato, pero me pidió que variara el camino. Hay demasiado en juego.

Farkas volvió a apoyar la cabeza sobre la dura piedra que le había servido, durante esos días, de único aposento.

—En realidad no importa. Siempre creí que era un cobarde. Y esto me lo confirma. De todos modos voy a morir pronto.

—El destino puede ser una cosa muy distinta a aquello que nos han hecho creer.

—Entonces... ¿no hay nada en el pergamino?

—Yo no dije eso.

—Tal vez lo mejor sea que muera y todo esto quede para siempre en el olvido.

—O tal vez lo mejor sea que no olvides por lo menos una cosa: que eres un héroe. Y que ni siquiera la muerte es tan definitiva como parece.

No pudo evitarlo. Una lágrima asomó a los ojos de Wilhelm Stubbe, un hombre que sembraba una parcela en tiempos más bondadosos, que cuidaba de un rebaño, que despeinaba la cabellera de su hijo. Un hombre que jamás soñó con una lucha de proporciones tan terribles y que lo único que deseaba para sí era el alivio de haber hecho lo correcto y, eventualmente, el perdón para sí mismo.

—¿Me concedes un último favor? —dijo Michel.

—Me da lo mismo.

—Me gustaría contarte el cuento del Príncipe bondadoso nuevamente, Wilhelm.

Aquel sollozo se apagó. El silencio lo devoró todo. La voz de Michel, pausada y melancólica, obsequió a Wilhelm Stubbe con el sueño.

Capítulo cuarenta

Entonces abrió los ojos.

Y eran dos cuencas completamente bañadas en sangre.

La boca mostraba afiladísimos dientes.

Las manos eran garras de gato. Los pies, pezuñas. El cuerpo se comenzó a llenar de escamas. El rostro se transformó y los cabellos se volvieron una espesa maraña de cardos.

Jop ya no estaba ahí.

Al igual que la bolsa alrededor del cuello de Sergio; simplemente había desaparecido.

Él se hizo instintivamente hacia atrás, pero la bruja lo atrapó de una muñeca.

Habló en una lengua desconocida y emitió un chillido de ave a punto de atacar.

A la vista de los demonios, congregados ahí para presenciar justamente eso, Lamia se puso en pie sin dejar de apretar a Sergio por la muñeca.

Creció y, en un santiamén, se había transformado en un cuadrúpedo con el cuerpo cubierto de brillantes escamas, sosteniendo en vilo a un muchacho aterrorizado.

Todo ocurrió tan rápido que Sergio no pudo tomar la espada del suelo. No había defensa posible de esa forma.

La garra libre se abrió en un abanico de cuchillas. Lamia volvió a proferir terribles frases en una lengua cuyos últimos hablantes seguramente llevaban muertos siglos enteros.

Sea este el último capítulo narrado por este humilde esclavo de las letras. Que mi caída sirva de ejemplo a todos aquellos que han preferido la servidumbre de la oscuridad.

Sergio cerró los ojos, a la espera del primer corte en el vientre.

Por ello no pudo observar a Woodsworth aparecer detrás de la bruja y, siguiendo el único impulso liberador de su existencia en ese limbo de inagotables esperas, entrar al cuerpo del engendro.

Sergio cayó al suelo.

Lamia, demonio único, no era inmune a la sentencia del Libro de los Héroes, que dispensaba el uso de la espada o la intervención de un héroe.

"Para vencer, sin armas y sin muerte, a aquel que no puede morir..."

Sergio contempló a la bruja debatirse contra la nada. Sufría dolores terribles y convulsiones incontrolables. Gritaba en una lucha interior que Sergio había visto sólo una vez antes, cuando Guntra había muerto frente a sus ojos.

El cuerpo de Lamia se llenó de luz.

"... sólo el que no puede morir."

El grito fue atronador.

Pero Sergio no quiso quedarse a contemplar el final. Sabía que su capítulo no terminaba ahí, aunque el curso de los eventos se ciñeran ahora perfectamente a lo previsto.

Tomó la espada y corrió, tan rápido como pudo, al interior de la cueva. En sus oídos se mantenía el clamor de descontento de los demonios expectantes. No le importó. Tal vez lo siguieran al interior, tal vez reclamaran otro final. En ese momento sólo había una cosa en su mente: rescatar a sus amigos.

Corrió con la vista fija en ese ojo rojo que lo contemplaba desde el fondo de la cueva y que no era otra cosa que la luz viva de un fuego de inframundo alumbrando a dos figuras atadas a una columna.

Eran aproximadamente cien metros en línea recta, por ello la luz, que a la distancia parecía la de una fogata, se mostraba tan minúscula. Aun así. Corrió y corrió hasta llegar al sitio y confirmar que, en efecto, no se había equivocado.

Brianda y Jop se encontraban maniatados a un tótem de representaciones diabólicas. Ambos sentados y con las manos tras la espalda. Como telón de fondo, un gran abismo, de donde emanaba el rojo fulgor. Un abismo inconmensurable que emitía vapores sulfurosos y una especie de constante rugido.

—¡Sergio! ¡Gracias a Dios! —dijo Brianda en cuanto lo vio entrar.

—Y que lo digas... —la secundó Jop.

Sergio se dio a la tarea de romper sus ataduras.

—¡Jop... despertaste! —dijo Brianda, sobrecogida por el llanto—. ¡Llevabas días durmiendo! ¡Creía que habías muerto!

Pero no. Estaba soñando que despertaba en un promontorio de piedras, y que el hambre y la sed lo hacían caminar hacia un establo, que daba con Sergio y con Julio y los acompañaba en su larga jornada. Que Sergio le confiaba terribles e inapelables secretos y él le hacía una promesa sin fecha de término. Que llegaban al final de un desfiladero y acompañaba a su mejor amigo a la boca de esa misma cueva. Que despertaba de ese sueño y recordaba que siempre había permanecido ahí, atado al igual que Brianda. Que lo último que recordaba era una bruja entrando a la cueva y mirándose en sus ojos. Ahora se alegraba de estar vivo pero le hacía sentir una aflicción de muerte aquello que sabía y que era, en verdad, inapelable.

Sergio terminó de liberar a Brianda y siguió con él.

—¡Gracias! —dijo ella.

—Corre a la salida de la cueva, Brianda, por favor.

—¡No!

—Ahora te alcanzo. Por favor... hazlo —insistió Sergio.

Ella obedeció. Y en cuanto Sergio terminó de liberar a Jop le ordenó lo mismo. Pero éste se resistió.

—No será tan fácil —le dijo—. Lo recuerdo todo. Nuestra plática al inicio de la cañada ayer en la noche. Y no creas que te dejaré morir tan fácilmente.

Sergio lo miró a los ojos, el rostro transformado por la luz ambarina del fuego a sus espaldas.

—No tiene caso, Jop, de veras. No hagas esto.

—No me importa lo que pienses. No…

Pero, a las espaldas de Sergio, comenzó a surgir. La cornamenta terrible de un demonio descomunal. Un par de cuernos retorcidos y relucientes. La enorme cabeza no tardaría en aparecer, y sería tan abominable como lo es toda la maldad del mundo concentrada en un solo ser.

Sergio tomó a Jop de los hombros con fuerza, intentando hacerlo girar.

—¡No lo mires a los ojos, Jop! ¡No estoy bromeando!

Jop cerró los ojos por instinto, apenas a un par de segundos del momento en que el horrible rostro de Belcebú apareciera en el abismo.

—¡Corre! —gritó Sergio.

—¡No sin ti! —dijo Jop.

Lo tomó de la mano para obligarlo a huir. El rugido hizo que la tierra se cimbrara. Fue cuando Sergio pensó que, si ése era su destino, habría de ocurrir pese a todo. Y si la única forma de poner a salvo a Jop era corriendo fuera de la cueva con él, así lo haría. Así que corrió de la mano de su amigo mientras el monstruo bramaba enardecido.

La entrada de la cueva era un punto lejano de luz. Pero sólo había que correr en línea recta.

Al parecer, Brianda había alcanzado la salida.

Ellos, tratando de hacer caso omiso a la súbita oleada de vapores sulfurosos que se había desatado a sus espaldas, al incremento de la temperatura, a la falta de oxígeno, al ruido ensordecedor… sólo corrían, y corrían, y corrían.

Hasta que, sudorosos, agotados, triunfantes…

… llegaron a la salida, a la luz, a la incipiente tarde.

Justo para encontrarse con que todos los demonios habían hecho un semicírculo alrededor de la cueva para recibirlos.

Gilles de Rais, en primer término, actuó con una celeridad que dejó a Jop sin aliento.

Se transformó en un enjambre de insectos voladores que cubrió el cuerpo de Sergio.

—¡No, qué haces! —gritó Jop, pero fue sometido por dos fuertes brazos, al igual que ya lo habían hecho con Brianda.

El cuerpo de Sergio, completamente cubierto de alimañas, fue obligado a hacer el camino de vuelta a lo más profundo de la cueva.

* * *

El dolor era tan grande y tan constante, que había dejado de sentirlo, paradójicamente. Estaba completamente disminuido, en el suelo del lavatorio, abriendo el único ojo que aún conservaba sano, apenas para mirar a la condesa, sentada a corta distancia.

—No me place acabar con un servidor de Oodak —dijo ella, blandiendo la hoja con la profecía, la posibilidad de dar con Edeth y la salvación de un alma.

Farkas contempló, en lugar de una cifra o una concatenación de palabras, una silueta. Un rostro. Volvió a desmayarse.

—Pero si no tiene remedio… —dijo la condesa, haciendo una seña a los tres vampiros que golpeaban el cuerpo inerme de Wilhelm Stubbe, para que continuaran con el castigo.

* * *

Su cuerpo había sido arrojado al suelo de la caverna, a un lado del tótem y apenas a unos metros del abismo. No obstante, sobre los ojos del muchacho, dos enormes arañas se aferraban a su piel, a sus párpados, para obligarlo a mirar, aunque en el foso no se observaba nada.

Gilles se había materializado a su lado. O al menos así lo sintió Sergio, pues, con excepción de las arañas, no llevaba encima alimaña alguna. Y, en cambio, escuchó cómo la voz del demonio también se sobreponía al silencio.

—Helo aquí, mi señor —dijo Barba Azul, de pie en la orilla.

El mayor monstruo de todos, después de Lucifer, bramó con ferocidad desde algún lugar del inframundo.

—Helo aquí —repitió Barba Azul en perfecto español, acaso deseando que Sergio comprendiera perfectamente su suerte.

Un nuevo rugido. Ráfagas de vapor ascendían desde el averno. No obstante, el Príncipe de las tinieblas continuaba oculto. Sergio, trabajosamente, pugnaba por rendirse, por hallar resignación. Sabía que era su muerte o no habría conseguido llegar hasta ahí sin ayuda. Casi estaba deseando que todo ocurriera pronto, de prisa, un solo golpe letal y luego la nada. No obstante, todo seguía estático, un alargado preámbulo que no atinaba a comprender.

Transcurrieron un par de minutos sin cambio alguno.

Tres minutos.

Gilles de Rais, hasta ese momento agitado, comenzó a serenarse.

Las exhalaciones del fondo de la cueva comenzaron a amainar, al igual que los colores de la piedra incandescente.

—No te quiere así —exclamó Barba Azul, denotando sorpresa.

—¿Cómo? —se atrevió a preguntar Sergio.

—Que no te quiere así. Te está desdeñando.

Sergio, tendido de espaldas, sólo sentía el golpe del calor, de la insoportable peste. Pensó que, de ser mediador aún, habría muerto sólo del miedo que un demonio como ése le hubiera hecho sentir, incluso sin mirarlo a los ojos, únicamente con su proximidad. Pero todo indicaba que esas facultades habían quedado para siempre atrás.

—Deberías sentirte halagado, Mendhoza... el Príncipe de la oscuridad no suele demandar sacrificios. Excepto en casos muy especiales. Tiene un interés peculiar en tu persona.

Las arañas abandonaron los párpados de Sergio, quien pudo al fin cerrar los ojos, echar la cabeza hacia atrás, dejar escapar un gemido.

No, no se había equivocado. Moriría en las garras de Belcebú. De eso estaba seguro. Pero había errado en el momento. Y no sabía qué tan bueno sería eso. Por lo pronto, le complacía saber que tal vez podría ver de nuevo a Brianda. A Jop. Asegurar la suerte futura de Alicia.

—Te felicito —dijo Gilles de Rais con mordacidad, aunque secretamente agradecía esa prórroga. Sabía que Sergio, vivo, aún podría serle útil. Tal vez no todo estuviera perdido para él en la búsqueda de Edeth.

Un temblor de tierra. Y luego la oscuridad más profunda. El silencio más absoluto. La nada.

* * *

En su corazón supo que la luna estaba casi completa. Y que en breve Erszébet iría por él y lo llevaría a alguno de los patios del castillo, donde podría hacerlo pasar por el hacha y el cuchillo en presencia de toda su corte.

Hizo una recapitulación de lo acontecido.

Se vio a sí mismo caminando bajo la nieve, en dirección a Zúrich.

Se vio siendo sometido por la bestia horrible, el Señor de los demonios, en aquella noche tormentosa en Bedburg.

Se vio llorando la muerte de su único hijo.

Y luego...

Una escena peculiar, entre brumas. Un campo florido, la hierba alta, el sol en punto. Un pequeño niño de cabellos oscuros caminando de la mano de su madre, rubia como el día. Un hombre afilando una hoz sobre sus rodillas, silbando una tonadita navideña. El viento, gentil. Las nubes como un blanco rebaño, pastoreado hacia el oeste.

El hombre levanta la mirada. Sus ojos se detienen en la madre y el niño. Se pregunta si se podrá ser más feliz, si algún hombre necesitará de cosa distinta para sentirse pleno. La madre levanta al niño y lo hace volar para atraparlo nuevamente. El hombre regresa la mirada a la hoz y sus pensamientos a la próxima cosecha.

Y en esa escena peculiar se cuelan unas palabras. Ese mismo hombre, esa misma mujer reposando la cabeza en su brazo, la noche quieta. "Veo cosas en sueños, Will."

"Cosas que no son buenas."

El hombre de tez sonrosada y cabellos negros aprieta a su mujer contra su pecho. Piensa en el niño. Piensa en ella. Piensa en el futuro, velado a sus ojos y que a los de ella es la confirmación de una promesa.

"Pero también veo otras cosas. Razones por las cuales sentirme orgullosa de ti. Y se me colma el corazón por ello, Will."

Y ese hombre, que se ve a sí mismo como si fuese otro, ahora mermado sobre la plancha de un calabozo, se reafirma en una sola frase.

"Se que harás siempre lo que corresponde."

Piensa en ella, en su mujer. En los sueños premonitorios de su mujer. Luego, en ese chiquillo con el que quedó para siempre en deuda. Un anhelo nace en su interior. Una chispa que enciende una hoguera que se convierte en un incendio que se transforma en un estallido. Y lanza un grito. Un grito que no sorprende a nadie en el castillo, tan acostumbrados a la súplica y al martirio.

Sabe que será imposible. La solidez de sus cadenas es la misma que la de las puertas del infierno, de donde nadie jamás escapa. Sabe que es una tontería. Pero más absurdo le parece no intentarlo, pues reconoce por primera vez, desde que inició su suplicio, que su muerte no traería bien a nadie. Mucho menos a su hijo. Vuelve a gritar. Y el grito desata en su interior al héroe que jamás quiso ser pero que la estirpe le ha obligado a llevar consigo desde niño. Siente la vida surgir de nueva cuenta. Sus brazos son otros. La piel se transforma. La ira es un rayo que lo traspasa en pleno corazón.

Peor sería no intentarlo.

Las argollas de metal, confeccionadas con las armas fundidas de las despiadadas batallas de Vlad comienzan a ceder. Una grieta. Otra.

Siente ahora el orgullo de su linaje. Lo entiende y lo acepta.

Rompe el primer anillo. Un nuevo rugido. Rompe el siguiente. Arrancar las cadenas sujetadas al suelo no implica problema alguno.

La sangre con que se forjaron las argollas ha sido parte del milagro. Siente Farkas reconstituirse los huesos rotos, las vísceras destrozadas, la piel desgarrada.

Comprende que la salud, la vida, son recursos a la mano para un Wolfdietrich. Lo mismo que la eternidad, si le apetece.

Echa a correr hacia las celdas de las cautivas.

Capítulo cuarenta y uno

Gilles llevaba a Sergio echado sobre un hombro cuando salió de Las Fauces.

Los demonios aún tenían sometidos a Brianda y a Jop. La mayoría de ellos, residentes del hotel Lune Noir, monstruos ancestrales que vivían acogidos por la élite universal, por los círculos de poder que les permitían mantenerse vivos, a salvo y rindiendo culto al vicio de la pereza.

—¿Por qué has vuelto con él, Barba Azul? —reclamó en francés un hombre bajo y con ropa deportiva—. ¿Se lo arrebataste al Príncipe?

Gilles puso a Sergio con cuidado en el suelo.

—¿Entonces tenía razón Woodsworth y éste es el fin del Libro de los Muertos? —cuestionó una anciana con un dejo de ironía en la voz.

Uno de los demonios se había transformado en minotauro. Bufaba con desesperación y parecía listo para atacar.

Sergio seguía inconsciente, pero Gilles supo que tenía que hacer algo o tendría serios problemas para conservar su botín. Se agachó y levantó la mano izquierda del muchacho, mostrando la muñeca a los demonios.

—El chico lleva la marca de la Krypteia. Se ganó un lugar a pulso en la élite. A diferencia de muchos aquí. Así que el Príncipe me ha pedido que lo conserve conmigo —mintió.

Hubo un breve silencio. Gilles comenzó a cambiar ligeramente. De su piel surgieron negros y brillantes insectos.

—Espero que nadie se opondrá a esta decisión del amo de todos nosotros.

Dicho esto, envió a varios escarabajos a rondar el rostro del minotauro, quien sacudió la cabeza y terminó por volver a su imagen humana.

—¿Y ellos? —dijo un viejo señalando a Brianda y a Jop, inmovilizados por un par de demonios que aguardaban, expectantes—. Yo ya hice planes para la chica. Podría tenerla conmigo hasta que me aburra. Y luego, podría formar parte del menú del Lune Noir.

—Los dos chicos y el héroe que cayó también vienen conmigo, Sørensen —resolvió tajante Gilles—. Y espero que tampoco vayan a querer hacer un escándalo por ello. Tengo mis razones. Y todas tienen que ver con Oodak.

Dicho esto, conminó con la mirada a los dos demonios que sujetaban a Brianda y a Jop, quienes al fin los liberaron. Ambos corrieron al lado de Sergio.

—Se acabó el espectáculo —anunció Barba Azul—. Vuelvan al hotel y diviértanse, aquí no pasó nada.

Con estas palabras se disolvió en silencio la reunión. El frío y agreste cobijo de las montañas no había mutado en lo absoluto, pero de pronto les pareció a Jop y a Brianda más benévolo, más luminoso. Gilles les obsequió agua y comida; les informó que en breve partirían todos.

Un solo pensamiento cabía en la mente de Jop: "No murió. Está aquí con nosotros. Tal vez todo salga bien". Brianda, por su parte, sostenía la cabeza de Sergio en su regazo, acariciándola. Mientras tanto, los demonios que habían asistido al frustrado fin de ese capítulo del Libro de los Muertos, buscaban un lugar en los tres helicópteros destinados para ello; algunos conatos de bronca después, todos partieron. Gilles, mientras tanto, organizaba su propia partida en el helicóptero restante. Él mismo depositó el cuerpo inconsciente de Julio en la nave y dispuso, con el piloto, de todo lo que necesitaban para partir. Sergio despertó cuando el silencio volvió a reinar en el paraje.

—¿Y Julio? —preguntó en seguida.

—Está en uno de los helicópteros —respondió Brianda—. Sigue mal, pero vivo.

Sergio pareció tranquilizarse cuando, de pronto, lo asaltó un recuerdo.

—La espada —fue lo que dijo.

—¿Cómo dices? —le preguntó ella, aún sosteniendo su cabeza, arrodillada.

—La espada de Edeth.

En cuanto dijo esto, se apresuró a sentarse. Miró en derredor, tratando de ubicarse.

—Te ayudo —dijo ella. En ese momento, Jop intentaba averiguar si Julio no estaba más grave de lo que pensaban.

Ayudó a Sergio a incorporarse y, en cuanto vieron a Gilles recargado en el helicóptero llamando por teléfono celular, fueron hacia él.

—¡La espada! —gritó Sergio mientras se acercaba—. ¡Tienes que cumplir!

Barba Azul terminó su llamada y, de brazos cruzados, esperó a que se acercaran Sergio y Brianda.

—La espada del Señor de los héroes —dijo Sergio—. Lo prometiste.

Barba Azul sonrió, aún de brazos cruzados.

—Así que, en tu opinión, cumpliste la misión. ¿Eh, chico listo? Y dime, ¿cuál era la misión? Tenías que pasar varias pruebas al interior del castillo. Y sólo pasaste una.

—¡La espada! —lo confrontó Sergio.

—¿Cumpliste la misión?

—¡La espada, demonio maldito! ¡No pasamos por esto para no obtener nada!

Gilles hizo un movimiento con su mano y arrojó un enorme escorpión al pecho de Sergio. El bicho abrió sus tenazas en torno al cuello de Sergio, pero éste no se arredró. No apartaba la vista del demonio. No cejaba en su reclamo.

—La espada.

Barba Azul volvió a sonreír. Chasqueó la boca. El escorpión bajó por las ropas de Sergio y fue a reintegrarse a su amo.

Breves segundos en los que pudo ocurrir cualquier cosa. Gilles pudo hartarse y disponer de ellos ahí mismo; pudo negarse simplemente y abandonarlos en sus dominios. Pero no era difícil percibir, en el comportamiento del demonio, que eso también formaba parte de un plan. De un destino. O de un conveniente arreglo posterior.

Gilles resopló y subió al helicóptero. De uno de los compartimentos para el equipaje, extrajo una alargada caja de madera. De ésta, extrajo la pequeña espada, envuelta en paño y volvió a descender de la nave. Jop descendió también. Barba Azul desenvolvió la espada y la sostuvo en su mano derecha.

—La misión era llegar a la cueva y salvar a la doncella. Un cliché que nos divierte a todos —explicó—. Usualmente utilizamos doncellas que raptamos en los pueblos aledaños, pero en este caso hice una excepción porque, en mi opinión, hiciste trampa. Aunque claro, eso le añadió un poco de más interés al asunto.

Aguardó algún tipo de reacción de Sergio que nunca llegó.

—Como sea —continuó—. Jamás creí que lo lograras. De hecho, nunca creí que salieras siquiera del castillo. La orden para el demonio que custodia el castillo es no entrar hasta que se cumpla cierto plazo. Lamia, a quien Lucifer guarde en su reino, debía entrar y aniquilarte a las siete semanas. Pero tú y tu amiguito salieron antes. A lo que quiero llegar es a esto: yo iba a rescatarlos de todos modos. A ti y a tu héroe de pacotilla. Antes de que se cumpliera el plazo.

—¿Por qué? —preguntó Sergio.

—Porque te necesito. No conviene a mis planes que desaparezcas del planeta. El problema fue que, habiendo llegado a la cueva y presentándote ante mi señor, no podía reclamarte para mí sin desatar su ira, por eso te llevé de vuelta a Las Fauces. Pero… increíblemente… él decidió postergar tu muerte.

—No entiendo.

Gilles tomó el estilete por la hoja y se lo extendió. Sergio iba a tomarlo pero el demonio lo retiró. Le mostró la empuñadura. Limpia de toda inscripción. Anticipándose a la pregunta de Sergio, él mismo hizo fuerza para separar el acero de la empuñadura. En cuanto tuvo la espada en dos pedazos, extrajo del interior de la empuñadura un papel doblado.

—¿Entonces no está en la inscripción el nombre de…?

—Ni siquiera es la espada de Edeth. Es un arma que Farkas le robó a Erzsébet Báthory. En cuanto extiendas la hoja, miles de preguntas van a saltar a tu cabeza. Pero no seré yo quien las responda, sino él, Farkas.

—¿Farkas? ¿Está aquí? —inquirió Sergio.

—No. Ahí es adonde iremos en cuanto arregle algunos asuntos respecto al espacio aéreo que habremos de atravesar en varios países. Ahí es donde obtendrás tus respuestas: en los dominios del lobo, en Hungría.

* * *

El castillo ha quedado sembrado de cenizas. No queda más de los vampiros que murieron a manos de Farkas. Cuando éste entró a la habitación de la condesa, ella misma supo que era demasiado tarde. El hombre lobo llevaba consigo un saco lleno de huesos, prueba irrefutable de que no iba a marcharse sin cumplir su promesa.

—El pergamino —dijo el licántropo.

Ella descansaba, sentada a su tocador. Las manos de una sirvienta peinaban el dócil cabello de la condesa. Los ojos de Farkas y ella se encontraron a través del espejo.

—Lo destruí.

Un titubeo. Un relámpago en los ojos del lobo. La sirvienta prefirió apartarse de su señora. Se replegó contra una de las paredes.

—Y yo puedo destruir tu castillo, arpía. Por lo pronto, no hay un solo demonio vivo en tus dominios. He respetado la vida a tus brujas y a tu lacayo, pero puedo dejarte sola si me place.

La condesa giró en el banquillo para confrontarlo. Ordenó en magiar a su sirvienta que fuera a ver qué había ocurrido. Ella asintió y salió a toda prisa. Después de unos minutos en que Farkas y la condesa se midieron a la distancia, la criada volvió con Jó Ilona. No hubo necesidad de dar explicaciones. En los ojos de la bruja estaba la descripción de lo acontecido.

—Tus fantasmas también me los llevo, por si no lo has notado —dijo el licántropo, mostrando el saco.

Hubo una discusión entre la condesa y la bruja que no condujo a nada. Al final, la señora del castillo se puso en pie. Portaba un camisón negro e iba descalza. Se aproximó a un armario pero, antes de que lo abriera, Farkas dejó el saco en el suelo y fue hacia ella con rapidez. La tomó del cuello con una de sus garras. Quitó a la condesa el estilete con el que pretendía herirlo y la amenazó con éste.

—Sin trucos. Ordena a tu bruja que me dé la hoja o te degüello aquí mismo.

La condesa adquirió una lividez extraordinaria. Dijo unas palabras a Jó Ilona y ésta fue al tocador. De uno de los cajoncitos extrajo el papel enrollado y se lo extendió a Farkas. El hombre lobo quiso cerciorarse de que no estuviera en blanco y dejó ir a la condesa. Ésta lo miraba con los ojos inyectados de rencor pero sin intentar nada; sabía que cualquier movimiento en falso le podía costar la vida.

—Los servidores de Oodak no deberíamos enemistarnos —dijo.

Farkas no la escuchó. En ese momento desataba la cinta que rodeaba a la hoja y se enfrentaba a la verdad.

Por un momento pensó que se trataba de una broma. Se imaginó a sí mismo en un sueño del que no tardaría en despertar. Levantó los ojos con la sorpresa dibujada en ellos. La condesa lo advirtió y no quiso quedarse con la duda.

—¿Qué? ¿Qué viste? ¿De qué se trata?

Farkas devolvió la hoja a la cinta y, caminando con esforzado aplomo, fue a la puerta, al saco de huesos.

—¡Michel! —gritó la condesa, furiosa, exigiendo una explicación.

Pero ninguno de los espectros se veía por ningún lado. La fractura en los sellos de sus ataúdes les había devuelto la libertad. Regresar los huesos a la tierra era sólo un trámite del que ya se encargaría Farkas. Muy probablemente varios de ellos, tal vez incluso el mismo Nostradamus, hubieran decidido abandonar su estado indefinido y habrían aceptado ir a la luz o a la oscuridad, lo que fuese que les correspondiera.

Farkas corría cargando el saco, con la espada en la mano, la mirada fija y los pensamientos horadándole el cerebro. Corría a través de los pasillos del castillo mientras la condesa no dejaba de gritar el nombre de su espíritu dilecto.

—¡Micheeeeel!

Así hizo el camino Farkas a la puerta del castillo, a la luz de la tarde, a los lindes de Csejthe, a su vida y a la esperanza de una última oportunidad.

Cuando estuvo en los límites del pueblo, devolvió a la tierra los huesos de todos los espectros menos uno. Ya era de nuevo un hombre, uno renovado. No sólo porque la transformación le había devuelto la salud y las fuerzas, sino porque contaba con un nuevo nombre para sí mismo, uno que utilizaría a partir de entonces.

* * *

El cielo se había cuajado de nubes espesas, una noche anticipada. Y, por primera vez en todo ese tiempo, el viento hizo su aparición; como si la conclusión del capítulo le hubiera dado la licencia de renacer en esas funestas tierras.

Sergio tomó el papel de las manos de Barba Azul sin apartarle la vista. Jop y Brianda estaban a su lado.

Comenzó a desdoblar la hoja. Sabía que se grabaría a cincel en la memoria todo aquello que apareciera frente a sus ojos, así fueran signos incomprensibles. Era el nombre de Edeth y, acaso, el final de su búsqueda. Sentía cómo le palpitaban las sienes, cómo el sudor acudía a las palmas de sus manos, cómo se agitaba su respiración.

Y entonces, en un segundo, la revelación.

No era una frase. No era un nombre. Era un dibujo. Un retrato.

Y una secuencia de números. Una secuencia que no había olvidado desde el día en que se le había otorgado el Libro de los Héroes.

2 0 0 7 0 5 2 2 2 3 0 7 3 8

Era su propio rostro.

Al igual que había sido capturado en la hoja que llevaba al interior de un sobre, cobijado desde hacía más de dos años por las páginas del Libro de los Héroes que lo seguía a todos lados.

Su propio rostro, con el corte de cabello que tanto había detestado en aquel tiempo.

"A quién miras, calvo", recordó que había pensado aquella primera vez en la guarida de la bruja.

Su propio rostro.

—¿Qué clase de broma es ésta? —dijo, sobrecogido.

Brianda y Jop lo miraban, igualmente confundidos. En Gilles, en cambio, se mantenía una sonrisa cínica.

—No es ninguna broma. Uno de mis artistas hizo la copia el mismo día que Farkas me solicitó el pergamino para que te fuera entregado con el Libro, hace un par de años.

—¡No entiendo!

—Te dije que no lo entenderías. Pero es así. Ese pedazo de hoja que te fue entregado al interior de un sobre lo custodié durante siglos. Y éste es una copia fiel que ahora te entrego, aunque sé que te resulta inservible pues llevas cargando contigo el original desde aquellos días.

—¡Pero no es posible! ¡Yo no soy Edeth! ¡Todo ha sido una maldita burla!

—Tal vez quieras que vayamos con Farkas de una vez y le reclames todo lo que quieras a él.

—¡Todo esto un maldito engaño! ¡Todo! —gritó, desolado, Sergio. Se llevó las manos a la cabeza, agotado. Miró la hoja caer. Miró la bolsa con sus cenizas al cuello de Jop. Miró, al interior del helicóptero, su mochila, adivinando en ésta la presencia del Libro de los Héroes, del sobre, de su rostro inmortalizado.

Brianda abrazó a Sergio, pues creyó que se desmoronaría. El mundo, como si hubiese reactivado su mecanismo de relojería, permitió a las nubes los estertores propios de la lluvia. Dos relámpagos lejanos. Un trueno partido a la mitad. La llovizna.

Sobre la hoja, en la tierra, comenzaron a caer gruesos goterones. La cara de Sergio en carboncillo comenzó a padecer la violencia del agua, se desdibujó lentamente.

—Me mentiste —reclamó al demonio, sollozando, con la cara oculta entre los cabellos de Brianda—. Me mentiste.

—Te lo dijo tu noviecita aquel día en mis oficinas. Nunca debes pactar con un demonio. Con todo, hay algo en lo que no te mentí: éste es el tiempo de Orich Edeth. Y ese pedazo de papel con tu cara tiene algo que ver con ello.

La lluvia arreció. El frío contacto con el agua hizo a Sergio sentir envidia de su retrato, estropeado por completo en el suelo. Por varios segundos deseó poder diluirse con el agua, huir hacia las grietas, perderse para siempre y por completo.

Verano, 1590

El cementerio estaba tal cual lo recordaba, aunque la lápida de Michel de Nostredame había sido vencida por el peso; se encontraba completamente caída sobre el suelo. En esta ocasión iba solo y a mitad de la noche, aunque con un clima mucho más benévolo. Habían pasado demasiadas cosas como para reparar en nimiedades, sólo quería cumplir con ese cometido para ponerle fin a su misión. Incluso estaba listo para ser sorprendido por los monjes del convento. No le importaba en lo absoluto que se metieran con él; estaba reintegrando los huesos de su amigo al cobijo de la tierra y eso era, en gran medida, una obra de misericordia. Al diablo con aquel que quisiera impedirlo. Era su última labor antes de abrirse la herida y convocar al Señor de los demonios. Tal vez en menos de veinticuatro horas estaría mirando a Peeter a la cara, estaría hurgando en su corazón para sacarlo del infierno. Tal vez aún habría un consuelo posible en el horizonte.

Consiguió llegar al catafalco sin mucho esfuerzo; el subsuelo demostró tener memoria y se mostró dócil a la excavación. Estaba en la operación de limpiar la tapa del ataúd cuando advirtió que los espectros habían sido convocados a su alrededor. La señora que lo había interpelado aquella noche, pidiéndole que rescatara a Michel, le obsequiaba una sonrisa enigmática. Siguió su operación sin tregua hasta que pudo depositar los huesos al interior de la caja. Volver a cubrir el cuerpo de tierra y poner la lápida en su lugar fue una labor bastante sencilla. Cuando terminó, ningún espíritu mostraba el rostro por ahí. Tampoco sus voces lo atormentaban. Estaba aprendiendo a echar mano de ellas sólo cuando las necesitaba.

Resopló por última vez y se dispuso a marcharse.

Fue al momento de trasponer la barda del camposanto cuando escuchó una voz bastante conocida a sus espaldas. Aún era noche cerrada.

—Gracias, Will.

Giró el cuello y lo vio. Sintió un inesperado alivio.

—Creí que no te volvería a ver.

—Te lo debía.

Se sentó de espaldas a la barda. Levantó la cabeza y aspiró el aroma de las nacientes flores primaverales.

—No me debías un carajo.

—Pero igual quise hacerlo —dijo Michel, sentándose a su lado—. Haz las preguntas que quieras. Una vez que huya la noche, no nos veremos nunca más.

Farkas se sintió tentado a preguntarlo todo, empezando por la necesidad de saber, con toda seguridad, si en verdad el bien triunfaría sobre el mal algún día. Prefirió ser práctico.

—Esto... no sirve de nada, ¿verdad?

Farkas extrajo el pergamino de su fardel y lo expuso a los precarios rayos de la luna. El rostro dibujado por la mano de Gyöngyi lo miraba con algo parecido a la tristeza.

—¿Por qué lo dices?

Farkas miró hacia la luminosa niebla que conformaba la imagen del espectro.

—¿En serio no lo sabes?

—¿Qué?

—Éste es el rostro de Peeter. Mi hijo. Es una maldita jugarreta.

La sorpresa en los ojos del fantasma fue genuina. Y Farkas así lo advirtió. Ambos miraron al papel, al muchacho adolescente de cabello corto que miraba hacia el frente, trazado en carboncillo.

—No puede ser —gruñó Michel—. Es una imagen del futuro. De eso estoy seguro.

—Pero... es imposible.

—Gyöngyi era perfecta para el trabajo —explicó el espíritu— no porque tuviera un corazón puro. Eso lo inventé. En realidad era perfecta porque era ciega. Así no contaminaría la visión del porvenir con cualquier otra del pasado o del presente. Yo lo único que hice fue guiar su mano con trabajo y paciencia. Debe haber alguna razón por la que el parecido con tu hijo Peeter sea tan asombroso.

—El cuento. Tu maldito cuento —resolvió Farkas.

—Seguramente —admitió Michel—, pero es algo que ni yo sabía. Hay veces que el futuro se revela como un montón de piezas sueltas que, repentinamente, embonan unas con otras. Por la misma razón por la que sé que mi labor en el mundo está terminada y que cuando la luz del día nos bañe yo ya no estaré aquí, supe de antemano que tenías que saber ese relato, porque ambos engranes se correspondían... pero desconozco la explicación de tal necesidad.

La noche se mostraba generosa; el viento, una caricia.

—No incluiste la fecha —dijo Farkas, resignado.

—Ahí está. Pero está cifrada.

—Pues entonces el ciego soy yo —dijo, mirando con detenimiento el papel, la cara de su hijo Peeter que lo visitaba desde el futuro. Y luego, al observar con más detenimiento, reparó en unas grecas en la parte baja del papel—. ¿Esto?

—En efecto.

—¿Por qué no me dices el día y la hora en que vendrá Edeth y te dejas de tonterías?

—Porque la memoria del hombre es falible. Y el papel puede caer en las manos equivocadas.

—Me imaginé que dirías algo así... —su voz se infectó de melancolía—. Supongo que no será pronto, ¿cierto?

—Tendrás que ser paciente. Pero, si te sirve de consuelo, he aquí una fecha y un lugar. Roma, Campo de' Fiori, 17 de febrero del último año de este siglo.

—¿Qué ocurrirá ahí?

—Toma en cuenta que el primer año de un siglo es el año uno, según la aritmética tradicional. No vayas a equivocarte.

En el corazón de Stubbe se instaló un desasosiego. Hizo una mueca al momento de devolver el retrato a su fardel.

—Tenía contemplado estar mañana mismo en el infierno hablando con él, con Peeter, tal vez consiguiéndole un salvoconducto para cambiar su suerte.

—Tendrás que esperar bastante más. De hecho... voy a revelarte un dato, por la amistad que no pudimos madurar ni en la vida ni en la muerte, Will, y es éste: vivirás más años que la condesa Báthory. Y créeme que no serán pocos.

Las campanas del convento comenzaron a repicar. Los monjes eran llamados a la oración de maitines. Pronto amanecería. Farkas suspiró.

—¿Vencerá el bien al mal algún día, Nostredame?

—¿Quieres un consejo, Will? —respondió el espectro, vacilante—. Olvídate de todo. Sé que amas a tu hijo pero, ¿cuál es la posibilidad de que lo saques de ahí, aun con la ayuda de Oodak? Vuelve a tu vida. Vuelve a tus cosas. Conjura el destino. Vive los años que te tocan como hombre, no como Wolfdietrich. Intenta ser feliz.

Farkas entrelazó las manos y las apoyó en su mentón. Cerró los ojos y esperó a oír el canto de la primera ave.

—No respondiste a mi pregunta, Michel. ¿Vencerá el bien al mal algún día?

Abrió los ojos. Giró el cuello.

Frente a él no había más que una incipiente claridad, el rocío de la mañana, una maltrecha esperanza... y miles y miles y miles de días de triste añoranza.

Capítulo cuarenta y dos

En la misma tienda en la que lo conociste, donde charlaste con él por primera vez de viva voz.

Volaban en dirección a Hungría con la visión nocturna de pueblos y ciudades salpicadas de luz eléctrica. Y para Sergio el pensamiento que anidó en su mente fue la confirmación de que no había vuelta atrás, que el mediador había quedado fuera para siempre de la trama, que jamás podría identificar plenamente a Edeth pero, a final de cuentas, no importaba ya, pues no contaba con verlo a los ojos nunca más. No después de tan terrible engaño.

Era una voz neutra que no denotaba sentimiento alguno. La voz de algún espíritu rondándolo; alguien que deseaba que conociera esa información. Nunca antes se sintió tan Wolfdietrich como en ese momento, a pesar de no llevar consigo la bolsa, que aún pendía del cuello de Jop, pues sin hacer esfuerzo las voces de los muertos lo alcanzaban, y él era capaz de distinguir sólo aquella que susurraba a su oído.

"En la misma tienda en la que lo conocí", pensó.

Entonces iban de regreso a Nagybörzsöny, al castillo negro de Oodak, al punto en el que había comenzado todo.

Miraba por la ventanilla cuando la voz lo alcanzó. Y aunque se sintió sorprendido, se rindió a la resignación.

Después de todo, sabía que no pasaría mucho tiempo para que ocurriera su muerte. El inminente encuentro con Belcebú permanecía en su mente, en su corazón. Y, de algún modo, se sintió complacido de ser, después de todo, alguien completo en la vida, sin ambigüedades. Un Wolfdietrich.

Desvió la vista al interior del helicóptero y contempló a los que ocupaban los otros asientos. Vio a Brianda fingiendo dormir.

A Jop al pendiente de Julio. A Gilles jugando con su teléfono celular.

De algún modo era reconfortante poder estar en la presencia de un demonio tan terrible y no ser aguijoneado por el miedo. Se sintió normal por primera vez desde que había comenzado todo eso y no le pareció mal. Era una lástima que su vida debiera acabar tan pronto. Una lástima y, a la vez, un alivio, pues todo apuntaba a una resolución. Un cambio. Una transición. La conclusión definitiva.

¿Era ése el mismo cambio en el estado de ánimo que había notado Jop en el teniente Guillén? Lo cierto es que era probable que viera un nuevo amanecer todavía, cuando por la mañana había creído que no correría con esa suerte.

¿Y si estaba equivocado? ¿Y si esa nostalgia de la muerte no era más que otra mentira?

Pero no se hacía a la idea. No cuando cada vez que se veía a sí mismo presentándose ante la espantosa figura del Príncipe de las tinieblas, sentía el inapelable llamado del deber como no lo había sentido nunca antes. Y que cualquier otra jugada no sólo sería antinatural sino también cobarde.

"¿Soy, realmente, un verdadero héroe?"

El helicóptero comenzó al fin a descender y encendió las luces exteriores, alumbrando un bosque que, a la distancia, parecía aún una gigantesca e irregular cama de musgo. A la memoria de Sergio acudió aquella vez que, una vez muerto Guntra, había sido llevado de vuelta a la Ciudad de México en un helicóptero de la policía. Al lado de sus amigos. Al lado del teniente Guillén. A la distancia sintió celos de ese Sergio más joven, más inocente, más el Sergio Mendhoza que había vivido y crecido al lado de Alicia, no ese que ahora daba tanta importancia al deber, a la fatalidad de lo escrito, a la muerte y sus designios.

Los otros pasajeros se despabilaron al notar que el vehículo comenzaba a hacer el descenso. Brianda estiró la mano para tomar la de Sergio.

Julio había sido recostado en la parte posterior del vehículo. Aunque por momentos volvía en sí, la herida nunca había cicatrizado bien, ahora supuraba y las fiebres asolaban su cuerpo. No obstante, Sergio sabía en el fondo de su corazón que lo único que necesitaba era atención médica; que viviría, pese a todo, pues era un hombre fuerte y lleno de entereza. En cambio él...

En cambio él...

El helicóptero descendió en una planicie, un claro del bosque que no encontró sitio en los recuerdos de los tres muchachos. Tres hombres de ropajes dignos de bárbaros ancestrales los aguardaban; todo su atuendo estaba hecho con pieles de grandes bestias, osos y lobos. Uno de ellos sostenía verticalmente una litera, dos palos con una piel lisa entre ellos.

En cuanto se apagaron los motores, Gilles urgió a los pasajeros a bajar. El sol asomaba por algún lugar del horizonte. El cielo empezaba a clarear.

—Ya informé a Farkas que van para allá. Espero que sepan que en esta región no tienen escapatoria. De cualquier modo... —se dirigió a Sergio— tú tienes todavía una cita con Belcebú. Y nada podrás hacer para evadirla.

Sergio prefirió no decir nada. La puerta se abrió y dos de los hombres hablaron con Gilles en húngaro. Luego, fueron a la parte trasera por Julio. Lo acomodaron en la camilla y lo bajaron con cuidado. El tercero, aún en tierra, saludó a Sergio con una venia cuando los chicos bajaron.

El alba permitía distinguir los rostros, el follaje, el mundo desperezándose.

* * *

Era la hora más hermosa de la mañana cuando se abrió la herida con su propio cuchillo. Se había instalado a las faldas de una zona prácticamente inaccesible de los Alpes franceses porque quería que Oodak se mostrara en su terrible estampa si le placía.

A las pocas horas ocurrió. Recordó Farkas el nombre terrible con el que se había referido a él Bruno y que se encontraba plasmado en el Libro: Lindwurm, el dragón. Demonio al que sólo puede vencer un único héroe, el señor de todos ellos, Orich Edeth, perdido para siempre en las fisuras del tiempo.

La enorme bestia bajó al campamento de Farkas emitiendo un poderoso rugido. El licántropo abandonó su tienda sin miedo pero también sin ilusión. Llevaba consigo la hoja con el rostro de su hijo. Y una plegaria en los labios.

Cuando la luz de la hoguera alcanzó los ojos verdes del monstruo, éste era un hombre de cabello cano y gesto permanente de desprecio.

—¿Y bien...? ¿Dónde está? —dijo Oodak, avanzando hacia Farkas.

—Necesito explicarte.

—¿Lo tienes o no lo tienes? Te dije que me entregaras a tu señor. Y que sólo en ese caso me buscaras.

—No es tan fácil. Te suplico que...

Oodak negó con evidente molestia.

—Nadie dijo que fuera fácil. No pierdas mi tiempo, Wolfdietrich. ¿Ha reencarnado o no?

Farkas lamentó que su última carta hubiera resultado tan baja. Apelar a la misericordia del Señor de los demonios era como tratar de exprimir una piedra en busca de agua.

—No —respondió.

—Pues entonces no me molestes.

Todo terminó tan rápido como empezó. Al culminar esa última frase el dragón emprendió el vuelo y regresó al viento y a la noche.

Farkas, vencido por la decepción y la ráfaga levantada por las alas del monstruo, permaneció de espaldas, recargado sobre sus codos. Se sorprendió de la mansedumbre con la que había tomado la negativa de Oodak. No sentía deseos de llorar o de maldecir a los cuatro vientos. Probablemente se estaba haciendo a la idea de que tenía siglos y siglos por delante, antes de poder solicitar al Señor de los demonios una nueva audiencia.

Se recostó contra la hierba y miró la hoja con renovada curiosidad. ¿Cómo podría ocultarse una fecha en esa línea que subía y bajaba sin patrón aparente?

Pensó en Bedburg. Pensó en su esposa. Pensó en la posibilidad de volver a labrar la tierra.

"La memoria de los hombres es falible", se dijo. "¿En cien años aún querré sacar a mi hijo de las llamas del infierno? ¿Y en doscientos? ¿Cuántos años más tendré que luchar contra el olvido?

"¿Cómo impedir que me deje de importar?

"¿Cómo?"

Con esa pregunta se quedó dormido.

* * *

Caminaron detrás del guía, un hombre fornido de brazos desnudos, poderosos, cubiertos de tatuajes, un hombre de gran melena gris y semblante severo, que no dijo una sola palabra mientras atravesaban el bosque. A los pocos minutos se les unieron dos lobos negros. Luego, un tercero, de pelaje gris. En menos de un cuarto de hora la procesión consistía de siete bestias y tres hombres, todos indiferentes a aquellos que escoltaban. Sergio no tardó en reconocer el camino. En aquel entonces era de noche y estaba completamente cubierto de nieve... pero causó tan honda impresión en él, que creía poder distinguir cada árbol, cada corteza, cada rama.

Al fin accedieron a otro claro en el bosque, uno en el que se encontraba asentado permanentemente un campamento. Ya era de día. Varias tiendas rústicas, hechas de los más diversos materiales, piel, madera, argamasa, conformaban un pequeño poblado. Nadie se veía en los alrededores. Una olla humeaba sobre una hoguera improvisada al lado de una de las tiendas, era toda la señal de vida al alcance de los ojos. Sergio, Brianda y Jop recordaron que ahí habían pasado una noche de invierno, hacía muchos meses. Recordaron que todo eso era parte de los dominios de Sötét vár, el palacio negro de Oodak, y que ahora eran sus prisioneros. Nuevamente.

De algún lugar surgía una música fácilmente reconocible. Al menos para Sergio. Led Zeppelin. El primer álbum.

El guía les hizo una señal de que se detuvieran. Los hombres que transportaban a Julio continuaron más adelante y se perdieron entre dos tiendas. Los muchachos aguardaron, impacientes. Brianda no soltaba la mano de Sergio. A pesar de sus sueños, a pesar de la sentencia de Gilles antes de despedirse, tenía la esperanza de que todo saliera bien. Por ello Sergio se mostraba aún más parco y receloso, porque no quería que ella leyera en su rostro la certidumbre de ese final que se avecinaba.

Los lobos se dispersaron en el campamento. El hombre de melena gris entró a una tienda, la misma de la que salía la música. Sergio reconoció la tienda al instante. Ahí mismo había despertado cuando Farkas lo rescató después de arrojarse de una de las torres del castillo para huir del minotauro. Ahí mismo había hecho la promesa de entregarse a cambio de la vida de Jop. Ahí había comenzado todo.

El hombre de la melena salió.

Y, detrás de él, el hombre del abrigo, Peeter Stubbe. Farkas.

* * *

En su rostro algo había cambiado. Las buenas personas de Bedburg lo advirtieron desde que lo vieron llegar al pueblo, pues ninguno sintió deseos de alejarse de él. Era un día de fiesta. Se casaba la hija del comerciante más rico del pueblo, y éste había ordenado que nadie trabajase ese día. Flores, música y danzas adornaban las calles. Cuando se detuvo en la plaza principal, Wilhelm Stubbe llevaba una luz distinta en los ojos. Greta, la tabernera, fue la primera en reconocerlo y se aproximó a él.

—Nunca me gustaste con barba —le dijo.

Él sólo sonrió y se dejó abrazar.

Después de invitarle un poco de vino y pan recién horneado, le contó que lo había dado por muerto, pues los relámpagos de la tormenta de esa noche habían destrozado por completo su taberna. Stubbe se calló la verdad. Bromearon y se reconciliaron y, al final, ella le pidió que se presentara en casa de Oskar Linz cuanto antes, pues éste le tenía reservada una sorpresa.

Stubbe obedeció y caminó hacia la casa del que alguna vez fuera buen amigo suyo. Llamó a la puerta, recordando el día preciso en que había sido invitado a pasar y fue atendido por Johan, el criado de su amigo, el mismo día en que decidió dejarse para siempre la barba.

Una muchacha le abrió y, después de que éste se anunciara, entró para ir por su señor.

Oskar apareció por la puerta y es justo decir que en sus ojos brilló la alegría. Le obsequió al instante un abrazo.

—¡Wilhelm!

—No. Wilhelm no. Peeter.

Oskar se separó de él y, sin dejar de tomarlo de los brazos, escudriñó en sus ojos.

—¿Cómo dices?

—Que a partir de ahora mi nombre será Peeter. Peeter Stubbe.

—¿Como tu hijo?

—Sí.

—¿Por qué esa decisión?

—Para no olvidar, Oskar. Para nunca jamás olvidar.

Oskar sintió que se le desgarraba el corazón. Acaso porque en esos días había aprendido a encariñarse. Había pagado a una muchacha del pueblo y hasta a una nodriza para que le ayudaran en los nuevos deberes de la casa. Y comprendió, por vez primera, el llanto de aquel hombre al que rescató de las calles un día como ése pero del otoño del año anterior.

—Me parece bien, Peeter. Y me da tanto gusto que no hayas muerto...

—Gracias, amigo. En verdad lo aprecio.

Seguían en el vano de la puerta. Y Farkas presentía que el futuro estaba del otro lado del dintel.

—Me dijo Greta que tenías una sorpresa para mí.

—Y así es. Pasa, por favor. Pasa.

Fue así como aquel hombre que jamás hubiera levantado su mano contra otro hombre si nunca hubiera perdido la confianza de su hijo, se enteró que Peeter no había muerto sin dejar descendencia. Supo que éste había tenido un hijo varón con una de las muchachas del pueblo, una chica que, lamentando la suerte del muchacho a quien tanto había querido, abandonó a su primogénito en los brazos de la Iglesia y huyó para siempre de Bedburg, incapaz de soportar el sino de haber congeniado con un hombre lobo. Fue así como Wilhelm Stubbe dejaba de ser Wilhelm para siempre y, arrullando a su nieto en una pequeña cuna de madera, se propuso ser su padre y jamás perder su confianza. Fue así como Farkas se dijo que por la memoria de Peeter, preservaría su linaje hasta la llegada de Orich Edeth, así ocurriera en el fin de los tiempos.

—A las monjas no les importó entregármelo —dijo Oskar con una patética sonrisa—, tienen demasiados gastos en el convento. Y yo... bueno, yo soy un hombre al que le sobran ingresos. Además, las pobres hermanas siempre estaban esperando que se pusiera a aullarle a la luna. Lo bautizaron tres veces.

Farkas se permitió reír. Y maravillarse en esos minúsculos ojos cerrados, tan inocentes, tan apartados de cualquier lucha y cualquier anatema.

—Podemos criarlo juntos, Oskar. De cualquier manera, yo tendré que partir en algún momento. Sería bueno que el chico contara con tu apoyo.

Oskar Linz sonrió y agradeció en secreto.

"Pero será después de las 144 lunas", pensó Farkas. "Será hasta ese momento."

El niño abrió los ojos, azules como los de su abuela. Y al instante comenzó a berrear de hambre. La nodriza entró a la habitación y, tratando de consolarlo con tiernas palabras, se lo llevó consigo.

En las calles de Bedburg resonaba la música del laúd y el pífano, el tambor y la pandereta. El sol iba en franco descenso. El aroma del potaje que se guisaba en la lumbre de la chimenea impregnaba todo de buenos sentimientos.

Los ojitos de Carl Stubbe, sobre el hombro de la nodriza, se detuvieron en la oscura mirada de su abuelo. Y dejó de llorar en seguida.

* * *

El licántropo se mostraba en el mismo ropaje con el que lo había recibido aquella noche aciaga de principios del año anterior, el mismo abrigo, las mismas botas. Aunque el clima era más benigno y era innecesario el recubrimiento, se mostraba de forma idéntica. Acaso como haría un monarca para dar audiencia.

—¿Por qué un niño de doce años está interesado en música tan vieja?

La frase era, con idénticas palabras, la misma que había utilizado para abordar a Sergio aquella primera vez, en una conversación por internet. Y hacía referencia a la misma música de aquella vez, el grupo favorito de Sergio.

—Me da gusto volver a verte —dijo Farkas, extendiendo la mano a Sergio.

—A mí no. Estoy harto de ser tu juguete —respondió Sergio sin devolver el saludo.

Farkas retiró la mano. Miró a Brianda. A Jop. Ambos también con el cansancio y la frustración reflejados en el rostro. Se rascó la coronilla, a través del grueso cabello.

—Pero no más, Mendhoza. A partir de hoy eres libre. Libre como las aves.

Sonrió. Y en su sonrisa no parecía haber maldad. Si acaso, una inmensa tristeza.

—Por una vez... —gruñó Sergio— habla con claridad. Me lo debes.

Farkas hizo una mueca. Suspiró.

—Bien... te lo debo —resolvió—. Síganme por aquí. Los tres.

Agradeció al hombre que se había encargado de conducirlos y lo despidió. Luego, caminó a través del campamento para adentrarse en el bosque. Caminaba a paso firme pero cuidando que los muchachos no se quedaran atrás. Llegaron a un nuevo claro en el bosque, un lugar sin árboles en el que se encontraban siete monolitos de piedra, de medio metro de altura, dispuestos en círculo. Alrededor de los mismos, el signo del Clipeus con arcilla roja.

—Aquí es donde hacemos nuestros consejos —explicó Farkas—. Aunque es cierto que en más de dos años no hemos tenido uno solo, así que será bueno darle uso nuevamente. Tomen asiento, por favor.

Cada uno ocupó, con reticencia, uno de los monolitos.

—Los habría invitado a un café —quiso bromear Farkas—, pero no hay ninguno cerca.

Los muchachos se mantuvieron a la expectativa. El frescor de la mañana los obligaba a encorvarse un poco.

—En fin... —resopló Farkas—. Lo cierto es que no te he mentido, Mendhoza. Eres libre a partir de hoy. Siento que todo esto no haya servido para nada, pero, para serte honesto, yo también estoy muy cansado. Llevo cuatro siglos esperando. Y no creo poder soportar un año más. Lo que tenga que ocurrir, que sea.

Cerró los ojos. Aspiró el aire limpio del bosque. Volvió a forzar una mueca de resignación.

—No podrás culparme, Sergio. Soy un Wolfdietrich. Y lo que he hecho ha sido por el inmenso cariño filial que sentimos por nuestra progenie. Ya tendrás oportunidad de experimentarlo en tus propios hijos, y darme la razón.

—No te burles. Sabes que moriré pronto.

—No me hagas reír, Mendhoza. Lo que te digo es cierto. Puedes marcharte cuando quieras. Nadie te detendrá. No te preocupes por Barba Azul; él está muerto ya, por definición. No puede ponerte un dedo encima.

—No entiendo.

—Ya entenderás.

—¿Y Alicia?

Farkas lo miró a los ojos. Volvió a levantar el mentón, aspirando el aire como si fuese la primera vez que lo hiciera.

—Claro. Alicia. Qué detallito, ¿eh? Tampoco tienes que preocuparte por Alicia.

—Seguro quieres que la abandone a su suerte. Para ti es fácil decirlo. Eres un demonio.

—Como sea... —se pasó Farkas una mano cubierta de anillos por el rostro, como espantando algunos pensamientos indeseables— no resultó. No tiene caso seguir con esta charada. La explicación breve es ésta: hace muchos, muchos años, pacté con Oodak la posibilidad de liberar el alma de mi hijo Peeter de las llamas del infierno. Lo único que me pedía a cambio era entregarle a Edeth. Poca cosa. Pero, como te dije, no me parecía en lo absoluto un trato indigno. El sujeto no significaba nada para mí; en cambio, mi hijo lo era todo.

Brianda lo notó antes que ninguno de los otros. Seguramente por ser mujer. O por tener el corazón más al alcance de los buenos sentimientos. Quizás ambas cualidades estén ligadas. Con todo, guardó silencio.

—Disculpa, prometí ser breve. El caso es que di con la única persona que podía indicarme el lugar y la hora exactos en que resurgiría Edeth. Pese a que había muerto, no fue problema contactarlo pues su espíritu aún rondaba la tierra. Se llamaba Michel de Nostredame y sabía el lugar y el momento exactos del resurgimiento. No obstante... —se dio un respiro para acuciar los ojos de los tres muchachos— al final no quiso revelármelo.

—¿Por qué?

—Yo no lo supe en su momento. Creí que el rostro del chico que había dibujado en un pergamino, a pesar de tener un enorme parecido con mi hijo Peeter, era en verdad el de Orich Edeth. Pero luego comprendí que no. Por el relato del Príncipe bondadoso.

Los tres muchachos se miraron. Farkas, en cambio, no apartaba la vista de sus manos entrelazadas.

—Michel insistió mucho en esto. Yo lo comprendí siglos después. Es un relato muy sencillo que Michel insistió en contarme antes de desaparecer para siempre, como si no tuviera relación alguna con lo que me había revelado.

—¿Cuál es? —preguntó Jop, fungiendo como portavoz de todos.

—Un príncipe debe viajar a lejanas tierras por órdenes del rey. Pero, como ha de atravesar peligrosas regiones y es imposible asegurar su integridad, el rey decide enviarlo disfrazado como paje al interior del transporte. En contraparte, deberá ir un paje a su lado, enfundado en las ropas del príncipe. En caso de que la comitiva sea atacada por bandoleros o asesinos, será el paje quien corra la suerte destinada al príncipe. Y será su cabeza la que ruede por el suelo en el peor de los casos. El cuento se llama el Príncipe bondadoso porque...

Hizo una nueva pausa. Brianda volvió a notarlo. Miró a Sergio esperando que él también lo advirtiera, pero parecía demasiado concentrado en el relato.

—Porque... —continuó Farkas— cuando al fin parten y ocurre que son atacados por soldados enemigos, el príncipe es incapaz de ver cómo su fiel paje va a morir en su lugar.

—Y él mismo se delata —concluyó Jop, para sorpresa de todos.

—Así es, Jop —consintió Farkas. Y miró directamente a Sergio por primera vez. Con toda deliberación.

—Nostradamus nos reveló tu rostro y no el de Edeth por precaución. Nos estaba dando un camino para llegar al Señor de los héroes, pero no la señalación precisa. En fin. Que tú, Mendhoza, eres el paje. Y yo tenía la firme esperanza de que, haciéndote pasar por las líneas enemigas, tu príncipe diera la cara para evitar tu muerte, como aseguró Michel. Pero...

Y ahí estaba. No era ninguna invención. Brianda lo había advertido, pero ahora era imposible que Sergio y Jop no lo notaran también. Lágrimas en los ojos de Farkas. Todo un demonio. Imposible. El pensamiento anidó por primera vez en ella, en Brianda. Se escuchó a sí misma decir "imposible", aunque ahora también Sergio y Jop se preguntaban qué habían pasado por alto desde el primer momento, desde los tiempos del hombre del abrigo.

—Pero no lo hizo —concluyó Farkas, con voz firme, a pesar de la evidencia que se escapaba de sus profundos ojos negros—. Y yo... yo, la verdad... estoy cansado de tanta espera. Lo cierto es que creo que Edeth no resurgirá nunca, pues nadie con la mínima carga de bondad habría permitido que pasaras por todo lo que has pasado sin levantar la voz. El tipo es un cobarde. Esta búsqueda no tiene ningún sentido. Me entregaré a la muerte y haré todo lo posible, en el infierno, por confortar a mi hijo. Ése es el único final posible.

Se trataba de un círculo de siete lugares y cuatro personas convocadas, un sitio perfecto para que ninguna expresión escapara a los ojos de nadie, todos los rostros a la vista, las ideas y los sentimientos. Y aunque las aves del bosque adornaban la mañana, en realidad era como si se encontraran al interior de un templo, todos abrazando un silencio cómplice que ninguno se atrevía a mancillar.

Lágrimas en los ojos de Farkas. Y todo al interior del Libro de los Héroes, y fuera de él, parecía resquebrajarse.

Sergio tuvo que admitir que, mientras fue mediador, nunca había sentido en presencia de Farkas lo que otros demonios le hacían sentir. Tuvo que admitir que siempre había abrigado esa sospecha. Pero ahora...

—Nunca dejaste de ser un Wolfdietrich—afirmó Sergio.

—No.

—Y hubieras entregado a tu señor a cambio del alma de tu hijo.

—Mil veces. Cien mil veces. Un millón de veces. Me habría entregado a mí mismo, pero Oodak nunca lo aceptó.

—¿Duele tanto? —preguntó ahora Brianda.

—Y más —admitió Farkas—. Peeter lleva cuatro siglos en las llamas del infierno. Y en el infierno cada segundo es una hora o un día. Cuando quieres así a alguien, Brianda...

Fue incapaz de continuar. Eran cuatro siglos de imaginar a la persona que más había querido en la vida sufriendo el peor de los suplicios.

Brianda se rindió a su propio sentimiento. Sus propios ojos se tornaron cristalinos.

—De cualquier modo —adujo Farkas mordiéndose los labios—, siempre creí que, al revelarle a Oodak el nombre de Edeth, en realidad estaría facilitando su propia condena. En el fondo siempre creí que, si en verdad las cosas están escritas y han de cumplirse, Edeth habrá de triunfar pese a todo. Y yo no estaría "entregando" a mi señor sino ayudándole a despertar.

—¿Cómo lo lograste sin ser un demonio? ¿Vivir todo este tiempo? —preguntó Sergio.

—¿Y cómo lograste tú sobrevivir al reclusorio aquella vez, a pesar de todo lo que te hicieron? El problema es que la práctica excesiva te trastorna... te vuelve otro. Hoy en día el esfuerzo para mantenerme en dos pies es constante. Y doloroso. Se invierten los papeles. El lobo es quien prevalece. Todo el tiempo tengo que hacer un esfuerzo tremendo para no dejar salir a la bestia. El día que en verdad descanse, buscaré un cubil en la montaña e iniciaré mi inevitable camino a la muerte.

Parecía artificioso. Un final de esa naturaleza y en esos términos. Una reunión apacible en el campo húngaro, las aves gorjeando, el sufrimiento de un hombre y el desvanecimiento paulatino del rencor.

—Tú eras aquel a quien ellos llamaban "Jefe" —dijo Sergio—. Tú me mandaste el Clipeus.

—Ya no tiene ninguna importancia.

—Y el Libro de los Héroes que tengo... no me correspondía.

—No. En efecto. Ugolino Frozzi lo donó a la causa, por decirlo así. Pactó con los guardianes del Libro que te lo asignaran. Los guardianes son los espíritus que custodian cada ejemplar y que no permiten que se separe de su portador o sufra daño alguno.

—Lo sé. Leí el prefacio.

—¿Leíste el...?

—El Rojo lo llevaba consigo. Ahora está reintegrado al libro.

Farkas reflexionó un poco sobre el asunto. Parecía estar acoplando las piezas de su rompecabezas mental.

—Entonces sabrás también que el Libro no puede sufrir daño excepto si el propio mediador lo inflinge, como fue en el caso de tu ejemplar. Fue Ugolino mismo quien separó el prefacio.

—¿Y por qué?

—Para mantener tu inocencia, por supuesto. Para conseguir esa combinación extraordinaria que jamás, antes de ti, se había logrado.

—¿Pero, si no me correspondía, entonces cómo...?

—¿Cómo es que eres un mediador?

Sergio suspiró.

—Tal vez la pregunta correcta sea ¿cómo es que fui un mediador? Ya no lo soy. Ya no siento el miedo de antaño. De hecho, ya no siento nada como antes.

Brianda lo miró con visos de melancolía. Le parecía que Sergio había crecido todo lo que un ser humano puede crecer en ese tiempo fuera de casa. Y algo había de trágico en esa verdad.

Farkas volvió a mirar sus manos.

—El héroe no debe tener el conocimiento. Para eso existe el mediador. Y el mediador no puede portar la espada. Para eso existe el héroe. Pero si leíste el prefacio, sabrás ya que un mediador, contra todo lo que te dije, sí puede traspasar el Libro a otro. Y, al hacer esto, los guardianes conceden, al nuevo propietario, facultades de mediación. Fuiste, durante ese tiempo en que aún eras inocente, el maravilloso y contradictorio ejemplo del único héroe que se basta a sí mismo para combatir el mal.

Sergio fue ahora quien desvió la mirada. Sintió que, con ese dictamen, Farkas lo definía todo: ya no era aquél que había sido. Y no lo sería nunca más. Ése que era ahora, ¿sería, de alguna manera, mejor? No lo creía. La inocencia y la ignorancia, cuando se pierden, se pierden para siempre.

—No tenías alternativa, Mendhoza —dijo Farkas, quizás adivinando los pensamientos de Sergio—. Por eso estás aquí ahora. Vivo. En tu corazón elegiste la espada, por eso se empezó a ir el miedo. Cada vez que usaste la opción de volver a tu estirpe, a ser un Wolfdietrich, tomaste una decisión. Y eso implicaba una renuncia. En tu corazón querías luchar, querías aniquilar a los demonios. Por eso se fue el miedo. Y por eso, a pesar de que leíste el prefacio, ya no puedes mediar. No obstante... eres un Wolfdietrich. El único héroe que puede tener el conocimiento y blandir la espada si le place, porque no puede renunciar a su esencia. El problema es que eres absolutamente incapaz de identificar a los demonios. Y ahora necesitas un mediador, si es que te interesa dar batalla.

Los rayos del sol ya se filtraban a través de las ramas de los árboles, rayos oblicuos y luminosos que recordaron a Sergio el enorme tiempo que llevaba sin recibir esa luz, siempre oculta tras las espesas nubes de los reinos de Barba Azul. Y pensó que podría ser una mañana hermosa, digna de un nuevo comienzo... si no fuese porque, a pesar de la liberación, a pesar del conocimiento, lo que se avistaba en el horizonte en realidad era un final, y no un principio.

—Nunca quise ser un héroe —exclamó Sergio con tristeza—. Al menos de manera consciente. Algo en mi interior me traicionó.

Una tregua. Un instante en el que se concentraron las aflicciones de los cuatro congregados, cuajando en un silencio inédito, como cuando una enorme maquinaria se vence sobre la tierra, arrojando humo y los últimos estertores de lo que le resta de vida.

—¿Qué sigue? —dijo Jop.

Farkas se puso de pie.

—Ustedes vuelven a México. Yo haré los arreglos para mi partida definitiva. El mundo... seguirá hundiéndose en el abismo por tiempo indefinido. La verdad, me importa un bledo.

Lo dijo sin dejar entrever sentimiento alguno. Tal vez llevaba preparándose por siglos para eso.

—Ah, y por cierto… —miró a Sergio—. Hace un momento, cuando te dije que no te preocuparas por Alicia —hizo una pausa, miró a la distancia, hacia el campamento—. No mentía.

Sergio se puso de pie como impulsado por un resorte. Dirigió la vista hacia el punto donde posaba sus ojos Farkas.

Habían sido tiempos agotadores que lo habían devastado del mismo modo que lo habría hecho una guerra o una terrible enfermedad. Pero bastó con mirar a través de los árboles, hacia el asentamiento de tiendas en el bosque, para reconocer que incluso la muerte podía ser un descanso, una recompensa. Volvió a sentirse un chiquillo de cinco años, mecido entre los brazos más cariñosos del mundo, en aquellas noches de tormenta que tanto le causaban miedo. Se le colmó el corazón.

Fue hacia ella, hacia Alicia.

Capítulo cuarenta y tres

Lo buscaba con la vista cuando él apareció. Evidentemente, algo le habían dicho ya, y la esperanza de volver a verlo la tenía completamente afectada.

De inmediato le extendió los brazos y Sergio hizo el último tramo hacia ella corriendo por encima de la hojarasca húmeda de rocío. Ella lo apretó con toda la fuerza del tiempo que habían estado separados. La última vez que se vieron había sido en el aeropuerto de la Ciudad de México, cuando ella creía que haría un viaje de unos cuantos días y volvería a su casa para seguir con su vida como si nada. Y de eso hacía más de un año.

Sergio correspondió el abrazo con el espíritu repleto de buenos sentimientos. No estaba seguro de poder marcharse de ahí, como recientemente había asegurado Farkas. Pero sí le parecía que Alicia podía abandonar ese campamento en cualquier momento, huir hacia Budapest y, luego, hacia la Ciudad de México, lejos de todo, de demonios, fatalidades, oscuros porvenires.

—Estás bien... no lo puedo creer. Y más alto. Y más guapo —dijo ella, separándose de Sergio, los ojos húmedos, la sonrisa presta.

—Creí que Oodak te tendría en algún horrible calabozo.

—¿Y qué me dices de ti? Se supone que estabas desaparecido.

Brianda y Jop ya se habían sumado a la escena, aunque a una muy respetuosa distancia; Alicia los saludó con un ademán. Farkas también los contemplaba con las manos al interior de su abrigo, un poco más retirado.

—Todo este tiempo me tuvieron narcotizada. Pero, por algún azar del destino, la bruja que me cuidaba decidió quitarse la vida. Eso me ayudó a desintoxicarme y a volver en mí. En cuanto abandoné su cabaña, di con este campamento. Farkas me puso al tanto de todo y me permitió quedarme.

—¿Y Oodak?

—Aún cree que sigo presa e idiotizada. Farkas le ha hecho creer eso.

Alicia le acarició la cara.

—Siempre supe que eras especial. Desde aquella noche en el desierto.

—Te debo una disculpa.

—¿Por qué?

—Por esto. Por todo. Por arruinar nuestras vidas.

—No digas tonterías —lo volvió a abrazar—. Vamos a superar esto. Y lo que siga.

De pronto, por un segundo pareció posible. Él y Alicia en un avión a México. En un taxi a la colonia Juárez. En su departamento. Haciendo todo lo posible por recuperar la cotidianidad, pintando las paredes, comprando nuevos muebles, volviendo a la escuela. Lo traicionó un suspiro.

—Vamos... —dijo Alicia—. De veras lo vamos a superar.

Pero para Sergio era como ver los nubarrones aglutinarse sobre su cabeza, la llovizna iniciando y escuchar a alguien decir que los esperaba un día soleado. Era incomprensible incluso para él, pero sabía que en su futuro estaban Belcebú y el abrazo de la muerte, no la escuela secundaria Isaac Newton o una tarde de películas con sus amigos.

—Siento interrumpir pero... —dijo Farkas—, creo que a Julio le vendría bien la revisión de un médico.

—¿Cómo? —dijo Alicia, felizmente sorprendida—. ¿Julio está aquí?

—Perdón por no decirte de inmediato —se disculpó Sergio—. Él y Brianda nos alcanzaron a Jop y a mí en París. Se ha comportado como todo un héroe. En todos los sentidos de la palabra.

—¿Dónde está? —preguntó ella a Farkas.

—Ve con Reuben, él te llevará —respondió el hombre lobo.

Alicia se apartó de Sergio. Le dio un beso en la mejilla. Lo tomó de las manos. Se perdió en sus ojos por unos momentos.

—Nunca nos volveremos a separar. Te lo prometo.

Sergio respondió con una sonrisa forzada. Ella, entonces, abandonó esa parte del campamento para adentrarse en el laberinto de tiendas.

Después de unos momentos, Sergio volvió a hablar. Hizo un esfuerzo por no delatar todo aquello que lo abrumaba como una espada puesta contra el cuello.

—Sé que, en tu opinión, podríamos irnos a casa como si nada, pero...

—¿Pero qué? —preguntó Farkas.

Hubiera dicho: "Pero yo no lo creo". Sin embargo, pensó en Brianda. En Jop. No le pareció justo.

—Pero quisiera que nos dieras alojamiento. Sólo por un día más. Si no te importa.

Farkas lo miró con fingida extrañeza. En realidad había estado esperando cualquier reacción de Sergio. La que fuera. No hubiese creído posible una renuncia tan inmediata por parte del muchacho. Y, a pesar de no tener ni idea de lo que tuviera en mente Sergio, agradeció secretamente el gesto.

—No hay problema. Tú y Jop pueden quedarse en aquella tienda. Brianda puede ocupar la de al lado. Les sugiero que vayan a la cocina, aquella pequeña cabaña con chimenea. Marius les dará de almorzar. Ahora, si me permiten...

Se retiró a su propia tienda, a la vista de todos. Y entre los muchachos se registró una nueva inquietud, el principio de una desolación.

—Necesito pensar —dijo Sergio, agotando la posibilidad de seguir juntos—. En un rato los busco en la cocina.

Sin dar oportunidad de réplica, se perdió en el bosque. Brianda volvió a sentir una suerte de distanciamiento, una nostalgia por aquellos días en que nada era tan grave ni tan definitorio. Lo miró caminar entre los árboles hasta que lo perdió de vista. Inmediatamente después, exclamó:

—Ven, Jop. Acompáñame. Necesito ver algo con Farkas.

—Bueno.

Con determinación, Brianda fue a la tienda en la que se había perdido Farkas. Sin anunciarse, recorrió las pieles de la entrada y entró. Al interior, el hombre lobo se encontraba sentado a una silla, mirando con nostalgia el Libro de los Héroes, que había extraído de la mochila de Sergio. Su tienda era del tamaño de una habitación pequeña, con una cama rústica, una mesita, una lámpara.

—La primera vez que vi este libro... —dijo sin apartarle la vista, adivinando la presencia de Brianda y Jop—, fue en las manos de un tal Giordano Bruno. Era un buen sujeto —explicó con nostalgia. Luego, rectificó—: Es un buen sujeto, de hecho.

—Cuando me hicieron la escisión africana —exclamó Brianda, contundente—. Es decir... cuando tú y Gilles de Rais esperaban que soñara algo... ¿qué era lo que querían que soñara?

—Fue inútil. Como todo lo demás —suspiró Farkas—. Pero no pienso disculparme contigo.

Brianda, de pie y con los brazos cruzados, no le quitaba la vista de encima. Se empujó los anteojos. Cerró su chamarra. Cambió de pie de apoyo.

—No respondiste a mi pregunta. ¿Qué querían que soñara? Me dijo Bastian que, a través del miedo, tenía que soñar algo. Y algo relacionado con Sergio. ¿Qué era?

—¿Por qué quieres saber? ¿Qué caso tiene ahora?

—Dime.

Farkas dejó de acariciar el Libro. La miró por vez primera.

—Queríamos que soñaras el momento preciso de la muerte de Sergio —respondió con indolencia.

—¿Para qué?

—Para saber si Edeth se presentaría. ¿No lo ves? El cuento del Príncipe bondadoso.

No dijo más. Hubo un brevísimo duelo de miradas. Luego, las lágrimas nuevamente. Brianda no dejaba de apretarse los brazos y el llanto afloró en su rostro. Se limpió la cara con las palmas de ambas manos.

—¡No puede ser! —dijo Farkas, súbitamente despabilado—. ¡Lo soñaste! ¡En verdad lo soñaste!

—Tiene que haber una forma de impedirlo —dijo ella.

Farkas fue a la mesita y sacó, de una caja de pañuelos desechables, un pañuelo que le extendió. Brianda se sonó la nariz.

—¿Aparece él? ¿Edeth? —preguntó Farkas, repentinamente entusiasmado.

—Tiene que haber una forma de impedirlo —insistió Brianda.

Farkas se serenó al notar en ella el enorme peso de lo que estaba experimentando. Jop ni siquiera se atrevía a intervenir. Estaba conmocionado.

—En el cuento… —dijo Farkas con gravedad—, el paje muere de todos modos. El príncipe se delata pero es demasiado tarde.

—¡Tiene que haber una forma de impedirlo! —gritó Brianda sin dejar de llorar.

—No tienes que contármelo si no quieres.

Un par de minutos. El frágil cuerpo de la chica sacudiéndose. Jop contagiado de tristeza. Farkas ofreciendo su propia silla a Brianda. Un vaso de agua. La revelación, con voz trémula. El templo en el subsuelo. Farkas llevando en brazos a Sergio, inconsciente y semidesnudo. La congregación oscura. El fuego. Oodak presidiendo el rito. El más terrible de los demonios presentándose a reclamar el sacrificio, un monumental macho cabrío. Los horrendos cánticos de los asistentes, todos siervos del Maligno.

—Es cierto —dijo Farkas en cuanto ella terminó su relato—. Es la muerte del muchacho pero… por lo que veo, no me equivoqué. Edeth no forma parte del elenco. El miserable es un cobarde.

—¡No puedes entregarlo! —gritó Brianda—. Por eso te lo conté. Porque tú lo llevas cargando y… y… ¡No puedes hacer eso!

Fue hacia él y comenzó a golpearlo en el pecho. Él, por respuesta, la abrazó, tratando de contener su furia. Brianda terminó por rendirse al abrazo. Ambos, después de unos instantes, permanecieron quietos, asolados, víctimas de la misma impotencia.

Farkas habló en cuanto Brianda dejó de llorar y se apartó de él.

—Puedo disponer que los lleven a Budapest. Puedo reservar boletos de avión para todos ustedes. Para los cinco. Puedo incluso, aunque no lo crean, conseguir que Oodak los deje en paz para siempre.

El sol estaba bastante alto. El hambre, el cansancio, hacían estragos en Brianda y Jop. Tal vez por ello es que algo en su interior vaticinó, con gran pesar, lo que Farkas aún tenía por decir. Y que no era nada bueno.

El licántropo volvió al Libro de los Héroes. Al dibujo de Sergio en carboncillo que había sobrevivido al tiempo y al olvido. Lo contempló por algunos segundos. Luego, dio por finalizado el coloquio con una contundente pero ineludible verdad.

—Lo que no puedo hacer... es obligar a Sergio Mendhoza a comportarse como un cobarde.

Capítulo cuarenta y cuatro

Estaba a punto de anochecer cuando Sergio volvió al campamento. En una extensa mesa de madera entre dos cabañas encontró a Alicia, a Brianda, a Jop y a Julio, este último envuelto en una frazada, pálido, débil, pero entero. Su herida había sido suturada y vendada. Se le habían administrado antibióticos y analgésicos. Todo parecía indicar que se curaría y el asunto entero de lo registrado en el Libro de los Muertos pasaría a ser pronto un nefasto recuerdo.

Los cuatro terminaban de comer un potaje que les habían servido, su segunda comida del día. Sergio no había probado alimento desde el día anterior, pero no parecía importarle. Su semblante era otro. Él mismo parecía otro.

En el bosque había vuelto a escuchar aquella voz gentil. Algún espíritu que, desde que bajó del helicóptero, entró en sincronía con él.

No hay modo de rehuirlo, Sergio. Habrás de tener un último diálogo con Farkas.Y todas tus dudas se disiparán en la misma tienda en la que lo conociste, donde charlaste con él por primera vez de viva voz. Donde comenzó todo.

Brianda no pudo evitar ponerse de pie e ir a abrazarlo. Lo tenía dibujado en el rostro.

—No lo hagas, por favor...

Sergio no dijo nada. Sólo correspondió al abrazo y, después de unos segundos, gentilmente la apartó.

Miró a los ojos a cada uno. A su novia. A su mejor amigo. A su hermana. Al héroe más valeroso. Ninguno se atrevió a cuestionar aquello por lo que estaba pasando pero, secretamente, todos elevaban una plegaria por que las cosas se resolvieran favorablemente.

Que nada de eso hubiera sido en vano. Que, como siempre habían creído, el bien prevaleciera sobre el mal.

Sergio siguió su camino hacia la tienda de Farkas.

Varios hombres lobo lo contemplaron con interés mientras caminaba, determinado, entre las callejuelas del campamento. No pocos le hicieron una seña de reconocimiento y admiración.

Cuando llegó a la puerta de la tienda de aquel que lo iniciara en esa aventura de tantos días y tanta tribulación, carraspeó para anunciarse.

—Pasa —dijo Farkas.

Sergio entró y lo encontró encendiendo una lámpara de aceite. Ya había dispuesto una silla extra, convencido de que ese encuentro había de darse en algún momento. La luz amarillenta consiguió dotar a la tienda del mismo aire místico que Sergio había respirado aquella vez que despertara ahí. Los libros, los retratos, los afeites, la ropa, todo estaba como aquel día. Farkas, en cambio, tenía un rostro mucho menos endurecido.

—Vengo a pagar mi deuda —dijo Sergio, resuelto.

—Siéntate, Mendhoza.

Ambos ocuparon sendas sillas de madera. Farkas comenzó a preparar, sobre una mesita, un poco de tabaco para echar al interior de una pipa.

—Me pediste que, cuando llegara el tiempo, me entregara a ti. Y estoy seguro de que es el tiempo.

Farkas sonrió. Esparció el tabaco sobre la mesita y, a pellizcos, lo ingresó al interior del artefacto. Acercó una pajilla a la lámpara y, con ésta encendida, aspiró la llama a través de la pipa hasta que pudo arrojar varias bocanadas de humo.

—Doscientos treinta años sin fumar. Se siente bien, Mendhoza.

—¿Me oíste, Farkas?

—Hubo un tiempo en que fui muy aficionado, y siempre lo eché de menos. Es la verdad.

—Creo que no me oíste. Te dije que...

—Eres un hombre de honor, Mendhoza —interrumpió Farkas—. Y te lo agradezco, pero no es necesario que hagas esto.

Arrojó varias volutas de humo al cargado ambiente del interior de la tienda. Se mostró complacido. Se recargó, cuan pesado era, en el respaldo de la silla.

—Sí lo es —dijo Sergio.

—¿Y por qué estás tan seguro?

—Ojalá lo supiera... —se lamentó Sergio—. Sólo sé que cualquier otra decisión me hará sentir infame, que no podré vivir mi vida y terminaré por volverme loco.

Se miraron como lo harían un general y su subordinado momentos antes de salir a pelear una batalla perdida de antemano.

—¿Miedo, Mendhoza?

—No —resolvió con seguridad, Sergio. Incluso se permitió una ligera sonrisa.

—Brianda me contó su sueño. Uno que complementa a aquel que te ha acosado a ti. Y déjame decirte que tu muerte no tiene nada de linda. No creo que sea tan mala idea que huyas e intentes vivir tu vida aunque te sientas infame o incluso corriendo el riesgo de volverte loco, como dices.

—¿Y crees que no lo he pensado? Ni siquiera lo hago siguiendo un sentido del deber, como indica el Libro. Es... simplemente, que algo en mi interior me lo ordena. Es como una necesidad del cuerpo. No encuentro mejor comparación.

Farkas lo estudió con complacencia.

—Vas a morir de terror, muchacho. Tu corazón dejará de latir por el terror. Mirar el rostro de Belcebú es sufrir mil muertes en un instante. Sólo sus súbditos pueden hacerlo sin morir. Y aun así, dicen que no es nada agradable.

Sergio prefirió no decir nada. Se pasó ambas manos por el cabello. Suspiró.

—Eres un hombre de honor, Mendhoza. En efecto. Lástima que todo esto haya sido en vano. Pero, si insistes, así se hará. Te llevaré a lo profundo de la tierra. Te entregaré a Oodak. Morirás y todo habrá terminado. Aunque sea sólo para que se cumpla lo que se vaticinó hace tanto tiempo, morirás. Nunca creí que Michel pudiera equivocarse... pero ya se ve que no hay nada seguro.

—Me gustaría saber… ¿cuál es tu verdadero nombre?

—Peeter Stubbe.

Pero algo detectó en el rostro de Sergio que lo hizo rectificar.

—Wilhelm. Wilhelm Stubbe.

—¿Quién es Peeter?

—Peeter Stubbe es el nombre de mi hijo. Decidí cambiarme el nombre para nunca olvidar. Para siempre tener en mí el sello de aquel a quien debía rescatar.

Sergio dejó la mirada puesta en la llama. Se imaginó el fuego calcinando su piel por un segundo. Por un minuto. Por una hora. Por cuatrocientos años. Se dijo a sí mismo que ese asunto del castigo eterno era tan espantoso que sólo debía estar destinado a los verdaderos monstruos del mundo.

—¿Qué fue lo que hizo tu hijo, Wilhelm, para merecer el infierno?

—Asesinó a muchos inocentes utilizando su forma de lobo —respondió con un dejo de aflicción—. Sé lo que estás pensando: que si se merece el castigo, entonces que lo sufra. Pero yo estoy seguro de que, si alguien aquí se merece un castigo, ése soy yo. Fui un mal padre. No estuve con él para orientarlo y evitar que se convirtiera en lo que terminó. Es sobre mí que debe arder el fuego. Es todo lo que pedía a Oodak y a su Señor maldito, una posibilidad de negociación… a cambio de Orich Edeth.

—Lo siento mucho.

—¿Qué es lo que sientes? ¿Que hayan muerto esos inocentes? ¿O los cuatro siglos? ¿O que alguien tenga que ir al infierno por los pecados de su padre? ¿O que nunca haya aparecido Edeth?

—No lo sé… todo eso, supongo.

—Sí… yo igual —se acarició la barba, pensativo—. ¿Te digo la ironía de todo esto? Que cuando Michel me entregó la hoja con tu rostro, creí que se trataba de una broma. Creí que jugaba con mis sentimientos.

—¿Por qué?

Farkas volvió a llevar fuego al tabaco de la pipa, volvió a aspirar, volvió a arrojar el humo.

—Porque creí que se trataba de él, de Peeter, cuando tenía tu edad. Así de grande es el parecido entre ustedes.

Sergio no pudo evitar sentirse afligido. Se dio cuenta de que Farkas, deliberadamente, no lo miraba ahora. Se mordía los labios. Volvía a la pipa como una especie de distracción necesaria.

—Fue así como supe que el rostro plasmado pertenecía a uno de la estirpe. Por ello estuve presente en la vida de cada Wolfdietrich, aunque fuese a la distancia. Sabía que el paje al que había identificado Michel era uno de los nuestros. Estuve observando a todos los Stubbe hasta el siglo XIX, hasta el momento en que Joseph Stubbe cambió el apellido a Dietrich. Luego, fui parte de la vida de cada Dietrich hasta ti. Aunque... a decir verdad, supe desde principios del siglo XX la fecha exacta en que llegarías, porque hasta entonces pude descifrar la secuencia numérica, en código binario, que dejó también Nostradamus en la hoja y que revelaba el segundo exacto en que se te entregaría el Libro.

Sergio recordó que, en efecto, en la parte posterior de la hoja con su rostro, había una especie de greca irregular. Jamás se le hubiera ocurrido que eso tuviera un significado. Y que el número al frente hubiera sido plasmado por la mano de Farkas.

Luego, un nuevo desahogo involuntario. Inéditas lágrimas en los ojos del que durante tanto tiempo creyera un demonio. "¿Duele tanto?", le había preguntado Brianda. "Y más", respondió Farkas. Y no habría otro final. No habría sosiego para Wilhelm Stubbe. Por eso lo pensó como una alocada posibilidad. Un mínimo asomo de piedad. O tal vez por el parecido entre él y Peeter. En todo caso, era completamente absurdo. No valía la pena que...

"Está bien, yo estaré ahí contigo", dijo entonces la voz.

Detuvo el tren de sus pensamientos. Miró a Farkas para cerciorarse de que también lo hubiera escuchado. Pero no. Evidentemente, era un mensaje para él solamente. La noche se había instalado cómodamente en el campamento. Algunas luciérnagas danzaban del otro lado de la puerta de la tienda.

"No será fácil. Nada fácil. Pero estoy dispuesto también", dijo el espíritu. "Y no te dejaré en ningún momento."

Era absurdo. Era estúpido. Pero, acaso, también fuese un final distinto. Después de todo, él no existiría si Farkas, alguna vez, no hubiese tenido un hijo varón. Y éste, a su vez, también su propio hijo varón. Y así a través de los siglos hasta el momento en que Philip Dietrich Landa conoció a Fernanda Mendhoza Aura, se casaron y, después de su primera hija, tuvieron un niño que lo cambió todo y para siempre.

Farkas volteó la pipa sobre un cenicero, fue a la parte trasera de la tienda y tomó un teléfono celular. Sostuvo una breve conversación en húngaro.

—Una palabra tuya y resuelvo tu regreso a México para mañana temprano, Sergio —dijo mientras sostenía el teléfono un poco apartado—. Una sola.

Sergio hizo evidente su tristeza, su frustración, sus ganas de aceptar y salir corriendo. Negó levemente.

"Ahí estaré yo."

—Podrías prácticamente vivir para siempre. Yo me mantengo más o menos saludable después de casi medio milenio. No seas tonto. Ve a casa. Vuelve a tus cosas, a tu música. Sé feliz.

Sergio volvió a negar. Farkas fue al teléfono de nuevo y canceló la compra de boletos de avión. Terminó la llamada y puso el celular sobre la mesita.

—Me lo esperaba —dijo el licántropo—. Por ello, tengo una propuesta para ti.

—¿Cuál?

—Primero necesito saber qué tan buen médico es tu hermana.

—¿Por qué?

—Porque podemos intentar una salida desesperada.

Farkas posó su fuerte mano en el hombro izquierdo de Sergio. Ya lo había hecho antes, aquella vez que lo visitó al interior del reclusorio, en el taller mecánico donde había sido abandonado a su suerte, hacía muchos meses. Pero esta vez sintió que el contacto tenía visos más conclusivos, de reconciliación o de ajuste de cuentas.

—Te cuidé hasta donde el tiempo me lo permitió. Y luego, te preparé lo mejor que pude, Mendhoza —dijo Farkas aún con rastros de melancolía en la voz—. Espero que me creas si te digo que no te habría dejado partir si no hubiera sabido que estabas listo. Y lo estás. Acaso siempre lo estuviste, del mismo modo que el agua siempre ha apagado el fuego. Hete aquí, un héroe completo. Nunca necesitaste de tu pierna para serlo. Ésa es la verdad.

Sergio buscó signos de rencor en su corazón y no pudo hallarlos. Un general y su subordinado. Listos para dar una batalla previamente perdida.

Los aullidos de los lobos iniciaron en el exterior. Acaso saldría la luna. Las luciérnagas no dejaban de danzar. Sergio sintió una oleada repentina de sensaciones agradables. Había reconocido la voz que le había hablado desde que bajaron del helicóptero. Y, por primera vez desde que comenzaron los sueños con Belcebú y su cueva, creyó que tal vez no todo estuviera dicho.

Invierno, 1600

Al igual que ocurrió con su hijo, Farkas llegó tarde también a esta ejecución. Un día después del suceso, a causa de un retraso en su último transporte.

Era el 18 de febrero de 1600.

Y cuando se detuvo frente a los restos de la hoguera, ya sabía a lo que se había presentado ahí, a pesar de haber salido de su casa sin mayores referencias que aquellas que le había dado Michel de Nostredame en aquel cementerio donde reposaban sus restos.

Lo que quedaba del horrendo espectáculo lo hizo maldecir por dentro y sollozar por fuera. Las únicas certezas con las que ahora contaba se las debía a ese hombre que alguna vez le había permitido asomarse al interior de un libro terrible y maravilloso. Ese hombre del que ahora sólo quedaban huesos carcomidos por el fuego, aún atados al mastil en el que había ocurrido la espantosa injusticia.

En el camino, Farkas pudo enterarse del nombre del condenado a morir quemado vivo y al que la horrenda Inquisición había destinado tal suerte por el único hecho de defender sus ideas; ideas que, además, abrían la mente al entendimiento del universo y que no hacían daño a nadie, con la excepción, claro, de aquellos que detentaban el poder eclesiástico y se regocijaban en la oscuridad y la ignorancia.

Los restos del que alguna vez lo acompañara por fríos y desolados caminos para dar con el único hombre que podría mirar al futuro, le causaron un dolor inédito. Farkas se dio cuenta de que encariñarse con un semejante, no importando quien fuera, en el futuro sólo le traería pena. Condenado a ver perecer a todo el mundo, si es que pensaba vivir el tiempo que le había vaticinado Nostradamus, en su porvenir sólo habría lástima y decepciones. Tal vez lo más sabio sería no abrir su corazón a nadie.

Con todo, supo a qué había acudido ahí y por qué lo había citado el profeta en ese punto, a pesar de haber llegado tarde. Y se congració por ello.

Se aproximó al carbonizado esqueleto, del que nadie se ocupaba ya, y tomó una falange del pie izquierdo. Un hurto insignificante que bien podría servir para el futuro. Lo echó en una bolsita de su chaleco y miró en derredor. La gente en Roma iba y venía sin ocuparse por lo que ahí ocurría, era una hora de la mañana en la que las calles aún no despertaban del todo. Además, él iba vestido como gran señor, así que nadie se atrevería a cuestionarlo.

—Lo siento muchisímo, amigo mío. En verdad lo siento.

Fue lo que dijo antes de separarse del cadáver que seguramente retirarían pronto, así que se consideró afortunado a pesar de todo.

Se hospedó un día en Roma, pues había adquirido la costumbre de viajar de noche a través de los bosques gracias a algo que había aprendido los últimos años: nadie se mete con un lobo negro; a excepción de otros lobos, claro, pero con ellos había aprendido a hermanarse y respetarse. Fue a la hora de mayor oscuridad cuando pagó su estancia en el hostal y salió a los empedrados de la ciudad. Antes de realizar su transformación y huir de regreso a Bedburg, se detuvo a beber de una fuente. Ahí fue donde lo alcanzó esa voz. Lo buscó con la mirada pero esta vez sólo lo escuchaba, no podía ubicar su fantasmal figura.

—Me habló, ¿sabes?

—¿Quién? —dijo Farkas, como si no tuviera importancia.

—Edeth.

El cielo estaba tapizado de nubes y amenazaba lluvia, así que las calles no sólo estaban oscuras sino también completamente vacías. Farkas comenzó a andar hacia las orillas de la Ciudad Eterna.

—¿A ti también? ¿Y pudiste verle el rostro, Bruno?

—No. Y aunque lo hubiera hecho, su identidad cambiará cuando decida reencarnar, Farkas. Y él mismo olvidará su nombre y su historia.

—¿Y qué fue lo que te dijo?

Caminaba Farkas con la prisa de quien ha de iniciar un nuevo capítulo cuanto antes.

—De hecho… un mensaje para ti.

Era como si embonaran los engranes, porque así estaba predestinado que ocurriera. Eso había dicho Nostradamus. Y no pudo evitar maravillarse. Porque acaso sólo a eso hubiera ido hasta Roma.

—Lo dicho. Es un cobarde. Debió buscarme él mismo.

—¿Quieres oír el mensaje?

—Igual lo entregaré cuando sea el tiempo. Eso está decidido.

—¿Quieres oírlo o no, Wilhelm Stubbe?

Capítulo cuarenta y cinco

Fue durante el reinado de Béla IV, después de que se retiraron los mongoles de territorio húngaro, que pereció el último demonio. Oodak, el señor de todos ellos, se quedó repentinamente solo. Corría la segunda mitad del siglo XIII de nuestra era. La lucha había sido, desde el siglo VI, cruenta, salvaje, atroz, pero también empírica. Los héroes habían derrotado a los demonios equivocándose y aprendiendo. Eran tiempos terribles en los que los monstruos no temían andar por ahí en su representación demoníaca.

Tres sucesos ocurrieron entonces, casi simultáneamente. Se erigió la iglesia de San Esteban, como un recordatorio del momento preciso en que el mundo había quedado libre de demonios. Se pactó con los guardianes, todos espíritus de héroes caídos en la lucha, la redacción del Libro de los Héroes y la designación de cada mediador hasta el resurgimiento de Orich Edeth con la intención de que los futuros héroes contaran con una ayuda para la aniquilación de los demonios. Y, finalmente, se construyó el castillo negro de Oodak. El rey Béla IV, engañado por la labia del Señor de los demonios, le concedió un título nobiliario y una propiedad. El castillo fue erigido en menos de veinte años en un sitio específico, elegido por Oodak, quien arguyó para ello dos razones: su cercanía con San Esteban (deseaba una muestra de ostentación del poder oscuro ante la insignificancia del poder de la bondad de un humilde templo) y la conexión que existía en esa parte de Hungría con el inframundo. Después de reunir la magia suficiente para que el castillo se mantuviera intacto y, a la vez, fuera de la vista de todos (el rey Béla IV creyó haber sido timado cuando en realidad la mole sí había sido levantada, aunque cubierta por un velo de protección maligna que hacía a la gente ciega de su presencia), Oodak inició las excavaciones. A los cuarenta y cuatro años terminó. Consiguió llegar a un punto en el subsuelo donde era posible el contacto directo con el Príncipe de las tinieblas.

Gracias a su acceso al averno, supo de otros sitios en el planeta que también permitían mirar a los ojos al más magnífico monstruo después de Lucifer. Todas grutas inaccesibles. Una de ellas en Bielorrusia. Otra en Mozambique. Otra en Yucatán. La última, en los Alpes franceses.

El castillo negro del Señor de los demonios estaba emplazado en un acceso al inframundo y formaba parte de la red de conexión de templos malditos consagrados a Satanás.

Por ello, fue él mismo quien pidió que el sacrificio se hiciera ahí.

—Será un trámite nada más. Pero un trámite necesario —dijo a Farkas cuando éste le habló del final de Sergio Mendhoza.

Oodak había estado admitiendo demonios en sus huestes, bastante ocupado para dar importancia a un asunto que casi tenía olvidado. En su momento, había tenido verdadero interés por dar con Orich Edeth, si es que éste en verdad habría de resurgir y, por supuesto, aniquilarlo. Pero ahora ya no lo creía. Pensaba que todo había sido un engaño. Edeth jamás resurgiría y él sería eterno. En todo caso, la posible aparición del único ser que podría aniquilarlo le importaba bastante poco. En el tiempo en que había dejado a Mendhoza a su suerte, había admitido a más de siete mil demonios en sus huestes. Los héroes no tenían oportunidad. El mundo era suyo.

—Así que ése es el final previsto —dijo Oodak mientras degustaba de su vino y su cena, al interior del castillo, en un salón con una mesa para dieciocho comensales que siempre destinaba para su propia comida.

Farkas asintió. Durante tanto tiempo había formado parte de la corte de Oodak, que creía conocerlo perfectamente. Aquella vez que lo buscó en una taberna en Bedburg parecía un sueño de tan lejano. Pero la herida aún punzaba.

—Entonces está dicho. Lo haremos mañana temprano. Dispondremos de Mendhoza y todo habrá terminado —dijo el demonio, restándole nuevamente importancia.

—Lo tengo previsto para dentro de dos noches. Habrá luna llena.

—No —dijo Oodak, categórico—. Quiero terminar con esta monserga cuanto antes. Será mañana temprano.

—Pero...

Los ojos de Oodak centellearon.

—Entonces concédeme un par de favores —se atrevió a decir Farkas. Ocupaba un lugar cercano a aquel en el que Oodak comía. Pero lo había hecho tantas veces, que parecía un coloquio destinado a repetirse en el tiempo. Tal vez por ello es que no sintió repulsión, de la comida del Señor de los demonios, conformada por órganos humanos.

—No sé si estés en posición de pedir favores, Stubbe...

—Ten en cuenta que estoy renunciando para siempre a lo que pactamos. Al no entregarte a Edeth, mi muchacho seguirá en el infierno hasta el fin de los tiempos.

—En eso tienes razón —resolvió Oodak, complaciente—. ¿Qué piensas hacer ahora que se mueran para siempre tus esperanzas?

—Canadá —dijo sin mostrar recelo—. Es un buen país para que un lobo viejo muera.

—Puede ser —esperó a deglutir el pedazo con el que se deleitaba—. ¿Cuáles son esos favores?

La oscuridad reinaba, como siempre, al interior del castillo. Una sola vela alumbraba el inmenso salón. Los cuadros en las paredes, todas escenas terribles de monstruos, adquirían propiedades más siniestras a la luz danzante de la vela.

—El primero, que no se le toque un pelo a Sergio y que se me entregue su cuerpo en cuanto muera.

—No me digas que quieres darle santa sepultura —se mofó Oodak.

—Es un Wolfdietrich —dijo Farkas a manera de explicación.

Oodak bebió de su vino. Levantó la vista y, a la distancia, hizo una señal con la cabeza a una puerta tras la que no se distinguía sino la más negra de las oscuridades. Surgió de la penumbra una mujer blanca como una mortaja, con los ojos ciegos y la boca llena de colmillos; en su rapada cabeza, relucían cuatro cuernos puntiagudos. Llevaba una botella de vino. Sirvió a su señor y volvió a las tinieblas.

—¿Y el segundo? —dijo Oodak.

—Que a los otros cuatro les permitas irse.

—¿También son Wolfdietrich? —acució Oodak, divertido—. Está bien, está bien. Me da lo mismo. Sabes que la nómina de mis adeptos se ha incrementado notoriamente. Aún llevas el registro, ¿no es así?

—¿El registro?

—Tu censo de demonios.

—¿Entonces... lo sabes? —exclamó Farkas, titubeante.

—Sí, pero no te preocupes. Me place. Aún lo llevas, ¿cierto?

—Sí.

—Entonces sabrás que es cuestión de días para que me adueñe por completo del mundo.

—Sí. Lo sé.

—En el fondo siempre me gustaste como mascota, Farkas. Lástima que nunca hayas querido sumarte. En verdad sumarte.

—Cada quien es como es.

—Sí. Supongo. Pero déjame decirte que no es por los viejos tiempos que te concedo tu par de favores. Ni tampoco es por el hecho de que me entregues a Mendhoza que te permita largarte a Canadá o a donde quieras cuando todo esto termine. En realidad lo hago por esto.

Y, una vez terminada la frase, levantó una campanilla de la mesa y la sacudió.

Se abrió una puerta. Por ésta ingresó Barba Azul. Iba vestido como solía hacerlo cuando se autonombraba Louis Mercier y dirigía una empresa multimillonaria en París. Al instante, se arrodilló.

—Mi señor.

Acto seguido, se puso de pie y fue a la mesa. Dirigió una mirada al licántropo, sentado en una de las sillas restantes, e hizo un gesto de saludo, que Farkas no contestó.

—Querido Gilles... —dijo Oodak, aún comiendo—. ¿Desde cuándo estamos juntos en esto?

—Mucho tiempo, mi señor. Muchos siglos.

—Sí. Mucho tiempo. Muchos siglos. Es por ello que me duele lo que voy a hacer.

Gilles comprendió que algo no estaba bien. Tal vez por el tono velado de amenaza. Tal vez por los ruidos tras una de las puertas del salón.

—¿Qué? —dijo el demonio. Pero entonces prefirió anticiparse. Decidió que lo mejor sería defenderse o, en el peor de los casos, huir. Al instante se dio cuenta de que no podía transformarse. Había ordenado a su cuerpo reventar en mil alimañas pero no lo consiguió. El sudor lo delató.

—¿Qué pasa? —exclamó con voz trémula.

—Te recuerdo que, si yo te di la prerrogativa... yo mismo te la puedo quitar.

Gilles de Rais supo que estaba perdido. Al fin, perdido. Ni siquiera en los años en que aún conservaba su alma se sintió jamás tan cierto de su muerte. Recordó los siglos y siglos de abominaciones. Los crímenes. Las muertes. Un solo instante y pensó que nada de eso había valido la pena. Que todo lo cambiaría por la restitución de su alma.

Demasiado tarde.

La puerta se abrió y un enorme león negro con los ojos rojos y la melena ambarina apareció por la puerta. Fue hacia el demonio. Lo despedazó ahí mismo, a la vista de los dos hombres sentados a la mesa. Comenzó a devorarlo cuando aún escapaban gritos de su garganta.

La torre. El león. El dragón. El escudo de armas de Oodak, los blasones de Sötét vár. El monstruo, un mafedet, era el primer demonio al que Oodak había admitido en sus huestes al momento de iniciar la restauración de su reinado maldito. Y jamás había vuelto a su forma humana desde el siglo XIII, desde aquellos tiempos en que sólo había dos demonios en el mundo: el león y el dragón. Nadie conocía su rostro.

—Gracias por delatar al sedicioso, Farkas. No te digo que esté en deuda contigo porque ya me pediste dos favores. Así que considero que estamos a mano.

Farkas asintió. Se retiró de la mesa después de hacer una inclinación. El mafedet rugió estentóreamente mientras trituraba los últimos huesos de Barba Azul.

Capítulo cuarenta y seis

Cuando la luz de los primeros rayos del sol entró en sus ojos, supo que esta vez sí sería la última. Se puso de pie y, después de un largo suspiro, se sentó en la única silla al interior de la tienda. Se miró en uno de los espejos de Farkas. Sobre la mesa se encontraba la hoja con su rostro dibujado. Puso el papel al lado de su reflejo y comparó las imágenes. Parecían dos personas distintas. Lo acontecido en su vida a partir del día en que se le entregó el Libro lo habían vuelto otro completamente. Y aunque sintió nostalgia por esos días, también supo que no se cambiaría por aquel Sergio de hacía dos años.

Prendió un cerillo y, con éste, una vela que Farkas tenía en un candelabro. Acercó la hoja a la flama y, en cuanto se corrió el fuego al papel, lo arrojó al suelo. Más de cuatro siglos de espera se consumieron en apenas unos segundos sobre el piso de la tienda. Así renunciaba a su infancia y a todo lo que había sido antes de ser quien era.

Miró el Libro de los Héroes, a un lado de otros vetustos volúmenes que tenía Farkas también ahí. Parecía igual de inofensivo que ellos. Pensó que tal vez lo habría incendiado también si no lo considerara inútil.

Volvió a suspirar y a sorprenderse de la falta de miedo.

En pocos segundos revivió lo acontecido la noche anterior. Farkas hablando con Alicia, llegando al más difícil de los acuerdos, expresándoles a ambos que Oodak quería efectuar el sacrificio cuanto antes, lo que sólo les dejaba la noche para conseguir el equipo médico necesario. Recordó a Brianda, a Jop, a Julio sumándose a la búsqueda, a la necesidad de contar con todo para lograr el milagro. Recordó que nadie se había opuesto a que él se retirara a dormir. Recordó la noche anterior y la semana y el mes y el año.

Recordó su vida y creyó que, de poderla vivir de nuevo, tal vez haría exactamente lo mismo. Acudiría a la cita con la bruja y recibiría el Libro. Daría la batalla como pudiese. Y terminaría ahí, en la tienda de Farkas en Hungría, irremediablemente.

Claro que le hubiera gustado ver a Alicia casarse con Julio.

Hacer planes con Brianda.

Un viaje de placer con Jop...

Pero eso sería en otra vida. No en ésa. Y esa otra vida, acaso no existiera.

Dio un par de palmadas al Libro y se puso de pie.

Abandonó la tienda.

La luz de la mañana era perpendicular al horizonte. Pero ya estaban congregados todos. Lo esperaban respetuosamente en el campamento, listos a partir.

Se miró en los ojos de Brianda, los primeros. Los de Alicia. Jop. Julio. Todos, sentados sobre un tronco que hacía las veces de banca. Farkas, de pie, conversaba con uno de sus hombres. Al verlo salir, le obsequió un gesto de asentimiento.

Con todo, Sergio sólo correspondió el gesto con otro igual. Sabía que moriría, eso no tenía remedio. Pero no se sentía con derecho de escupir en la esperanza de nadie. Hasta Farkas se había sumado a esa locura.

Brianda y Jop se pusieron de pie para ir a su encuentro.

Y casi al instante se detuvieron.

Sergio leyó en el rostro de Jop el terror. Algo había descubierto detrás de él.

Giró el cuello y lo descubrió. Justo a un lado de la tienda de Farkas.

Un niño rubio, de rostro tranquilo y mirada apacible, había surgido del bosque. Llevaba ropas maltrechas, el rostro sucio, el cabello revuelto. Todos lo contemplaban. Todos se mantenían a la expectativa, sin mover un solo músculo.

Sergio comprendió que nunca debió haber dejado ese hilo pendiente. Le preocupó, en su momento, que Julio no hubiera iniciado el fuego. Y ahora confirmaba que así había ocurrido. "No es la espada...", repitió en su mente.

—Déjalo en paz, Henrik —dijo Farkas en alemán—. El muchacho tiene una cita con Oodak.

Henrik introdujo ambas manos en los bolsillos de su pantalón, restándole importancia a todo.

Varios hombres de Farkas se acercaron a esa zona del campamento. Dos desenfundaron un par de espadas. Otro más, con un arco en la mano, gruñó como lo haría un lobo.

—Es una hidra —dijo Farkas—. No intenten nada. Aún.

Henrik hizo un amago de sonrisa. Sergio ya había girado por completo y lo confrontaba.

—No, Mendhoza... —exclamó Farkas—. No tienes oportunidad si no hay fuego al alcance.

—Lo sé —admitió Sergio.

Henrik, maravillado ante esta respuesta, sólo abrió un poco más los ojos.

"Pero hay al menos una ventaja cuando se sabe cómo será la propia muerte...", pensó Sergio. "Que puedes descartar por completo las otras posibilidades."

Desafió a Henrik con la mirada. Sabía que ese encuentro no podía ser mortal y no sólo no tuvo miedo de él sino que hasta le pareció una distracción innecesaria. Henrik titubeó por un instante pero en seguida se recordó a sí mismo que había prometido ser irreflexivo, iracundo, contumaz.

Todo debía ocurrir en pocos segundos, su testa se transformaría en tres monstruosas cabezas. Sus manos y pies se fundirían con el tronco. Las ropas se tornarían escamas. El silencio de la mañana sería canjeado por un horrendo rugido...

Pero entre Sergio y él había operado un cambio, uno que sólo él percibió.

Y no, no era miedo lo que sentía. Pero sí la certeza de un terrible desenlace.

Ya antes se había enfrentado a ese espectro. Y ahora lo amenazaba únicamente haciendo notar su presencia.

Aquella vez, en el departamento de Sergio, en la Ciudad de México, se sintió morir.

¿Ahora sería lo mismo...? ¿O moriría de cualquier modo?

No. Henrik no mutaba y nadie se atrevía a decir o hacer nada.

Sergio, frente a él, pensaba en el Libro de los Héroes. En el Prefacium. En aquella sentencia descubierta.

El héroe debe aniquilar al demonio sólo cuando se muestra en su naturaleza monstruosa. Por eso se creó el Libro y todo lo que contiene el Libro. Aniquilar al hombre que contiene al demonio es una vía ruin, innoble e indigna de un verdadero héroe. Es efectiva, pero deshonrosa. Y por ello deja, tras de sí, los restos de aquel a quien se da la muerte, execrable recordatorio de que la lucha no es entre hombres sino entre soldados de luz y oscuridad.

Henrik dio un paso al frente. Se detuvo.

Un grito de espanto de Brianda. El aleteo en escapada de las aves de esa región.

Sergio se perdía en sus pensamientos.

Se puede matar a un demonio del mismo modo que se mata a un ser humano. Es considerado deshonroso. Pero igualmente efectivo. No hay que esperar a que surja el monstruo. En vez de cenizas, queda el cadáver. Y parece, incluso a los ojos del héroe, un crimen. Pero acaso haya veces en que éste sea justificado.

De cualquier modo, Henrik no apartaba los ojos del mismo sitio.

Gritó un par de cosas en alemán.

Sergio viró el rostro para mirar y comprendió. Agradeció en silencio. Había escuchado esa voz desde que llegara a aquel paraje. Pero ahora lo veía y comprendía.

Julio no quiso esperar más. Tomó una espada de las manos de uno de los aliados de Farkas y corrió hacia Henrik, pero Sergio lo detuvo con un ademán.

El chico rubio seguía mirando al espectro.

El espíritu amenazaba con llevarlo al infierno con su propio sacrificio. Sergio amenazaba con permitir al héroe a su lado que acabara con él de un tajo en su forma humana.

Era un jaque mate. No había escapatoria.

Y, sin embargo, ninguno se animaba a consumar su muerte.

Ni aquel que vagaba entre los vivos y los muertos, ni aquel que tenía una cita con su propio fin. Se parecía a la misericordia. O a cierta sensación olvidada en sus recuerdos, de estar en el lugar más feliz, cuando unas hermosas manos blancas lo acunaron de pequeño y le cantaron y durmieron y consolaron.

Era triste y era maravilloso y era insoportable.

Una mirada traída de lo más hondo de su memoria. Un cántico. Un aroma.

El cuerpo consternado de Henrik volvió a la tierra. Se vio a sí mismo arrodillado, con las palmas de las manos sobre el suelo, temblando de confusión. De pronto no era más que un niño otra vez. No un demonio, no la más pura semilla de maldad, sino un niño.

Sí. Alguna vez había tenido amigos. Había reído. Había jugado.

Había amado a su madre, que lo adoraba.

Rugió de rabia. De impotencia.

Miró a Sergio con miedo, con rencor, con asco. Luego al espíritu. Caminó unos pasos hacia atrás y, a los pocos segundos, echó a correr de nuevo a lo más espeso de la vegetación. Por un par de minutos el silencio se mantuvo en esa región del bosque, lo mismo que el estupor y la fascinación de todos los que habían contemplado el suceso.

Ese mismo día, al rayar el crepúsculo, un par de policías encontraría el cuerpo de un hermoso niño con los cabellos blancos como el sol flotando plácidamente, boca abajo, en las quietas aguas del Danubio.

Invierno, 1600

—¿Quieres oír el mensaje, Wilhelm Stubbe?

Farkas se encogió de hombros. La lluvia había iniciado. Se echó encima la capa. Sólo esperaba a terminar el diálogo con Bruno para abandonar su forma humana y recorrer los senderos con más presteza.

—¿El agua apaga el fuego? —dijo Giordano en sus oídos.

—¿Eso te dijo Edeth?

—Es el mensaje, Farkas. "¿El agua apaga el fuego?"

—¿Es una broma? Por supuesto que el agua apaga el fuego.

—¿Y hay alguna forma por la que esto dejara de ocurrir? ¿Si hablamos de una llama pequeña o de un gran incendio, el agua sigue apagando el fuego?

—Claro que es así. No entiendo esta tontería. Ya hubieses querido tú que lloviera igual que llueve ahora hace dos días.

Farkas iba a grandes trancos, empapado. La analogía le parecía confusa y el mensaje cruel. Era una lluvia pertinaz, vertical, fría. Una lluvia que no mermaba la voz de su amigo. Lamentó sus palabras. Finalmente, Bruno no tenía ninguna obligación de seguir hablando con él, ni siquiera por la reliquia robada, que los unía y abría un canal de comunicación más sencillo entre ellos, pero no necesariamente forzoso.

—Discúlpame —exclamó Farkas—. No debí decir eso.

—No te preocupes. He dejado atrás todo tipo de resentimiento.

—No, Bruno. Me parece una estupidez todo esto. Ojalá Edeth mostrara el rostro para que se lo dijera yo mismo.

El sonido de sus botas contra los charcos era silenciado por el estruendo del chubasco. No así la voz de Giordano, gentil y serena.

—Cuando llegue el día en que eches mano de la hoja que te dio Nostredame, pon a prueba el agua. No importa lo que hagas para impedirlo, siempre apagará el fuego. Una cerilla o un incendio. Y eso te dará la seguridad de que el camino y la decisión tomados son los correctos. Porque así está escrito. Y porque hay leyes que siempre han de cumplirse.

Farkas se detuvo debajo de un puente. Un limosnero y un perro lo miraron con desconfianza. Sacó de sus alforjas un par de monedas y las puso en las manos del hombre, quien sonrió, agradecido.

—Igual lo he de entregar a cambio de mi hijo —rezongó mientras decidía si permanecía ahí un poco más o cambiaba su forma de una vez y volvía a la lluvia. Igual podría continuar la conversación en su cabeza, pero permanecer ahí bajo resguardo lo hizo sentir bien. Y estaba seguro de que el mendigo no se molestaría por verlo hablar solo.

—Dime, Bruno... ¿qué piensas hacer con tu tiempo los siglos que nos esperan?

Se recargó en la húmeda piedra. Miró a la lluvia como quien mira un hermoso espectáculo. A Bruno le agradó que Farkas asumiera el futuro del mismo modo que él. No había forma de deslindarse de esa lucha, aunque el Libro ya estuviera en otras manos. No había forma de mirar hacia otro lado sin sentir el cargo de conciencia. Él también anhelaba conocer el final. Aguardaría lo que hubiera que aguardar. Y participaría en la forma que mejor pudiera participar.

—Déjame contarte que tengo un nieto —resolvió Farkas sacudiéndose la lluvia de la melena—. Un hermoso muchacho de casi doce años. Deberías verlo montar a caballo.

Conversaron hasta que escampó, poco antes del alba.

Capítulo cuarenta y siete

En la oscuridad del calabozo más profundo del castillo de Oodak, aguardaban los seis. Julio, más repuesto, sin apartarle la vista a Alicia, en quien depositaba todas sus esperanzas. Brianda, con los ojos hinchados de tanto llorar. Alicia, con parte del equipo médico que Farkas le había conseguido sobre sus piernas, la mano derecha aprisionando la izquierda de Sergio. Jop, con el rostro desencajado, repitiendo todas las oraciones que le habían enseñado de niño para antes de dormir. Sergio, envuelto en una sábana blanca, despojado de todas sus ropas, de su prótesis. Farkas, caracterizado para el ritual con un hábito negro con casulla roja, el único que permanecía de pie.

Rodeados por la oscuridad, por las paredes ensangrentadas, por los instrumentos de tortura, por un par de focos mortecinos, aguardaban el tránsito de Sergio como los deudos de un condenado a muerte. Farkas había conseguido una última providencia: que permanecieran juntos sin la presencia de demonio alguno. Y que nadie los molestara hasta que no se retiraran.

"... bestia... imbécil... muere... sufre... duele... maldito..."

Los gritos de los espectros del recinto, todos de naturaleza maligna, llenaban los oídos de Sergio, a quien costaba trabajo mantenerse de una pieza. Farkas lo advirtió y le llamó la atención.

—¡Ignóralos!

Sergio se preguntaba cómo hacerlo cuando, con el simple hecho de desearlo, lo consiguió. Temblaba. No de miedo, sino de frío. Y de un exceso de excitación circulando por su sangre. No había probado alimento desde hacía dos días, como habría hecho un asceta para el encuentro con su destino.

Aguardaban alguna señal a través de un enorme agujero en una de las paredes, un túnel sin mayor trabajo de abañilería que el raspado de la tierra. Una escalinata conducía a un piso inferior donde, según Farkas, se hallaba un ascensor de mina. Había que bajar seiscientos cincuenta metros para acceder a la puerta del templo. Un sordo rumor los alcanzaba, el cántico de cientos de gargantas que subía desde el corazón de la tierra.

—Si esto no resulta... —dijo de pronto Sergio.

—Cállate. Va a resultar —lo reprendió Alicia.

—Pero si no...

—¿No me oíste? Va a resultar, dije.

Y estrujó con fuerza su mano.

—Bueno... —concedió Sergio—. Pero quería decirles a todos que...

El castillo se estremeció, presa de un temblor de tierra. Algo había despertado en el abismo. Un sonido pavoroso se sobrepuso al de los cánticos, como el océano reptando por las entrañas de la tierra, un ciclón, la furia.

Luego, la nada.

—Por favor no digas nada, Checho —exclamó Brianda—. Por favor. No lo podría soportar.

Sergio calló. Bajó la vista. Los miró a todos. Volvió a bajar la cabeza. Y una lágrima se deslizó por su mejilla. La primera en mucho tiempo.

—Me voy con un sueño en la mente... —dijo con la voz cortada—. En él, estamos Jop, Brianda y yo reunidos en la plaza Giordano Bruno. Alicia nos mira desde mi casa. Julio está con ella. Hacemos planes para ir al cine. Y reímos. Reímos todos. Reímos como antes.

Un nuevo estertor en la tierra. Una horrible pestilencia, como si se hubiera destapado el peor hoyo de podredumbre del mundo. Una luz se encendió en el agujero y un hombre con túnica y antorcha apareció. Hizo una seña a Farkas, quien asintió.

—Hora de partir —dijo el licántropo.

Brianda fue a toda prisa con Sergio y, arrodillándose frente a él, le dio un beso intenso en los labios. Lo abrazó. Lo dejó ir.

Alicia le apretó por última vez la mano. Dio un golpecito con la mano al maletín sobre sus rodillas.

—Todo va a estar bien.

Sergio la miró con una tristeza indómita. Y recordó el diálogo que sostuvieron por teléfono aquella vez que también presentía la fatalidad; él en Budapest, ella en la Ciudad de México, Belfegor asediándolo y la muerte rondándolo. "Vas a estar bien", "No puedes saberlo, Alicia", "Claro que lo sé". "Claro que lo sé." Suspiró, apagando las reminiscencias del llanto. Alicia solía tener el poder de hacerlo sentir bien, a salvo, en casa. Su sola mirada bastaba. Pero ahora el destino era ineludible. Moriría. Y no había modo de evitar eso. La certeza era contundente.

Se puso de pie, asistido por Farkas. Dejó caer la túnica, quedando sólo cubierto por un pedazo de tela en el vientre. El licántropo lo tomó en hombros y se aproximó al agujero. Miró a Alicia, quien le hizo una seña de reconocimiento. Farkas asintió.

—Jop... —dijo Sergio, cuando estaban a punto de traspasar el gran hueco en la pared, en pos del hombre de la túnica—, ven un momento.

Jop se acercó. Era obvio que luchaba con todas sus fuerzas por no desmoronarse ahí mismo.

—¿Quieres tu bolsa? —se llevó la mano al interior de su camisa.

—No. Ni siquiera eso impediría lo que voy a enfrentar. Pero sí quiero hacerte un encargo. Uno muy importante.

—El que sea.

—Busca a Ugolino Frozzi.

—¿Ugolino Frozzi?

—Sí. El mediador que hizo mancuerna con el Rojo. Aquel a quien en verdad corresponde mi ejemplar del Libro de los Héroes.

—¿Quieres que le entregue el libro?

—No. Sólo da con él y tráelo contigo, por favor.

Jop se sintió tentado a preguntarle la razón, pero prefirió no hacerlo.

—¿Me lo prometes, Jop?

—Así sea lo último que haga.

—No importa cuál sea el resultado de todo esto, es muy importante que des con él.

—Cuenta con ello.

No pudo más y así, en los brazos de Farkas, le dio un abrazo fugaz. Jop se separó de su amigo y, presa del llanto, corrió fuera del calabozo. Brianda quiso ir en pos de él. Nadie ahí había escuchado lo que hablaron y pensó que sería importante. Pero ya era tarde. Las pisadas de Jop retumbaron al interior del castillo, seguramente estaría buscando la salida, volvería al campamento de los lobos, tomaría su mochila, sus cosas, tal vez dejaría una nota. Tal vez no.

Farkas entró al agujero sosteniendo firmemente a Sergio.

El eco de los himnos macabros llegaba a sus oídos. Siguieron al hombre de la antorcha hasta el interior del ascensor, que era una jaula metálica. El hombre insertó la antorcha en la rejilla por la parte de afuera y accionó el mecanismo eléctrico para comenzar a bajar. Farkas puso a Sergio en el suelo y éste se sostuvo de las paredes de la jaula.

"Estoy contigo", dijo el espíritu.

Hicieron los primeros metros en silencio cuando Farkas rompió el silencio. Sabía que el demonio no hablaría español, así que no le importó ser escuchado.

—¿Cuánto miedo puedes soportar, Mendhoza?

—No es gracioso.

—Escúchame. Hoy vas a enfrentar el peor de todos. El único que es, en verdad, insoportable, pues va a acabar contigo.

—Farkas, empezabas a caerme bien.

La jaula bajaba por una guía metálica. El calor se incrementaba, al igual que el hedor.

—El asunto es éste... —volvió a hablar Farkas—. ¿Cómo reconoces a un héroe, mediador?

—Ya no soy mediador.

—Se parece a la confianza pero no. Es otra cosa. Y sólo alguien que ha experimentado el terror puede reconocer ese sentimiento. Ahora dime… ¿qué pasaría si alguien vive el mayor terror de todos? Uno, en verdad, fatal.

El demonio de la túnica cambió su rostro por el de un cerdo con grandes colmillos. Los miraba con saña.

—Ya no soy mediador.

—Tal vez, pero lo fuiste. Y si alguien como tú es tocado por el terror que suscita el peor demonio… tal vez sea capaz de distinguir al más grande héroe. ¿No te parece? Tal vez su percepción quede marcada para siempre por el miedo y la confianza a grados superlativos. Tal vez podría reconocer a cada héroe y a cada demonio del planeta sin moverse de su sitio.

Un golpe de metal contra metal. El ascensor se detuvo de improviso. El demonio comenzó a vociferar, enfadado, pues la antorcha, que había colocado por la parte externa de la jaula, cayó al vacío, dejándolos en completa oscuridad.

Como un mal presagio.

Los latidos del corazón de Sergio comenzaron a marcar la diferencia entre lo que fue, de lo que es, de lo que acontece.

Cada golpe de su corazón, la contundencia del ineludible presente.

Lo que es. Lo que está siendo.

Farkas habla ahora en húngaro con el demonio y dispone el descenso de otra manera.

Bajan por la escalinata en la más negra de las tinieblas, pues el elevador se ha descompuesto, dice Brianda, como si fuese presa de una sugestión, aunque en realidad está trayendo a sí el sueño íntegro, el peor sueño de todos.

El demonio con cara de cerdo los sigue con indolencia.

Sergio se sostiene de los hombros de Farkas, quien, paso a paso desciende un poco más. Y un poco más. Y un poco más.

Brianda no aparta la mirada del hueco en la pared.

Alicia se angustia en serio. Si el elevador se descompuso... ¿cómo va a volver Farkas a tiempo? Nunca el tiempo había sido más importante.

El licántropo pone al fin los pies en la tierra. Sergio, en ese momento, se desploma. Tal vez el hedor. Tal vez el calor. Tal vez la fatiga. Cae inconsciente.

El mundo se cimbra. La congregación eleva su horrible clamor. Farkas toma entre sus brazos al muchacho.

Cruza la cortina negra.

Cientos y cientos de demonios con el rostro hacia el altar. Er Oodak preside tras el ara de piedra veteada.

Belcebú hace su aparición. Farkas lo mira por un par de segundos y siente cómo lo aguijonean cientos de puñales.

Brianda prefiere no hacer la descripción del monstruo. Ella lo ha visto en sueños y es lo más abominable que nadie pueda imaginar.

Farkas sigue subiendo por la escalinata.

Al fin llega a la mesa de los sacrificios. Deposita a Sergio. Cinco serpientes caen de la boca del Príncipe de las tinieblas y sujetan a Sergio a la mesa.

Oodak pronuncia unas palabras.

Farkas aproxima un frasco que despide una fuerte esencia.

Sergio despierta.

Jop corre a través del bosque. El sol está casi en el cenit, pero a él le parece como si no alumbrara para nada el mundo. Todo lo ve borroso. Se tropieza varias veces pero no deja de avanzar.

El horror es increíble, así lo dice Brianda y tanto Alicia como Julio sucumben a un arrebato. Ella se pone de pie, impotente. Quiere correr con su hermano. Julio la abraza, la conforta.

Ahí está toda la vileza. Toda la maldad. El crimen, la sangre, la guerra, el abuso, el dolor, todo está en los ojos del monstruo que, complaciente, se vacía de odio en la aterrorizada mirada del muchacho. Un grito sobrecogedor escapa de la garganta de Sergio. Un grito que es uno con el rugido del demonio. Es como estar ahí, en cada asesinato, en cada vejación.

"Te dije que te arrepentirías", le espeta Belcebú.

Y Sergio, explica Brianda con la voz despedazada, piensa que es cierto, que está muy arrepentido, que no quiere sufrir eso, que volvería sobre sus pasos y aceptaría cada una de las ofertas del Maligno con tal de no estar padeciendo lo que padece.

El corazón estrujado de un Wolfdietrich viendo morir a otro como se ve morir a un hijo.

La risa del demonio más implacable.

Philip Dietrich tocando el violín en su casa de México y, súbitamente, deteniéndose sin motivo aparente, escuchándose a sí mismo elevando una plegaria, como hace quien presiente un cataclismo.

"Estoy aquí, Sergio. Estoy aquí", dice el espíritu.

Sergio llevándose en los ojos el horror de la podredumbre humana, un adolescente que, en otro tiempo, sólo soñaba con tocar la batería algún día en algún grupo de rock pesado.

Sergio adquiriendo un segundo y mortal respiro, diciéndole al demonio que no es cierto, que volvería a escupir en su oferta, que el bien prevalecería algún día, aunque a él no le tocara ya verlo.

Sergio gritando de terror. Arqueando el cuerpo. Suplicando un descanso.

Farkas cerrando los ojos.

Oodak diciendo una sola frase en una lengua muerta: "Está hecho".

El macho cabrío y el dragón rindiendo culto al ángel caído, quien apenas ha dejado entrever su complacencia con un hálito de luz resplandeciente, un intersticio en el pulso de los tiempos, una horrenda caricia al concupiscente corazón de cada uno de sus súbditos.

Y Sergio muriendo.

Sergio… muriendo.

Brianda, con la voz apagada y el corazón roto, exclama entonces:

—¡Alicia, Sergio está muerto!

Está muerto.

Y se cubre el rostro con ambas manos.

Capítulo cuarenta y ocho

Lo primero fue verse a sí mismo sobre la fría piedra. Los demonios en torno a él. Farkas y Oodak reclinados sobre su cadáver. El Señor de las tinieblas, en cambio, ya no se veía por ningún lado. Los siniestros feligreses balanceando sus cuerpos como una marejada, emitiendo un mantra maldito, perdidos en la vorágine del sacrificio.

Lo siguiente fue el desvanecimiento de todo. De la caverna, de los demonios, de sí mismo. La pérdida de toda sensación.

La paz.

"Así que esto es la muerte", se dijo con satisfacción.

Y luego, una nueva conciencia. Una ciudad vacía. Grandes edificios, grandes avenidas, parques y puentes, jardines y árboles, semáforos y alumbrado público. Se descubrió sentado en una banca de tibio metal, a la orilla de una calle limpísima, a una hora incierta de la tarde con un hermoso cielo crepuscular. Ni una sola persona se veía a su alrededor. Ni un solo movimiento con excepción del cambio de luz, inútil a falta de tránsito, del semáforo más cercano. Ni un solo letrero que indicara direcciones o que anunciara algún producto. Sólo el asfalto, el vidrio, el metal. El sol en algún escondido punto del horizonte.

Contaba con ambas piernas.

Palpó su rodilla derecha y bajó la mano por la pantorrilla hacia ese tobillo que nunca en vida había podido tocar.

"Así que esto es la muerte."

Llevaba ropas de corte sport, elegantes pero casuales a la vez. Y la falta de emociones, de miedo, de desesperanza. La paz.

—Hola —dijo entonces una voz a sus espaldas.

Sergio volteó y lo supo en seguida.

—Mamá... —exclamó. Y la primera sensación después del umbral de la muerte lo acometió como un vendaval.

Era una mujer de cabellos oscuros, ojos negros, vestida como lo haría una mujer madura que va de compras por la gran ciudad. Elegante, pero no ostentosa. Su sonrisa se acomodó en un hueco de la memoria de Sergio. Ella fue a sentarse a su lado. Le dio un beso en la frente. Tomó sus mejillas y lo miró a los ojos. Lo estrujó contra su pecho.

—Mi niño valiente —dijo sin recato alguno—. Hubiera querido estar más para ti. Pero las cosas son como son, ¿no es cierto?

Sergio se preguntó por qué no lloraba. Por qué aquello que experimentaba no lo hacía romperse por dentro.

—Porque aquí no somos esclavos de la carne —dijo ella, apartándose de él, sonriendo maravillada—. Lo hiciste bien.

—Gracias —dijo Sergio, sintiéndose un poco tonto a falta mayores ocurrencias.

—Aquí no tienes que fingir o aparentar. Sólo tienes que tomar una muy sencilla decisión.

—Eras tú. El ángel del bosque —dijo Sergio, cediendo a un impulso. Comprendió que, de estar vivo, habría meditado más sus palabras. Aquí no parecía tener importancia—. Tú me advertiste del cuento del Príncipe bondadoso.

—Ángel es una hermosa palabra. Sí. Era yo. Pero ahora estás a salvo. Y, como te dije hace un momento, sólo tienes que tomar una sencillísima decisión. Tenemos la eternidad para conversar, pero ahora... hay que decidir.

—Sí, mamá —se sentía bien esa palabra en sus labios. Por primera vez en su vida. O en su muerte.

—Puedes ir al lugar de luz o quedarte aquí. Cuando digo aquí me refiero al mundo. Usualmente lo hace la gente que siente que tiene pendientes que resolver. No te lo recomiendo. Es poco lo que puedes hacer en cuanto no eres más que una presencia vaga. Y en el lugar de luz, en cambio, está el bien definitivo.

Sergio recordó que aquel espíritu que le había hablado en el bosque francés le había dicho que, en efecto, lo guiaría hacia la luz.

Y entonces, un nuevo sentimiento. Una irrefutable congoja. Se dio cuenta de que ahí, en ese estado indefinido, el corazón perdía complejidad. Los sentimientos no se traslapaban entre sí. Uno desplazaba al otro. El de ese momento era aflicción ciento por ciento pura, ciento por ciento honesta.

El cielo se tornó plomizo de inmediato. Rayos caían a la tierra a la distancia, sin producir sonido alguno.

La dama sonrió con placidez. Volvió a abrazar a Sergio.

—Mi niño valiente —dijo ella—. Las cosas son como son. Y lo que tiene que ser, es.

El viento comenzó a levantar basura, polvo y papeles que antes no se veían por ningún lado.

—Tú lo soñaste —sentenció Sergio—. Mi padre me lo contó. Cosas terribles que habían de ocurrir. Por eso él quiso librarme de todo el sufrimiento facilitándome la muerte.

—Era imposible que supiera que algunas de esas cosas serían justo a la hora de tu muerte.

—Tengo miedo —dijo Sergio, rindiéndose al último sentimiento posible, aquel que había recuperado al morir de terror—. Mucho miedo.

—Y, sin embargo... quieres hacerlo.

—No sé ni siquiera qué es lo que estoy deseando hacer. Tal vez debería desentenderme, ir a la luz, como dices. Probablemente ésta ya no sea mi batalla. Pero... si no fui a mi casa cuando pude, creo que ahora tampoco debo hacerlo. Creo que nunca descansaré hasta no saber que hice todo lo que pude.

—Mi niño valiente... —lo abrazó sin perder la sonrisa—. ¿Y si te digo que todo saldrá bien, me creerías?

—No —respondió sinceramente.

La ciudad se venía abajo por completo. Los edificios se derrumbaban. Los postes eran arrancados por el viento. Los árboles caían vencidos y eran arrastrados y despedazados como frágiles ramas.

—Lo sé, lo sé. Son cosas que dicen las madres para conjurar la mala suerte.

Repentinamente la banca ya no estaba en una ciudad sino en un sombrío bosque. Esqueléticos árboles hacían el dibujo del paisaje. Columnas de humo escapaban de las grietas de la carcomida tierra. A la distancia, una cueva con vida propia. Parecía una herida supurante en el mundo, una probóscide hambrienta.

—Ahora que vuelvas… —dijo ella—, busca a tu papá. Tienes una plática pendiente con él. Sabe cosas que te revelarán cosas.

—Si vuelvo.

—Si vuelves —concedió ella—. Y quiero que sepas que te amo. Que nunca he dejado de amarte. Y que estaré esperándote hasta que sea tu hora.

Ella sonrió. Le acarició el cabello.

—Eres un buen chico. El mejor de todos.

Le dio un beso. Se perdió en sus ojos.

—Mamá… ¿Edeth existe?

—Existe.

Al segundo siguiente ya no estaba. Sergio se levantó. La decisión estaba tomada. Miró en derredor. Volvió a sentir miedo, mas no quiso cobijar la posibilidad de un arrepentimiento porque sabía que la más mínima duda era capaz de reconstruir la ciudad, llevarlo de vuelta a ese lugar apacible desde el que sería conducido al lugar del bien definitivo.

Dio un paso. Se sentía bien tener ambas piernas, aunque se recordó a sí mismo que era un don provisional, un préstamo. Y utilizó dicha idea como una buena metáfora. "Éste no soy yo", se dijo. "Pero volveré a serlo."

—No pensarás entrar ahí sin mí, ¿verdad? —dijo alguien a la distancia. Y Sergio, antes de mirar en esa dirección, supo perfectamente de quién se trataba. "Estoy contigo", le había dicho la voz. Y lo había ayudado contra la hidra. No una, sino dos veces, la primera en su propio departamento, en la Ciudad de México; la segunda, ese mismo día.

"Estoy contigo." Y Sergio supo que era verdad. Ahora simplemente lo confirmaba.

Miró a la horrenda boca del infierno y suspiró. Tenía miedo. Mucho. Pero a veces el miedo puede salvarte la vida. "O devolvértela", pensó.

El teniente Guillén lo alcanzó y le puso una mano al hombro.

Sergio lo miró a los ojos y sonrió. El obeso y siempre bienintencionado teniente de la policía le devolvió la sonrisa. Iba vestido como si nunca hubiese muerto, como si fuera a presentarse a su oficina o a hacer una investigación. Sergio, de repente, también llevaba ropas cotidianas, una playera negra con estampado de Led Zeppelin, unos jeans, tenis.

Al muchacho se le ocurrió que sería bueno saber cómo iban las cosas del otro lado del umbral.

—No te preocupes —dijo Guillén—. Tienes apenas un par de segundos de haber muerto. Aquí el tiempo se mueve de otra manera, así que... tal vez lo logremos.

La entrada del infierno era extremadamente parecida a la de Las Fauces, sólo que ésta palpitaba de vida, una cruda invitación a entrar.

Mientras caminaban hacia ella, Sergio vio un tablero de ajedrez con una partida empezada descansando en la tierra. Un objeto inverosímil en un sitio inverosímil.

Guillén le guiñó un ojo —extrajo un peón de su saco de siempre y se lo mostró.

—Para cuando volvamos.

Sergio asintió. Dieron un par de pasos más y Guillén resopló. Se pasó una mano por el bigote, como hacía antaño.

—Supongo que ahí dentro no sirve de nada el Clipeus, ¿eh? —dijo el teniente.

—No creo.

—¿Exactamente a quién vamos a buscar?

—En realidad son dos personas. El autor del Libro de los Héroes es uno.

—¿Y el otro?

—Un antepasado mío... muy, muy lejano.

—¿Será fácil?

—No lo creo. Pero tenemos una buena pista. Nos parecemos mucho. Somos casi como gemelos.

Guillén volvió a poner una mano sobre el hombro de Sergio. La entrada de la cueva era un ojo, una boca, un foso; era el dolor y la noche y el abandono.

No obstante, caminaron con paso firme hacia ella, con los ojos sedientos de esperanza.

Esta obra se imprimió y encuadernó
en el mes de diciembre de 2015,
en los talleres de Edamsa Impresiones, S.A. de C.V.,
Av. Hidalgo No. 111, Col. Fraccionamiento
San Nicolás Tolentino, Delegación Iztapalapa
México, D.F., C.P. 09850